Inger G. Madsen
Gestohlene Identität

Inger Gammelgaard Madsen arbeitete lange Zeit als Grafikdesignerin in verschiedenen Werbeagenturen. 2008 debütierte sie mit ihrem Kriminalroman *Dukkebarnet*, der bei Osburg unter dem Titel »Der Schrei der Kröte« erschien. Sowohl der erste als auch der zweite Band ihrer Krimireihe um den Ermittler Roland Benito wurden von Kritik und Publikum begeistert aufgenommen. 2010 gründete Madsen ihren eigenen Verlag *Farfalla* und seit 2014 konzentriert sie sich ganz auf das Schreiben. Die *Roland Benito*-Reihe umfasst inzwischen neun Bände. Inger Madsen lebt in Aarhus.

Inger G. Madsen

Gestohlene Identität

Kriminalroman

Aus dem Dänischen von
Kirsten Krause

Osburg Verlag

Titel der dänischen Originalausgabe
Stjålet identitet

Erste Auflage 2017

www.osburgverlag.de

Lektorat: Bernd Henninger, Heidelberg
Umschlaggestaltung: Judith Hilgenstöhler, Hamburg
Satz: Hans-Jürgen Paasch, Oeste
Druck und Bindung: CPI books GmbH, Leck
Printed in Germany
ISBN 978-3-95510-132-9

Für Per

Der Hochzeitstag

Sie musste alle Lagen des langen, elfenbeinfarbenen Kleides aus dicker Seide und Tüll hochraffen, als sie die Stufen zum ersten Stock hinaufging. Die hochhackigen Schuhe hatte sie am Fuße der Treppe stehen lassen. Sie lauschte ihrem eigenen hyperventilierenden Atem, fühlte sich schwindelig und dachte darüber nach, ob es an zu viel Champagner, Sauerstoffmangel oder beginnendem Wahnsinn lag. Es dauerte eine Ewigkeit, bis sie das Kinderzimmer erreichte. So kam es ihr jedenfalls vor. Die Sommerbrise ließ den Vorhang leicht flattern und trug die Musik und das Gelächter der Gäste aus dem Garten zu ihr nach oben. Die Giraffe, der Elefant und der Affe in dem Mobile über dem Gitterbett hüpften auf und ab und sahen ganz lebendig aus. Es war ein Taufgeschenk. Als Kind hatte sie ein ähnliches gehabt. Die Figuren lächelten ihr entgegen und wirkten viel zu fröhlich im Verhältnis zu den Gedanken, die in ihrem Kopf dröhnten. Der Rausch und die Freude waren jäh verschwunden, als wäre ihr Tag nie davon erfüllt gewesen. Der größte Tag im Leben einer Frau. Es war wie ein Kurzschluss im Gehirn, eine Überhitzung, zu viel unverdientes Glück, das zusammenbrach, wie wenn man zu viel Strom auf einmal verbraucht und die Sicherung rausfliegt. Der vertraute, süßliche Duft von Babylotion wurde ihr sanft von der Brise vom Fenster entgegengetragen. Sie inhalierte ihn begierig, als sie in der Tür innehielt, und fühlte sich einen Augenblick lang beruhigt. Es war niemand in dem Zimmer. Endlich erreichte sie das Gitterbett. Jede Bewegung fühlte sich wie in Zeitlupe an. Die Aufhängung des Mobiles verhedderte sich in ihrer eleganten Frisur, als sie sich über den Jungen beugte. Eine der vielen duftenden Apfelblüten, die ihr ihre Freundinnen ins Haar gesteckt hatten, segelte langsam nach unten wie ein kleiner weißer Schmetterling und landete auf seinem Rücken. Er lag auf dem Bauch. Ganz still. Ihr Herz raste und ließ den Schmuck in ihrem tiefen Dekolletee im Takt wippen. Sie stand lange da, schaute auf ihn hinunter und konnte nicht erkennen, ob er atmete. Die Decke mit den kleinen, hellblauen Autos hatte er weggestrampelt, und der Windelpo ragte über den molligen Oberschenkeln in der Luft. Die eine gehäkelte Babysocke war heruntergerutscht und ihr Blick blieb an dem perfekten Füßchen mit fünf wohlgeformten kleinen Zehen hängen. Apathisch näherten sich ihre Hände dem Bett und ihre Finger griffen nach ihm, als ob sie ihn hochheben wollte, aber Angst hätte, was sie zu sehen bekommen würde; dann ließ das Geräusch des angespannten Atems eines anderen, der sich mit ihrem eigenen vermischte, sie mitten in der Bewegung innehalten. Langsam drehte sie sich um und erstarrte; sie konnte nicht einmal schreien.

***

1

Die modernen Gebäude der Abteilung für Forensische Psychiatrie mit reihenweise Fenstern, die den dunklen Abendhimmel und die Lichter der Straßenlaternen widerspiegelten, bildeten einen starken Kontrast zu Gottlieb Bindesbølls hübscher Psychiatrischer Klinik. Im 19. Jahrhundert dachte man nicht so pragmatisch; das war echte Maurerarbeit aus massivem Naturstein – nicht nur grauer Beton mit dünnen, aufgeklebten Steinplatten zur Tarnung. Die Außenmauern waren mit einem gestreiften Effekt versehen in der gleichen Farbe wie das Dach, das gemütlichen Erkern Raum bot. Damals wurde es als Staatskrankenhaus in Risskov errichtet. Der Kontrast fiel besonders ins Auge, weil die Gebäude aneinandergrenzten, nur durch die krummen Bäume zu beiden Seiten des Skovagerwegs vereint. Die Zweige ähnelten amputierten Armen und die Bäume erinnerten ihn an missgestaltete, verkrüppelte Hände, die sich in Verzweiflung gen Himmel streckten und die Gefühle widerzuspiegeln schienen, mit denen viele innerhalb der Mauern kämpften.

Am Eingang traf Kriminalkommissar Roland Benito Vizepolizeidirektor Kurt Olsen.

»Traurig, dass das hier draußen nun wieder passiert – und dann sind die Entflohenen obendrein immer geistig gestört«, war seine Begrüßung. Roland antwortete nur mit einem kurzen Nicken, er fühlte sich selbst so. Geistig gestört. Als er sich gerade neben Irene ins Bett gelegt hatte, kam der Anruf vom Polizeipräsidium. Der Nachtschlaf wurde erneut ruiniert, aber nicht aus dem gleichen Grund wie in den übrigen Nächten, die aufgrund privater Probleme auch nicht die besten gewesen waren. Nicht zuletzt, weil er kürzlich aus Italien zurückgekehrt war, wo er seine jüngste Tochter weggegeben hatte an einen Mann, dessen Wesen er ebenso wie dessen Beruf und Familie wie die Pest verabscheute.

Auf dem Flur von Station R1 stießen sie auf den Rechtsmediziner, Henry Leander. Er saß in der Hocke neben der toten Krankenschwester. Ihr Kopf war unnatürlich an die Wand gelehnt, sodass die Todesursache unmittelbar nach einem Genickbruch aussah. Davon abgesehen war sein Eindruck nur Blut. Unmengen von Blut. An der Wand hinter ihr waren ebenfalls Blutspritzer. Ein Kriminaltechniker machte Bilder von jedem einzelnen; sie konnten enthüllen, wo sich sowohl Opfer als auch Täter befunden hatten, als der Mord stattfand. Die leitende Oberärztin war auch eingetroffen, stand in angemessener Entfernung und versuchte mit vor der Brust verschränkten Armen zu verbergen, dass sie zitterte. Das Kunstgemälde hinter ihr mit fröhlichen, aufmunternden Farben passte gar nicht zu der Szene. Abwesend rieb sie ihre Oberarme, während sie mit einem verlorenen Ausdruck im Gesicht auf das Blut starrte. Kurt Olsen sprach mit ihr und nickte Roland gleichzeitig auffordernd in Richtung Tür zu, die zum Flur mit den Personalbüros führte. Er nickte zurück und betrachtete einen Augenblick die Arbeit des Rechtsmediziners bei der Leichenschau.

»Es besteht ausnahmsweise kein Zweifel an der Todesursache und der Mordwaffe. Stumpfe Gewalt. Zahlreiche Schläge gegen den Hinterkopf und die linke Schläfe.«

Leander hob seine weiße Latexhand mit blutbefleckten Fingerspitzen und zeigte auf eine Steinfigur, die mal weiß gewesen war und wie ein dicker Buddha aussah. Sie lag nicht weit von der Leiche hingeworfen mit einem Schild daneben, auf dem Nr. 2 stand; die Spurensicherung hatte sie sich schon vorgenommen.

»Fingerabdrücke?«

Einer der Techniker in der Nähe machte Bilder von einem länglichen Abdruck auf der Glastür, der von einer blutigen Hand stammen konnte, die am Glas hinuntergeglitten war. Er schaute ihn an und schüttelte den Kopf.

»Die sind leider im Blut verwischt.«

»Was ist das?« Roland nickte zu der Figur auf dem Boden, die die Mordwaffe sein musste.

»Das ist eine Art schweres Steingut. Vielleicht etwas von der Kunst der Klinik oder der eigenen der Patientin.«

»Es gibt mehrere Schläge post mortem«, wandte Leander ein.

»Eine komplett geisteskranke Handlung. Aber das ist hier ja nur natürlich. Es gibt wohl keinen Zweifel, wer die Schuldige ist«, bemerkte der Kriminaltechniker allwissend.

Roland nickte verschlossen und überging diese achtlose Schlussfolgerung. Zweifel gab es immer. Er schaute wieder zu Leander hinunter.

»Wann findet die Obduktion statt?«

»Morgen Nachmittag …«, er sah auf seine Uhr, »… heute Nachmittag«, korrigierte er sich. »Ich kann sie bestimmt noch dazwischenschieben. Sollen wir 15 Uhr sagen?«

Roland bejahte und folgte dem Vizepolizeidirektor und der Oberärztin in ein kleines, spärlich eingerichtetes, aber helles Büro, wo es nach einem milden Parfüm oder vielleicht einem gut duftenden Putzmittel roch. *Oberärztin Mai Andersen* stand auf einem Schild an der Tür. Sie schloss sie hinter ihm, gab ihnen beiden die Hand und stellte sich vor.

»Ich bin natürlich sehr schockiert über den Vorfall«, fügte sie bewegt hinzu. Ihr blasses Gesicht verriet die Gemütslage, ein

Mundwinkel zuckte nervös. »Wir hätten nicht geglaubt, dass es noch möglich wäre, von hier zu fliehen. Ich hoffe, ich kann behilflich sein.« Sie setzte sich hinter den Schreibtisch, räumte ein paar Unterlagen in eine Schublade, schaute sie an und strich sich kampfbereit die mittelblonden Haare hinter die Ohren.

»Dann gab es also *noch* eine Gefangenenflucht?« Der Vorwurf in Kurt Olsens Stimme war deutlich. Es war von politischer Seite großer Wert auf Sicherheit gelegt worden, aufgrund einiger Ausbrüche, oft von Patienten, die als gefährlich oder sogar extrem gefährlich bezeichnet wurden. Die Presse hatte daraus eine Sensation gemacht, was sie ja immer tat. Seit Neujahr war es 19 Gefangenen gelungen zu entfliehen. Jedoch hatten die Ausbrüche nie zu einem Mord geführt.

»Wie kann es mit Sicherheitsglas vor den Fenstern und verschlossenen Türen mit sicheren Schließanlagen immer noch möglich sein, hier durchzubrennen?«, fuhr Kurt fort.

»Ich weiß nicht, wie Ditte in der Schleuse getötet werden konnte. Einiges deutet darauf hin, dass sie gerade dabei war aufzuschließen, als es passierte. Aber die Patienten haben dort nichts zu suchen ... danach ist Sara den Flur hinuntergelaufen, der zum Parkplatz führt.«

»Ohne dass jemand sie gesehen und gestoppt hat? Das hätte nicht passieren dürfen!«

»Da sind wir uns einig. Aber wir bekommen immer mehr gewalttätige Gefangene, die auf ihren Geisteszustand untersucht werden sollen und in der Regel danach eingewiesen werden. Dafür haben wir schlicht und einfach keinen Platz. Die Sicherheit muss überall noch mehr verbessert werden, wenn sie den Anforderungen genügen soll, die gestellt werden, um solche Patienten einzusperren. Das ist eine Frage des Geldes und ...« Sie sah schnell zu Roland, der sich räusperte und die Stirn runzelte über eine Entschuldigung, die leeres Stroh drosch, egal, welche Regierung an der Macht war.

»... es geht auch darum, dass heutzutage größerer Wert darauf gelegt wird, wie wir behandeln als wie wir es vermeiden«, fuhr sie fort.

»Und damit meinen Sie …?«

Mit einem Kopfschütteln lehnte Kurt Olsen den angebotenen Kaffee ab; sie zeigte mit einem fragenden Ausdruck auf eine Thermoskanne auf dem Schreibtisch, während sie sprach. Roland schüttelte ebenfalls den Kopf, als sie ihn auffordernd ansah. Die Kaffee war wohl kaum frisch, es sei denn, jemand brühte hier spätabends noch welchen auf. Mai Andersen schenkte sich selbst ein in eine weiße Tasse mit dem roten Logo der Region Mitteljütland. Der Kaffee dampfte nicht.

»In den letzten Jahren wurden viele Betten für die psychisch Kranken gestrichen. Gleichzeitig ist die Anzahl gerichtspsychiatrischer Patienten merklich gestiegen. Meiner Ansicht nach hängt das zusammen. Die fehlenden Plätze führen dazu, dass Patienten aus der Allgemeinpsychiatrie bloß in die Gerichtspsychiatrie verlegt werden. Darüber hinaus kamen viele der Patienten, die wir heute haben, früher ins Gefängnis, aber die inzwischen herrschende Ansicht, dass ein Verbrechen einer psychischen Krankheit geschuldet sein kann, führt dazu, dass sie nun bei uns landen«, erläuterte die Oberärztin. Kurt Olsen öffnete den Mund, um etwas zu erwidern, aber Roland hustete provozierend und unterbrach. Obwohl Politik das Gebiet des Vizepolizeidirektors war, hielt er es nicht für relevant, das ausgerechnet jetzt zu diskutieren, wenn es der Sache nicht dienlich war und seine Zeit für Ermittlungen in einem Mordfall und einer Gefangenenflucht vergeudete.

»Die Tote kann gerade damit befasst gewesen sein aufzuschließen, sagten Sie. Für einen Gast? Wann endet die Besuchszeit?«, fragte er. Die Oberärztin wandte ihm den Blick mit einem Anflug von Erleichterung zu. Es war immerhin nicht so leicht, eine weitere Flucht und einen Mord mit mangelnden Finanzen und Ressourcen wegzuerklären und auch nicht, dass für die psychisch Kranken Betten fehlten.

»Besuch wird im Voraus individuell abgesprochen. Wir sind eine Spezialabteilung mit geschlossenen Bereichen. Aber in der Regel endet die Besuchszeit spätestens um 22 Uhr.«

Roland schaute schnell auf seine Uhr. »Hatte die Patientin heute Abend Besuch?«

»Das kann ich so aus dem Stegreif nicht sagen, ich bin um 18 Uhr gegangen, aber ich kann es herausfinden.«

»Ich bitte darum. Können Sie uns ein bisschen über die geflüchtete Patientin und die ermordete Krankenschwester erzählen? Ditte – richtig?«

»Ja, die Krankenschwester heißt … hieß Ditte. Ditte Sandfeldt. Die Patientin heißt Sara Dupont. Sie wurde hier vor etwas mehr als zwei Monaten zur Verbüßung ihrer Strafe eingewiesen. Es lief eigentlich ganz gut mit ihr, sie wirkte ruhiger, daher …«

»Sie ist wegen Mordes verurteilt worden, nicht wahr?«, unterbrach Kurt Olsen.

»Kindsmord. Ihr eigenes. Das Baby war erst drei Monate alt und wurde tot auf dem Bauch liegend in seinem Gitterbett gefunden. Sara hat einen Selbstmordversuch unternommen, der später als ein weiterer Beweis für ihre Schuld gegen sie verwendet wurde. Als die Beweise vor Gericht vorgelegt wurden, hat sie auch ihren Mann, Kasper Dupont, verloren. Sie haben seinen Namen vielleicht in der Laufschrift im Fernsehen gesehen? Er ist Kameramann beim DR. Man ging zunächst von einem plötzlichen Kindstod aus. Sara arbeitete als Gesundheitspflegerin, also sollte man meinen, sie wüsste alles darüber, und dass man sein Baby nicht auf dem Bauch schlafen lassen sollte.«

Ein Bild auf dem Schreibtisch von einem Mädchen um die zwei Jahre, das Mai Andersen so sehr ähnelte, dass es an der Mutterschaft keinen Zweifel gab, enthüllte, woher sie selbst dieses Wissen hatte.

»Sara beteuert weiterhin ihre Unschuld und schiebt die Schuld auf alle anderen – sogar ihren Mann –, aber das hat etwas mit ihrer Psychose zu tun. Zwangsgedanken und Paranoia.« Mai Andersen sprach schnell und kurzatmig, und die kleinen Schlucke von ihrem Kaffee wirkten, als würde sie nur aus Nervosität trinken und nicht, weil sie Lust darauf hatte. Die Tasse zitterte leicht in ihrer Hand.

»Würden Sie sie als gefährlich bezeichnen?«

Die Oberärztin schüttelte langsam den Kopf und stellte ihr Getränk ab, während sie gleichzeitig so aussah, als ob sie eine Möglichkeit in Erwägung zöge, die sie selbst nicht bedacht hatte.

»Nein, bis jetzt nicht. Sie war sonst nur eine Gefahr für sich selbst, aber der Mord an der Krankenschwester und die Flucht zeigen deutlich, dass sie nicht auf dem Weg der Besserung war, wie wir glaubten. Im Gegenteil.«

»Also gefährlich«, nickte Kurt Olsen.

»So wird die Presse sie ganz sicher darstellen«, entgegnete Mai Andersen mutlos.

»Hätte die Krankenschwester nicht Hilfe holen können?«, fragte Roland.

»Doch, sie hätte den Alarmknopf drücken können, den wir immer bei uns haben, dann wäre sofort Hilfe gekommen, aber sie hat es offenbar nicht mehr geschafft. Es deutet darauf hin, dass sie auf das, was passierte, überhaupt nicht vorbereitet war.«

»War sie schon lange hier?«

»Ja, sie war eine der äußerst erfahrenen Kräfte. Sie hat seit über zehn Jahren hier gearbeitet.«

Roland stand auf. »Mit wem war Sara Dupont hier in der Abteilung am meisten verbunden? Jemand, mit dem wir sprechen können.«

»Von den Patienten, meinen Sie?« Die Oberärztin schüttelte den Kopf mit einem blassen, gezwungenen Lächeln. »Es gibt keinen, mit dem Sie hier sprechen können. Die meisten verabscheuen die Polizei und werden sich garantiert nicht äußern wollen. Ich weiß das von den anderen Ausbrüchen, die wir hatten.«

»Also sprechen Sie aus großer Erfahrung«, murmelte Kurt Olsen fast unhörbar ohne die großen warmen Gefühle in der Stimme und stand ebenfalls auf. Mai Andersen sah ihnen freudlos nach und begleitete sie nicht nach draußen.

Roland und Kurt Olsen fuhren gemeinsam mit dem Aufzug im Polizeipräsidium nach oben. Zwischen ihnen herrschte tiefes Schweigen.

»Wusstest du, dass sie es war?«, fragte Roland, bevor sich die Aufzugtür öffnete.

»Nicht mit Sicherheit. Sie ist ja nicht die Einzige im Maßregelvollzug.«

»Aber eine der wenigen Frauen. Die meisten sind ja Männer. Welche Beweise wurden vorgelegt?« Rolands Gedanken waren wieder bei Olivia, die in zwei Monaten entbinden sollte. Wie würde sein kleines Mädchen damit klarkommen, selbst Mutter zu werden?

»Die Obduktion hat gezeigt, dass es Spuren am Nacken des Kindes gab, das Gesicht war gegen das Kissen gedrückt worden, bis es aufhörte zu atmen. Tragischerweise geschah es an Sara Duponts Hochzeitstag, der bei dem Paar zu Hause im engsten Familien- und Freundeskreis gefeiert wurde.«

»Und wie konnte man wissen, dass sie es war, und nicht einer der Hochzeitsgäste?«

Paradoxerweise durch ihren Ehering. In den Ring war ein Herz graviert und drei kleine Diamanten eingesetzt; er hat die Spuren hervorgerufen, die in die Nackenhaut des Kindes gedrückt waren, deutlich genug, dass es keinen Zweifel gab. Der Ring muss sich an ihrem Finger gedreht haben und das hat sie verraten. Später wurde sie leblos im Garten gefunden. Sie hatte versucht, sich die Pulsadern aufzuschneiden.«

Roland erinnerte sich, dass in der Kantine immer Morten Holsteds Fall Thema gewesen war, wenn es um Kindsmord ging, besonders, wenn es sich um einen wehrlosen Säugling handelte.

2

Februar, ein Jahr und sieben Monate zuvor

Schimmernde, lächelnde, hasserfüllte oder neugierige fremde Augen starrten sie in der Dunkelheit aus runden, ovalen oder mandelförmigen Löchern an, einige von ihnen waren von glitzerndem

Strass, Vergoldung und kunstvollen Ornamenten umgeben. Die Volksmenge schubste und drückte, sodass sie keine Luft bekam. Ihre eigene Maske hatte sie längst verloren. Kleidung, die an eine vergangene Zeit erinnerte, und große Hüte schlugen ihren rauen Stoff in ihr Gesicht. Heute Nachmittag hatte sie sich über die vielen flatternden Tauben hier auf dem Markusplatz erschreckt. Alles mit Federn verursachte ihr Atemnot, nachdem sie als Kind Hitchcocks Horrorfilm *Die Vögel* gesehen hatte. Deswegen mochte sie auch eine lila Federmaske nicht, die zwei Vogelschwingen mit schiefen, lauernden Augen in der Mitte ähnelte, die ihr viel zu nah gekommen war. Alle waren viel zu nah. Sie war mitten in einem Umzug gelandet und schnappte nach Luft, atmete aber erleichtert auf, als sie spürte, wie Kasper ihre Hand ergriff und sie aus der lebhaften Schar schreiender, lärmender und singender Italiener zog, die wohl hauptsächlich Touristen wie sie selbst waren.

»Lass uns einfach zurück zum Hotel und in die Bar auf einen Schlummertrunk gehen, ja?« Seine Stimme konnte den Lärm fast nicht übertönen, aber sie fing die Worte dennoch auf, es waren die einzigen, die auf Dänisch gerufen wurden. Damit war sie sehr einverstanden und zwängte sich willig durch das Gewimmel, von einer Hand nach vorne gezogen, deren Besitzer sie so gut kannte: die Hautoberfläche, den warmen, festen Griff und die Sicherheit. Dann kam Luft, und es war eine wahre Befreiung, das Licht der Fenster in der Hotelrezeption zu sehen. Sie liefen lachend die Treppe hoch, als ob sie Schutz vor einem heftigen Gewitterschauer suchten. Die Bar war beinahe genauso proppenvoll wie der Markusplatz und die Straßen und Gassen, aber Kasper fand einen freien Tisch in einer Ecke, wo sie erleichtert auf ein bequemes Sofa sank, während er etwas von der Bar holte. Sie zog die Schuhe aus und rieb sich ihre schmerzenden Füße; sie pochten und waren angeschwollen. In einer Boutique hatte sie einfach nicht widerstehen können und hatte diese neuen, italienischen Schuhe gekauft. Jetzt wirkten sie plötzlich drei Nummern zu klein. Es war eine Wohltat, sie auszuziehen und den kalten Marmorboden an den

Fußsohlen zu spüren. Kasper reichte ihr das Glas mit Sambuca mit einem müden Lächeln, nachdem er fast eine halbe Stunde in einer kilometerlangen Schlange vor der Theke der Bar gewartet hatte. Sie nahm es entgegen und atmete den Anisduft ein. Sie war diesem wasserklaren Likör erlegen im Laufe der Woche, die sie in Venedig im Urlaub gewesen waren, um genau den Maskenball zu erleben, von dem sie nun geflüchtet waren.

»Ich habe doch gesagt, dass du nicht diese Stilettos anziehen sollst, Sara«, warf er ihr mit dem altklugen Wundert-sich-über-Frauen-Kopfschütteln eines Mannes vor und setzte sich neben sie.

»Ich weiß, aber wir sind ja in Italien, oder? Ich will nicht völlig daneben aussehen. Die Leute hier sind so elegant.«

»Na, nicht alle – die Touristen schon gar nicht. Es ist ja auch Karneval, also was soll's?« Er lächelte und nahm einen großen Schluck von seinem Bier. Er mochte keinen Likör.

»Ich habe meine Maske verloren, die war wirklich ganz schick.«

»Wir kaufen morgen einfach eine neue, das schaffen wir locker, bevor wir abfliegen. Wir müssen ja schon bis Mittag hier raus sein, also haben wir nichts anderes zu tun, bis wir zum Flughafen fahren müssen.«

Sie lehnte sich zurück und entspannte sich endlich mit seinem Arm an ihrem Nacken. Hier, an seine Brust gelehnt, gab es nichts zu befürchten, nicht einmal Masken oder Vogelschwingen.

»Wer wohl auf die Idee gekommen sein mag, dass man sich so verkleiden und feiern sollte?« Kasper bewunderte ein paar weibliche Bargäste mit prachtvollen Perücken und schmalen Stabmasken, hinter denen sie ihre Augenpartie verbargen. Sie sahen aus wie Wiedergänger aus dem Barock. Sara lächelte, sie hatte Lust, ein wenig zu glänzen nach dem Misserfolg des abendlichen Maskenballs, der nicht ganz wie erwartet verlaufen war. Sie hatten vorgehabt, sich nicht aus den Augen zu verlieren, und sie wusste, es war ihre Schuld, dass es passiert war. Ihre Neugier hatte sie von Kasper weggezogen. *Curiosity killed the cat,* pflegte er sie schelmisch zu warnen, wenn sie ihm entschwand.

»Die Tradition reicht bis ins 11. Jahrhundert zurück und ist eng mit der Geschichte Venedigs verbunden. Damals war es ganz normal, dass man seine Identität hinter Masken verbarg, wenn man sich in der Stadt amüsierte.«

»Damit der Ehepartner es nicht entdeckte?«

»Vielleicht auch deswegen, aber hauptsächlich um Standesunterschiede und anderes auszugleichen, was ansonsten eine Person aus dem sozialen Netzwerk ausschließen kann. Man konnte sich verstecken und für einen anderen ausgeben als der, der man war.«

»Das Facebook von damals?«

»Ja, irgendwie schon.« Sie lachte, als sie sah, dass er seine Maske wieder aufgesetzt hatte. Sie war nicht so hübsch, wie ihre es gewesen war, aber auch nicht eine der unheimlichen, die er sonst gekauft hätte. Das hatte sie verhindern können. Sie hatte mit ihrem verschlossenen, roten Mund etwas Trauriges an sich, was seine lächelnden Augen, die sie aus den mandelförmigen, übertrieben von Goldglitzer umgebenen Augenhöhlen anschauten, ganz unpassend wirken ließ. Auf die eine Wange war eine schwarze Träne gemalt.

»Schaffen wir es morgen auch noch ins Ca'Rezzonico-Museum? Da kann man die Gemälde des Rokokomalers Pietro Longhi aus dem Alltag von damals sehen, als sowohl Männer wie Frauen die bekannte weiße Bauta-Maske trugen, die ich so unheimlich finde. Sie erinnert mich an den *Tod in Venedig*.«

»Du guckst zu viele Filme, mein Schatz. Wo liegt das Museum?«, fragte er durch die Maske mit dumpfer Stimme.

»Soviel ich weiß, in einem der Paläste am Canal Grande.«

»Das schaffen wir bestimmt noch.«

Sie saßen eine Weile ohne zu reden da, damit beschäftigt, Leute zu beobachten. Die meisten waren mit aufwendigen und originellen Kostümen verkleidet.

»Die beiden Mädchen da drüben sind Däninnen. Bisher haben wir nicht viele Dänen getroffen. Die eine kommt sogar auch aus Aarhus«, sagte Kaspar beiläufig, und sie versuchte seinem Blick zu folgen. Sie saßen an der Bar, ein Stückchen von ihnen entfernt, und trugen beide Masken.

»Woher weißt du das? Hast du mit ihnen geredet?«

»Ja, mit der Blonden da stand ich in der Schlange an der Bar.« Sara verbarg ein kleines Lächeln.

»Natürlich mit der Blonden.«

»Was meinst du damit?«

»Ach, es hätte mich bloß gewundert, wenn du dich mit der Brünetten unterhalten hättest. Du weißt doch, Männer und Blondinen.« Sie sagte das ohne Eifersucht, weil sie Kasper vertraute. Sie kannten sich seit ihrer Kindheit und die Freundschaft aus diesen Tagen hatte sich genau so ruhig und stetig entwickelt, wie sie aufgewachsen waren. Nur ein paar Jahre waren sie getrennt, als Kasper im Ausland studiert hatte. Dann kam er nach Aarhus zurück, sie wurden ein richtiges Paar und zogen in eine kleine Zweizimmerwohnung in Trøjborg. Als sie einen Job als Gesundheitspflegerin und Kasper als Kameramann bei Danmarks Radio bekam, kauften sie ein gemütliches kleines Haus ein bisschen außerhalb von True. Kinder und Ehe waren noch kein Thema gewesen, und Sara wartete geduldig, ohne Kasper zu drängen.

»Sie hat *mich* angesprochen, nicht umgekehrt. Sie muss wohl gehört haben, dass wir Dänen sind. Sie hat gefragt, ob ich Fotograf wäre, weil ich die große Kameratasche über der Schulter hatte, und als ich geantwortet habe, dass ich ein Kameramann fürs Fernsehen bin, war sie sofort Feuer und Flamme.«

»Gute Anmache!« Sie warf ihm einen spöttischen Blick zu und nippte an dem Sambuca.

»Die jungen Leute heutzutage wollen partout bekannt werden, so ist das einfach. Scheißegal, ob sie Talent haben oder nicht. Heute berühmt, morgen vergessen. Guck dir nur an, wie beliebt Sendungen wie ›X-Factor‹, ›Teenie-Mütter‹, ›Paradise Hotel‹ oder ›Der Bachelor‹ sind. Das ist eine einfache und schnelle Art, ein Promi zu werden, die nicht allzu viel Hirn erfordert – im Gegenteil.« Sara warf wieder einen Blick zu den beiden jungen Mädchen an der Bar hinüber, die die Aufmerksamkeit der italienischen Baristi genossen. Sie flüsterten geheimnistuerisch miteinander und kicherten. Sie sann darüber nach, ob sie wohl allein oder mit ihren Eltern verreist waren, ob sie Schwestern oder bloß Freundinnen waren. Vielleicht hatten sie sich gerade erst getroffen.

»Du kannst das doch nicht verallgemeinern, Kasper. Hast du ihr denn eine Chance gegeben, vor deiner Kamera zu posieren?«

»Ich habe sie schlecht gesehen. Sie hat ja eine Maske auf, es ist irgendwie nicht genug, bloß eine Blondine zu sein. Übrigens wer weiß, ob es eine Perücke ist? Das kannst du also gleich vergessen, Kleine. Warum glaubst du, habe ich mich in dich verliebt?« Er nahm eine ihrer langen, kupferfarbenen Locken zwischen seine Finger und kitzelte sie neckend damit am Ohr. »Vielleicht bevorzuge ich Rotschöpfe.«

Sie lächelte, schließlich wusste sie das ja auch.

Es lichtete sich in der Bar, je weiter die Nacht fortschritt. Die meisten Gäste verschwanden draußen im Nachtleben. Kasper hatte gerade an der Bar Espresso geholt, als die beiden dänischen Mädchen angetrunken und leise lachend auf dem Weg nach draußen an ihrem Tisch vorbeikamen. Plötzlich blieb die eine stehen. Sie nahm ihre Maske ab und reichte sie schnell Sara. »Die kannst du haben, ich bin sie leid«, sagte sie, bevor das andere Mädchen sie wegzog. Sara schaffte gerade noch zu sehen, dass es die Blondine gewesen war, die ihr ihre Maske verehrt hatte, bevor sie draußen im Gewimmel verschwanden.

»Die ist doch gut, dann müssen wir dir morgen vielleicht gar keine mehr kaufen?«

»Ich hätte mir eigentlich gerne selbst eine ausgesucht, aber die hier ist schon okay.«

Es war eine silberne Maske mit raffinierten Gold- und Glittermustern, rund um die Augenlöcher zog sich eine Reihe von kleinen Steinen, die wie Diamanten aussahen, der Mund war schwarz angemalt und sinnlich. Kasper half ihr dabei, das Band hinter ihrem Kopf zuzubinden. Die Maske roch schwach nach dem

Parfüm der Blondine. Sie lehnte wieder den Kopf zurück gegen seinen Arm. Irgendwie war es ziemlich angenehm, sich zu verstecken, es war ein bisschen, als ob sie völlig vergaß, wer sie war.

Sara fühlte sich ein bisschen betrunken, als sie aus dem Bad kam. Der Sambuca knallte ordentlich, weil er so unschuldig schmeckte. Der Anisgeschmack war nicht verschwunden, obwohl sie Zähne geputzt hatte. Kasper lag im Bett und wartete auf sie.

»Zieh die Maske auf«, kommandierte er. Er hatte seine eigene nicht abgenommen.

»Wir werden ja wohl nicht damit schlafen?«

»Nein! Wir werden absolut nicht schlafen.«

Seine Augen schimmerten in der Maske, während sie ihre umband, ohne sich zu beeilen, damit er reichlich Zeit hatte, ihren Körper durch das dünne Nachthemd anzuschauen. Es war, als ob sie sich hier in Venedig auf eine ganz andere Art liebten. Viel intensiver. Schärfer. Vielleicht war es bloß die Urlaubsstimmung, die dafür sorgte. Dass sie Zeit für einander hatten und die Sorgen in Dänemark geblieben waren. Sie war freier als sonst und spürte deutlich, dass Kasper diese neue Seite an ihr genoss.

Der Klang heulender Sirenen weckte sie. Zuerst wusste sie nicht so recht, was sie hörte und wo sie war, aber als sie das orangefarbene Interieur des Hotelzimmers erkannte, wurde es ihr schnell klar, und sie wunderte sich noch mehr über die Sirenen in einer Stadt ohne Autos. Der Sambuca-Geschmack war immer noch nicht verschwunden. Es pochte in ihrem Kopf; sie griff danach, als wollte sie feststellen, ob der Druck im Gehirn weniger geworden war. Sie wollte Kasper wecken, brachte es aber doch nicht übers Herz. Stattdessen wand sie sich vorsichtig aus seinem Arm, schlich aus dem Bett und schob die schweren Vorhänge ein bisschen auseinander. Von ihrem Fenster im Albergo San Marco hatte man Aussicht auf den Kanal und eine kleine Brücke.

Die blinkenden Blaulichter des Polizeiboots warfen ein gespenstisches Licht in den Nebel, der leicht über der Wasseroberfläche lag. Es war noch nicht hell. Sie kniff die Augen zusammen, konnte aber nicht erkennen, was sich dort unten abspielte. Einige Schaulustige hatten sich um die Stelle versammelt. Ohne zu viel Lärm zu machen öffnete sie den Schrank, zog ihre Jacke über das Nachthemd und schlüpfte mit den nackten Füßen in ein Paar Sandalen. Kasper drehte sich im Bett um. Sie wartete, bis er wieder ruhig atmete, ging leise aus der Tür und lief die Treppe hinunter. Der Morgennebel schlang sich wie kalte Zungen um ihre Füße und nackten Beine. Ein schwacher Geruch von Salzwasser und Tang, von dem ihr übel wurde, lag in der Luft. Die kleine Schar, der sie sich langsam näherte, stand ganz am Rand des Kanals. Die Gruppe war still, fast wie gelähmt oder versteinert. Jemand schubste sie nach vorn, und, ohne es zu wollen, stand sie plötzlich in der ersten Reihe. Ein Polizist hielt sie zurück, aber sie schaffte es, einen zweiten hinter ihm wahrzunehmen, der den Reißverschluss eines schwarzen Leichensacks schloss, schaffte es, eine blutige Masse unter blonden Haaren zu erspähen, die nass vom schmutzigen Wasser zusammenklebten und dunkel wirkten, schwach gelblich. Der Beamte schob die vordersten Schaulustigen wieder weiter zurück und rief etwas auf Italienisch, das sie nicht verstand. Sie nahm daher nicht wahr, dass sich ihr jemand von hinten genähert hatte. Ihr kalter Körper zuckte, als sie fest an den Schultern gepackt wurde. Kasper stand hinter ihr. »Was ist da los?«

»Sie … haben eine junge Frau im Kanal gefunden; sie … ist tot.« Ihre Stimme klang vor Kälte und Entsetzen abgehackt. Kasper drehte sich um und sprach Englisch mit einem Paar hinter ihnen, sie hörte nicht zu, damit beschäftigt, dem Polizeiboot nachzuschauen, das in dem schmalen Kanal wegsegelte und Kielwasser aufwirbelte, das die ersten Gondeln des Morgens ins Schwanken brachte. Ein Klumpen aus einer Plastik-Colaflasche, zerknüllten Zigarettenschachteln, Eispapier und Kippen schlug gegen die algengrüne Mauer bei der Brücke, von den Wellen nach vorne geworfen, als ob sie den Abfall wieder an Land drücken wollten: zurück zu denen, die ihn weggeworfen hatten.

»Komm, lass uns gehen. Es ist zu kalt. Komm jetzt.« Kasper hielt sie wieder an den Schultern. Schwach und willenlos folgte sie ihm zurück zur Treppe des Hotels. Es war das erste Mal, dass sie einen toten Menschen gesehen hatte, und das Gesicht war weg gewesen. Zerschmettert.

»Was haben die, mit denen du geredet hast, gesagt?« Die Stimme zitterte.

»Sie wussten nicht so viel, aber einer der beiden meinte, es sei ein dänisches Mädchen, vielleicht eine von denen an der Bar heute Abend. Sie muss in den Kanal gefallen sein. Die beiden waren ja auch ziemlich betrunken. Schrecklich.«

»Was ist dann mit dem anderen Mädchen?«

Kasper zuckte die Schultern.

Das Hotel wirkte auch wie ausgestorben. Es kam nicht der übliche Lärm aus der Küche und das Klirren mit Tassen aus dem Speisesaal, der sie sonst morgens um diese Zeit immer geweckt hatte. Sie waren sich einig, mit dem Kofferpacken anzufangen, da ohnehin keiner von ihnen schlafen konnte. Sie stopfte den Laptop in ihr Handgepäck. In den Zimmern gab es kein WLAN, nur in den Gemeinschaftsräumen, und es kostete zehn Euro pro Stunde. Kaspers Gesicht hatte gestrahlt, als sie sich darüber beschwert hatte, dann hatte er aber begriffen, auf sie verzichten zu müssen, wenn sie mit dem Laptop unterm Arm verschwand. Ihre Facebook-Freunde wären enttäuscht, wenn sie nicht mit täglichen Berichten und direkten Fotos von der Reise auf den neuesten Stand gebracht werden würden. Sie hatte es ihnen versprochen.

»Hast du meine Tasche gesehen, Kasper?« Sie suchte immer verzweifelter, verwirrt und fassungslos, als sie nicht auf dem Stuhl an der Tür stand, wo sie sie für gewöhnlich hinstellte, und auch sonst nirgendwo in ihrem Zimmer zu finden war.

»Nee. Hattest du sie eigentlich aus der Bar mitgenommen?«

Sie versuchte sich zu erinnern, wie es war, als sie spät in der Nacht aufs Zimmer gegangen waren. Hatte sie die Tasche dabeigehabt? Hatte sie sie in der Bar liegen gelassen? Alles verschwamm wie im

Nebel. Sambucanebel. Normalerweise hatte sie nicht besonders oft eine Tasche mit, daher wäre es nicht so abwegig, dass sie sie vergessen hatte.

»Verdammter Mist! Wie blöd kann man sein?!«, rief sie aus und gestikulierte ärgerlich mit den Armen.

»Das kann doch mal passieren. Du warst sicher auch nicht ganz du selbst heute Nacht. Die Maske hat etwas mit dir gemacht.« In seinem Blick lag ein gespielter Vorwurf, aber sie konnte spüren, dass auch ihn der Zwischenfall vor dem Hotel erschüttert hatte.

Die Maske! Sie starrte auf den Nachttisch. Da lag die Maske des toten Mädchens. Sie war sich beinahe sicher, dass sie diejenige war, die in dem Leichensack gelegen hatte, obwohl sie ihr Gesicht nicht gesehen hatte. Plötzlich kam sie ihr unheimlicher vor als die weißen Baute-Masken. Eine noch eindrücklichere Erinnerung an den Tod in Venedig.

»Wie kannst du mit dieser Maske Witze machen, Kasper. Das war ihre! Das war die, die ich gesehen habe ... tot.«

»Du hast das tote Mädchen gesehen?«

Sie nickte und konnte die Panik unter der Haut spüren.

Kasper legte schnell einige zusammengefaltete Hemden in seinen Koffer und nahm sie in den Arm.

»Wieso bist du auch da runtergegangen, Schatz? Warum hast du mich nicht geweckt? Das mit der Katze, du weißt schon.«

Sie bemühte sich vergeblich um ein Lächeln.

»Wir kannten sie doch nicht, Sara. Und was können wir tun?«

Sie verbarg das Gesicht an seiner Schulter. »Was ist denn mit meiner Tasche?«, murmelte sie in den weichen Baumwollstoff des T-Shirts, das nach Kasper duftete. Klammerte sich an ihn und an etwas, das ihre Gedanken von dem Anblick der Toten ablenken könnte.

»Ich laufe runter zur Bar und hör mal, ob sie sie gefunden haben. Hast du Wertsachen da drin, außer Kreditkarten, die wir sperren lassen, falls sie weg ist?«, fragte er.

Was war in der Tasche? Das Ganze rotierte wie eine Zentrifuge in ihrem Kopf.

»Ich glaube nicht, ich … doch! Mein Pass! Wir hatten ihn doch gerade von der Rezeption zurückbekommen. Verdammt noch mal, mein Pass ist in der Tasche!«

»Wir finden sie«, versprach Kasper.

***

3

Kasper Dupont hatte aggressiv gewirkt, als sie frühmorgens durch seine Haustür getreten waren und ihn befragt hatten, ob er wüsste, wo sich seine Frau aufhielt. Vielleicht klang es auch, als ob sie ihn verdächtigten, sie versteckt zu halten, aber war dieser Verdacht so weit hergeholt? Ihre Eltern hatten sie nicht gesehen, sie hatten auch nicht gehört, dass sie aus der Gerichtspsychiatrie geflohen war. Nach dem, was geschehen war, sprachen sie nicht mehr mit ihrem Schwiegersohn. Dass er Sara nicht glaubte und sie nicht unterstützte, war die Erklärung der Mutter für den Zusammenbruch ihrer Tochter; natürlich hatte Sara Recht, wenn sie sagte, dass sie ihren kleinen Sohn nicht getötet hatte. Sie liebte ihn über alles.

Während Isabella Munch, die einzige Frau in Rolands Team versuchte, den Mann wieder zu beruhigen, guckte sich Roland, den der Wutausbruch völlig überrascht hatte, das Bild des Sohnes an. Ein gelungenes Porträtfoto, das in einem Montana-Regal mit so vielen Fächern stand, dass es an ein Labyrinth erinnerte. Der Junge trug einen hellblauen Strampler mit kleinen weißen Kaninchen und hatte die spezielle tiefblaue Augenfarbe von Babys. Der Fotograf – sicher der Vater selbst – hatte einen besonderen Blick eingefangen, der vor Neugier und Unschuld strahlte. Rolands Zwerchfell zog sich zusammen; wie überleben Eltern es, ein Kind in diesem Alter zu verlieren? War es nicht Folter, so ein Bild herumstehen zu haben? Waren alle Erinnerungen es wert, bewahrt zu werden? In einem anderen Regelfach stand ein Foto von Sara und Kasper. Es war nicht gerahmt, sondern gegen eine silberne, venezianische Maske mit Gold und Glitzer gelehnt, als hätte man es dort vor langer Zeit hingestellt und vergessen. Das Paar saß eng aneinander geschmiegt in einer Gondel mit dem Ponte di Rialto im Hintergrund. Mitten von der Brücke hing ein riesiges Banner. Aufgrund der Distanz war der Text nicht lesbar, aber er konnte ein Bild von zwei Masken erkennen, daher schätzte er, dass die Reise nach Venedig während des Karnevals stattgefunden hatte. Sara lehnte ihren Kopf an Kaspers Schulter, sodass die Brücke hinter ihnen sichtbar war. Ihre Haare schimmerten im Sonnenlicht wie Kupfer. Roland erinnerte sich, wie Irene dort in dem obersten Bogen der Brücke gestanden und zu ihm heruntergewinkt hatte. Damals hatte sie keine Lust auf Bootsfahrten gehabt; sie war mit Rikke schwanger und kämpfte viel mit Übelkeit. Er selbst hatte in einer gewaltig schaukelnden Gondel unten auf dem dreckigen Kanalwasser gesessen und zurückgewinkt. Seitdem waren sie nicht mehr in Venedig gewesen und nun würden sie vielleicht nie wieder dorthin zurückkehren können, wie sie es sich damals geschworen hatten. Irene blieb am liebsten zu Hause und drinnen, wo sie sich sicher war, dass sie mit dem Rollstuhl vorwärtskam.

In den meisten anderen Regalfächern standen Bücher. Hauptsächlich Fachliteratur über Fotografie, Kameras und Kinderbetreuung. Kein Hochzeitsbild, stellte er fest. Einige Erinnerungen waren es also *nicht* wert, bewahrt zu werden.

Kasper Dupont hatte sich auf ein beigefarbenes Ecksofa gesetzt und sich ein bisschen beruhigt. Die Arme waren demonstrativ vor der Brust verschränkt. Das Gesicht verbissen. Abwehr oder Ohnmacht.

»Sie sind Fotograf, richtig?«

»Gewesen. Jetzt bin ich Kameramann. Aber was hat das zu tun mit …«

»Wie war die Venedigreise?«, unterbrach Roland.

Kasper sah ihn verständnislos an, als ob er das Bild im Regal wirklich vergessen hatte.

»Ach, die. Das ist über ein Jahr her … Februar. Zum Karneval. Wieso fragen Sie danach?«

»Das Foto«, antwortete er mit einer Kopfbewegung dorthin. »Sie beide sehen glücklich aus.«

»Das waren wir auch. Damals. Wie konnte sie fliehen? Wo kann sie sein? Ich schwöre, dass ich sie weder gesehen noch von ihr gehört habe.«

»Isabella hat völlig Recht. Wir beschuldigen Sie selbstverständlich nicht wegen irgendetwas. Wir müssen nur Sara finden, das ist unsere einzige Aufgabe. Sie wissen also nicht, bei wem Sara vielleicht sein könnte? Jemand, zu dem sie volles Vertrauen hat und der ihr Versteck nicht verraten würde?«

»Nein, da gibt es niemanden. Alle haben ihr den Rücken gekehrt, als sie … als William gestorben ist.«

Roland nickte und setzte sich neben ihn. Isabella stand vor ihnen, ebenfalls mit verschränkten Armen, wie in einem gegenseitigen Machtkampf: Er konnte an ihrer Körpersprache ablesen, dass Kasper Dupont nicht ihr Fall war. Er wirkte auch ein wenig arrogant, zog man die Situation in Betracht, aber Roland wusste aus Erfahrung, dass einige Attitüden in solchen Krisen missdeutet werden konnten und oft nur eine Sache kaschierten: Verletzlichkeit. Der Versuch, diese zu verbergen.

»Können Sie ein bisschen von dem Tag erzählen, an dem das passiert ist?«

»Wozu? Das habe ich jetzt seit mehreren Monaten durchgemacht. Die reine Hölle. Ein Verhör nach dem anderen. Und das ändert ja nichts daran, dass William tot ist, dass seine eigene Mutter …«

Kasper ballte die Hände, sodass die Knöchel weiß wurden. Er hatte den Punkt erreicht, an dem die Trauer zu Wut geworden war. Tiefer Hass auf denjenigen, der seinen Sohn ermordet hatte. Dass der sich als die Frau entpuppte, die er liebte und gerade geheiratet hatte, musste viele widersprüchliche Gefühle ausgelöst haben. Roland verstand seinen Frust und seine Aggressivität.

»Wer hat William gefunden?«

»Zum zehntausendsten Mal: Die Babysitterin.«

»Die Babysitterin? Und wer ist das?«

»Ein junges Mädchen, das uns geholfen hat. Warum wühlt ihr darin wieder rum? Sollt ihr nicht Sara finden?« Kaspers Stimme klang mit einem Mal so erschöpft und entmutigt, dass Roland der Tatsache ins Auge sah, dass er seine Neugier an dem alten Fall verbergen musste. Er konnte darüber in dem Bericht im Präsidium nachlesen.

»Sie haben viele hübsche Dinge.«

Kasper sah ihn erneut verwundert an. »Vieles stammt von meinen Auslandsreisen, aber Sara mochte Nippes, sie …«

»Ihnen fehlt nicht zufällig ein weißer Buddha? Eine Steinfigur?«

»Buddha?« Kasper sah zuerst aus, als ob er keine Ahnung hätte, wovon Roland sprach, dann nickte er plötzlich. »Da war einer, den Sara von einer Freundin bekommen hatte, als sie mit William schwanger war … sie hatten angefangen, zusammen Yoga zu machen und zu meditieren, und die Figur wurde ein Teil dieses … Rituals. Sie hat sie mitgenommen, glaube ich …«

»Wie heißt diese Freundin?«

»Lærke Bendixen.«

»Hat Sara noch andere Freundinnen, mit denen wir Ihrer Meinung nach sprechen sollten?« Isabella hatte ebenfalls kapituliert, die Stimme hatte einen mitfühlenden Klang angenommen – ein bisschen widerwillig sicherlich.

»Es gibt zwei, mit denen sie sich früher oft getroffen hat. Lærke und Freja. Mit Lærke hatte sie am meisten zu tun.«

»Haben Sie die Adressen?«

Kasper stand notgedrungen auf und ging die Treppe zum ersten Stock hoch. Isabella setzte sich neben Roland.

»Also, ich mag ihn nicht«, fing sie flüsternd an. »Das ist seine Frau, über die er spricht, verdammt noch mal. Was, wenn sie nun wirklich unschuldig ist, wie sie sagt? Ihr eigenes Kind! Müsste er ihr nicht glauben? Er ist so …«

»Deine Meinung über diesen Mann ist nicht von Bedeutung, Isabella. Du bist professionell … die Frau hat zwei Morde auf dem Gewissen, also kann man ihm wohl keinen Vorwurf machen … und jetzt komm mir nicht wieder mit deiner Erklärung von wegen weibliche Intuition.«

Isabella schaffte es gerade nur, den Mund zu einer Entgegnung zu öffnen, da war Kasper schon mit einem Notizbuch zurück. Er blätterte darin vor und zurück und gab ihnen die Adressen und Telefonnummern der beiden Freundinnen.

»Aber ich glaube nicht, dass eine von ihnen Sara versteckt. Sie sind in Feindschaft auseinandergegangen. Wer würde auch einer solchen Mörd… Mutter helfen?« Roland stand auf. »Haben Sie etwas dagegen, dass wir uns ein wenig umsehen, bevor wir gehen?«

Kasper Dupont gestikulierte theatralisch. »Herzlich gerne. Ich verstecke sie jedenfalls nicht.«

Roland nickte Isabella zu, die schnell die Treppe hoch verschwand, die Kasper gerade hinuntergekommen war.

»Das mit Ihrem Sohn tut mir wirklich leid«, sagte Roland, als sie allein waren. »Ich habe gehört, dass es an Ihrem Hochzeitstag passiert ist, während das Haus voller Gäste war.«

Kasper Dupont schaute aus dem Fenster in einen vernachlässigten und zugewucherten Garten, oder vielleicht war das einer von diesen modernen Gärten, in denen die Natur selbst bestimmen darf und alles wild und unkontrolliert wächst. Da draußen hatte sicher die Hochzeitsfeier stattgefunden. Und dort hatten sie wohl auch seine Braut mit aufgeschnittenen Pulsadern gefunden.

»Sara war an dem Tag so glücklich, ich habe nicht verstanden, was passierte. Natürlich hatte es sie nervös gemacht, Mutter zu werden. Die große Verantwortung für einen anderen kleinen Menschen zu haben, der total von einem abhängig ist. Aber das geht doch eigentlich allen Erstgebärenden so? Ich war es ja auch. Das klingt natürlich merkwürdig, weil Sara doch Gesundheitspflegerin ist, aber das eine ist, anderen Ratschläge zur Kinderbetreuung zu geben; derjenige zu sein, bei dem die Verantwortung liegt, ist etwas anderes. Wenn jemand wusste, was schiefgehen konnte, dann sie. Aber von postnataler Depression war überhaupt keine Rede. Und dass sie nun wieder gemordet hat. Eine Gesundheitspflegerin! Ich kannte sie ja überhaupt nicht!«

»Sie haben anfangs an ihrer Schuld gezweifelt? Damals, als Verdacht auf plötzlichen Kindstod bestand?«

Kasper wandte ihm den Blick zu. An dem Ausdruck seiner Augen sah Roland sofort, dass Isabella den Mann völlig falsch eingeschätzt hatte.

»Ich gebe zu, dass ich nie gedacht hätte, dass Sara zu so etwas fähig wäre. Sie hat ihn ja geliebt. Sie liebt alle Kinder. Wenn sie nicht anschließend versucht hätte, sich das Leben zu nehmen, wenn die Beweise nicht so klar gewesen wären, wenn sie jetzt nicht noch einen Menschen ermordet hätte, um zu fliehen, dann ...«

»Aber sie erklärt sich doch für unschuldig an Williams Tod. Hatte sie kein Alibi, das diese Behauptung beweisen könnte? Es war Ihr Hochzeitstag mit Gästen im Haus.«

Kasper schüttelte den Kopf und presste die Lippen zu einem blutlosen Strich zusammen. In diesem Moment kam Isabella die Treppe hinuntergelaufen, zuckte in Richtung Roland mit den Schultern und hatte nichts gefunden, was bewies, dass Sara sich in dem Haus aufhielt.

»Dann wollen wir Sie nicht länger aufhalten, aber bitte melden Sie sich, falls sie Sie kontaktiert oder sonst noch etwas ist.« Er reichte Kasper Dupont seine Visitenkarte und folgte Isabella nach draußen.

Es war niemand zu Hause in dem Reihenhaus in der Møllevangs Allee, wo die Freundin Lærke Bendixen wohnte, aber der Nachbar, der gerade dabei war, einen hohen Busch zu einer Spirale zu trimmen, die an einen gigantischen Korkenzieher erinnerte, erzählte ihnen ohne Aufforderung, dass *sie* einen Vortrag im Scandinavian

Congress Center halte. *Er* war, soviel er wusste, weggefahren, um die Kinder aus dem Kindergarten und der Schule abzuholen.

»Hübscher Schnitt«, lobte Roland zum Dank.

»Das ist meine größte Leidenschaft. *Topiary works*, wie es in der Fachsprache heißt, ich habe seit vielen Jahren …«

Der Mann könnte sicher den Rest des Tages und die ganze Nacht über den Formschnitt von Büschen und Bäumen reden. Er war genau der Typ dafür; ein Mann in Rente, während die Frau noch arbeiten ging. Schade, dass er keinen größeren Garten hat, dachte Roland, bevor er ihn unterbrach, indem er ihm noch einmal dankte und die Autotür fest zuschlug. Isabella versuchte ein Lächeln zu verbergen.

»Fahren wir direkt zum Kongresszentrum oder warten wir, bis Lærke Bendixen nach Hause kommt?«

»Ich finde, es könnte interessant sein zu hören, worüber Sara Duponts beste Freundin einen Vortrag hält«, antwortete Isabella und schnallte sich an.

»Okay, das war auch mein Gedanke. Hauptsache es geht nicht um Topiary works«, murmelte Roland, bevor er das Auto anließ und mit einem letzten Blick über die Hecke auf den hochkonzentrierten Gärtner rückwärts aus der Einfahrt fuhr.

»Das ist doch ein hübscher kleiner Garten, den er da hat. Was hast du eigentlich gegen Gärten, Büsche – oder vielleicht Gärtner?«, fragte Isabella mit schlecht verhülltem Amüsement. Sie setzte eine dunkle Sonnenbrille auf. Die Sonne war durch die Wolkendecke gebrochen und blendete von den weißen Mauern der Reihenhäuser. Roland hasste es, wenn er Leuten nicht in die Augen sehen konnte, sondern stattdessen sein eigenes Spiegelbild sah. Er antwortete nicht. In Wahrheit plagte ihn sein schlechtes Gewissen. Es war immer Irene gewesen, die sich um den Garten bei der Villa in Højbjerg gekümmert hatte, die ihr Elternhaus war. Nun war es seine alleinige Verantwortung, und Gartenarbeit war noch nie sein Ding gewesen. Das Gras war viel zu lang, in den Beeten musste Unkraut gejätet und die Büsche und Bäume zurückgeschnitten werden. Der Herbst war eine arbeitsreiche Zeit für Gartenbesitzer. Er könnte Irene selbstverständlich einen natürlichen Garten vorschlagen, der wild wuchs wie der der Duponts, aber darauf würde sie sich nie einlassen. Gepflegtheit und saubere Linien entsprachen ihr eher. Er fürchtete den Laubfall, der bald kommen würde, obwohl die vielen verrotteten Blätter natürlich sein Versäumnis verbergen könnten. Aber Irene sah es. Oft saß sie da und schaute aus dem Fenster des ersten Stocks in den Garten hinunter, sagte aber nichts. Er musste sich einfach zusammenreißen und in die Gänge kommen, nicht in Selbstmitleid baden, sondern mehr Mitgefühl für Irene aufbringen, die gern im Garten arbeiten würde, körperlich aber nicht dazu in der Lage war.

Isabella war diejenige, die das Schild als Erste entdeckte, das den Weg zu dem Raum wies, in dem Lærke Bendixen ihren Vortrag hielt. Roland nahm eine der Broschüren mit, die in ordentlichen, kleinen Reihen in einem Aufsteller vor der Tür standen, und las die Überschrift *Wir haben mehrere Persönlichkeiten* und den Untertitel *Persönlichkeitsspaltung ist NICHT Schizophrenie. Vortrag von Psychotherapeutin Lærke Bendixen.*

»Ach nein, nicht eine von diesen selbsternannten Therapeutinnen«, seufzte er und steckte die Broschüre zurück in den Aufsteller.

»Sie ist sicher mehr als das. Sie hat eine dreijährige Ausbildung an der Akademie für Psychotherapie in Kopenhagen absolviert und zwei Jahre als selbständige Therapeutin gearbeitet. Steht auf der Rückseite.« Isabella faltete die Broschüre zusammen, stopfte sie in die Tasche ihrer Lederjacke und öffnete vorsichtig die Tür zu dem Raum. Darin war es dunkel. Wechselnde farbige Bilder mit Säulen, Zahlen und Diagrammen blinkten auf einer Leinwand auf. Der Raum war nicht voll besetzt und Roland und Isabella setzten sich auf die ersten freien Stühle direkt an der Tür. Nur wenige drehten sich um und sahen sie an, konzentrierten sich jedoch schnell wieder auf die ruhige, tiefe Stimme der Rednerin.

»Wie das Diagramm hier zeigt, wird bei jedem zehnten psychiatrischen Patient in den USA DIS diagnostiziert. Oft ist die Diagnose Kindheitstraumata geschuldet, in der Regel sexueller Missbrauch, aber eine neue Theorie ist, dass auch gesunde Menschen die Persönlichkeit wechseln. Es ist einfach eine Notwendigkeit, mehrere Persönlichkeiten zu haben, um sich dem wechselnden Alltag der Gegenwart anzupassen.«

Roland schluckte ein weiteres Mal. Er war selbst in zwei Personen aufgeteilt; Roland auf der Arbeit und Rolando in seinem Privatleben.

»DIS ist eine der umstrittensten psychiatrischen Diagnosen, weil sie oft mit Kriminalität verknüpft wird. Seit sie als psychische Krankheit bekannt ist, haben mehrere Verbrecher diese Diagnose benutzt und erklärt, dass sie für ihre Handlungen nicht verantwortlich gemacht werden könnten. Bei diesen Fällen spricht man von einer pseudologischen Störung.«

Lærke Bendixen blickte auf einige Papiere vor sich. Sie setzte eine moderne Brille auf, während sie in einem fast unbemerkten Augenblick eine Karte las und dann den Blick wieder auf die Leinwand richtete, als ein neues Bild von einer Frau mit langen Haaren, lila Halstuch und einem sympathischen Lächeln erschien.

»Simone Reinders vom King's College in London ist der Ansicht, dass es mehrere Typen gibt. Ihrer Meinung nach ist DIS eine Krankheit, die sowohl von den Behandelnden als auch dem juristischen System differenziert betrachtet werden muss. Simone Reinders leitete 2003 einen DIS-Versuch, wo sie mit Hilfe von PET-Scans nachgewiesen hat, dass DIS-Patienten traumatisches Material im Gehirn unterschiedlich behandeln, je nachdem, in welchem Persönlichkeitszustand sie sich gerade befinden. Elf Patientinnen waren an dem Versuch beteiligt. Alle konnten mit Hilfe eines Therapeuten zwischen ihren beiden Persönlichkeitszuständen wechseln. Die eine Persönlichkeit erinnerte sich an traumatische Erlebnisse, über die die andere nichts wusste. Der Versuch zeigte also, dass Menschen, die an DIS leiden, verschiedene Identitäten haben, von denen jede Zugang zu unterschiedlichen Erinnerungen haben kann.«

Das Bild der Forscherin verschwand, und es wurde dunkel im Raum, bis die Deckenlampen angeschaltet wurden und die Zuhörer dazu brachten, die Augen zusammenzukneifen. Lærke nahm die Brille ab und schaute über ihr Publikum. Roland schien es, dass sie ihn direkt anschaute. So empfanden das sicher alle in dem Raum. Das war das Kennzeichen einer routinierten Rednerin.

»Persönlichkeitsspaltung wird gebraucht – oder missbraucht – in der Welt des Films und der Literatur. Bestimmt erinnern sich alle an Robert Louis Stevensons Novelle von 1886 über Dr. Jekyll und Mr. Hyde?«

Das wurde wie eine Frage gesagt und wie in einer Kindersendung im Fernsehen ertönten vereinzelte bestätigende Antworten aus dem Publikum.

»Auch Gollum aus *Der Herr der Ringe* hat eine ausgeprägte Persönlichkeitsstörung.« Hier lächelte Lærke, und das stand ihr.

»Im Alltag denken wir nicht darüber nach, dass die meisten von uns rein faktisch die Identität wechseln und dass wir unterschiedliche Persönlichkeiten aufweisen in unterschiedlichen Zusammenhängen und je nachdem, mit wem wir gerade zusammen sind. Wir würden Probleme bekommen, würden wir nicht die Elternrolle ablegen, wenn wir mit Kollegen und Freunden zusammen sind, und die geschäftsmäßige Rolle, wenn wir mit unseren Kindern spielen.«

Sie trank aus einem Wasserglas, und Roland wunderte sich darüber, wie still es in dem Raum war. Niemand hustete, niemand nieste, niemand tuschelte – es war beinahe, als ob sie nicht einmal atmeten. Andere als er selbst saßen sicher nun da und dachten an ihre verschiedenen Persönlichkeiten. Doch dann schloss Lærke Bendixen mit den erlösenden Worten: »Machen Sie frei von ihren unterschiedlichen Persönlichkeiten Gebrauch. Sie sind deshalb noch nicht gleich schizophren. Viel zu viele suchen nach ihrem *wahren Ich*, aber wir sollten für alle unsere Persönlichkeiten dankbar sein und uns daran erinnern, sie konstruktiv zu gebrauchen, um das Beste daraus zu machen.«

Ohne Zweifel waren dies die abschließenden Worte. Einige standen auf und Roland ärgerte sich darüber, dass sie nicht etwas früher in den Vortrag gekommen waren. Er schien interessant gewesen zu sein. Lærke Bendixen verstand es, ihr Publikum mit ihrem psychologischen Wissen zu fesseln; aber konnte sie mit diesem Hintergrund nicht gerade diejenige sein, die ihre Freundin versteckt hielt?

Er und Isabella blieben sitzen, während die anderen plaudernd den Raum verließen. Erst als sie aufstanden und zu ihr hingingen, bemerkte Lærke Bendixen sie. Roland zeigte seinen Dienstausweis.

»Können wir einen Moment mit Ihnen sprechen?«

Lærke schob die Papiere in ihre Tasche und schloss sie. Dann stöpselte sie den Projektor aus und rollte ohne Eile das Kabel auf.

»Selbstverständlich, womit kann ich Ihnen helfen?«

Die Stimme war sachlich, sie rechnete sicher damit, dass es um den Vortrag ging, der auch für die Polizei brauchbar sein könnte. Das Polizeipräsidium könnte eine Einladung bekommen haben, die in der ›Ablage P.‹ unter dem Schreibtisch gelandet war wie so vieles andere.

»Das war ein guter Vortrag. Was bedeutet DIS eigentlich?«

Lærke sah sie lächelnd an, während sie fortfuhr, das Kabel aufzurollen.

»Sie waren sicher nicht von Anfang an hier. Sie waren diejenigen, die am Ende des Vortrags gekommen sind, richtig?«

Isabella nickte.

»DIS ist eine Abkürzung für *Dissoziative Identitätsstörung*, englisch DID, *Dissociative Identity Disorder*.«

Sie legte das Kabel zu dem Projektor auf einem Rolltisch. Es war kein Equipment der modernen, drahtlosen Art.

»Ich hoffe, Sie konnten mit dem, was Sie gehört haben, etwas anfangen. Es wäre sehr nützlich, wenn die Polizei mehr über dieses Leiden wüsste.«

»Und Ihre Freundin, Sara Dupont, ist ihre Diagnose auch DIS?«, fragte Roland geradeheraus.

Lærke Bendixen erstarrte fast unmerklich.

»Nein, Sara leidet nicht an DID. Geht es um sie? Es ist doch wohl nichts passiert?«

»Sara ist gestern Abend aus der Gerichtspsychiatrie geflohen. Bevor sie verschwunden ist, hat sie einer Krankenschwester den Kopf zertrümmert.« Isabella konnte sich auch kurz fassen.

Jetzt verhärtete sich Lærkes Haltung sichtlich, während sie mehrmals den Kopf schüttelte. »Nein, das kann nicht sein. Sara ist keine Mörderin!«

»Sie sind vielleicht auch der Meinung, dass sie nicht am Mord ihres Sohnes schuld ist?«

»Doch, aber … nein, anfangs nicht. Es konnte einfach nicht sein, aber dann kamen ja die Beweise ans Licht, sodass wir …« Sie geriet ins Stocken und starrte hinauf an die leere, weiße Projektor-Leinwand.

»Haben Sie nicht versucht, Sara zu helfen? Als Psychotherapeutin, meine ich«, fragte Isabella.

»Doch, doch. Natürlich habe ich das, aber ich kann nicht mit ihr über das, was passiert ist, reden. Ich bin sicher auch viel zu dicht dran, wir kennen uns seit dem Gymnasium. Aber sie bleibt dabei, die Schuld auf alle anderen zu schieben und will keine Verantwortung für ihre Handlungen übernehmen. Das ist eine schwierige Situation, die bessere professionelle Behandlung erfordert, als ich sie als Therapeutin geben kann. Die sie in der Gerichtspsychiatrie bekommen hat. Ist sie wirklich geflohen …?«

»Wann haben Sie sie zuletzt gesehen?«

»Ähm, das ist sehr lange her, sicher einen Monat. Ich war in letzter Zeit so mit Vorträgen beschäftigt, daher …«

»Wie ist denn Ihre Einschätzung ihres Zustandes? Wie war sie, als Sie sie vor einem Monat gesehen haben?«

»Das ist schwer zu sagen … aufgrund der Medikamente war sie sehr umnebelt und es war sehr schwierig, sich mit ihr zu unterhalten. Sie müssen die Dosis wohl verringert haben, da sie ja flüchten konnte, und …« Gedankenvoll geriet sie wieder ins Stocken. Plötzlich wirkte sie unsicher und war nicht länger die eloquente Referentin, der sie gerade gelauscht hatten. Auch sie jonglierte offenbar mit mehreren Identitäten.

»Ihre Einschätzung ist also, dass sie ansonsten außerstande gewesen wäre auszubrechen?«

»Ja, das meine ich – ganz bestimmt. Es sei denn, ihr wurde dabei geholfen …«

»Und wer, glauben Sie, hätte ihr helfen sollen?« Isabella steckte die Hände in die Jackentasche. »Sie vielleicht?«

Lærke sah schnell zu ihr. »Ich? Warum in aller Welt hätte ich ihr raushelfen sollen, wenn ich finde, dass sie genau die richtige Hilfe bekommt, dort wo sie ist … war. Ich finde, es ist schrecklich, dass sie nun ohne Behandlung ist.«

Roland glaubte ihr; der überrumpelte Ausdruck war echt. Sie richteten alle drei die Aufmerksamkeit auf die Tür, als sie lautlos geschlossen wurde, aber nicht lautlos genug. Jemand hatte gerade den Raum verlassen.

4

Anne Larsen rutschte auf dem Stuhl unwillkürlich ein kleines Stückchen tiefer, als sie sah, wer durch die Tür gekommen war, obwohl sie deutlich versuchten, das unbemerkt zu tun; es waren Kommissar Roland Benito und die Beamtin. Sie erinnerte sich nicht an den Namen der jungen Blonden mit Pferdeschwanz, die nun so oft anstelle des Kriminalbeamten Mikkel Jensen der Partner des Kriminalkommissars war, dass es sehr verdächtig wirkte. Würde sie Roland nicht so gut kennen und nicht zuletzt seine liebevolle Ehrerbietung gegenüber seiner Frau, hätte sie glatt auf den Gedanken kommen können, dass zwischen ihnen etwas lief. Sie setzten sich auch ziemlich dicht zusammen, ahnte sie, auch wenn es halbdunkel war. Und das, obwohl die Beamtin mit Mikkel Jensen zusammenwohnte. Auch im Polizeipräsidium gab es Schmutz und Intrigen. Sie hatte überhaupt kein Gefühl mehr dafür, was dort vor sich ging. Nicht, seit sie ihren Job als Kriminalreporterin verloren hatte, als das Tageblatt aufgrund finanzieller Schwierigkeiten schließen musste wie so viele andere kleine lokale Zeitungsredaktionen. Damit verlor sie auch ihren Zugang zu Roland Benitos kleinem, unaufgeräumtem Büro. Aber vielleicht änderte sich das jetzt, wo sie in vollem Gange war, auf Freelancebasis etwas zusammen mit ihrem früheren Praktikanten Nicolaj zu starten. Deswegen war sie hier. Nach dem Putzjob, den sie leider immer noch beibehalten musste, um die Miete bezahlen zu können, hatte Nicolaj sie zu dem Vortrag im Scandinavian Congress Center geschickt, obwohl sie an einem anderen Artikel über die illegale Zucht von Kampfhunden arbeitete. Der Vortrag handelte von Persönlichkeitsspaltung und wie Verbrecher die Diagnose gebrauchen könnten, um das Strafmaß zu verringern. Nicolaj hatte sie geschickt, weil sie sich weigerte, an solche Krankheiten zu glauben. Sie hatten darüber diskutiert, als er ihr von dem Vortrag erzählte. »Wir haben nur eine Persönlichkeit, und die haben wir durch Gene, Erziehung und Umwelt. Wir schaffen sie selbst im Laufe des Lebens«, hatte sie gesagt. Aber nun sah sie, dass der Vortrag auch ihr Stoff zum Nachdenken und für die Arbeit als Kriminalreporterin gab. Ein Wissen, das nützlich werden könnte. Es freute sie, dass Nicolaj darauf bestanden hatte, sie teilnehmen zu lassen. Redakteur Thygesen beim Tageblatt hatte sie nie zu Vorträgen oder Kursen geschickt. Das sei nur Zeitverschwendung, meinte er. Vielleicht existierte die Redaktion deswegen nicht mehr. Sie waren einfach nicht ehrgeizig genug gewesen. Hatten den Finger nicht am Puls der Zeit gehabt.

Sie setzte sich in die hinterste Reihe. Der Kriminalkommissar saß ganz vorne an der Tür am anderen Ende der gleichen Reihe, sodass er sich hätte vorbeugen und die Reihe entlang schauen müssen, um sie zu entdecken. Sie freute sich insgeheim darüber, nicht besonders groß zu sein, sodass sie sich gut verstecken konnte. Wenn der Beamte sie sähe, würden sie ihr Anliegen hier sicher verschieben, selbst wenn Roland natürlich nicht das Geringste von ihrer Zusammenarbeit mit Nicolaj und davon, dass sie vielleicht wieder auf dem Weg in die Branche war, ahnte. Er glaubte sicher, dass sein Quälgeist für immer weg war und zur Putzfrau verdammt. Aber was machten sie hier? Wenn sie gekommen wären, um den Vortrag zu hören, wären sie doch wohl gekommen als er anfing, jetzt war er fast vorbei. Sie konzentrierte sich wieder auf die Rednerin, als ein neues Bild von dem Projektor aufleuchtete. Anne musste zugeben, dass der Vortrag sehr interessant war, und er hatte tatsächlich auch ein wenig an ihrer Auffassung gerüttelt. Wenn so viele Forscher mit Hilfe von Scannings und Versuchen dokumentieren konnten, dass normale Menschen faktisch mehrere unterschiedliche Persönlichkeiten haben konnten, dann war das wohl so. Was war mit ihr selbst? War sie nicht mit Adomas eine andere als mit Esben und eine dritte, wenn sie mit Nicolaj zusammen war? Eine vierte, noch andere, bei ihrer Mutter, wo sie sich nicht wie die Tochter, sondern eher wie die Erwachsene fühlte? Es war ja ganz richtig, dass sie unbewusst ihr Verhalten änderte, je nachdem, mit wem sie zusammen war. Ohne schizophren zu sein. Nach den Schlussworten der Referentin begann sich der Raum schnell zu leeren. Anne bemerkte, dass Roland und die Polizistin sitzen blieben, und als sie aufstanden und zu der Vortragenden gingen, entgegen dem Strom, wurde sie neugierig. Vielleicht war die Therapeutin eine Betrügerin. Vielleicht sollte sie verhaftet werden, dann könnte Anne nach Hause fahren und Nicolaj sagen, dass das Ganze eine Luftnummer war. Man *hat* nur eine Persönlichkeit, wie sie es die ganze Zeit gesagt hatte. Sie folgte den anderen in Richtung Ausgang, von der Gruppe verdeckt, aber als der Letzte draußen war, schloss sie die Tür und ging schnell in die Hocke hinter den Stuhllehnen, unbemerkt von den drei Personen, die vorne bei der großen, weißen Leinwand standen. Aber dank der guten Akustik dieses Raumes konnte sie alles hören, was sie sagten.

5
Juli, ein Jahr und zwei Monate zuvor

Sara lehnte sich auf der Sonnenliege in dem Schatten unter der Kastanie zurück und schloss die Augen. Sie liebte den Garten mit den alten Obstbäumen und den vielen Rosenbüschen. Rosen waren die Leidenschaft des Vorbesitzers gewesen. Der Garten war ausschlaggebend dafür gewesen, dass sie das Haus gekauft hatten, obwohl sie es sich damals eigentlich gar nicht hatten leisten können und es ihnen immer noch schwer zu schaffen machte.

Der frische, fruchtige Duft der karminroten Darcey Bussell war beherrschend in der stehenden warmen Nachmittagsluft. Zum Glück gehörte er nicht zu den Düften, von denen ihr schlecht wurde. Sie biss sich auf die Unterlippe. Das Lächeln wollte nicht verschwinden. Kaspers Kuss wärmte immer noch. Er behütete sie zu sehr und wollte sie nicht allein lassen, aber er hatte erst in einer Woche Urlaub. Obwohl im Sommer viele Wiederholungen gesendet wurden, konnte der DR seinen Kameramann noch nicht entbehren. Die Aufzeichnung einer Kochsendung, die mit Lagerfeuer und Grill am Strand stattfand, musste in den Kasten. Es galt die Chance wahrzunehmen, solange die Sonne schien. Bei dem dänischen Sommer wusste man nie, wann es sich die Wettergötter anders überlegten. Aber *sie* hatte glücklicherweise frei. Glücklicherweise, weil sie erschöpfter war als je zuvor in ihrem ganzen Leben. Die Brüste und Brustwarzen waren so empfindlich, dass sie eine leichte, luftige Sommerbluse kaum und einen BH überhaupt nicht tragen konnte. Daher genoss sie nun, sich allen Stoffs bis auf ein orange geblümtes Bikinihöschen entledigen zu können und in dem wild wachsenden Garten zu liegen, der sie vor dem nächsten Nachbarn abschirmte. Das Thermometer war gerade auf 29,5 Grad geklettert. Vorsichtig legte sie beide Hände auf den Bauch, dort war eine kleine Beule. Diese Beule waren die zusätzlichen Kilos, die sie auf der Waage feststellen konnte. Diese Beule war die Übelkeit und alles Erbrechen wert. Diese Beule war ihr kleiner Sohn oder ihre kleine Tochter. Sie war auf Kaspers Reaktion gespannt gewesen. Vielleicht auch ein bisschen nervös. Sie hatten überhaupt nicht übers Kinderkriegen gesprochen, so gesehen war es nicht weiter geplant. Aber sie hatten auch nicht besonders viel getan, um zu verhüten, also hatte Kasper vielleicht das Gleiche gehofft wie sie. Das hatte er ganz sicher, das zeigte seine ganz überschwängliche Freude, als der Arzt bestätigt hatte, dass es nicht nur Luft im Bauch war und sie ihm zum Abendessen die Schüssel mit Kartoffelsalat gereicht und ohne große Dramatik erzählt hatte, dass er Vater werden würde. Dass sie Eltern werden würden. Erst war er verstummt, aber nicht aus Widerwillen, das sah sie sofort in seinen Augen. Er wusste bloß nicht gleich, was er sagen sollte, aber als die Neuigkeit bei ihm angekommen war, war er blitzschnell vom Tisch aufgestanden, hatte sie vom Stuhl hochgehoben und herumgewirbelt, bis ihm plötzlich aufging, was er machte und sie mit einem besorgten Blick auf ihren Bauch vorsichtig wieder absetzte. Sie hatte gelacht und ihm erklärt, dass sie nicht so zart war und der Fötus ebenso wenig. Das hatte sie mehrmals wiederholen müssen, da er nicht glaubte, dass sie während der Zeit der Schwangerschaft Sex haben konnten. Er musste doch verrückt sein, wenn er glaubte, dass sie so lange auf ihn verzichten könnte. Die Lust war nur noch größer geworden. Das passierte bei einigen – bei anderen das genaue Gegenteil, hatte sie im Internet gelesen.

Sie zuckte zusammen, als eine Elster schäckerte und ihr Schatten über das Gras glitt. Sie flog über die Baumgruppe ans andere Ende des Gartens. Die Vögel nisteten dort, hatte Kasper beobachtet. Ansonsten hatte Sara nur dagelegen und anderen, gedämpften Rufen hoch oben gelauscht: Schwalben. Vor denen hatte sie nicht so viel Angst, sie waren klein und putzig und kamen selten in ihre Nähe. Sie segelten hoch oben über den blauen Sommerhimmel und wohnten auf einigen der vielen Bauernhöfe weit, weit weg.

»Liegst du hier so rum – ganz nackt?!«

Sara hatte niemanden kommen hören. Sie schirmte die Sonne mit der Hand ab und schaute erschrocken zu Freja auf, die die Sonnenbrille in ihre dunklen Haare hochschob und lächelte. Sie trug ein leichtes, knallbuntes Sommerkleid. Ihre Haut war gebräunt, wie das ganze Jahr über. Sie unterrichtete an einer Musikschule und hatte lange Ferien. Den Sommer verbrachte sie die meiste Zeit am Strand vor ihrer Villa in Risskov, wo sie zusammen mit Thor und ihrem 12-jährigen Sohn Sune wohnte. Sara hingegen war blass und sommersprossig, sie vertrug die Sonne nicht und wurde rot wie hot chili, deswegen hielt sie sich immer im Schatten auf. Es war lange her, dass sie Freja gesehen hatte, sie hatte sie nur über ihre Pinnwand bei Facebook im Auge behalten, damit sie auf dem Laufenden blieb, was sie so unternahm, und sie wusste, dass Freja es umgekehrt mit ihr genauso gemacht hatte.

»Hi, Freja. Mensch, das ist ja eine Überraschung!«

Sara beeilte sich, die Bluse anzuziehen, und verzog das Gesicht zu einer gequälten Grimasse, als der Stoff ihre Brüste berührte.

»Bleib ruhig liegen. Du musst dir nicht meinetwegen was anziehen. Ich erinnere mich noch gut, wie das war. Das mit den Brüsten. Bitte schön, das ist für dich.« Sie überreichte ihr ein Geschenk mit ebenso schreiend buntem Papier wie das Muster des Kleides samt einer großen Schleife. Abstrakt. Sara kannte niemanden, der so abstrakt war wie Freja.

Gespannt nahm sie das Geschenk entgegen. Freja setzte sich auf einen Gartenstuhl. Direkt in die Sonne, wo es glühend heiß war.

»Warum kriege ich jetzt ein Geschenk? Ich hab doch nicht Geburtstag.«

»Weil du Mutter wirst. Das steht doch überall auf deiner Pinnwand. Das Geschenk ist nur zum Spaß.« Freja kaute Kaugummi, das war auch eine ihrer Eigenarten. Wenn Sara Minze roch, dachte sie immer an Freja. Sie war im Zweifel gewesen, ob es zu früh war, für alle Freunde öffentlich zu machen, dass sie schwanger war, aber dann hatten andere im zweiten Monat Bilder von ihren wachsenden Bäuchen hochgeladen und sie war von der Stimmung angesteckt worden.

Sie packte aus mit einem misstrauischen Blick zu ihrer Freundin, die, spontan wie sie war, oft auf Ideen kam, die nicht immer zur Situation passten. Sara vergaß nie, wie sie ihr einmal einen ausgestopften Vogel zum Geburtstag verehrt hatte, weil sie sie mit ihrer Angst vor Federvieh aufziehen wollte; sie hatte beinahe einen Herzstillstand bekommen und den Vogel mit einem lauten Schrei entsetzt von sich geworfen, als die ekligen Federn ihre Haut berührten; er flog auf den Boden und der Kopf fiel ab. Ein makabrer Anblick. Kasper hatte ihn entsorgt, als die Gäste gegangen waren. Nur Freja hatte sich amüsiert, aber Sara glaubte nicht, dass es böse gemeint war. Sie wusste es einfach nicht besser. Sie waren ehemalige Klassenkameradinnen und hatten nach vielen Jahren wieder zusammengefunden, obwohl sie in der Schule eigentlich nicht besonders viel miteinander zu tun gehabt hatten. Freja hatte zu der Gruppe gehört, die diejenigen mobbte, die anders waren. Sie selbst hatte versucht, sich da rauszuhalten, was sie dann zu einer Außenseiterin gemacht hatte. Jedenfalls in Frejas Kreis. Die meisten sahen zu ihr auf. Fürchteten sie beinahe. Sie entdeckte überrascht, dass sie fast Nachbarn waren, als sie und Kasper in die Wohnung in Trøjborg zogen. Das war, bevor Freja Thor traf, der Architekt war und selbst ihre extravagante Villa in Risskov entworfen hatte. Sie mussten sich wegen der Kombination ihrer Namen eine Menge anhören und in ihrem Freundeskreis hießen sie bloß *die Wikinger*, wenn sie erwähnt wurden. Und sie es nicht hörten.

Aber dieses Mal gab es nichts zu befürchten. Nur ein Buch fiel aus dem Papier. *Wo habe ich das Baby hingelegt?* von Julia Lahme.

Sara stand halb auf und umarmte Freja. Hauptsächlich aus Erleichterung. Sie setzte sich wieder auf den Liegestuhl, winkelte das eine Bein an und betrachtete das Cover.

»Glaubst du nicht, dass ich eine gute Mutter werde?« Das klang sicher ein bisschen zu besorgt. Freja sah plötzlich beschämt aus, was man nicht oft erlebte.

»Doch, doch – natürlich wirst du eine gute Mutter, Süße. So war das gar nicht gemeint. Ich habe bloß gehört, dass das Buch total witzig sein soll. Bist du nervös? Herrgott, du bist doch Kinderpflegerin. Was kann da schon schiefgehen?«

»Ach, eine Menge, Freja. Es kann so viel schiefgehen. Wer weiß, ob ich eine gute Mutter werde, auch wenn ich davon lebe, anderen Müttern zu erzählen, wie sie sich verhalten sollen, um es zu sein. Das sagt sich so leicht, und …«

»Jetzt hör schon auf! Du wirst eine Glucke. Garantiert!«

»Ich kann mich erinnern, dass *du* Probleme hattest, als du mit Sune schwanger warst.«

»Ja, das war echt hart. Ich musste ja die letzten beiden Monate im Bett bleiben und er kam viel zu früh. Zum Glück hat Sune überlebt und ist heute ein superstarker Kerl, obwohl er nicht so aussieht, das dürre und verwöhnte Gespenst.« Sie lachte heiser. »Vielleicht hätte ich auch warten sollen, es ist besser, in deinem Alter Kinder zu bekommen. In den Dreißigern ist man reifer als in den Zwanzigern, und ich fühle mich tatsächlich ein bisschen so, als hätte ich dadurch, dass ich so früh Mutter geworden bin, einen Teil meiner Jugend verloren.«

»Ach, du scheinst doch ganz gut zurechtzukommen, Freja. Möchtest du irgendwas haben? Im Kühlschrank ist kalte Limonade.«

Sara wollte aufstehen, aber Freja war schneller und hielt beide Hände mit gespreizten Fingern vor ihr hoch. »Nein, du bleibst jetzt da! Du bist schwanger! Hurra! Hurra! Und ich kann sie selbst holen. Du willst auch eine, oder?«

»Ja. Und danke.« Sie legte sich zurück auf die Liege und spürte eine Welle der Übelkeit und einen Stich im Unterleib wie

Menstruationsschmerzen, aber sie wusste, dass das völlig normal war, weil sich ihre Gebärmutter ausdehnte. Das sagte jedenfalls der Arzt. Durch das offene Küchenfenster hörte sie Freja am Kühlschrank und den Küchenschränken hantieren. »Die Gläser sind im Wohnzimmerschrank«, rief Sara.

Freja kam zurück mit einem Tablett, auf dem ein Glas, eine Kanne Limonade und ein Bier standen. »Ich hatte irgendwie mehr Lust auf ein Bier bei der Hitze. Hab gerade gesehen, dass ihr ein paar belgische im Kühlschrank habt.« Sie stellte das Tablett auf den Gartentisch.

»Bist du nicht mit dem Auto da?«

»Nein, ich hab den Bus genommen. Thor hat heute das Auto.«

»Dann habe ich dich deswegen nicht kommen hören. Ja, dann nimm ruhig eins von Kaspers belgischen, das merkt er eh nicht.« Sara nahm ein Glas mit Limonade entgegen, das Freja ihr reichte. Sie selbst nahm einen großen Schluck aus der Flasche mit Leffe. Sara mochte das nicht, selbst in der Zeit vor der Übelkeit nicht. Schon allein der Geruch reichte aus, dass ihr Darm rumorte.

»Ich hab im Regal gesehen, dass du die Maske noch nicht weggeworfen hast. Wieso hebst du die denn auf?«

»Die Maske? Ach, die aus Venedig. Die ist doch ein Andenken. Ich hatte keine Zeit, mir eine eigene zu kaufen, an dem Morgen ist plötzlich so viel passiert.« Sie trank aus dem Glas und schauderte leicht bei der Erinnerung an den dunklen, kühlen Morgen am Kanal und das tote Mädchen. Das, was sie gesehen hatte, bevor der Leichensack zugemacht wurde, hatte sie nicht vergessen und erlebte es oft in ihren Albträumen. Aber sie sprachen nie darüber, was in Venedig passiert war. Kasper sagte, das ginge sie nichts an und sie sollten versuchen, es zu vergessen. An dem Morgen wurden alle, die im Hotel wohnten, zum Verhör versammelt. Niemand durfte Ort und Stelle verlassen, bis es die italienische Polizei erlaubte, sodass sie nur mit Ach und Krach den Bus zum Flughafen erreichten.

»Es ist lange her, dass du darüber auf Facebook geschrieben hast. Hast du nicht gehört, ob die Polizei den Mörder gefunden hat?«

»Nein, ich weiß auch gar nicht, ob es Mord war oder bloß ein tragischer Unfall.«

»Das war sicher Mord, und der Mörder kann ein Tourist von wo auch immer gewesen sein, der bereits über alle Berge war, als sie gefunden wurde.« Freja schauderte trotz der Hitze. Die Sonne brannte auf ihren Rücken. »Stell dir mal vor, dass sie die Leiche im Wasser direkt vor eurem Hotel gefunden haben. Was für ein Pech, dass du die Kamera nicht dabeihattest und es gefilmt hast, dann hätten wir es online stellen können. Aber ich glaube jedenfalls, dass ich diese Maske weggeworfen hätte. Weil es doch ihre war.« Sie fummelte an dem Flaschenetikett herum.

»Ich weiß ja gar nicht, ob sie diejenige war, die sie gefunden haben.«

»Aber hast du nicht geschrieben, dass dir die Wasserstoffblondine die Maske gegeben hat und sie diejenige war, die du in dem Sack gesehen hast?«

»Ja, aber ich habe Zweifel daran bekommen, ob die Haare wirklich blond *waren*. Sie waren ja nass und dreckig, daher ... aber ist ja auch egal. Das ist ein halbes Jahr her und sie haben den Täter noch nicht gefunden, also werden sie es wohl auch nie.«

»Was ist mit dem anderen Mädchen, die mit der Blondine zusammen unterwegs war? Die du auf Facebook gesucht hast. Hat sie sich mal gemeldet?«

Sara schüttelte den Kopf. Sie war enttäuscht, von überhaupt niemandem dort draußen eine Antwort bekommen zu haben. Die, die sonst auf alles eine Antwort hatten. Nur einige wenige hatten geantwortet, dass sie niemanden kannten, der zu der Zeit in Venedig gewesen war und erst recht niemanden, deren Freundin ertrunken war. Wozu konnte sie das gebrauchen? Von der Maske hatte sie auch ein Bild hochgeladen in der Hoffnung, sie könnte die Freundin dazu bringen, sie zu kontaktieren. Aber das hatte nicht geholfen. Sie wusste natürlich nicht, ob sie Freundinnen gewesen waren, so hatte es bloß ausgesehen, als sie in der Bar saßen. Vielleicht war sie nicht bei Facebook, obwohl Sara sich nicht vorstellen könnte, dass es wirklich jemanden gab, der sich aus dem Netzwerk, wo sich alles abspielte, heraushalten konnte. Dem Nabel der Welt. Sie hatte gelesen, dass jeden Tag 250 000 neue Mitglieder dazukamen. Garantiert war die Freundin des toten Mädchens auch da. Irgendwer musste sie kennen.

»Wieso willst du sie eigentlich finden?«, fragte Freja und nahm einen weiteren Schluck aus der Bierflasche.

»Ich weiß es nicht«, antwortete sie nach einer kleinen Denkpause. Sie hatte nicht einmal Kasper erzählt, dass sie es versuchte. »Vielleicht ist ihr auch was passiert. Sie sind jedenfalls in dieser Nacht zusammen vom Hotel weggegangen.«

»Glaubst du nicht, dass die dänische Polizei in den Fall involviert war? Das Mädchen war hier aus Aarhus, oder?«

»Ja, das meinte Kasper. Er hat mit einer der beiden geredet, als er an dem Abend in der Schlange an der Bar stand, mit der …« Sie schwieg.

»Stand in der Zeitung nichts darüber?«

Sara trank aus dem Glas und schüttelte den Kopf.

»Das ist ja unglaublich!«

»Es war wohl ein Unfall. Sie waren beide betrunken, und die eine ist ins Wasser gefallen und hat sich den Kopf angeschlagen.«

»Trotzdem.«

Der Zwischenfall mit der Tasche war Sara plötzlich wieder präsent. Sie hatten niemandem in der Familie oder im Bekanntenkreis erzählt, dass ihre Tasche gestohlen worden war, weil sie sie aufgrund von zu viel Sambuca einfach in der Bar vergessen hatte. Auch die Facebook-Freunde wussten das nicht. Sie fand es peinlich, und nach einer Menge Neckerei und Spott darüber, dass er es allen – besonders ihren Eltern – erzählen würde, hatte Kasper eingewilligt, dass sie es für sich behalten würden. Das ging andere nichts an. Kasper hatte damals nach vielen Telefonaten mit dem Außenministerium die Auskunft bekommen, er solle das dänische Konsulat in Venedig kontaktieren. Sara hatte einen vorläufigen Pass ausgestellt bekommen, der sie beinahe 40 Euro gekostet hatte. Als sie nach Hause gekommen waren, hatte Kasper die dänische Polizei kontaktiert, aber die konnte selbstverständlich nichts bei einer Tasche machen, die im Ausland gestohlen worden war. Insgesamt war dieser schöne Winterurlaub der reinste Albtraum geworden.

Sie blieben den ganzen Nachmittag im Garten. Freja in der Sonne, Sara im Schatten. Kasper kam mit frischen dänischen Erdbeeren und Gemüse aus einer naheliegenden Gärtnerei und bestand darauf, für die Damen Abendessen zu kochen. Freja ließ sich leicht von ihm zum Bleiben überreden. Sara zwang sich selbst zu genießen, ihren gut aufgelegten Liebsten nicht aufmuntern und unterhalten zu müssen. Sie war selbst müde und ausgelaugt, nachdem sie plötzlich gesellig sein musste an einem Tag, den sie eigentlich allein im Garten zu verbringen geplant hatte, um einfach nur zu entspannen.

Freja nahm den letzten Bus. Kasper wollte sie nicht heimfahren, weil er Rotwein getrunken hatte. Sara war auf dem Sofa eingeschlafen, während sie Kaffee tranken, und Kasper ließ sie schlummern, bis Freja gegangen war. Freja hatte darauf bestanden, dass er sie nicht wecken durfte.

Das Schlafzimmer war unerträglich heiß. Die Abendsonne fiel durch das Dachfenster. Im Winter war es schön, aber in einer heißen Sommernacht wie dieser war es fast unmöglich zu schlafen. Zum Glück würde es Winter sein, wenn sie hochschwanger wäre. Kasper legte eine warme Hand auf die kleine Beule auf ihrem Bauch, als sie sich neben ihn gelegt hatte.

»Ich kann's echt kaum erwarten, bis er rauskommt.«

»Sie.«

»Er.«

»Sie … willst du gerne wissen, was es wird?«

»Nein, das ist mir egal. Hauptsache es wird ein Kind.«

Sara lachte. »Das kann ich dir nicht mal versprechen. Ich finde, mein Bauch wächst ziemlich schnell im Vergleich zu denen der anderen.«

»Der anderen? Du hast doch wohl nicht die Fotos, die ich von deinem Bauch gemacht habe, hochgeladen?«

»Doch, natürlich. Alle sollen doch wissen, wie es läuft. Wie glücklich wir sind, nicht?« Sie küsste ihn überredend.

»Hmmm.«

Kasper hielt nicht viel von ihrer Begeisterung für Facebook, aber der Tag wäre nicht der gleiche, wenn sie ihre Erlebnisse nicht mit den anderen teilte. Mit ihren Freunden. Kasper war nicht der Meinung, dass man sie als Freunde bezeichnen könnte. Das war wohl das Einzige, worüber sie uneins waren. Er wurde schweigsam.

»Ist irgendwas? Du bist doch wohl nicht sauer, dass ich das mache?«

»Dass du unser Privatleben vor dem Pöbel ausbreitest? Natürlich nicht, Schatz. Mama ist sicher begeistert davon, es mitverfolgen zu können«, sagte er sarkastisch.

Sie schnitt ihm eine Grimasse. Kaspers Mutter war ein richtiges Klatschweib, das falsche Gerüchte über alles verbreitete, von dem sie glaubte, sie hätte es richtig verstanden. Sie war der Typ, der nur Überschriften las und den Rest riet.

»Hey, hast du übrigens daran gedacht, mein Paket bei der Post abzuholen?«

»Jep. Die Postdame hat deine Vollmacht bekommen und ich dein Paket. Es liegt unten in der Waschküche. Warte doch bis morgen, Sara«, sagte er ärgerlich, als sie aus dem Bett sprang und seine Hand daran hinderte, in ihren Slip zu wandern.

»Ich bin doch gespannt, was es ist. Ich erwarte kein Paket von irgendwem.«

Kasper schüttelte den Kopf, drehte sich um und knipste die Lampe auf dem Nachttisch aus.

»Lass das, Kasper. Warte auf mich, ja?« Sie lächelte seinem Rücken versöhnlich zu und huschte schnell die Treppe hinunter in die Waschküche und nahm das Paket mit auf den Wohnzimmertisch. Es war nicht besonders schwer, in gewöhnlichem braunen Packpapier, das sie immer Schlachterpapier nannte, und mit braunem Paketband zusammengeklebt. Kein schönes Päckchen. Es gab keinen Absender. Ihr Name und ihre Adresse waren auf einen Aufkleber gedruckt und sorgfältig auf der linken Seite platziert. Sie riss das Papier in Stücke und starrte verblüfft auf den Inhalt. Es war fast ein halbes Jahr her, dass die Tasche gestohlen worden war, nun lag sie hier auf ihrem Tisch, direkt an ihre Adresse geschickt. Die braune Friis & Company-Tasche aus Kunstleder mit zwei Außentaschen. Sie öffnete die Tasche, aber sie war leer. Die Seitentasche, in der der Pass gelegen hatte, war ebenfalls leer. Es sah aus, als ob die Tasche nass gewesen wäre. Es waren Flecken darauf und als sie die Finger hineinsteckte und suchend darin umherfuhr, spürte sie die Feuchtigkeit. Die Finger stießen auf etwas Kaltes und Rundes. Sie nahm es heraus. Es war ein kleines Schmuckstück, das wie die Miniaturausgabe einer alten Taschenuhr aussah. Die Uhr hing nicht an einer Kette, sondern an einer rot-weißen Wollschnur, die an einem Ende in einer weißen und am anderen in einer roten Quaste endete. Sie öffnete sie und schaute auf die Uhr mit römischen Zahlen. Die Zeiger waren um vier Uhr stehen geblieben. Sie sah antik aus und war auf jeden Fall weder ihre noch Kaspers. Sie fror, obwohl eine Tropennacht angekündigt worden war. »Was ist das für ein kranker Scherz?«, rief sie die Treppe zum Schlafzimmer hoch.

Kasper antwortete nicht, und sie rechnete damit, dass er eingeschlafen war. Sie setzte sich auf einen Stuhl und starrte auf die Tasche und die silberne Uhr.

***

6

Die Villa sah aus wie viele dieser modernen phantasielosen Bauwerke, viereckige Kästen, wie verkehrt übereinandergestapelt, mit riesigen Fensterfronten. Hier heuert man wohl einfach einen

Fensterputzer an, dachte Roland. Aber sie war schön gelegen, nicht weit von der umstrittenen Badebrücke, die trotz des Verbots der Gemeinde, des Küstenamts und des Verkehrsministeriums im Begriff war wiederzuerstehen. Ein beharrlicher Verein mit hundert Mitgliedern, der sich *Verein Risskover Badebrücke* nannte, war dabei, trotz Strafanzeige für ihr Recht auf Fortbestand zu kämpfen. Ein halbes Jahrhundert hatte diese Brücke ohne die Genehmigung der Behörden existiert, aber nun fühlten sich offenbar einige Bewohner davon gestört und klagten. Die Intoleranz der Gegenwart. Roland wusste nicht recht, was er von der Sache halten sollte; er war selbst ein großer Freund der Badebrücke im Ballehagener Seebad, wo er auch im Winter badete. Aber eins war sicher; die Sache zehrte an vielen Ressourcen. Kräfte, die man an anderen Stellen besser gebrauchen könnte. Jedoch war er sich mit sich selbst uneins, ob der Verein oder die Behörden Recht hatten.

Isabella knallte die Autotür zu und atmete geräuschvoll die salzige Meeresluft ein. Der Wind spielte mit ihrem Pferdeschwanz. »Hier müsste man wohnen!«, rief sie mit einem überzeugenden Lächeln aus.

»Na, bist du euer neuerworbenes Landhaus in Skåde schon leid?«

Isabella sah ihn bloß an, ohne zu antworten, und setzte die dunkle Sonnenbrille wieder auf. Das war kein Thema, das sie diskutieren sollten. Die Schlacht war längst verloren. Dieses Haus *hätte* seins sein können, wenn nur …

»Aber wenn Freja so nah an der Gerichtspsychiatrie wohnt, ist es wohl sehr naheliegend, dass sie diejenige ist, die ihre Freundin versteckt hält. Vielleicht hat sie ihr auch rausgeholfen, denn es klang ja nicht so, als ob Lærke der Meinung wäre, dass Sara imstande wäre, selbst zu flüchten.«

»Vielleicht war Saras Zustand eine andere Persönlichkeit, eine, die zur Situation passte. Wenn alle glaubten, dass sie nicht flüchten könnte, wurde sie sicher nicht so sehr beobachtet.«

Roland sah zu dem Gebäude hoch und steckte sich ein Stück Kaugummi in den Mund. Jetzt versuchte er es mit etwas Gewöhnlichem anstelle von Nicotinell. Es hatte ein großes Opfer erfordert, sich von den Zigaretten zu trennen, und nun hatte er sich von dem Nikotinkaugummi losgesagt. Es verlor zu schnell den Geschmack, daher wechselte er es oft und war drauf und dran, fast so viel Geld dafür auszugeben, wie er es für Zigaretten getan hatte.

Isabella öffnete ein schwarzes Eisentor, das in den Scharnieren einen gut geölten Laut von sich gab. Im Garten gab es schnurgerade geharkte Kieswege, gut geschnittene Hecken, gejätete Beete und getrimmten Rasen. Genau wie Irene es mochte. Aber für das hier war sicher auch ein Gärtner angestellt, rechtfertigte sich Roland.

Der Junge, der aufmachte, war hingegen weder gut geschnitten noch getrimmt. Das Teenageralter, wo Identitätsfindung und Identitätsverwirrung eng beieinander lagen. Vielleicht aus Protest gegen das anscheinend geordnete Leben seiner Eltern. Vielleicht testete er Grenzen aus. Die Haare waren blauschwarz gefärbt, machten aber nur einen Hahnenkamm in der Mitte des Schädels aus und waren viel zu lang, etwas, das an Woody Woodpecker erinnerte und einen sonderbaren Kontrast zum Rest bildete, der abrasiert war. Kurze, helle Stoppeln verrieten, dass die natürliche Haarfarbe des Jungen blond war. Um den Hals trug er ein breites, stachelbesetztes Lederhalsband, das zu dem Armband um das sehr dünne Handgelenk passte und den Ohrsteckern, die wie Spikes aus den Ohrläppchen stachen. Roland wünschte sich keine Umarmung, aber die schien auch nicht in Aussicht zu stehen. Der Junge sah hoffnungslos enttäuscht aus und erwartete offenbar jemand anderen. Aber ein Aufblitzen in seinen blauen Augen und ein kleines verspieltes Lächeln, als Roland sie beide vorstellte und seine Dienstmarke vorwies, zeigte, dass er im Grunde wohl ein netter Junge war; er *wollte* es bloß nicht sein. Jedenfalls sah er nicht aus, als ob er den Besuch der Kriminalpolizei fürchtete.

Die Kleidung war eher skater- als punkerartig – eine Mischung aus beiden Stilarten. Eine neue Subkultur. Skatepunker wurden sie genannt und waren bei den *echten* anarchistischen Punkern nicht besonders gern gesehen. Aber die Musik hatten sie, soweit Roland wusste, gemeinsam; sie hämmerte durch den Fußboden aus dem ersten Stock aus dem Zimmer, in das der Junge verschwand, nachdem er mit lauter und genervter Stimme nach seiner Mutter gerufen und die Treppe mit drei langen Sprüngen genommen hatte. Aufgrund des ohrenbetäubenden Lärms, als er die Tür zu seinem Zimmer öffnete, hörten sie ihre Antwort nicht, aber glücklicherweise knallte er sie schnell wieder zu. Freja kam aus einem Wohnzimmer in ebenso minimalistischem Stil wie das Gebäude. Wieder viel zu kalt und unpersönlich, aber ihr Mann war ja Architekt und das war sicher sein Geschmack, der hier durchschien. Sie hingegen sah aus, als ob sie mehr in den 60er-Jahre Flower-Power-Stil passte mit großen Mustern und kräftigen Farben. Das einzig Farbenprächtige im Wohnzimmer, in dem Schwarz, Weiß und Stahl den Ton angaben. Vielleicht provozierte sie, genau wie ihr Sohn. Roland sah den Architekten vor sich, mit stilvollem, grauem Anzug und Schlips, der weder zu dem Sohn noch zu seiner Ehefrau passte. Vielleicht irrte er sich.

»Ich habe gar nicht gehört, dass Sara geflohen ist«, sagte Freja schockiert, als er sie über den Grund ihres unerwarteten Besuchs aufgeklärt hatte. Auf der Haut um ihren Mund und um die Augen zeigten sich feine Fältchen, die man oft bei Leuten sieht, die viel in der Sonne sind. Der Strand lag wohl auch fast im Garten hinter dem Haus; er hatte das Meer zwischen den Bäumen durch die großen Panoramafenster gesehen, die den Großteil des Giebels ausmachten.

»Und das ist gestern Abend passiert, sagen Sie?«

Sie war auch dem Kaugummikonsum erlegen. Vielleicht auch eine zwangsentwöhnte Raucherin.

»Wann haben Sie sie zuletzt gesehen?«, fragte Isabella, die von der Umgebung unbeeindruckt zu sein schien. Auch die Begegnung mit dem Sohn schien sie nicht überrascht zu haben. Roland kannte sie eigentlich gar nicht, fiel ihm auf. Aus welchem Milieu kam sie? Was hatte ihr Aufwachsen beeinflusst und sie zu der gemacht, die sie war? Er mischte sich absichtlich nicht besonders viel ins Privatleben seiner Mitarbeiter ein und umgekehrt. So war es leichter, die beiden Persönlichkeiten zu trennen. Roland und Rolando.

»Das ist sehr lange her. Tatsächlich seit ihrer Hochzeit nicht mehr. Als all das passierte, wurde ich … armer Kasper, er …« Sie schwieg.

»Also ist das ungefähr vier Monate her? Sie haben sie nicht in der Gerichtspsychiatrie besucht? Es ist doch nicht sehr weit dorthin.« Isabella machte ihr Vorwürfe, das schimmerte in ihrem Tonfall durch.

»Was genau ist bei dieser Hochzeit passiert?« Ein kleines, schnelles Lächeln sollte Isabellas unfreundlichen Ton ein bisschen ausgleichen.

»Wollen wir uns nicht setzen?«, schlug Freja einladend vor.

Roland setzte sich auf einen Sessel, der eher apart als bequem war, sie auf ein viereckiges Sofa aus weißem Stoff und schwarzlackiertem Holz. Isabella setzte sich nicht, sie ging professionell herum und betrachtete die Dinge im Wohnzimmer. Es war nicht besonders viel, was persönliche Geheimnisse enthüllen könnte. Es gab keine Familienfotos oder andere Gegenstände, die etwas über diejenigen, die in dem Haus wohnten, erzählten. Die Bässe tönten dumpf durch die Decke. Böse Musik, pflegte Roland diese Stilrichtung zu nennen. Böse Musik mit bösen Stimmen. Aber er durfte nicht nach so unbedeutenden Details wie Musikgeschmack urteilen, es ging darum, sich immer analysierend, aber neutral zu halten.

»Nach der Kirche wurde die Hochzeit in ihrem Haus in True abgehalten. Es war wirklich toll geschmückt mit schönen Blumen überall und Musik im Garten – ein phantastischer, sonniger Junitag. Es hätte perfekter nicht sein können. Dann ist es passiert …«

Roland und Isabella warteten schweigend ab. Freja drehte nervös ihren Ehering.

»Was ist passiert?«, wollte Isabella wissen, die zuerst die Geduld verlor.

»Das hat keiner so wirklich herausgefunden. Es war mehr die Stimmung, die sich mit einem Mal änderte. Eine Art Kälte, die von einem zum anderen lief. Wie ein Flüstern. So erinnere ich mich heute daran. Wie ein Flüstern. Und dann wurden alle Gäste plötzlich von Kaspers Vater nach Hause geschickt. Bevor wir unser Auto erreichten, das in der Schlange ganz hinten in der Straße parkte, kam der Krankenwagen. Ich wollte zurücklaufen, aber Thor hat mich überredet, mit ihm nach Hause zu fahren. Danach erfuhren wir, dass Sara William getötet hatte – den süßen kleinen William – und versucht hatte, sich das Leben zu nehmen …« Plötzlich schnipste sie mit den Fingern, als ob ihr eine Idee käme. »Doch, ich habe sie übrigens im Krankenhaus besucht, als sie nach dem Selbstmordversuch dort eingewiesen worden war. Aber sie hatte Beruhigungsmittel bekommen und war nicht ansprechbar. Sie murmelte bloß die ganze Zeit etwas, das ich nicht verstand. Anfangs dachten alle, es wäre plötzlicher Kindstod gewesen und sie tat allen furchtbar leid. Beide, natürlich.«

»Aber dann haben Sie sie nicht mehr besucht?«

»Ich fand, das würde nicht wirklich etwas bringen. Die Beweise waren so überwältigend, dass sie sie nicht leugnen konnte. Stellen Sie sich vor, sein eigenes Kind zu töten. Armer Kasper …«

»War Ihr Sohn mit auf der Hochzeit?«

»Sune? Nein, der hatte keine Lust. Er kennt weder Sara noch Kasper besonders gut. Warum?«

Isabella zuckte als Antwort nur mit den Schultern.

»Sara wurde im Garten gefunden. Aber fand dort nicht die Hochzeit statt? Wieso hat niemand bemerkt, was sie vorhatte?«

»Es gibt einen großen Garten vor dem Haus, wo die Hochzeit gefeiert wurde, und einen kleineren dahinter. Da hat Sara ihren Kräutergarten und so was. Dort haben sie sie gefunden.«

»Die Babysitterin hat den Sohn gefunden, richtig?«

Freja zuckte die Schultern.

»Haben Sie sie getroffen?«

»Die Babysitterin? Nein, ich habe sie natürlich gesehen, aber nicht mit ihr gesprochen. Tatsächlich glaube ich, dass sie an dem Tag gar nicht da war. William hat viel geweint, daran erinnere ich mich, und Sara ist die ganze Zeit zu ihm hoch ins Kinderzimmer gelaufen. Vielleicht hatte sie am Ende genug. Sie war nicht sie selbst und hatte ein bisschen was getrunken.«

»Sie wissen also überhaupt nicht, wo sie sich aufhalten könnte?«, fragte Isabella.

»Nein. Man kann ja richtig nervös werden, wenn sie frei herumläuft. Sie hat sich plötzlich so sehr verändert … als ob sie ihre Identität gewechselt hätte. Ob sie wohl gefährlich ist?«

»Sie hat eine Krankenschwester getötet.«

Roland sah wütend zu Isabella, es war bald genauso anstrengend, sie dabei zu haben wie ihren Freund; Mikkel Jensen fiel es auch oft schwer, sich in seinen Äußerungen zurückzuhalten.

Freja hörte auf zu kauen. »Sie hat eine Krankenschwester …« Ihre Augen wurden groß vor Entsetzen, und sie brachte das letzte Wort nicht raus, als die Stimme versagte.

»Haben Sie eine Garage, ein Nebengebäude – einen Pavillon vielleicht?«

»Wir haben eine Garage, aber dann hätte Thor sie entdeckt, als er heute Morgen gefahren ist, wenn Sie das meinen. Und niemand ist über den Kies im Garten gelaufen, das hätten wir gesehen.«

»Ja. Haben Sie Gärtner?« Rolands Blick wanderte automatisch zu dem riesigen Fenster und dem Garten. Es war, als ob man darin stünde, es war bloß Glas dazwischen.

»Nein, das macht Thor. Er liebt das. Jedenfalls Büsche und Gras. Ich kümmere mich um die Blumen.«

»Was ist mit einem Boot? Haben Sie ein Bootshaus oder so etwas?«

»Nein. Wir haben kein Boot.« Freja sah ihn verwirrt an.

»Dürfen wir uns umsehen, bevor wir gehen?«, fragte Isabella.

Freja richtete einen feindlichen Blick auf sie, wie eine Sprengstoffrakete, die ihr Ziel anvisiert. Sie kaute wieder wütend und unbeherrscht.

»Sie glauben doch wohl nicht, dass ich einer Mörderin auf der Flucht helfe und sie verstecke? Übrigens waren wir keine Freundinnen mehr. Falls Sie hier irgendetwas sehen wollen, müssen Sie einen Durchseh… Durchsu…« Sie suchte nach dem Wort. »Durchsuchungsbeschluss haben.«

Das würde zum jetzigen Zeitpunkt schwierig werden.

7

»Nein, ich weiß nicht, wer hier wohnt, aber sie sind beide da reingegangen, also muss es etwas mit der Gefangenen zu tun haben, die geflohen ist.«

Anne verdrehte die Augen über Nicolajs Antwort am Handy, das sie zwischen Schulter und Kinn festgeklemmt hatte, während sie Notizen auf einem Block machte. *Sune, Freja & Thor Dal Poulsen,* notierte sie die Aufschrift auf dem Briefkasten, der vorschriftsmäßig dicht am öffentlichen Weg platziert war, sodass der Postbote sich nicht besonders viel bewegen musste. Sie hatte direkt davor geparkt.

»Nein, natürlich habe ich die Kampfhundsache nicht vergessen«, erwiderte sie wieder gereizt. »Ich bevorzuge es übrigens, sie *Muskelhunde* zu nennen, und ich kümmere mich später darum, aber hier ist gerade etwas Spannendes im Gange. Hast du keine Nachrichten gehört?«

Nun lächelte sie über seine Antwort. Alle Hunde haben Muskeln, aber nicht alle haben Kampfgene, deswegen solle sie sie in dem Artikel *Kampf-* und nicht *Muskelhunde* nennen. Und ja, er hatte von der Suche gehört und natürlich sei da was im Busch, wenn Roland Benito darin verwickelt war. Aber, fügte er hinzu und brachte ihr Lächeln damit zum Verschwinden, nun sei das ja nicht das erste Mal, dass Patienten aus Risskov geflohen wären.

»Nein, aber keiner hat vorher gemordet, um die Freiheit zu erlangen. Das klingt ziemlich verzweifelt.«

»Ziemlich geisteskrank, meinst du. Aber das ist wohl ganz natürlich, wenn man sich die Adresse anguckt. Schließ jetzt die Sache mit dem Züchter ab, bevor er misstrauisch wird und uns entwischt. Ich bohre solange ein bisschen bei dem anderen nach.«

Anne legte mit einer Grimasse in Richtung Handy auf und startete das Auto. Nicolaj wurde langsam genauso nervtötend, wie es Redakteur Thygesen beim Tageblatt gewesen war.

Der Auftrag, auf den Nicolaj sie angesetzt hatte, wurde schwierig. Sie hatte nie selbst einen Hund gehabt. Überhaupt ein Haustier. Hatte genug von Tieren gehabt, nachdem sie als Kind bei ihren Großeltern auf dem Land in Nordseeland gewohnt hatte. Sogenannte Sommerferien, die sie am liebsten vergessen würde. Selbst die Landschaft, durch die der gelbe Lada jetzt fuhr, rief unangenehme Erinnerungen hervor. Sie hasste es, auf dem Land zu sein. Der Elmoseweg war lang, aber sie fand den abrisswürdigen alten Hof trotzdem ziemlich schnell. Er lag umgeben von Bäumen abseits der Straße am Ende eines schmalen und löcherigen zweispurigen Erdwegs. Von einem Traktor eingefahren, schätzte sie. Schlammiges Wasser von Pfützen nach dem letzten Regenschauer spritzte die Scheiben des Autos hoch.

Auf dem Hof stand ein großer Hundezwinger mit Stacheldrahtzaun. Er war leer. Ein weißer Kombi mit den charakteristischen braunen Rostflecken alter, weißer Autos hielt merkwürdig geparkt mitten in dem Ganzen. Anne klopfte an die Tür des Hundezüchters, der sofort aufmachte. Sie hatte nicht gesagt, dass sie Journalistin war, sondern behauptet, einen *süßen kleinen* Welpen, einen American Staffordshire Terrier, im Internet gesehen zu haben, den sie gerne kaufen würde. Kazir Al-Ansari Jakobsen ließ sie hereinkommen, nachdem er sie an der Tür von oben bis unten gemustert hatte. Er trug eine Camouflagehose im Army-Stil und ein weißes Unterhemd, sodass sie nicht umhinkam, die Tätowierungen auf den muskulösen Oberarmen zu sehen. Überhaupt nicht, wie sie

Bewohner dieser Bruchbude erwartet hatte. Ein alter Opa mit Pfeife in Pantoffeln und Schlafrock würde besser passen. Aber der hätte sicher einen gewöhnlichen Hofhund besessen. Der hier war genau der Typ, der sich einen Kampfhund als Haustier aussucht. Genau wie die Medien sie darstellten. Sie war sich ihres Einflusses – dem der Journalisten – auf diese Art von Vorurteilen sehr bewusst, aber hier war die Bestätigung davon. Vielleicht sahen die einfach so aus. Im Aschenbecher auf dem Küchentisch lag eine Zigarette und qualmte vor sich hin. Der Flechtkorb mit den Welpen stand in der Ecke, und plötzlich war der Auftrag gar nicht so schwer. Sie hockte sich daneben und hob einen der Welpen hoch. Er war schwarzgescheckt und der Einzige von ihnen, der nicht schlief, sondern zu ihr hochschaute.

»Wie süß die einfach sind. Wie alt sind sie?«

»Acht Wochen. Wie sie es sein sollen, um verkauft zu werden.«

»Und das sind echt American Staffordshire Terrier?«

»Na klar, aber darüber müssen wir nicht reden, oder? Sie wollen wohl gerne so einen Hund haben, nicht?«

»Doch, doch, natürlich.« Der Welpe leckte ihren Hals ab, als sie sich beeilte, den Kopf wegzudrehen. Sie setzte ihn zurück zu seinen fünf Geschwistern.

»Wo sind die Eltern?«

»Draußen im Zwinger. Die Hündin findet es nicht so toll, dass wir die Welpen anfassen.«

»Okay.« Anne schaute aus dem Fenster, zu dem er unwillkürlich seinen Blick wandte. Es musste mal geputzt werden. Ein ausgewachsener Kampfhund war herausgekommen und trottete in dem schmalen Zwinger ungeduldig auf und ab.

»Da draußen ist nur einer. Haben Sie nicht zwei? Die Welpen haben doch wohl einen Vater?« Sie lächelte künstlich.

»Ähm … meine Freundin geht wohl gerade mit ihm Gassi.« Kazir nahm die Zigarette und streifte die lange Asche am Rand des Aschenbechers ab. Er zündete sie wieder an und schaute verblüfft auf das Mädchen, das plötzlich in die Küche kam. Sie war im gleichen Alter wie er, wohl Anfang zwanzig. Ganz sicher echt dänisch. Ihre Haare waren deutlich blondiert und hatten einen Stich ins Gelbliche bekommen. Das Gesicht war rund und geschminkt und der Körper mollig, was die viel zu strammen Jeans betonten. Sie trug nur ein knappes Top und hatte Tattoos auf den Armen, aber nicht so auffällig wie seine. Sie zog ihn mit in den Nachbarraum, ohne Anne anzuschauen, aber sie hörte deutlich ihr Flüstern auf der anderen Seite der Wand: »Du hast ihr doch wohl nichts gesagt über …« und seine verärgerte Antwort, die sie unterbrach: »Natürlich nicht. Jetzt halt deine Klappe …«

Sie kamen beide zurück in die Küche und sahen wie unschuldige Schulkinder mit schlechtem Gewissen aus.

»Das ist Sally«, stellte er vor.

Sally starrte Anne an. »Die kosten zweitausend pro Stück.«

»Das ist okay«, nickte Anne und überlegte, wie sie weitermachen sollte.

»Willste einen kaufen oder nicht?«, knurrte das Mädchen. Das war das Stichwort, auf das Anne gewartet hatte.

»Klar, aber ich muss noch etwas darüber nachdenken. Ähm … mein Freund ist ein bisschen dagegen, die gehören ja zu den Listenhunden.«

»Listen?«, wiederholte das Mädchen mit einem Ausdruck, als ob sie kein Wort kapierte.

»Ja, die illegalen Kampfhunde. Das Gesetz wurde am ersten Juli eingeführt. Haben *Sie* auch noch nicht davon gehört?« Sie schaute nun in Kazirs dunkle Augen, die einen anderen Ausdruck angenommen hatten.

»Natürlich, aber unsere Hunde sind lange vor dieser Zeit gekauft.«

»Aber was ist mit den Welpen? Es ist verboten, mit illegalen Hunden zu züchten und genauso, sie weiter zu verkaufen.«

»Ja, aber unsere Hunde gehören nicht dazu, die *sind* legal«, trug das Mädchen mit einem aggressiven Unterton bei. Da war doch was dran, dass Hundebesitzer oft an ihre Haustiere erinnerten – oder war das umgekehrt?

»Selbstverständlich. Die Erwachsenen ja, aber ihre Nachkommen nicht.«

Das Mädchen sah ihren Freund mit einem Wusstest-du-das?-Ausdruck an. Es war schwer zu deuten, ob das auch ihm neu war, und ob es ihr wirklich neu war. Hatten sie das Gesetz bloß einfach falsch verstanden? Geglaubt, dass es nicht für ihre Hunde galt, weil sie angeschafft worden waren, bevor das Gesetz in Kraft trat.

»Ich habe auch wirklich geglaubt, dass ...« Er nahm einen Zug von der Zigarette und kniff die Augen zusammen, als er den Rauch auspustete, und sah Anne fest an. »Ja, aber dann können wir doch nicht verkaufen ...«

»Okay«, antwortete sie und fühlte sich ganz verlegen. Das Gespräch hatte eine unerwartete Wendung genommen. Sie hatte sich gerade innerlich gewappnet, in eine gefährliche Situation geraten zu sein, und nun wirkten die beiden Gesetzesbrecher ganz plötzlich beinahe – zahm.

»Das war also ein Missverständnis?«

Sie nickten.

»Das heißt, ihr nehmt die Anzeige jetzt aus dem Netz, oder?«

»Klar. Stimmt's, Sally?«

»Ja, aber ... das ist doch echt ein Scheiß mit so einem Gesetz. Was ist dann mit Schäferhunden und Rottweilern?« Einiges deutete darauf hin, dass sie die Liste wohl doch kannte. Sie prüfte den Blick ihres Freundes, dann nickte sie Anne zu. »Doch, natürlich.«

Bevor sie ging, nahm Anne den Welpen noch mal aus dem Korb. Schnupperte an seinem Fell und fühlte irgendwo einen kleinen sehnsüchtigen Stich. Woher das kam, wusste sie nicht, weil sie noch nie einen Hundewelpen gehabt hatte. Der Duft musste bei ihr andere Assoziationen auslösen.

Der erwachsene – legale – Kampfhund kam ganz nah an den Stacheldrahtzaun, als sie zu ihrem Auto ging. Er erinnerte an einen Gefangenen im Konzentrationslager und hatte Risse am Hals. Das eine Auge war blutunterlaufen, als ob etwas es getroffen hätte. Er war immer noch allein und sie hielt Ausschau nach dem anderen. Vielleicht war er irgendwo drinnen im Haus. Unwillkürlich machte sie einen größeren Bogen um den Hundezwinger als nötig. Der Hund bellte nicht, aber die Augen hatten einen unheimlichen abgrundtiefen Ausdruck, der alle ihre Bewegungen verfolgte, bis sie sich auf den Fahrersitz des Autos setzte und die Tür fest zuschlug. Als sie in den Rückspiegel schaute, stand er immer noch da auf seinen muskulösen Kommodenbeinen und starrte dem Auto nach. Sie schauderte. Aber die Welpen waren süß.

Nicolaj hatte ein Bier geöffnet. Es stand vor seinem Laptop, während die Finger über die Tastatur flogen. Er musste einen Kurs gemacht haben, seit er beim Tageblatt ihr Praktikant gewesen war; so schnell war er damals nicht gewesen. Bier war jedoch eine schlechte Angewohnheit, das musste sie ihm abgewöhnen, wenn sie Partner sein sollten. Sie hatte oft genug gesehen, wohin Trinken führen konnte. Der schlimmste Fall war ihre eigene Mutter, und Nicolaj erinnerte sich sicher auch an Mads Dam, das traurige Wrack eines Sportreporters beim Tageblatt.

Die ›Redaktion‹ war in einem Zimmer in Nicolajs Wohnung eingerichtet, wo mehr Platz war als in ihrer.

»Wie lief's? Hast du einen Welpen mitgenommen?«, fragte er sarkastisch, ohne aufzuschauen.

Sie setzte den Rucksack ab und zog die Jacke aus. »Die Welpen waren echt süß. Ich wurde schon in Versuchung geführt.« Sie setzte sich ihm gegenüber. Seine roten Haare waren zerzaust; er hatte eine kleine Schreibblockade gehabt, dann wühlte er immer gewaltsam in seinem Schopf herum, erst in die eine, dann in die andere Richtung.

Er sah sie an und nahm einen Schluck aus der Flasche. »Was hast du rausgefunden?«

»Nicht viel. Was passiert eigentlich mit illegal gezüchteten Welpen?«

Nicolaj stellte die Flasche ab und schrieb weiter. »Die werden eingeschläfert. Eine Spritze direkt in den Nacken.«

»Nein! Das ist nicht dein Ernst, oder?! Werden die nicht einfach weggegeben oder in Länder verkauft, in denen sie legal sind?«

Nicolaj schüttelte den Kopf, während er sie mit einem Ausdruck ansah, als wäre sie total naiv.

»Solltest du nicht damit anfangen, diesen Artikel zu schreiben?«

Sie kratzte sich am Hals. »Darüber gibt es nichts zu schreiben.«

»Hmm, was soll das heißen? Es wäre schon geil, dieses Hundegesetz ein bisschen auseinanderzunehmen. Ein weiteres Beispiel dafür, dass die Politiker die Dinge nicht gründlich genug untersuchen und es unterlassen, die zu befragen, die wirklich Bescheid wissen, bevor sie neue, hoffnungslose Gesetze erlassen, die alles nur verschlimmern.«

»Was meinst du damit, dass sie die Dinge verschlimmern?«

»Wenn es verboten ist, wird es einfach illegal gemacht und dann gibt es überhaupt keine Kontrolle. Nun ist der einzige Ausweg, kleine, unschuldige Welpen zu töten, weil Kriminelle nicht von einem Gesetz gestoppt werden.«

Sie wägte die Situation ab. Versuchte professionell zu sein, gab aber auf.

»Es stellte sich heraus, dass es gar keine Kampfhunde waren. Die sahen bloß so aus.«

»Woher weißt du das?«

»Er … äh, er hatte Papiere für sie.« Sie drehte ihm den Rücken zu und holte ihren Laptop aus dem Rucksack. Er würde sonst sehen können, dass sie log.

»Worüber schreibst du? Hast du mehr über diese Geisteskranke herausgefunden?«

»Ja, sie wurde wegen Mordes an ihrem eigenen Sohn verurteilt. Er war erst drei Monate alt.«

»Verdammt noch mal! Es werden mehr Kinder von ihren eigenen Eltern getötet als von Kampfhunden.«

»Worauf willst du damit hinaus? Sollen die Leute dann als ungesetzliche Eltern gelistet werden?«

»Ja. Oder der Nachwuchs eingeschläfert«, spann sie den Gedanken weiter.

Er lächelte schief und reichte ihr einen Stapel handbeschriebener Papiere.

»Dann kannst du stattdessen einen Artikel über die Gefangenenflucht schreiben anhand der Notizen hier, falls du sie lesen kannst.«

Sie öffnete ihren Laptop und schaltete ihn an, während sie versuchte, seine Hieroglyphen zu entziffern. Dann setzte sie sich hin und begann zu schrieben. Lange war nur das Geräusch zu hören, das sie so lange vermisst hatte, das beste Geräusch der Welt; Finger, die im Takt auf Tasten hauten und Worte zusammensetzten; Nachrichten, Skandale, Enthüllungen. Sie zündete eine Zigarette an und schaute in Nicolajs sommersprossiges, konzentriertes Gesicht am Bildschirm ihr gegenüber.

»Werden diese niedlichen Welpen wirklich einfach getötet?«

Er nickte.

8

»Bist du auf dem Heimweg?«, rief Roland, als er Mikkel Jensens Schatten an seiner halb geöffneten Tür vorbeihuschen sah.

Mikkel steckte den Kopf herein. »Ah, du bist von den Toten zurückgekehrt. Wie lief die Obduktion?«

»Widerlich, wie gewöhnlich. Leander hat den Todeszeitpunkt auf 21 bis 22 Uhr eingegrenzt. Musst du los, oder …?«

Mikkel sah schnell auf seine Armbanduhr und betrat Rolands Büro. Er machte seine Jacke zu als Signal, dass er wirklich auf dem Sprung war.

»Sind die anderen gegangen?«

»Ja, schon lange. Wir kommen hier ja nicht weiter.«

»Setz dich kurz. So eilig hast du es doch sicher nicht? Wie lief es mit der Hundestreife? Haben sie etwas gefunden?«

»Nichts. Die gesamten 80 Hektar des Riis-Waldes wurden minutiös durchkämmt und sie haben sich nur die Schnauzen auf dem Asphalt bei der Gerichtspsychiatrie wund gescheuert. Sie muss ein Auto auf dem Parkplatz stehen gehabt haben, oder vielleicht hat jemand sie abgeholt.« Er schob Rolands Papierstapel beiseite und setzte sich auf den Rand des Schreibtisches.

»Aber wer, Mikkel?«

»Das versuchen wir ja herauszufinden. Kim und Dan haben im ganzen Viertel geklingelt, aber niemand hat irgendetwas gesehen oder gehört um diese Zeit an dem Abend.«

»Das überrascht mich nicht.«

»Aber wir haben eine interessante Information von einem Taxifahrer bekommen, der eine Kundin im Bækkelundsweg abgesetzt und ungefähr um 21.45 Uhr nach dem Kreisel den Skovagerweg zurückgenommen hat. Er sah ein verdächtiges Auto um die Ecke biegen.«

»Und hat natürlich das Kennzeichen aufgeschrieben?«

»Nicht ganz, so verdächtig war es dann wohl auch nicht, aber er konnte berichten, dass es ein silberfarbener Chevrolet Spark war.«

»Herrlich. Das meistverkaufte Auto Dänemarks. Warum war es denn verdächtig?«

»Er sagte, es habe zwei Mal angehalten, und es sah aus, als wenn etwas in dem Auto passierte, eine Tür knallte und dann nahm es die Kurve viel zu schnell.«

»Wie kamt ihr ausgerechnet auf ihn?«

»Eine Frau aus der Nachbarschaft hatte berichtet, dass sie am Abend mit dem Taxi nach Hause gekommen sei. Da es zu dem Zeitpunkt passte, zu dem die Flucht stattgefunden haben könnte, war es eine gute Idee zu hören, was er gesehen hatte.«

»Aber der weibliche Fahrgast hatte also nichts gesehen?«

»Nein, das passierte erst, als der Taxifahrer zurück in die Stadt fuhr.«

»Wir müssen noch mal mit den Nachbarn sprechen, Mikkel. Es kann nicht sein, dass niemand etwas beobachtet hat. Setze einen anderen als Dan an die Aufgabe, er kann alles durcheinanderbringen.«

»Dan hat das heute ganz gut gemacht. Tatsächlich war er derjenige, der den Taxifahrer gefunden hat. Er ist echt in Ordnung.«

Roland schaute Mikkel verwundert an, der sonst nie ein gutes Haar an dem hoffnungslosesten Beamten des Präsidiums, Dan Vang, gelassen hatte.

»Es war spätabends, Roland. Die Leute haben ferngesehen oder waren schon im Bett. Wenn heute niemand etwas gesehen hat, haben sie es morgen doch wohl auch nicht?«

»Trotzdem. Versucht es noch mal. Hat sich Mai Andersen noch mal wegen der Besucher gemeldet, wie sie es versprochen hat?«

»Nein, wir haben nichts von ihr gehört. Ich werde das morgen weiterverfolgen.«

»Nein, das brauchst du nicht, Mikkel. Ich werde selbst mit ihr sprechen.« Roland lehnte sich zurück und verschränkte die Hände im Nacken. »Hat diese Mutter wirklich ihren Sohn ermordet? Das ist ein ungewöhnlicher Fall. Es ist glücklicherweise nicht der häufigste in der Statistik, dass Mütter ihre Säuglinge töten.«

»Abgesehen von Abtreibungen.«

»Ja, falls man die als Mord bezeichnen kann. Einige Kinder sollten nie geboren oder den Familien überlassen werden, in denen sie wohnen.«

Mikkel wurde still. Er wusste, an welche Fälle Roland dachte.

»Wie geht es Olivia? Wird sie nicht bald Mutter?«

Roland nickte und versuchte die gemischten Gefühle zu verbergen, die dieses Thema in ihm auslöste. Natürlich freute er sich darauf, zum zweiten Mal Opa zu werden. Aber Olivia wohnte so weit weg. Über zweitausend Kilometer. Wie gut würde er das Kind überhaupt kennenlernen? Hätte er Olivia doch nur überreden können, wieder nach Hause nach Dänemark zu ziehen. Sie war als 19-Jährige in *sein* Land gereist, das er als Vierjähriger verlassen hatte. Beide waren sie zu jung gewesen, um ihr Vaterland zu verlassen. Er auf der Flucht vor der Camorra, zusammen mit seiner eingeschüchterten Mutter, die gerade Witwe geworden war – Olivia von einem ganz anderen Gefühl getrieben – *l'amore*. Und nun hatte sie Giuseppe geheiratet, erwartete ihr gemeinsames Kind und war italienischer geworden als ihr dort geborener Vater.

»Dann ist das nächste Fest in Italien wohl die Taufe?«, lächelte Mikkel.

Roland nickte wieder und fürchtete bereits die Reise mit Irene und dem Rollstuhl. Italien war nicht das geeignetste Land für dieses Transportmittel.

»Es ist während der Obduktion wohl nichts anderes aufgetaucht?«

»Nee, aber die Sache ist ja auch ziemlich eindeutig. Der Schädel war halb zertrümmert von mehreren harten Schlägen mit dieser Buddhafigur. Der erste Schlag kam von hinten, sicher ein Überraschungsangriff, dann muss sich die Krankenschwester, die übrigens erst 29 und Mutter zweier Kinder war, umgedreht und die übrigen Schläge an die Schläfe gekriegt haben. Ganz sicher die Todesursache, sagte Henry. Dass mehrere Male post mortem zugeschlagen wurde, ist wohl bloß ein Zeichen dafür, dass Sara Dupont sie nicht mehr alle hat.«

»Ja, wer schlägt sonst einfach auf einen bereits toten Menschen ein?«

»Da ist bloß etwas, das nicht stimmt, Mikkel. Ich will noch mal mit der Oberärztin Mai Andersen sprechen. Beide Freundinnen sind anscheinend der Meinung, dass Sara, so vollgepumpt mit Medikamenten, wie sie sagen, nicht zu besonders viel in der Lage wäre. Wie ist sie dann imstande, einen so gewalttätigen Mord zu begehen und zu flüchten – im Auto, wenn sie diejenige war, die der Taxifahrer gesehen hat?«

»Was meint denn ihr Mann? Isabella war nicht besonders angetan von ihm.«

»Kasper Dupont ist natürlich schockiert. Erst wird sein Sohn getötet, dann begeht seine Frau einen Selbstmordversuch, dann kommen klare Beweise, dass sie dem Jungen das Leben genommen hat, und nun mordet sie erneut und flüchtet. Ja, er war in der Offensive, aber ist dagegen etwas einzuwenden? Ich glaube jedenfalls nicht, dass er ihr bei der Flucht geholfen hat. Sie haben einen alten, schwarzen Mazda 626 in der Garage, daher war es auf jeden Fall nicht sein Auto.«

»Sie könnten doch zwei Autos haben?«

»Das untersuchst du ja gerade, oder, Mikkel?«

Mikkel erhob sich vom Tisch, streckte die Arme nach hinten und zwang die Daumen ein paar Mal aneinander. Es knackte und krachte in seinem Schultergelenk.

»Wir müssen da Morgen noch mal in Ruhe drauf gucken.«

Roland gab ihm Recht und nahm seinen Mantel. Es war Zeit, dass er nach Haus kam und zu seiner anderen Persönlichkeit überwechselte.

9

Die Krücken waren an das Sofa mit dunklen Fettflecken auf dem braunen Leder gelehnt. Der Fernseher lief und war sehr laut gestellt, sodass er ihn zum Glück nicht heimkommen hörte. Er stellte die Tüte mit Einkäufen aus dem Netto auf den Küchentisch, nahm ein Bier aus dem Kühlschrank und starrte aus dem Fenster, während er es mit schnellen Schlucken trank. Das Hühnerhaus, das sein Vater gebaut hatte, als er in Rente ging und plötzlich nicht wusste, wozu er sein Leben gebrauchen sollte, als es allen anderen schwer zu machen, war am Zusammenbrechen. Alles war dort draußen überwuchert, weil sich niemand um den Garten kümmerte; den Garten, den Mama so geliebt hatte. Ihr Kräutergarten war auch weg. Er erinnerte sich nicht einmal mehr, wo er gewesen war. Dem Gewächshaus fehlten einige Scheiben, mehrere davon waren bei dem letzten Sturm, der hier draußen auf dem offenen Land immer besonders schlimm wütete, kaputtgegangen. Gut, dass sie am Stadtrand wohnten, weit außerhalb von allem; sonst hätte es ständig Beschwerden von Nachbarn über den Lärm und die Unordnung gegeben, da war er sich sicher. Er stellte die leere Flasche zu all den anderen im Kasten neben dem Küchentisch, räumte die Einkäufe weg und schlich an der Wohnzimmertür vorbei in sein Zimmer. Er zog sich aus, um etwas Bequemeres anzuziehen, dann entdeckte er, dass er seine Dienstpistole nicht im Schrank im Präsidium eingeschlossen hatte; sie steckte immer noch im Halfter. Der Schweiß trat ihm auf die Stirn. Nun hatte er heute gerade ein Lob bekommen. Natürlich nicht direkt Lob und selbstverständlich nicht von Roland Benito persönlich. Aber Mikkel hatte ihm ausnahmsweise mal ein bisschen Anerkennung gegeben. Einen Schulterklopfer. Er hatte die Frau gefunden, die von einem Taxi heimgefahren worden war, und glücklicherweise hatte sie noch eine Quittung gehabt, sodass er sehen konnte, wer der Fahrer gewesen war. Sie hatte ihm damit vor der Nase herumgewedelt – wie eine Art Beweis. Alle fühlten sich schuldig, wenn sie einem Mann mit polizeilicher Dienstmarke gegenüberstanden. Hätte sie das nicht getan, war er darüber im Zweifel, ob er selbst auf die Idee gekommen wäre zu fragen, ob sie en Beleg aufbewahrt hatte. Er dachte nach; doch, natürlich hätte er das. Er war nicht so dumm, wie die anderen ihn darstellten. Aber jetzt hatte er eine der wichtigsten Sachen vergessen. Es war streng verboten, die Pistole mit nach Hause zu nehmen, wenn sie nicht in einem sicheren Waffenschrank aufbewahrt werden konnte. Der Vizepolizeidirektor nahm das sehr ernst. Die Pistole war immer unter seiner scharfen Kontrolle. Das war die letzte Rettungsleine der Polizei. Das äußerste Machtmittel. Er wog sie in der Hand und beeilte sich, sie in die Schublade zu seiner Unterwäsche zu legen, als es im Wohnzimmer still wurde. Der Fernseher war aus. Schnell zog er sich ein Paar Jeans und ein Poloshirt an und besah sich im Spiegel. Die Haare waren gerade zwei Millimeter kurz geschnitten. Das sah cool aus. Ein bisschen wie Mikkels.

»Zum Teufel, Dannevang, schleichst du dich in dein Zimmer, ohne mal kurz reinzuschauen und zu sagen, dass du daheim bist?« In der Stimme lag keine Freundlichkeit.

Dan hasste diesen Namen, der ihn an eine andere Zeit erinnerte und daran, was damals passiert war. Sein Bruder stand hinter ihm in der Türöffnung, er konnte ihn riechen; sein Schweiß hatte immer einen ranzigen Geruch gehabt.

»Ich wollte dich doch nicht stören, Josh.«

Das akzeptierte sein Bruder mit einem kurzen Nicken und höhnischen Lächeln in einem unrasierten Gesicht. Die zweite kleine Anerkennung des Tages. Hätte er bloß an das mit der Pistole gedacht, aber er war so in Hochstimmung darüber gewesen, etwas richtig gemacht zu haben, dass er es völlig übersehen hatte.

»Wann gibt's Essen?« Josh machte einen leichten Hüpfer mit dem Oberkörper, sodass die Krücken in den Achselhöhlen an ihren Platz rutschten und der Beinstumpf baumelte. In Gedanken nannte Dan ihn böse seinen Halbbruder, obwohl sie die gleiche Mutter und den gleichen Vater hatten. Aber Josh war nur ein halber Mensch, sowohl physisch als auch psychisch. Das Ganze war die Schuld des Heeres und dieser verdammten Iraker, sagte Josh.

»Ich habe Koteletts gekauft.«

»Koteletts? Ich hab keinen Bock, heute Schwein zu essen. Hatten die kein Rindfleisch?«

»Doch, aber …«

Josh humpelte zurück ins Wohnzimmer und setzte sich wieder aufs Sofa. Die Krücken ließ er mit einem Knall auf den Boden fallen. Dan fing an, Essen zu machen. Es dauerte nicht lange, ein paar Koteletts zu braten und ein bisschen Tiefkühlgemüse zu kochen. Der große Koch war er nicht, und normalerweise war Josh nicht wählerisch, aber seine Laune schwankte von Stunde zu Stunde. Im Fernsehen begannen die Nachrichten. Hätte er Josh doch bloß ablenken können, bis sie vorbei waren, hätte ihm vielleicht die Pistole gezeigt. Danach fragte er so oft, aber es wäre wohl trotzdem keine gute Idee gewesen, und jetzt war es zu spät. Maschinengewehrsalven erklangen aus dem Wohnzimmer, zusammen mit der Stimme des Sonderkorrespondenten im Kriegsgebiet von Afghanistan, der in einem Nachrichtenrausch von erneuten Kämpfen berichtete und wie viele Tote dieser Tag mit sich gebracht hatte. Joshs Schweigsamkeit beunruhigte Dan. Heute stimmte irgendetwas nicht.

Er servierte die Koteletts mit einem Haufen zerkochtem Gemüse am Sofatisch vor dem Fernseher. Josh aß, ohne den Blick vom Bildschirm abzuwenden. Schaufelte in den Mund und die Hälfte ging daneben, weil der einzige Arm, den er benutzen konnte, durch den verkehrten Gebrauch der Krücke auch zerstört war. Axillarisparese nannten die Ärzte es.

»Wieso guckst du das, Josh?«

»Wo ist mein Bier? Und eine Handvoll Kopfschmerztabletten?«

»Waren wir uns nicht einig, dass es nicht jeden Tag zum Essen Bier geben sollte?«

Ein Blick seines Bruders genügte, dass Dan sofort aufstand und holte, worum er gebeten hatte. Die Tabletten wurden mit kaltem Bier heruntergespült.

»Guck dir den da an«, Josh machte eine Kopfbewegung in Richtung Bildschirm und kaute schmatzend. »Warte nur, bis er ohne Arme und Beine nach Hause kommt, dann ist er nicht mehr so eingebildet. Seinem Land dienen und meinem nackten Arsch!«

»Ach, ich erinnere mich, dass du doch selbst sehr versessen darauf warst, damals, als du wegmusstest.« Dan versuchte ein bewunderndes Lächeln, das Josh jedoch nicht sah. »Und jetzt ziehen sie ja die Soldaten ab, also vielleicht passiert dem da ja gar nichts. Nicht alle enden als Kriegsveteranen.« Er wusste sofort, dass er das nicht hätte sagen sollen. Dass es als Kritik aufgefasst werden würde. Dass Kriegsveteranen in Joshs Augen das Gegenteil von Helden waren. Dass der Versprecher eine Strafe nach sich ziehen könnte.

»Du Labertasche! Du hast bloß hier auf deinem flachen Arsch zu Hause bei den Alten gesessen, während ich für mein Land gekämpft habe und verstümmelt wurde.«

»Der Golfkrieg war vorbei, als du dahin gekommen bist, Josh. Das war für friedenserhaltende Maßnahmen und nicht Kampf. Du bist auf eine Landmine getreten. Und ich war damals ja erst zehn.«

Josh antwortete nicht, und Dan aß ohne Appetit. Er mochte den Ausdruck in den Augen seines Bruders nicht. Seine Manieren ebenso wenig. Er benutzte den Zeigefinger, um Essensreste aus seinen Zähnen und seinem Zahnfleisch zu entfernen, und wischte ihn danach am Tellerrand ab. Er hatte keine Haare auf dem Kopf. Als er Soldat gewesen war, hatte er einen Bürstenschnitt gehabt. Wie er selbst nun. Aber jetzt hatte er das Ganze abrasiert. Die Narbe in der Mitte des Scheitels war rot und auffällig und erinnerte Dan wieder daran, was passiert war. Er stand auf und trug die leeren Teller in die Küche. Stützte sich auf die Küchentischkante und atmete tief ein. Hatte Josh Recht, wenn er sagte, sein Gehirn sei vom radioaktiven Uranstaub der Granaten, die das amerikanische Militär benutzte, und dem Nervengas der irakischen Streitkräfte vergiftet worden? Oder lag es an den Medikamenten, die die Soldaten genommen hatten, um die Beeinträchtigung durch solche Gifte zu vermeiden? Hatte er wirklich eine Entschuldigung dafür und einen guten Grund, sich so massiv zu verändern, dass Dan ihn nicht wiedererkannte? Er hatte ihn immer respektiert. Zu ihm aufgesehen. Sahen nicht alle kleinen Geschwister zu ihrem großen Bruder auf? Jetzt war es kein Respekt mehr, sondern tiefe Furcht. Jede Minute zusammen mit seinem Bruder fürchtete er. Er wusste nie, was passieren konnte, und das Schlimmste kam jetzt, es fing immer mit diesen Worten an, die aus dem Wohnzimmer gerufen wurden:

»Dannevang! Mein Bad muss vorbereitet werden!«

Er antwortete nicht. Klirrte laut mit einigen Tellern, als ob er am Abwaschen wäre und ihn nicht hören könnte.

»Jetzt, verdammt noch mal, Mann! Mein Penis juckt!«

Dan ging ins Bad und öffnete den Wasserhahn. Mit der einen Hand kontrollierte er, ob das Wasser in der Badewanne passend war. Er wusste genau, welche Temperatur es sein musste. Nicht zu warm und nicht zu kalt. Das Klacken der Krücken auf dem Boden näherte sich. Die Gumminoppen unter ihnen waren abgefallen, sodass sie überall auf den alten Holzfußböden Spuren hinterließen. Es fühlte sich an, als ob das Geräusch in seinen Bauch drang und seinen Darm zu einem harten Knoten zusammenpresste, der hoch in seinen Hals gedrückt wurde; er musste sich übergeben. Josh mühte sich wie gewöhnlich beschwerlich nach unten, um auf der Bank zu sitzen, die für ihn in einer passenden Höhe angefertigt worden war. Erst ließ er die eine Krücke los und setzte sich, dann ließ er die andere los und stellte sie beide an die Wand. Der Beinstumpf ragte in die Luft, mit dem Armstumpf zeigte er auf Dan.

»Zieh mich aus. Langsam«, kommandierte er, als ob sein Rang als Z-Soldat immer noch gültig wäre. Dan tat, wie befohlen. Der Knoten im Bauch wurde fester. Als er seinem Bruder die Unterhose auszog, war die Übelkeit dabei, ihn zu übermannen. Er schluckte angestrengt mehrere Male in dem Versuch, es zurückzuhalten, und nahm Joshs Schulter, um ihm in die Badewanne zu helfen, aber der Bruder machte sich mit einem Ruck los, und packte stattdessen Dans Nacken mit seiner außergewöhnlich starken linken Hand und presste sein Gesicht fest nach unten in seinen Schoß.

»Nein, nimm den. Jetzt. Komm schon, schluck!«

10

Es war noch nicht sieben. Der Morgentau glänzte im Gras. Zum ersten Mal im Jahr roch sie den Herbst und spürte das Gefühl von Nachtfrost in der kühlen Luft, als sie das Fahrrad gegen den üblichen Baum lehnte und merkte, dass sie schnell anfangen musste, bevor sie zu frieren begann, nur mit Laufshirt und -hose bekleidet. Sie machte grundsätzlich keine Aufwärmübungen, betrachtete aber die Fahrradtour zum Fløjstrupper Wald als solche. Doch nun wurde der Schweiß kalt, sie machte einige schnelle Beinhebungen, um wieder warm zu werden; dann lief sie in den Wald, folgte dem Pfad und ließ ihren Gedanken freien Lauf.

Viele schöne Ausflüge hatte sie in diesem Wald zusammen mit Opa gemacht. Er war erst vor wenigen Monaten gestorben. Ganz sicher an Altersschwäche. Er hatte ein langes und spannendes Leben gehabt, aber trotzdem vermisste sie ihn und konnte sich nicht damit abfinden, dass sie nicht länger hier spazieren gehen und vertraut zusammen reden sollten. Er hatte ihr so viel beigebracht, seit sie ein Kind war. Hatte ihr gezeigt, wie man buchstabiert. Zählt. Die Uhr liest. Der Letzte, der von ihren Großeltern noch übrig gewesen war. Er hatte erzählt, dass sie von einer hart arbeitenden Waldarbeiterfamilie abstammten und sie darauf stolz sein sollte. Vielleicht fühlte sie sich deswegen in dem schützenden Rahmen des Waldes so wohl. Das lag ihr im Blut. Ihr Ur-Opa, Ur-Ur-Opa und Ur-Ur-Ur-Opa hatten hier in den Wäldern von Aarhus gearbeitet und es gab immer noch Spuren von ihnen, die Opa ihr gezeigt hatte. Sie lief gerade an einer davon vorbei. Ein Hohlweg, der entlang der Böschung bis ans Wasser führte. Einst war er weitergegangen bis zu einem Platz, der Polterplatz hieß, hatte er erzählt. Das war die Stelle, wo man die gefällten Bäume aufbewahrte, bis die Waldarbeiter sie runter zur Küste schleppten, wo sie zu einem Frachtschiff in der Bucht gesegelt wurden. Vielleicht hatte einer ihrer Vorfahren mitgeholfen, diesen Hohlweg anzulegen. Es war nicht schwer, sich die schwer beladenen Pferdewagen vorzustellen, die vor über hundert Jahren diese tiefen Rinnen in die Erde gefahren hatten. Sie beschleunigte das Tempo ein bisschen. Weiter vorne auf dem Pfad liefen ein morgendlicher Hundebesitzer und ein schwarzer Hund mit der Schnauze am Boden ein gutes Stück vor ihm. Unwillkürlich verlangsamte sie das Tempo, der Hund drehte sich um und lief zurück zu seinem Besitzer, er nahm ihn am Halsband und hielt ihn vom Weg zurück, als sie sich näherte. Sie lächelten und grüßten, als sie passierte, obwohl sie sich nicht kannten. Ein bisschen weiter vorne auf dem

Weg kam ihr ein älterer, sehniger Mann in engen Laufhosen entgegen. Kurz darauf musste sie einen anderen jungen Jogger überholen und sich dafür ordentlich anstrengen. Sie war jetzt sechs Kilometer gelaufen. An diesem Morgen fühlte sie sich gut in Form und machte einen Abstecher in den etwas dichteren Teil des Waldes, der an den Skaade Wald grenzte, wo sie so früh am Morgen selten andere Jogger und Leute mit Hunden traf. Erst lief sie einen Deich entlang, dem sie keine Beachtung geschenkt hatte, bis ihr Opa sie darauf aufmerksam gemacht hatte, dass er ein Überbleibsel aus alten Zeiten war. Damals im 19. Jahrhundert wurden Deiche gebaut, um Waldgebiete vor grasenden Tieren und Raubüberfällen zu schützen. »Du musst lernen, die Sinne dabei zu haben, wenn du dich in der Natur bewegst, meine Kleine. Renn nicht mehr mit diesen modernen *iPods* im Ohr durch die Gegend. Du sollst sehen, riechen und hören. Hier im Wald gibt es über dreihundert Spuren unserer Vorfahren, einige bis aus der Stein- und der Eisenzeit: Grabhügel, Hünengräber, die Straßensysteme und Felder der Vergangenheit«, hatte er sie mit einem Lächeln in den milden Augen, die aufgrund des Windes mit Wasser gefüllt waren, ermahnt. Sie vermisste ihn wieder und war kurz davor zu weinen. Es nahm ihr beinahe die Luft und sie verlangsamte das Tempo. Auf dem nächsten Wegstück hörte sie immer das Gurren der Waldtauben. Sie hatten sicher Nester hier, brüteten, soweit sie wusste, fast das ganze Jahr über, aber heute war es still. Fast kein Lüftchen regte sich. Sie beschleunigte das Tempo wieder ein bisschen. Ein Übelkeit erregender Gestank von Verwesung trieb ihr entgegen. Das, was stank, lag im Gras dicht am Weg. Bei dem Tempo sah sie nicht, was es war. Ein größeres Tier. Sie blieb stehen und ging atemlos zurück. Der Schweiß tropfte ihr von der Stirn und klebte die Kleidung an den Körper. Ihr Atem ging schwer. Sie starrte auf das tote Tier. Die Maden machten das blutige Fleisch lebendig, das, was übrig war. Unwillkürlich verspürte sie einen Brechreiz, aber es kam nichts mit hoch. Es war ein Fuchs. Er war zerfleischt. Die Eingeweide waren um ihn herum verteilt, einige lagen in Stücken zwischen den Bäumen. Sie beeilte sich weiterzulaufen, um sich nicht zu übergeben, aber der Gestank blieb in den Nasenlöchern hängen. Ein gutes Stück entfernt hielt sie an und stand vornübergebeugt, die Hände auf den Knien, atemloser als normal während ihrer Lauftouren, versuchte, Luft zu bekommen. Dann lief sie wieder los und stolperte beinahe über eine Baumwurzel, die auf dem Pfad eine Erhebung bildete. War der Fuchs nicht der Killer des Waldes? Vergeblich versuchte sie sich an die Biologiestunden zu erinnern, aber es war zehn Jahre her, dass sie zur Schule gegangen war. Dennoch war sie nicht der Meinung, dass ein anderes Tier als der Mensch der Feind des Fuchses war. Hatte ein Mensch das da gemacht? Die Sinne wurden geschärft, als wäre sie selbst ein Tier auf der Flucht. Die Instinkte des Urmenschen. Es klang, als ob jemand ihr folgte, aber sie entdeckte, dass es bloß das Schlagen ihres Pferdeschwanzes gegen das Nylon der Warnweste war. Aber nun war da etwas, das im Dunklen in den Blättern zwischen den Bäumen raschelte. Vögel machten oft Lärm am Waldboden, wenn sie in den verwelkten Blättern nach Futter suchten, aber nicht so viel Lärm. War das ein Hirsch, der neben ihr lief? Die flüchteten normalerweise oder standen mucksmäuschenstill da und guckten. Sie begann zu bereuen, dass sie sich so weit von ihrer normalen Route entfernt hatte. Ihr Herz pochte, sodass es schwer war, Luft zu holen. Das, was sich im Laub rechts von ihr bewegte, war kein Hirsch. Sie sah nur ab und zu einen Schatten davon. Etwas Geschecktes. Das war ein größeres, muskulöses Tier, das sich geschmeidig in hohem Tempo bewegte, aber sie schaffte es nicht zu sehen, was es war, bevor es wieder hinter Baumstämmen, abgehauenen Zweigen oder Büschen verschwand. Nach Luft schnappend fing sie an, Seitenstechen zu bekommen. Das kam selten vor, nur, wenn sie direkt nach dem Essen lief. »Du darfst nicht anfangen zu gehen, du darfst das Tempo nicht verlangsamen, du darfst nicht anhalten«, wiederholte sie für sich selbst. War es bloß ein Hund und würde sein Herrchen bald auf dem Pfad auftauchen, ihn am Halsband nehmen und zurückhalten, wenn sie vorbeilief?

Sie hielt nach dem Besitzer Ausschau, aber sie war ganz allein. Gassigeher hielten sich in der Regel an die Wege am Waldrand. Der keuchende Atem übertönte alles andere. Wo war es jetzt? Letztes Jahr hatte es Gerede über einen Wolf gegeben, der in Südjütland gesichtet worden sein sollte, und soviel sie wusste, war da auch etwas mit einem Luchs gewesen, den einmal vor vielen Jahren einige am Kolding-Gebiet gesehen hatten. Vielleicht floh das Tier bloß vor ihr. Der Gedanke war beruhigend. An den Gerüchten um den Wolf oder Luchs damals war sicher nichts dran gewesen, soweit sie sich erinnerte. Nun durfte die Phantasie die Dinge auch nicht schlimmer machen, als sie waren. Um den Schmerz der Milz zu lindern, stemmte sie die Hand in die Seite und versuchte ein bisschen schneller zu laufen, aber dann sah sie es wieder. Es hatte auf sie gewartet. War vorgelaufen und hatte gewartet. Sie war die Beute. Wie der Fuchs es auch gewesen war. Es war einer dieser Kampfhunde, die sie im Fernsehen gesehen hatte. Die, die einem neuen Gesetz zufolge gesetzwidrig waren. Jetzt kam er ihr entgegen und setzte zum Sprung an. Reflexartig hielt sie die Arme abwehrend vors Gesicht und spürte zuerst, wie sich die Zähne in das Fleisch ihres einen Armes bohrten, bis ein knackendes Geräusch vom Knöchel kam, dann sein Gewicht, ungefähr wie ihr eigenes, das sie umwarf. Alles war ein schaumiger Wirrwarr aus Kampf, Geräuschen, Gerüchen und Schmerzen. Das Schnauben des Hundes, ihre panischen Schreie und Jammern, feuchte Wärme, Sabber und der Gestank fauligen Atems, als der große Kopf mit Augen ohne Zeichen von Gefühlen oder Versöhnung direkt über ihrem war. Das Ganze dauerte nur ein paar Sekunden. Eine Menge Gedanken schafften es trotzdem, durch ihr Gehirn zu schießen. Das letzte Bild, das sie sah, bevor alles verschwand, als ob sie eine gesegnete Spritze gegen den Schmerz bekäme, war der zerfleischte Fuchs.

Der Hund, ein schwarzgescheckter American Staffordshire Terrier, zog seine Beute weg von dem Pfad zwischen die Bäume. Der Morgentau lag immer noch auf dem Gras.

11

Plötzlicher Kindstod. Roland legte den alten Bericht zur Seite und rieb seinen schmerzenden Nacken. Damals, als seine Mädchen klein gewesen waren, hatte er überhaupt nicht an so etwas gedacht. Hatte Irene? Und Rikke mit Marianna? Nun war bald Olivia an der Reihe zu befürchten, *sein* neues Enkelkind tot in der Krippe zu finden. Er war verstört, stand rastlos auf und holte einen Plastikbecher aus dem Stapel beim Drucker. Hatte eigentlich schon eine Menge Kaffee bei der morgendlichen Besprechung getrunken, aber schenkte sich dennoch ein, obwohl er es nicht brauchte. Natürlich würde das nicht passieren. Plötzlicher Kindstod war nicht mehr so gewöhnlich, hatte der Rechtsmediziner Leander gesagt. Nun war der kleine William ja auch nicht so gestorben wie zuerst angenommen. Und wenn jemand das wusste, dann doch wohl er? Es war Mord. War Sara Dupont geflohen, weil sie schuldig war oder weil sie es nicht war?

»Ich dachte, du willst vielleicht dein übrig gebliebenes Puddingteilchen zum Kaffee haben«, sagte Niels Nyborg und legte eine Tüte vom Bäcker vor ihn.

Roland schaute hinein. »Das sind ja zwei.«

»Ja, Dan kommt doch später, also ist das wohl seins. Ich dachte, ich leiste dir ein wenig Gesellschaft, bevor ich mit der zweiten Befragung im Viertel um die Gerichtspsychiatrie anfange.« Niels holte sich auch einen Becher und ließ Roland einschenken. Dann zog er einen Stuhl an den Tisch, setzte sich und nahm das eine der Puddingteilchen. Das war die Strafe fürs Zuspätkommen. Kein Morgengebäck.

»Sie muss sich ja irgendwo verstecken. Ich verstehe nicht, dass niemand etwas gesehen hat«, murmelte Roland und nahm einen Bissen von einer fetttriefenden Zimtschnecke.

»Die Suchmeldungen im Radio und Fernsehen haben nichts Brauchbares ergeben. Wie uns doch die totale Überwachung fehlt. Kameras überall so wie in England. Die englische Polizei kann das Tun und Treiben des Mörders verfolgen, sobald er aus seiner Haustür geht. Das habe ich in einem Krimi auf BBC gesehen.«

»Das ist doch ein Film, Niels«, lächelte Roland. »Tatsächlich hat Dänemark mehr Überwachungskameras pro Einwohner als Großbritannien.«

»Ja, aber das gilt ja nicht für die öffentlichen Räume. Das sind Privatpersonen und private Unternehmen, die uns in dieser Statistik hochstufen. Ich bin echt der Meinung, dass wir hier sitzen und alles live auf einem Mosaik von Fernsehbildschirmen mitverfolgen können sollten.«

»Meinst du das ernst, Niels? Glaubst du nicht, dass das die Leute noch paranoider machen würde, wenn ihnen an jeder Straßenecke eine Kamera hinterher schwenkt? So gefährlich ist das Leben trotz allem dann auch nicht.«

»Was macht das, wenn man eine reine Weste hat? Und auf die Kameras achten die Leute überhaupt nicht. Wie viele wissen wohl, dass sie am Fluss, am Europaplatz und am Bahnhofsvorplatz von uns videoüberwacht werden?«

Es gab keinen Zweifel daran, dass es ihrer Aufklärung von Verbrechen wie Vandalismus und Überfällen massiv helfen könnte, wenn es so werden würde, wie Niels es sich wünschte. Vielleicht sogar, ohne dass sie ihre Hintern bewegen mussten. Aber eine totale Überwachungsgesellschaft wie die alte DDR wünschte sich sicher niemand. Und brachte es überhaupt etwas? Neapel sollte eine der meist überwachtesten Städte in Italien sein im Kampf gegen die Camorra. Vor fünf Jahren waren 440 hypermoderne Kameras im Wert von sieben Millionen Euro angebracht worden; jetzt funktionierte nur noch die Hälfte. In Mailand werden alle Autos, die in die Stadt fahren, gefilmt und registriert, und damit auch alle Personen, und im Trentino wird außerdem die Friedhöfe überwacht, um Vandalismus zu vorzubeugen. Wann wurde man dann in Ruhe gelassen? Nicht einmal zusammen mit den Toten. In der Regel waren die Bilder von den Kameras so schlecht, dass es trotzdem nicht leicht war, die Täter zu finden, es sei denn sie hatten besondere Kennzeichen.

»Was ist mit dem Auto, das der Taxifahrer gesehen hat? Ein silberfarbener Chevrolet, oder? Den hast du heute Morgen nicht erwähnt. Wird der nicht gesucht?«, kaute Niels.

»Jedenfalls gab es einen Ansturm auf die Telefone. Von dieser Marke und in dieser Farbe fahren eine Menge herum, und ohne Kennzeichen ist es völlig unmöglich. Aber Mikkel untersucht, ob er der Familie Dupont gehören könnte. Vielleicht haben sie zwei Autos.«

»Wer kann sich das heute leisten?«

Rolands Gedanken wanderten sofort zu der Garage in Højbjerg und Irenes einsamem Hyundai, der sicher nie wieder herauskommen würde, um zu fahren. Sie hatten sich eigentlich auch keine zwei Autos leisten können, aber es war eine Notwendigkeit gewesen. Damals. Nun musste Irene nicht mehr zur Arbeit, und er hatte auch schon in Erwägung gezogen, es zu verkaufen. Aber wieder – das wäre das Gleiche wie zu Irene zu sagen, dass es keine Hoffnung gäbe. Und wer wusste das schon, trotz allem.

»Sagte der geehrte Dan Vang, wann er heute auftauchen wollte? Er wollte doch heute noch kommen?«

»Ja, irgendwann gegen Mittag. Dem Jungen ging es wohl ein bisschen dreckig.« Niels knüllte die Tüte vom Bäcker zusammen und wischte gleichzeitig die klebrigen Finger daran ab.

Roland knurrte verärgert, aber natürlich konnte man ja mitten in einer wichtigen Arbeit krank werden. Nicht, dass er selbst das versucht hätte. Eine Handvoll Aspirin half gegen das meiste. Aber diesen Trick kannte Dan bestimmt nicht.

»Also, wie in der Besprechung erwähnt werde ich noch mal mit der Oberärztin Mai Andersen sprechen, damit wir einen Überblick über die Medikamenteneinnahme der Patientin bekommen können. War sie überhaupt imstande, allein zu fliehen?« Er stand auf. Niels tat es ihm gleich und überragte Roland plötzlich um

40 Zentimeter. Seine Größe verursachte eine vornübergebeugte Haltung, als ob er versuchte, die gleiche Luft wie alle anderen zu atmen.

»Wissen wir, wer sie besucht hat?«

»Nein, darüber werde ich auch mit der Oberärztin sprechen. Wir brauchen die Besucherliste.«

»Ich finde Isabella und nehme sie mit zur Klinik. Es ist immer nett mit einer Frau an seiner Seite.« Er blinzelte nach unten zu Roland. Sie gingen gemeinsam zum Aufzug. Pat und Patachon, mochten die anderen denken, ging es Roland durch den Kopf. Wenn die jungen Leute heutzutage überhaupt wussten, wer die beiden waren. Jetzt hießen sie sicher Beavis und Butt-Head.

Am Nachmittag saß er wieder im Büro und versuchte einen verständlichen Bericht der heutigen Vernehmung zu schreiben. Wie es ihm geschwant hatte, hatte er keine Ahnung von den unterschiedlichen medizinischen Bezeichnungen, die die Oberärztin heruntergerattert hatte, und bei denen sie davon ausging, dass sie ihm geläufig waren. Tabletten gegen Angst, Tabletten gegen Unruhe, Tabletten gegen Depression und Tabletten dagegen, nicht völlig apathisch zu werden. Seine Frage, ob Sara Dupont imstande wäre, einen derart gewalttätigen Mord zu begehen und mit all den Medikamenten intus zu fliehen, war sie damit ausgewichen, dass sie ja nicht wüsste, ob Sara die Tabletten auch geschluckt hätte. Vielleicht hatte sie sie einfach wieder ausgespuckt, weil sie geplant hatte zu fliehen. Glücklicherweise hatte er die Oberärztin dazu überreden können, einen Zettel mit den Namen zu schreiben und wie viel Milligramm die Patientin an dem Abend eingenommen hatte, und er hatte gerade mit Henry Leander gesprochen, dem zuverlässigsten Arzt, den er kannte, auch wenn er der Arzt von Toten war, und es nicht viel ausmachte, wenn er einen verkehrten Schnitt setzte. Er bekam nie Beschwerden von einem Patienten. Aber er hatte sachlich beurteilt, dass es mit diesen Stoffen intus – also falls Sara sie eingenommen hatte – so gut wie unmöglich wäre, einem anderen

Menschen die grausamen Verletzungen zuzufügen, die er im Obduktionsbericht beschrieben hatte.

Sara Dupont hatte an diesem Abend nur zweimal Besuch gehabt: Ihren Mann Kasper, der gegen 20 Uhr schnell wieder verschwunden war, und danach war eine Christina Toft Hansen als Freundin der Familie registriert. »Nettes Mädchen«, hatte Mai Andersen hinzugefügt und auf seine Aufforderung hin eine kurze Beschreibung gegeben, die auf nahezu jedes Mädchen heutzutage zutreffen konnte. Aber hier war kein Zeitpunkt registriert, wann sie die Abteilung verlassen hatte. Mai Andersen meinte, das müsse ein Versehen gewesen sein. Roland hatte Mikkel gebeten, das Mädchen ausfindig zu machen.

Es fiel ihm schwer, nicht auf den alten Bericht zu schielen, den Morten Holsted über die Kindstötung angefertigt hatte. Er war ein sehr kundiger Kollege und machte nie Fehler, daher zweifelte Roland nicht daran, dass in dem Mordfall korrekt ermittelt worden war. Aber irgendwie fehlte etwas. Er beschloss, sich mit Morten über den Fall zu unterhalten, auch wenn Kurt Olsen, als er ihm gegenüber die Sache erwähnte, ausdrücklich darauf aufmerksam gemacht hatte, dass seine Priorität die Suche nach Sara Dupont sei. Aber konnte er die beiden Fälle trennen? Konnte er Sara finden, ohne die ganze Geschichte hinter ihrem Schicksal zu kennen?

Als das Telefon klingelte, war er ein wenig überrascht, dass es Henry Leanders Stimme war, die er wieder am Ohr hatte. Er hatte doch gerade erst aufgelegt.

»Kannst du gleich mal in die Rechtsmedizin kommen, Roland? Wir bekommen etwas rein, das sicher auch dich angeht.«

»Etwas? Was denn?«

»Ein Jogger hat im Fløjstrupper Wald einen makabren Fund gemacht. Das Gesicht ist weg und der Körper ziemlich zugerichtet. Aber es heißt, es sei eine Frau. Rothaarig. Schlank. Das könnte vielleicht die Gesuchte sein.«

Roland stand so schnell auf, dass der Bürostuhl über den Boden rollte und gegen die Wand knallte.

12

September, ein Jahr zuvor

»Bitte schön, trink das hier! Das Ganze!«

Benedikte Steenberg reichte ihrer Tochter auf dem Sofa, wohin sie sie beordert hatte, ein Glas Wasser. Wie immer verhätschelte sie ihr einziges Kind mehr als notwendig, obwohl Sara der Grund dafür war, dass sie das einzige Kind geblieben war. Während der Geburt waren Komplikationen aufgetreten, die dazu führten, dass sie ihr anschließend die Gebärmutter entfernen mussten, was natürlich ausschloss, dass Sara Geschwister bekam. Sara hatte nie gefragt, was eigentlich schiefgegangen war, wohl hauptsächlich wegen der Schuldgefühle, die sie wegen dieser Tragödie hatte, aber sie hatte trotzdem genügend von großen Fibromen, grünem Fruchtwasser und der Angst ihrer Eltern, sie zu verlieren, gehört. Aber das war nichts, worüber irgendeiner von ihnen Lust hatte zu sprechen. Erst recht nicht jetzt. Sara wollte nicht einmal daran denken.

»Mama, dass mir ein bisschen schwindelig ist, hat nichts zu sagen. Das ist ganz normal.«

»Denkst du daran, Eisen zu nehmen?«

»Natürlich. Frag einfach meinen Bauch danach.« Pflichtschuldig trank sie aus dem Glas.

»Iss ein paar Dörrpflaumen.«

»Ja, ja, Mama.«

Benedikte wrang den Lappen über dem Putzeimer aus und warf wieder einen besorgten Blick auf Sara, die aufstehen und weiterputzen wollte.

»Du bleibst schön sitzen, Fräulein. Ich bin richtig froh, dass ich hergekommen bin, als du mitten am Großreinemachen warst. Will Kasper das denn nicht für dich tun?«

»Doch, sicher bereitwilliger, als Papa es für dich tut. Aber ich will ja keine schwangere Ehefrau sein, die gar nichts kann.«

»Du bist im dritten Monat, Schätzchen. Du arbeitest die meiste Zeit des Tages und solltest dich ausruhen, wenn du heimkommst …«

»Heute ist mein freier Tag«, unterbrach sie.

»Eine Fehlgeburt innerhalb der ersten Monate ist recht häufig, wenn man nicht aufpasst. Das weißt du doch. Kasper sollte dir verbieten, so ein Projekt im ganzen Haus im Alleingang anzufangen. Aber so wie ich dich kenne, weiß er das bestimmt nicht mal«, fuhr ihre Mutter beharrlich fort.

Sara zuckte bloß die Schultern, stand auf und stellte das leere Wasserglas in die Spüle. Dann brachte sie den Müll raus, das dürfte sie ja nicht belasten.

Der Garten sandte Herbstdüfte in den dunstigen Vormittagssonnenschein. Das Laub mancher Bäume färbte sich schon golden. Die frische Luft ließ den Schwindel verfliegen. Erleichtert setzte sie sich auf die Bank beim Gartentisch und schloss die Augen, das Gesicht der Sonne zugewandt, immer noch mit der warmen Glut des Sommers, aber nicht so intensiv. Sie faltete die Hände über dem Bauch, wie um den kleinen Fötus vor den Sonnenstrahlen zu beschützen. Er war jetzt fast acht Zentimeter groß und die kleinen Fingerchen hatten bereits einen persönlichen Fingerabdruck gebildet. In nur sechs Monaten würde das Kind ein Teil ihres Lebens sein. Ein kleiner Mensch, der total abhängig von seinen Eltern war. Wie oft hatte sie nicht versucht, eine nervöse Mutter zu beruhigen, die Angst hatte, der Verantwortung nicht gerecht zu werden. Aber sie hatte überhaupt nicht gewusst, wie sich diese Angst anfühlte. Bis jetzt nicht. Plötzlich war sie nicht länger diejenige, die auf Baby-Blogs im Internet Ratschläge gab, jetzt war sie diejenige, die sie suchte. Ihre Mutter war keine Hilfe. Im Gegenteil. Selbstverständlich könnte sie abtreiben, aber wieso sollte sie?

»Genau! So sollst du dich entspannen.« Benedikte setzte sich neben sie auf die Bank und zog ein paar hellblaue Haushaltshandschuhe aus. »Jetzt ist das Schlimmste überstanden. Die Böden glänzen, sodass man sich darin spiegeln kann.«

»Danke, Mama.« Sara drückte ihre Finger, trotzdem dankbar für die Hilfe, die anzunehmen sie unerwartet gezwungen war. Sie genossen die Stille und die vermutlich letzte Wärme des Herbstes. Der Gesang der Amseln war längst verklungen.

»Was hat es mit diesem Schmuck auf sich?«, fragte Benedikte plötzlich aus heiterem Himmel.

»Welchem Schmuck?«

»Der, von dem du ein Bild auf Facebook gestellt hast. Dieses kleine Schmuckstück mit den sonderbaren Schnüren. Hat sich der Besitzer gemeldet?«

»Ach, das.« Unwillkürlich zog Sara ihre Hand von der ihrer Mutter weg, als ob die Berührung verraten würde, was sie selbst vor Kasper verborgen gehalten hatte. Manchmal vergaß sie, dass alle auf Facebook diese Posts sehen konnten, nicht nur die, für die sie sie gedacht hatte.

»Wie hast du den gefunden?«

»Ähm, das ist lange her, ich kann mich gar nicht daran erinnern. Ist ja auch egal. Willst du einen Kaffee? Es ist doch schönes Wetter. Wir können hier draußen sitzen.«

»Kein Kaffee für dich, Fräulein. Mein Enkelkind verträgt kein Koffein.«

»Nein, Mama. Natürlich nicht.« Sie eilte in die Küche und füllte den Wasserkocher. Draußen am Tisch hatte ihre Mutter eine Zigarette angezündet. Das tat sie nicht, wenn Sara in der Nähe war. Wegen des Kindes. Sollte sie das Foto wieder löschen? Niemand hatte sich als Besitzer des Schmuckes gemeldet. Vielleicht hätte sie es herausbekommen können, falls er dem Dieb gehörte. Dem, der die Tasche in Venedig gestohlen, deren Inhalt samt ihrem Portemonnaie mit Kreditkarten und ihrem Pass geleert und sie wieder zurückgegeben hatte. Hatte diese diebische Person ihren Schmuck darin verloren, ohne es zu wissen? Sie beschloss das Bild zu löschen. Sie hatte es vor zwei Monaten hochgeladen, und wenn sich bis jetzt keiner gemeldet hatte, war es wohl auch für niemanden von Bedeutung.

»Kaffee ist fertig!«

Benedikte zerquetschte die Kippe schnell auf den Fliesen und hielt sie zwischen zwei gespreizten Fingern, als ob sie es eklig fände. Sara suchte nach einem Aschenbecher im Schrank und nahm ihn mit hinaus auf den Tisch.

»Ich dachte, du hättest damit aufgehört.«

»Dachte ich auch. Aber jetzt hast du mich so damit erschreckt, dass du beinahe umgefallen bist, daher musste ich …«

»Du musst dir meinetwegen keine Sorgen machen, Mama. Und erzähl es nicht Papa; du weißt, wie er ausflippen wird.« Und dann habe ich *ihn* heute Abend hier sitzen, dachte sie, und trank aus ihrem Wasserglas.

»Nein, nein, das werde ich nicht.« Benedikte lächelte über die Zurechtweisung ihrer Tochter.

»Geht's Papa ansonsten gut?«

»Papa geht's bestens. Aber er hat angefangen die Tage zu zählen, bis er pensioniert wird. Also mit Grausen. Er weiß nicht, was er machen soll, wenn er die Tiere nicht mehr hat.«

»Es ist noch fast ein Jahr, bis er pensioniert werden soll. Wieso jetzt darüber spekulieren?«

»Du kennst doch deinen Vater. Ich habe ihm gesagt, er sollte stattdessen lieber darüber nachdenken, was er sich für lustige Hobbys zulegen könnte, die die Zeit ausfüllen.«

»Ich verstehe einfach nicht, dass er die Tierklinik schließen will. Die Tiere sind doch sein Leben. Und deins auch.« Sie schenkte ihrer Mutter Kaffee nach. Plötzlich war der Wind kühl geworden.

»Papas Rücken macht das nicht mehr mit. Ich bin mir sicher, er findet etwas anderes, wenn es so weit ist. Das Gleiche gilt für mich. Er kann sich ja auch für die Rücken-OP entscheiden, an die er sich nicht traut, obwohl sie ihm vielleicht helfen kann, dann könnte ich ihn pflegen und wir würden beide unsere Arbeitslosenprobleme zur gleichen Zeit lösen.«

Sara nickte nur. Sie unterstützte ihren Vater darin, sich in seinem Alter nicht mehr einer so großen Operation zu unterziehen. Vielleicht könnte sie ihm helfen, aber es könnte auch das Gegenteil der Fall sein. Das Schlimmste könnte passieren. Das schlimmste Denkbare. Um seine Haltung zu pointieren, hatte er seine Familie mehrfach an den Zwischenfall erinnert, als er einen ansonsten starken und aufrechten Vollbluthengst wegen einer Rückenverletzung operiert hatte. Es endete damit, dass er lahmte und kurz darauf eingeschläfert werden musste. »Das kannst du nicht vergleichen, Poul«, hatte Mama gesagt. »Das war etwas Unvorhersehbares, das schiefgegangen ist.« »Und wer sagt, dass ich nicht an einen genauso großen Quacksalber wie mich selbst gerate?«, hatte er mit einem Kloß im Hals erwidert. »... und es war nicht deine Schuld«, hatte Mama sofort hinzugefügt. Poul Erik Steenberg war ein kompetenter Tierarzt. Aber Sara hatte die Furcht in seinen Augen gesehen, und was ihr wirklich Angst einjagen konnte, war der Gedanke, ihn zu verlieren. Sie beide. Vielleicht eine kleine gerechte Rache für damals, als sie fürchteten, sie zu verlieren.

Es wurde kalt, als die Wolken kamen und den Himmel wie mit einer Decke überzogen. Sie gingen hinein in ein Haus, das nach Putzmitteln roch, und nicht eine Staubflocke war zu sehen. Benedikte litt an unkontrollierter Putzwut, mit der Sara aufgewachsen war. Nicht, dass sie diese Last sonderlich geerbt hätte. Der Reinlichkeitswahn ihrer Mutter war, wenn man so wollte, eine Folge der Arbeit ihres Vaters, als sie sich nämlich entschied, mithelfende Gattin zu werden; in einer Tierklinik musste es genauso klinisch rein sein wie in einem Krankenhaus. Oft hat Sara gedacht, dass es in ihrem Elternhaus sauberer war als in sämtlichen Krankenhäusern der Stadt. Ein weiterer guter Grund, ihren Vater dort nicht für eine komplizierte Rücken-OP einzuweisen.

Sie bot ihrer Mutter an, zum Essen zu bleiben. Kasper würde nach Hause kommen. Er hatte ab Mittag frei genommen, um mit seiner schwangeren Freundin an ihrem freien Tag zusammen zu sein, deswegen hatte sie mit dem Großreinemachen frühmorgens angefangen, damit es sauber und gemütlich war, wenn er heimkam. Sie hatte auch ein Mittagessen geplant, wie er es mochte. Aber Benedikte wollte nach Hause, Sara sollte es sich mit Kasper gemütlich machen. Stattdessen bekam sie eine Umarmung, einen Kuss auf die Wange und weitere Ermahnungen.

Sara setzte sich mit einem müden Lächeln hin, als die Reifen von Mamas Chevrolet über den Kies knirschten und sie mit hohem Tempo auf die Straße bog. Es wäre nicht das erste Mal, dass sie einen Strafzettel für zu schnelles Fahren bekäme.

Sara fing an, das Mittagessen vorzubereiten, nachdem sie sich ein bisschen ausgeruht hatte, trank noch ein paar Gläser Wasser und genoss die saubere Umgebung, von der sie wusste, dass auch Kasper Wert darauf legte. Kartoffelsalat und Frikadellen waren das geplante Menü. Kasper liebte das. Mitten beim Kartoffelschälen klingelte das Handy, das wie immer in der Nähe lag. Das war eine Anweisung von Kasper; falls etwas passieren sollte. Alle machten sich solche Sorgen, dass es auch sie ganz besorgt machte. Sie nahm das Telefon mit zwei nassen Fingern und klemmte es zwischen Schulter und Kinn fest, sodass sie während des Gesprächs weiter Kartoffeln schälen konnte.

»Sara«, meldete sie sich ein bisschen abweisend und rechnete damit, dass es einer der üblichen aufdringlichen jungen Zeitungs- oder Werbeanrufer mit unterdrückter Nummer und Nebenjob war, um Geld fürs Studium zu verdienen.

»Sara Dupont? Ich rufe von der Intensivstation im Aarhus Universitätsklinikum in Skejby an …«

Die Frauenstimme war ruhig und achtungsgebietend. Auf Saras nackten Armen breitete sich eine Gänsehaut aus.

»Ist … ist etwas passiert?« Die Hände waren immer noch im Wasser und wühlten nach einer zu schälenden Kartoffel, obwohl sie sich innerlich kalt und gelähmt fühlte. War es Kasper?

»Benedikte Steenberg ist Ihre Mutter, ist das richtig?«

Sara nickte, aber die Antwort blieb ihr im Hals stecken.

»Es tut mir leid, Ihnen mitteilen zu müssen, dass sie hier auf die Intensivstation eingeliefert wurde. Ein Autounfall. Es ist sehr ernst. Ich würde empfehlen, dass Sie sofort herkommen, wenn Sie sie noch sehen wollen, bevor sie …«

Das Handy glitt von der Schulter und landete in Wasser und Kartoffeln. Zur gleichen Zeit fuhr ein stechender Schmerz durch den

Unterleib, der sie in die Knie zwang, während sie laut schluchzte und sich am Rand des Küchentischs festhielt. Schwach hörte sie draußen auf dem Hof eine Autotür zufallen und Kaspers munteren Gruß vom Eingang und merkte, dass er sie vom Fußboden hochhob und in einen Sessel platzierte. Sie zitterte vor Weinen, aber es kam kein Laut. Kasper ging vor ihr in die Hocke.

»Sara, was ist denn passiert? Du stehst ja unter Schock.«

Unzusammenhängend berichtete sie von dem Anruf der Intensivstation. Er nahm ihre Hände und drückte sie so fest, dass es wehtat.

»Wo liegt sie? Wir fahren sofort los.«

»Ich weiß es nicht ... das ... das hat sie nicht gesagt, ich ...«

Kasper stand schnell auf und nahm sein Handy aus der Tasche. Er wollte sie etwas fragen, rief aber stattdessen die Auskunft an. Kurz darauf gab er eine Nummer ins Telefon ein und lauschte mit einer tiefen Falte zwischen den dunklen Augenbrauen. Sara sah, wie sich seine Lippen bewegten, die Worte hörte sie nicht. Sie umklammerte fest die Armlehne des Sessels und war kurz davor, wieder ohnmächtig zu werden. Versuchte tief einzuatmen und in Kaspers Augen zu lesen. Zuerst waren sie besorgt, dann nahmen sie einen wütenden Ausdruck an. Er unterbrach die Verbindung, rief aber sofort wieder an. Jetzt kamen die Geräusche zurück. Seine Stimme drang langsam durch, aber sie verstand immer noch nicht, was er sagte. Er reichte ihr das Telefon, sie nahm es passiv und verwundert mit einer Hand, die zitterte, entgegen.

»Schätzchen, was ist denn passiert?« Das war Mamas Stimme. Sie klang nicht wie eine Sterbende, die auf der Intensivstation lag.

»Eine Krankenschwester hat aus dem Krankenhaus angerufen ... sie hat gesagt ... sie hat gesagt, dass du ... dass du ...« Ihr Weinen erstickte die letzten Worte. Kasper setzte sich auf die Armlehne neben sie und zog sie an sich. Strich ihr übers Haar.

»Das war ein kranker Scherz, Sara. Ein sehr kranker Scherz. Wer kommt denn auf ... ich bin schon lange gut nach Hause gekommen, ich sitze hier zusammen mit Papa und genieße ein Glas Wein. Willst du mit ihm sprechen …?«

Sara konnte nicht mit Worten antworten, nur den Kopf schütteln und ließ Kasper das Telefon aus ihrer Hand nehmen.

»Ich verstehe das nicht«, sagte er zu Benedikte. »Das ist doch außergewöhnlich gemein. Ja, ich habe im Krankenhaus angerufen, aber sie haben versichert, dass es keinen Autounfall gab, in dem Benedikte Steenberg involviert ist, deswegen habe ich dich angerufen …« Er griff sich an die Stirn. »Ja, ich werde gut auf sie aufpassen. Grüß Poul Erik.«

Die Erleichterung ließ Sara wieder weinen, sie drückte sich an Kasper, wie ein kleines Kind, das getröstet werden will.

»Wir müssen damit zur Polizei gehen, Sara. Das ist so unmenschlich grob und böse. Wer kennt deine Handynummer? Wer weiß, wie deine Mutter heißt? Wer wusste, dass sie dich heute besuchen wollte?«

Das Stechen im Unterleib kam wieder, und etwas Warmes klebte zwischen ihren Schenkeln. Verzweifelt schaute Sara in Kaspers Augen und drückte seinen Arm fest vor Schmerz. Plötzlich hatten sie an anderes zu denken.

***

13

»Das ist ein Tier«, sagte Rechtsmediziner Henry Leander.

»Ein Tier? Welches Tier?«

Auf dem Stahltisch in der Rechtsmedizin bot sich Roland ein ekelhafter Anblick. Das war so widerlich, dass es gleichzeitig ganz faszinierend anzusehen war. So musste Leander wohl all die toten Körper sehen, um seinen Job aushalten zu können.

»Wäre es nicht im Fløjstrupper Wald passiert, hätte ich gesagt, ein Wolf.«

»Ein Wolf?«

»Gleiche Familie auf jeden Fall. Vielleicht ein Hund. Ich habe so etwas Ähnliches schon mal gesehen. Eine Witwe draußen auf dem Land. Sie wohnte allein mit ihrem Hund und hatte einige Tage tot dort gelegen, als der Hund hungrig wurde oder vielleicht einfach Aufmerksamkeit forderte, wie es Hunde ja tun; er fand es sehr passend, den Großteil seines Frauchens zu verzehren. Früheren Frauchens.«

Roland zog eine Grimasse, die ein neckendes Aufblitzen in den Augen seines alten Freundes auslöste.

»Wusstest du nicht, dass Hunde ihre Besitzer fressen, wenn sie tot herumliegen? Wenn das Tierchen die Fährte des Toten oder der Flüssigkeiten des Sterbenden aufnimmt, die immer entstehen und vom Hund gerochen werden können, gleitet der Hund sicher ganz freiwillig in einen Urzustand über, und dann vergisst er plötzlich, wer sein Gebieter ist.«

Roland schüttelte den Kopf, dachte aber trotzdem daran, dass Angolo ihn fressen würde, wenn er die Möglichkeit bekäme. Plötzlich mochte er es gar nicht, dass Irene mit dem Hund allein zu Hause war. Aber er passte doch auf sie auf. So war Angolo.

»Welche Rasse ist das?«

»Selbst kleine Möpse machen das, aber soweit ich mich erinnere, war es ein Schäferhund. Jedenfalls sah er deinem Angolo ähnlich.«

Roland schluckte schwer, und der Schimmer in den Augen des Rechtsmediziners wurde noch vergnügter. »Bleib einfach am Leben, alter Freund, dann passiert nichts«, beruhigte er.

Er war heute offenbar richtig gut aufgelegt. Wirkte entspannter als sonst, obwohl in seiner Abteilung reger Betrieb herrschte. Wenn man sich erlauben konnte, diesen Ausdruck in Bezug auf Rechtsmedizin zu verwenden. Vielleicht war Julie von der Reichspolizei in der Stadt. Vielleicht war sie endlich geschieden worden und vielleicht hatte Henry ihr obendrein einen Antrag gemacht. Es sah ihm nicht ähnlich, in einer Umgebung mit Stahltischen und toten Körpern zu scherzen. Vielleicht machte er keine Witze.

»Ich meine jetzt den Hund, der sie angefallen hat. Falls es das Werk eines Hundes war?«

»Das hier ist kein Schäferhund, würde ich tippen.«

»Und wieso nicht?«

»Manche Hunde, unter anderem Schäferhunde, schütteln ihre Beute, um sie zu töten. Andere beißen sich fest, bis die Zähne aufeinandertreffen und lassen nicht wieder los. Das ist das, was du hier siehst.« Leander deutete auf die blutigen Arme der Leiche, die schlaff auf dem kalten Stahl lagen. »Der ist an die Kehle gegangen. Das Opfer hat vergeblich versucht, das zu verhindern.«

»Weißt du denn, welcher Typ Hund so etwas macht?«

»Kampfhunde. Amstaff, American Bulldog, Pitbull. Solche.«

»Die sind doch illegal.«

Leander schaute ihn über den Brillenrand nur vielsagend an.

»Natalie, willst du?« Er wandte sich an die Person im türkisgrünen Kittel, die mit dem Rücken zu ihnen weiter hinten im Raum stand und durch ein großes Mikroskop starrte. Sie drehte sich um und lächelte, während sie ihnen entgegenging.

»Das ist meine Assistentin, Natalie. Sie ist frisch gebackene Rechtsmedizinerin und meine helfende Hand.«

»Schön, Sie zu treffen, Kommissar Benito.«

Roland erwiderte einen leichten, warmen Händedruck und wunderte sich darüber, dass eine anscheinend so junge Frau schon so weit gekommen war. Erst das Gymnasium, dann ein Medizinstudium und anschließend eine fünfjährige Facharztausbildung in Rechtsmedizin. Aber nicht verwunderlich, wenn sie direkt nach der Schule damit angefangen hatte und zielstrebig gewesen war.

Natalie zog sich Latexhandschuhe über und nahm behutsam die Hand des Opfers, als ob das Mädchen immer noch am Leben wäre. Sie drehte den Arm ein bisschen, sodass Roland die Verletzungen sehen konnte.

»Hunde sind Jäger, sie fangen eine laufende Beute ein …«

»Daher lauf nie, falls ein bissiger Hund hinter dir her ist«, warf Leander ein und bekam einen warnenden Blick von Natalie zugeworfen, die eine ganz ernste Miene aufgesetzt hatte. Sie hatte noch nicht gelernt, dass Humor der einzige Weg war, in ihrer Welt zu überleben.

»Das Mädchen hat mit den Armen abgewehrt. Reiner Reflex wie alle es tun würden, um sich zu verteidigen. Das sieht man deutlich hier auf dem Biceps brachii. Das Caput longum bicipitis am rechten Arm ist zerrissen, sicher, als sie versucht hat, den Arm zurückzuziehen und zu entkommen …«

»Die Oberarmmuskeln und die Sehne, die durch das Schultergelenk geht«, übersetzte Henry Leander flüsternd mit einem vorsichtigen Lächeln zu seiner Assistentin.

»Der Hund hat sie wahrscheinlich umgeworfen, er kann locker sechzig Kilo oder mehr gewogen haben, er ist ihr an die Kehle gegangen und hat die Arteria carotis communis aufgeschlitzt – die große Pulsader im Hals«, übersetzte sie selbst, ohne einen von ihnen anzusehen. »Der Schmerz hat ihr höchstwahrscheinlich so lange das Bewusstsein genommen, dass sie den Rest nicht gespürt hat.«

»In dem phantastischen Körper des Menschen ist sozusagen das Relais ausgeschaltet«, fügte Henry Leander hinzu.

Roland dachte, dass das für das arme Mädchen zu hoffen war.

»Ihr habt sie also schon obduziert?«

Der Körper war mit einem Tuch bedeckt, das bis unter das Kinn des Opfers hochgezogen war, sodass er den Y-Schnitt nicht sehen konnte. Als ob die beiden Rechtsmediziner damit rechneten, dass das Mädchen fror, wie es da fast ohne Haut und Gewebe lag. Oder sie hatten es getan, um ihn zu schonen. Ihn und seinen Nachtschlaf, um den es ohnehin nicht gut bestellt war.

»Ja, weil es keinen Zweifel an der Todesursache gibt. Es ist Mord, aber der Täter ist kein Mensch, daher hat deine Abteilung dieses Mal frei.«

»Der Täter besitzt den Hund«, murmelte Roland. »War dann deine Absicht, dass ich sie nur identifizieren sollte?«

»Ja, war es. Könnte das die Gesuchte sein?«

»Das zu wissen ist unmöglich. Nicht einmal ihre Mutter könnte die hier identifizieren. Hatte sie keinen Ausweis bei sich?«

»Einige denken nicht nach, wenn sie draußen in der Natur joggen. Die meisten Sportler sind der Meinung, keinen Platz für irgendeine Form von Identitätsnachweis zu haben. Jogger wollen so wenig wie möglich wiegen.«

»Oder vielleicht glauben sie einfach, dass sie so gesund sind, dass ihnen nichts passieren kann«, ergänzte Roland.

»Ein Handy dabei zu haben wäre eine praktische Sache. Die meisten modernen Laufsachen haben zu diesem Zweck sogar eine kleine Tasche ins Design integriert. Heutzutage ist ein Handy doch klein und handlich und wiegt fast nichts«, meinte Natalie. Sie war möglicherweise selbst Joggerin. Ihr Körper könnte darauf hindeuten. Sportlich war sie auf jeden Fall. Die Frisur war ebenfalls sportlich. Kurz geschnitten, hellblond mit rötlichen Reflexen.

»Wenn es eine Joggerin ist, können wir Sara Dupont sicher ausschließen. Ob sie wohl aus der Gerichtspsychiatrie flieht, um am anderen Ende der Stadt im Wald laufen zu gehen?«

»Als wir den Anruf bekommen haben, wussten wir nicht, dass sie Joggerin war. Nur, dass sie rothaarig war und zur Beschreibung der Gesuchten passte. Tut mir leid, Roland.«

Wie lange war Natalie Assistentin in der Rechtsmedizin gewesen? Das *Wir* klang recht routiniert. Vielleicht war sie die Erklärung für Leanders ungewöhnlich humorvolle und entspannte Attitüde. Es wurde auch Zeit, dass das Institut zu überlegen begann, wer ihn entlasten könnte, und nicht zuletzt, wer nach Henry Leander übernehmen sollte. Es konnte nicht lange dauern, bis er in seinen erstrebten Ruhestand ging. Das sollte über die Bühne gebracht werden, bevor auch dieses Privileg wegfiel. Wie die Zigaretten.

»Hat man vor Ort sonst noch was gefunden?«

»Dort stand ein gelbes Damenrad – ein Rennrad – an einen Baum im Wald gelehnt. Es wird untersucht, ob es ihres ist. Irgendjemand muss doch auch bald so ein Mädchen vermissen.«

»Und der Hund?«

»Noch nicht gefunden. Denen fehlt Personal für die Suche. Freizeitausgleich und Krankheit, du weißt schon.«

Roland nickte. Er kannte die Verhältnisse im Polizeipräsidium ausgezeichnet. »Hätte sie irgendetwas machen können, um diesem furchtbaren Schicksal zu entgehen?«

Leander schüttelte still den Kopf und schaute das, was aus dem Tisch lag, beinahe liebevoll an. Die roten, verfilzten Haare hingen über den Rand. Wie es aussah, waren sie zu einem Pferdeschwanz zusammengebunden gewesen. Das Haargummi steckte noch drin.

»Nicht viel, falls es sich um einen Kampfhund handelt. Auf jeden Fall hilft es nicht, vor so einem wegzulaufen zu wollen oder sich zu wehren. Wenn er sich erstmal festgebissen hat, wird es das Ganze bloß verschlimmern. Schmerzen machen sie noch aggressiver. Man muss sich erinnern, dass sie jahrhundertelang gezüchtet wurden, um zu vernichten. So gesehen ist es nicht ihre Schuld, dass sie angreifen, das liegt in den Genen. So ein Hund in den falschen Händen kann katastrophale Folgen haben.«

»Aber es gibt doch auch nette Kampfhunde. Man darf sie nicht alle über einen Kamm scheren«, korrigierte Natalie und zog sich geübt die Handschuhe von den langen, schlanken Fingern.

»Hmm, was macht man dann, wenn man sich nicht verteidigen darf? Lässt man sich einfach töten?«

»Ich bin kein Hundepsychologe, aber kannst du dich zum Beispiel in einem Auto oder einem Schuppen mit solider Tür verstecken, wäre das selbstverständlich das Beste. Aber das ist ja nicht einfach draußen mitten in einem Wald wie in diesem Fall. Du kannst auf den nächsten Baum klettern, wenn du es schaffst. Aber sieh ihm um Gottes willen nicht in die Augen. Verhalte dich ruhig und beschwichtigend. Er kann deine Angst riechen. Hat er sich erst festgebissen, wird es komplizierter. Der Kiefer verkrampft sich einfach. Du kannst ihn am Halsband packen und würgen, wenn du Glück hast, und falls er so etwas trägt, das ist deine einzige Rettung. Nur wenn er ohnmächtig wird, wird er loslassen.

Ein Stöckchen ins Halsband und dann einfach immer weiter herumdrehen.«

»Ja, danke, das klingt total einfach. Gibst du mir Bescheid, wenn du einen Namen hast? Bis dahin ist der Fund wohl inoffiziell.«

»Absolut. Und falls sich herausstellt, dass es doch Sara Dupont ist, werden wir Laut geben«, bestätigte Leander.

Da war das *Wir* wieder.

14

Nicolaj ging raus auf den Balkon, der zum Marselis Boulevard lag. Anne schaute ihm neugierig nach. Das Handy hielt er konzentriert ans Ohr gedrückt. Er betrachtete die Aussicht vom fünften Stock mit zusammengekniffenen Augen im Sonnenlicht, während er sprach. Der Wind spielte mit seinen Haaren. Leider konnte sie kein Wort von dem, was er sagte, hören, obwohl sie die Ohren spitzte, sodass sie beinahe einen Krampf im Kiefer bekam. Sorgsam drückte sie die Zigarette im Aschenbecher aus. Hier gab es glücklicherweise kein Rauchverbot. Nicolaj hatte selbst wieder angefangen zu rauchen. Vielleicht war das ihre Schuld. Natürlich wäre es besser, wenn sie sich stattdessen gegenseitig beim Aufhören unterstützen würden, aber so war das ja oft, die schlechten Gewohnheiten waren ansteckend, nicht die guten, und wenn das Adrenalin kochte, war es schwer, es sein zu lassen. Die Wohnung stank sicher wie eine alte Kneipe, aber das merkten sie selbst nicht mehr.

Nicolajs Behausung war gemütlich. Die Aussicht phantastisch. Man konnte das Meer sehen und es war nicht weit bis zum Jachthafen von Marselisborg. An der Fassade ganz oben im zwölften Stock war eine fliegende Möwe angebracht und auf dem Giebel zwei große Möwen ohne Füße. So nannte sie sie zu Nicolajs Ärger. »Das sind Austernfischer, du Spatzenhirn«, schalt er. »Weil wir so dicht am Meer sind.« Danach nannte sie sie konsequent Möwen.

Möwen ohne Füße. Sie war lieber hier als zu Hause. So konnte Adomas ihre alte Wohnung ganz für sich haben. Es war auch nicht leicht, zu seiner Eifersucht heimzukommen, die natürlich nicht unberechtigt war. Es war nicht mehr das Gleiche, seit er aus Litauen, oder wo auch immer er in den vielen Monaten gewesen war, zurückgekommen war. Er erzählte ihr nichts, aber es war deutlich, dass er vor etwas Angst hatte. Und das war nicht nur, weil sie sich immer noch mit dem perversen Esben traf, wie er, außer sich vor Wut, ihren Jugendfreund genannt hatte, der vor Kurzem so unerwartet und zu einem sehr unglücklichen Zeitpunkt wieder in ihr Leben getreten war. Genau als Adomas zurückkam. Da war noch etwas, das ihm Angst machte. Etwas, das er ihr aus irgendeinem Grund nicht anvertrauen wollte. Vielleicht hatten sie gegenseitig ihr Vertrauen verloren, und das gehörte zu den schlimmsten Dingen, die in einer Beziehung passieren konnten.

»Wer war das?«, fragte sie und versuchte nicht allzu neugierig zu klingen, als Nicolaj an seinen Platz vor dem Computer zurückkehrte. Sie hatten sich zwei nagelneue Laptops leisten können, damit sie ihren nicht immer durch die Gegend schleppen musste. Sie tat, als ob sie an ihrem beschäftigt wäre und überhaupt kein Interesse daran hätte, mit wem er so intensiv gesprochen hatte.

»Schade, dass du diesen Artikel über das Hundegesetz nicht geschrieben hast. Ärgerlich, dass es nicht doch Kampfhundwelpen waren.«

»Wieso?«, fragte sie wachsam.

»Im Fløjstrupper Wald wurde eine Joggerin gefunden. Anscheinend wurde sie von einem durchgegangenen Kampfhund attackiert.«

Anne schluckte. Die Kälte stieg ihr die Wangen hoch.

»Ist … ist sie tot?«

»Das kann man wohl sagen.«

»Woher weißt du das?«

»Mein Kontakt in der Rechtsmedizin.«

»Seid ihr zusammen, oder was?«

»Jetzt sei nicht kindisch, Anne.« Er sah sie anklagend an.

»Entschuldigung. Aber bist du dir sicher, dass sie die Wahrheit sagt?«

»Todsicher. Wieso sollte sie mich auf den Arm nehmen?«

Nicolaj lächelte ihr mit seinem jungenhaften Lächeln überzeugend zu. Milchzähne, dachte sie verwirrt. Warum war ihr eigener Kontakt einfach verduftet? Er saß sicher immer noch im Knast.

»Hat die Polizei den Hund gefunden?«

»Soweit man weiß nicht. Der Killer ist immer noch auf freiem Fuß. Wer weiß, wen es nächstes Mal trifft.« Nicolajs Finger flogen über die Tastatur, während er redete.

»Schreibst du darüber?«

»Noch nicht. Ich muss erst das hier fertigmachen. Wie weit bist du mit der Gefangenenflucht?«

»Ihr Mann will nicht mit uns sprechen, er hat die Verbindung unterbrochen, als ich angerufen und mich vorgestellt habe. Aber Sara Duponts Mutter will sehr gerne, deswegen habe ich mich mit ihr verabredet. Sie muss ein bisschen drüber erzählen können, wer diese Frau ist, die einfach so ohne Weiteres ihr Baby an ihrem Hochzeitstag erdrosselt und kaltblütig eine Krankenschwester ermordet, um aus der Gerichtspsychiatrie zu entkommen.« Anne zog ihren Mantel an, obwohl noch ein bisschen Zeit war, bis sie Benedikte Steenberg treffen sollte.

Nicolaj war völlig in seinen Artikel versunken und antwortete nicht, sondern nickte abwesend, womit er billigte, das zu tun, womit sie plötzlich nicht warten konnte.

Seit sie das letzte Mal hier gewesen war, war das Wasser in den Schlaglöchern auf dem Feldweg gestiegen. In der Nacht hatte es ordentlich geschüttet. Das war nicht gut für das Fahrgestell des alten Lada. Der Auspuff hatte gestern einige hässliche Schrammen bekommen. Deswegen fuhr sie auf den Seitenstreifen, parkte ein Stück entfernt und ging – oder eher: hüpfte – über die Pfützen auf dem Weg bis zum Bauernhof. Bevor sie es ganz bis zum Hof geschafft hatte, drehte sie sich um und schaute zurück. Die Landschaft öffnete sich vor ihr und sie erahnte einen blauen Streifen des Meeres und auf der anderen Seite der Bucht in Nebel gehüllt die Umrisse von Mols. Sie hatte den Hof kaum betreten, als sie den Hund hörte. Er kam aus der Ecke des Zwingers angeschossen, stand hinter dem Stacheldrahtzaun und bellte wie verrückt. Wer in aller Welt hat Vergnügen daran, einen Hund zu haben, den man hinter Stacheldraht sperren muss, dachte sie. Natürlich war er ein hervorragender Wachhund, sein bloßer Anblick reichte aus, dass die meisten schnellstens zusahen, Land zu gewinnen. Niemand machte auf, als sie an die Tür klopfte, und es war kein Auto da. Sie ging hinters Haus. Der Hund bellte noch aufgeregter, aber jetzt konnte sie ihn glücklicherweise nicht mehr sehen. Der Garten sah herbstmüde aus. Pflanzen in durch Frost geplatzten Tonkrügen waren im Regenwasser verrottet und das Gras der Grünfläche war hoch und welk. Anne spähte durch die Fenster nach drinnen. Der zweite Hund war nicht da, soweit sie sehen konnte. Sonst hätte er wohl auch schäumend und knurrend am Fenster gestanden. Hatte er die Joggerin im Fløjstrupper Wald getötet? Der Wald war nicht weit von hier, war das also nicht das Wahrscheinlichste? Tatsächlich hatte sie gehofft, zwei Hunde im Zwinger zu finden. Vielleicht waren die Züchter bloß unterwegs und hatten den anderen dabei. Beim Tierarzt vielleicht. Das Tier im Zwinger wusste, dass sie immer noch da war, es bellte jetzt noch lauter. Oder war es, weil nun ein Auto auf den Hof fuhr? Der Motor klang nicht besonders zuverlässig. Zwei Autotüren knallten zu.

»Was ist denn, du Tier. Wir sind's doch nur.«

Das war Kazirs Stimme. Anne schlich sich näher an die Giebelwand und lugte um die Ecke. Sie waren beide da. Aber kein Rüde.

»Warum bist du nicht drinnen bei deinen Welpen, kleine Pondus?«, sagte die Freundin, Sally, und bekam das Untier am Zaun gezähmt. Sie hatte sogar die Hand zu ihm reingesteckt und kraulte es zwischen den Ohren.

»Du erkennst unser Auto doch sonst immer. Du arme Kleine«, sagte sie zu dem Hund und schaute zu Kazir hoch. »Sie spürt natürlich auch, dass er weg ist. Wir können nicht zur Polizei gehen, oder?«

»Nein, bist du völlig verrückt, Mädchen? Dann schläfern sie sie beide ein. Wir müssen ihn einfach so schnell wie möglich finden.«

Anne beeilte sich, den Kopf zurückzuziehen, als Kazir sich umdrehte und zur Haustür ging. Er würde sie an der Giebelwand leicht sehen können, er müsste bloß ein bisschen weiter nach links schauen. Er ging hinein. Sally blieb am Zaun in der Hocke sitzen und redete beruhigend auf Pondus ein. Ihr Pullover war hochgerutscht, sodass Anne sehen konnte, dass sie auch eine Tätowierung hatte, ganz unten auf der Hüfte kurz über dem Po, von dem man den obersten Teil erahnen konnte. Die Art Tattoo, die Ende der Neunziger so modern gewesen war und die die Clique in Nørrebro spöttisch Arschgeweih nannte. Soweit sie gehört hatte, waren die überhaupt nicht mehr *in*. Aber was machte man dann? Die Farbe saß unerbittlich festgebrannt in allen Hautschichten. Sie hoffte, dass Sally ihr Tattoo nicht so sehr bereute wie sie selbst. Den kleinen schwarzen Fisch auf der Schulter, den sie von einem nicht autorisierten Tätowierer in Nørrebro bekommen hatte, als sie in sehr jungen Jahren gerade Mitglied einer von vornherein zum Scheitern verurteilten religiösen Sekte geworden war, rieb sie ständig mit Salz ein, als ob er so mit der Zeit verschwinden würde. Sally müsste alle Salzlager Dänemarks leeren, um ihre zu entfernen. Anne zog wieder den Kopf zurück, als Sally ebenfalls aufstand und nach drinnen ging. Der Hund blieb am Zaun stehen, es war, als ob er wüsste, dass sie noch da war, und bereitstand. Der Blick war auf die Giebelwand fixiert. Lauernd. Abwartend. Er konnte sie natürlich riechen. Sobald sie hinaus auf den Hof trat, würde er sie ganz sicher verraten. Sie biss sich auf die Unterlippe und dachte nach. Es war nur noch eine halbe Stunde, bis sie sich mit Sara Duponts Mutter treffen sollte, also musste sie so schnell wie möglich von hier weg. Leider wurden ihre bangen Ahnungen bestätigt.

Der Bauernhof lag zurückgezogen in der Landschaft. Nachbarhöfe konnte man nur erahnen. Wenn sie den entgegengesetzten Weg von Hof und Zwinger nähme, könnte sie über die Felder zum Auto an der Straße gehen. Aber der Bauer war kürzlich mit Traktor und Pflug zugange gewesen und nach dem nächtlichen Regenschauer war da eine große Schlammpfütze, durch die sie waten müsste. Verzweifelt sah sie auf ihre Schuhe, aber es führte kein Weg daran vorbei, wenn sie nicht entdeckt werden wollte. Das Feld war von dem der Nachbarn durch eine Gruppe dichter Ulmen getrennt, hinter denen sie versteckt laufen konnte. Die Schuhe versanken im Matsch und füllten sich mit der kalten, feuchten Masse und Kieselsteinen, die an den Fersen scheuerten, aber sie lief zielstrebig weiter zur Straße, während sie den Boden im Auge behielt, um nicht in den schlimmsten Matsch zu treten. Deswegen bemerkte sie die Tierspuren, die sich in den Humus unter den Bäumen eingedrückt hatten, wo der Regen nicht hingekommen war. Sie waren zu groß, um von einem Fuchs zu stammen, deswegen vermutete sie, dass der Kampfhund ebenfalls dieser Route gefolgt war. Er musste bloß den Weg überqueren, noch ein Feld, dann war er im Wald. Wäre es denkbar, dass er zu seinem Weibchen zurückkehren würde? Würde sie plötzlich in ihn hineinlaufen? Das letzte Stück rannte sie, als sie ihren gelben Lada entdeckte.

»Shit«, entfuhr es ihr, als sie auf ihre Schuhe sah, und das war genau das richtige Wort; sie waren schwer vom Schlamm und sahen wie Klumpfüße aus. Sie versuchte den schlimmsten Schmutz am Vorderreifen des Autos abzuklopfen. Wäre es besser, Benedikte Steenberg abzusagen, stattdessen nach Hause zu fahren und die Schuhe zu wechseln? Sie setzte sich ins Auto, zog die Schuhe aus und leerte sie auf dem Weg aus. Im Handschuhfach fand sie eine Packung Kleenex und brauchte mehrere Handvoll, um die Schuhe einigermaßen sauber zu bekommen. Man sagte keine Verabredung ab.

Poul Erik und Benedikte Steenbergs Haus lag auch ein gutes Stück außerhalb auf dem Land, ungefähr in der Mitte zwischen Tranbjerg und Solbjerg. Anne hatte gerade das Auto gelüftet, nachdem sie schnell eine Zigarette geraucht hatte, um die Nerven zu beruhigen. Dann musste sie die Scheibe gleich wieder hochkurbeln, weil ihr der Güllegestank penetrant in die Nase stieg. Es schnürte ihr die Brust zu bei den Erinnerungen, die dieser Geruch unwillkürlich in Gang setzte. Er hatte sie so oft in dem Giebelzimmer auf dem Hof ihrer Großeltern geweckt, wenn sie in den Herbstferien bei ihnen wohnte. Bilder, die sie eigentlich zu vergessen versuchte, tauchten auf. Sie suchte nach einer neuen Zigarette in der Schachtel, die auf dem Armaturenbrett lag, ohne die Augen von der Straße zu nehmen. Augen, die plötzlich mit Tränen gefüllt waren.

Das Haus sah völlig verlassen aus. Hier war wider Erwarten kein Hund, der bellte. Es gab keine Pferde auf der Reitbahn in der Umzäunung auf der gegenüberliegenden Straßenseite, die auch zu dem Kataster gehören musste. Nicht einmal eine Katze sah sie. Nur das große Schild, das verriet, dass sie sich in Steenbergs Tierklinik befand, zeugte davon, dass der Betrieb etwas mit Tieren zu tun hatte.

Anne entschuldigte ihre Verspätung damit, dass sie mit dem Auto auf einem schlammigen Feldweg liegen geblieben sei. Das erklärte auch die dreckigen Schuhe und wieso sie die nassen, dreckigen Strümpfe ausziehen und das Haus barfuß betreten musste.

Benedikte Steenberg machte ein Gesicht, als bereute sie, Annes Besuch zugestimmt zu haben. Vielleicht hatte sie es sogar vergessen. Sie war dabei, Fenster von innen zu putzen und hatte eine Leiter vor ein Wohnzimmerfenster gestellt, damit sie bis ganz nach oben kam. Es stank nach Fensterreiniger. Sie gestikulierte mit dem Lappen.

»Ja, ich muss etwas tun, statt hier nur passiv zu sitzen und zu warten.« Sie brachte ein müdes Lächeln zustande.

»Ich kenne das gut«, antwortete Anne, obwohl sie sich nur, um Geld zu verdienen, auf das Putzen stürzte. »Ist Ihr Mann in der Tierklinik?«

Benedikte setzte sich auf eine Stufe der Leiter.

»Poul Erik liegt im Krankenhaus. Er wurde letzte Woche am Rücken operiert. Die Klinik ist geschlossen. Tatsächlich versuchen wir, sie zu verkaufen.«

»Tut mir leid, das zu hören. Ich hoffe, die Operation lief gut?«

»Das sagen die Ärzte jedenfalls, und es sieht auch so aus, als ob es bergauf ginge. Aber Poul Erik ist nach der Sache mit Sara und William ein gebrochener Mann, und das ist seiner Gesundheit nicht zuträglich.«

Benedikte erhob sich von der Leiter und nahm ein Bild, das hinter ihr im Regal stand. Sie wischte das Glas mit dem Lappen ab, als ob sie es deswegen in die Hand genommen hatte. Dann reichte sie es Anne.

»Das sind Sara und William. Sieht sie wie eine Mutter aus, der in den Sinn kommen könnte, ihren Sohn zu töten?«

Anne schaute sich das Foto an und schüttelte ganz automatisch den Kopf. Sara Dupont hatte die langen, roten Haare hochgesteckt und William hielt eine Strähne fest, die er herausgezogen hatte. Er musste auf diesem Bild zwei Monate alt sein. Noch einen Monat zu leben. Aber die Mutterliebe, die aus Saras Augen leuchtete, konnte man nicht mit einer Mörderin zusammenbringen.

»Möchten Sie sich nicht setzen?«, bot Benedikte an und setzte sich selbst an den blank polierten Esstisch aus Teakholz, einen Ausziehtisch holländischer Art. Den Lappen wrang sie nervös in den Händen.

»Möchten Sie irgendetwas trinken?«

»Nein, danke, ich brauche nichts. Aber danke.« Anne stellte das Bild zurück und ließ den Blick hastig über die anderen Bilder im Regal schweifen. Die meisten waren von William und Sara.

»Ja, es sind eine Menge von ihnen. Mein Schwiegersohn ist ja ausgebildeter Fotograf. Jetzt ist er Kameramann fürs Fernsehen.«

Anne nickte und setzte sich.

»Sie sind sich also sicher, dass Sara unschuldig ist?«

»Ohne Zweifel. Sie hat den Jungen geliebt. Ihr erstes Kind, sie waren so glücklich. Ich verstehe nicht, wie Kasper das glauben kann.«

»Wer war dann schuld an seinem Tod? Die Obduktion hat ja gezeigt, dass ...«

»Ich weiß. Die Beweise sprechen für sich selbst, aber ich bin Saras Mutter, ich kenne sie besser als jeder andere. Ich will hier nicht weggehen, falls sie nun nach Hause kommen sollte. Ich bin mir sicher, dass sie nach Hause kommt. Ich habe Poul Erik heute gar nicht besucht. Er weiß nicht, dass Sara geflohen ist und hat ... außerdem wurde unser Auto am Dienstagabend gestohlen, und mit diesen neuen Busverbindungen dann ...«

»Ich habe doch ein schwarzes Auto in Ihrer Garage gesehen ...«

»Das ist Saras altes Auto. Es ist beim letzten Mal nicht durch den TÜV gekommen und steht seitdem hier. Eigentlich sollte Poul Erik es verschrotten lassen, aber ...«

»Haben Sie Anzeige erstattet? Wegen des Diebstahls?«

»Ja, selbstverständlich. Aber was tut die Polizei? Sie sind nicht einmal hergekommen, haben nur das Kennzeichen notiert und das war's dann. Dann ist das mit Sara passiert.«

»Ich kann Sie gerne fahren, wenn Sie Ihren Mann besuchen möchten.«

»Nein. Aber danke. Es ist auch besser, wenn Poul Erik es nicht weiß. Sara wird sicher bald auftauchen. Die Polizei sucht wohl nicht mal nach ihr.«

Das klang eher wie eine Frage als wie eine Feststellung und Anne nickte überzeugend. »Die suchen, das kann ich Ihnen versprechen. Und bestimmt auch nach dem Auto.«

»Mein Eindruck ist, dass sie nicht besonders viel machen. Das ist sicher nicht ihre Absicht, aber wohl eher aufgrund von Sparmaßnahmen und Prioritäten. Jedenfalls haben sie Sara damals, als sie es gebraucht hätte, nicht geholfen.«

»Wann war das?«

»Das geht schon lange so. Ich weiß tatsächlich gar nicht genau, wann es anfing. Sara hat uns ausgeschlossen. Kasper wusste auch nichts davon. Mein Eindruck ist, dass es jemanden gab, der sie terrorisiert hat. Wohl im Internet.«

»Wie hat sich das geäußert?«

»Ich kann Ihnen nur von dem Zwischenfall erzählen, bei dem ich selbst direkt involviert war. Wie gesagt, hat sie nicht darüber geredet. Aber es ging ihr sehr nah, das habe ich gemerkt. Sie war nicht sie selbst.«

Und könnte dann trotzdem ihren Sohn getötet haben, dachte Anne unwillkürlich.

»Was ist passiert?«, wollte sie wissen.

»So eine Frau hat angerufen und sich als Krankenschwester der Intensivstation der Uniklinik in Skejby ausgegeben. Sie sagte, ich wäre eingeliefert worden, läge nach einem Verkehrsunfall im Sterben und Sara solle sofort kommen. Ich hatte sie an dem Tag besucht und war kurz zuvor nach Hause losgefahren, deswegen hat Sara das natürlich geglaubt. Aber mir war nichts passiert. Ich war schon lange zu Hause gewesen, als Kasper anrief. Das war ein grausamer Scherz. Ich würde es Terror nennen. Sara hatte beinahe eine Fehlgeburt und wurde selbst ins Krankenhaus gebracht.« Benedikte wrang den Lappen nun noch energischer, als wollte sie irgendjemandem den Hals umdrehen.

»Wann ist das passiert?«

»Puh, das ist fast ein Jahr her, würde ich sagen. Aber das war irgendwie der Auslöser des Ganzen.«

»Hat die Polizei nichts gemacht?«

»Was hätten sie tun können? Die Nummer war unterdrückt. Sie haben gesagt, sie würden die Sache untersuchen, aber Sara hat nichts mehr von ihnen gehört und die Schuldige wurde meines Wissens nie gefunden. Aber ich habe Sara mehrfach wegen ihrer Aktivitäten auf Facebook gewarnt. Man muss sich gut überlegen, was man da erzählt. Ich habe mein Profil nach all dem hier gelöscht. Oder deaktiviert, löschen kann man es ja nicht.«

Anne nickte wieder. Sie selbst hatte die Kommunikation bei Facebook ziemlich zurückgeschraubt, aber hauptsächlich, weil sie durch die Zusammenarbeit mit Nicolaj jetzt anderes zu tun hatte. Sie liebte es ansonsten, in dem Leben der anderen herumzuschnüffeln, dazu waren Journalisten ja geradezu geschaffen.

»Sie sind also der Meinung, dass Sara von jemandem auf Facebook schikaniert wurde. Hat sie gesagt, wer das war?«

»Nein, ungefähr zu dem Zeitpunkt habe ich ihr Vertrauen verloren. Das haben ihre Freundinnen soweit ich weiß auch, jedenfalls gab es Knatsch. Ich habe ihr vorgeworfen, dass sie im Internet geschrieben hat, ich werde an dem Tag zu Besuch kommen. Was geht es andere an, dass ich meine Tochter besuche? Vielleicht hat sie irgendwann auch meine Strafzettel für zu schnelles Fahren erwähnt, wer weiß. Sara musste ihren Freunden die ganze Zeit erzählen, was sie machte, das war fast eine Besessenheit. Vielleicht fehlte ihr Bestätigung, ich weiß es nicht. Ich habe sie gebeten, dieses Profil zu deaktivieren, worüber sie sehr wütend wurde. Aber sie musste an ihre Schwangerschaft denken, und nachdem sie beinah eine Fehlgeburt hatte, musste sie Ruhe halten und hörte auf zu arbeiten, aber das führte wohl bloß dazu, dass sie noch mehr Zeit auf Facebook verbrachte.«

»Sie haben keine Idee, wo sie sein kann? Bei einem ihrer Internetfreunde vielleicht?«

»Nein, ich habe keine Ahnung. Wenn ich doch nur wüsste, wo sie ist. Sie ist keine Mörderin, da bin ich mir ganz sicher. Vielleicht ist sie deswegen geflohen. Um Beweise dafür zu finden.«

15

Morten Holsted saß allein am Tischende vor einem Gemälde, das Roland nicht besonders geeignet zur Dekoration ihrer Kantine fand. Das Motiv sah wie eine überfütterte Hausstaubmilbe aus und die Farben waren nicht gerade appetitlich. Morten hatte ein Stück Smörrebröd und die Tageszeitung vor sich. Sie war exakt zusammengefaltet, sodass sie so wenig wie möglich Platz auf dem Tisch ausfüllte und nur das, was er zu lesen vorhatte, zu sehen war. So war alles an Kriminalkommissar Morten Holsted; genau geplant. Der bestgekleidete Herr des Präsidiums. Überhaupt nichts auszusetzen. Roland nahm sein Tablett und setzte sich zu ihm.

»Na, Benito. Geht's voran mit der Suche?«

Morten warf ihm nur einen schnellen Blick zu, hauptsächlich, als wolle er rasch einschätzen, ob Roland nun passend gekleidet und frisch rasiert genug war, um ihm Gesellschaft zu leisten. Dann las er den Artikel fertig, legte die Zeitung beiseite und schnitt sorgfältig ein Stück seines Smörrebröds mit Braten und Rotkohl ab.

»Tja, tatsächlich würde ich gerne mit dir über diesen Fall sprechen.« Roland presste Zitrone über sein Fischfilet und wischte die Finger an der Serviette ab.

»Mit mir?«

Nun sah Morten ihn mit einem überraschten Ausdruck im Gesicht an, das für einen Mann viel zu hübsch war. Er kaute und sagte nichts mehr; man spricht nicht mit vollem Mund. Roland nahm einen Bissen von seinem Fischfilet.

»Ich meine deinen abgeschlossenen Fall. Es gibt da was, das ich nicht finden kann.«

»Mein Fall? Meinst du den Kindsmord?«

Roland nickte und kaute weiter.

»Was hast du damit zu tun?«

»Deswegen wurde Sara Dupont ja verurteilt. Du warst sicher mit im Gericht?«

Morten Holsted lehnte sich zurück und tupfte die Mundwinkel mit der Serviette ab, die auf seinem Schoß gelegen hatte. Er sah Roland prüfend an.

»Ja. Aber die Beweise waren so klar, dass ich faktisch nicht viel zu tun hatte.«

»Henry war auch dabei, oder?«

»Ja, Leander hat die forensischen Beweise vorgelegt, ich habe mich zusammen mit Schmidt aus der Technischen Abteilung um die generellen und die technischen gekümmert. Was kannst du nicht finden?«

»Na, ich vermisse etwas über den Babysitter. War sie nicht diejenige, die das tote Baby während der Hochzeitsfeier in seinem Bettchen gefunden hat?«

»Ach, die …«

Morten Holsted kratzte sich den Nacken. Das hatte Roland so noch nie bei ihm gesehen. Es sah fast aus, als ob er auch Ameisen im Nacken spürte, wie er selbst, wenn er angespannt war. Gab es wirklich etwas, das Holsted angespannt sein ließ?

»Sie war ja nur Babysitterin, nicht …?«

Holsted aß weiter und mied seinen Blick.

»Doch, aber mit Sicherheit auch eine verdammt wichtige Zeugin. War sie nicht mit im Gericht?«

»Nein, war sie nicht, Roland. Worauf willst du hinaus? Es gibt keinen Zweifel, dass Sara Dupont die Schuldige ist, alle Beweise liegen vor. Genau nach Vorschrift.«

Morten Holsted aß schnell auf. Viel zu schnell. Dann stand er auf und legte eine schwere Hand auf Rolands Schulter, als er an ihm vorbeiging. Drückte sie leicht. »Jetzt geht es nur darum, eine entflohene Mörderin zu finden, Benito.«

Roland nickte und schaute ihm nach, als er sein Tablett in den Wagen mit gebrauchtem Geschirr stellte.

Er hatte nicht lange allein gesessen, als der Diensthabende, Jörgen Möller, sich mit seinem Tablett auf den Platz neben ihm manövrierte.

»Morten ist so plötzlich gegangen. Ihr habt euch doch wohl nicht gestritten?«

Roland lächelte schief über diese Bemerkung. Sein südländisches Temperament hatte ihm einen gewissen Ruf eingebracht. Aber Holsted war niemand, mit dem man leicht in Streit geriet.

»Eigentlich nicht, wir haben bloß über den Kindsmord im Sommer geredet.«

Jörgen Möller bestreute seinen Teller großzügig mit Salz und Pfeffer.

»Es ist doch mehrere Monate her, dass sie zum Maßregelvollzug verurteilt wurde. Wurde sie gefunden?«

»Dann hättest du es wohl als Erster erfahren, Möller.«

»Ja, natürlich. Dann war *sie* also nicht diejenige, die im Fløjstrupper Wald gefunden wurde. Verdammt unheimlich, du. Meine Tochter wohnt nicht weit vom Wald.«

»Es deutet nichts darauf hin, dass es Sara Dupont war. Ob die Frau identifiziert ist, dazu habe ich noch nichts Näheres gehört. Der Hund – oder was das nun war – ist wohl auch noch nicht eingefangen?«

»Uns fehlen Leute, Roland. Es gibt genug andere Fälle, die mehr pressieren als ein entlaufender Hund. Wir müssen Prioritäten setzen. Aber in Betracht gezogen, was passiert ist, also … wir gehen heute Nachmittag noch einmal raus.«

»Vielleicht kann ich einen Mann entbehren.«

»Wirklich? Ihr müsst doch genug damit zu tun haben, eine Kindsmörderin zu finden. Eine von der ganz verrückten Sorte sogar. Dieser Mord war ja auch eine seltsame Geschichte. Erst war es plötzlicher Kindstod, dann auf einmal Mord. Was hat Morten so bewegt?«

Roland leerte sein Glas mit Mineralwasser und sah Möller lange an.

»Wie sehr warst du involviert?«

»Ach, ich hab hier und da ein bisschen was aufgeschnappt.«

»Was zum Beispiel?«

»Es gab auf jeden Fall eine Verteidigerin, die mit dem Ausgang der Sache nicht zufrieden war. Inge Thomsen.« Möller warf Roland einen vielsagenden Blick zu, begleitet von einem Nicken, das dieser Tatsache das nötige Gewicht verlieh.

»Inge! War Inge Thomsen die Pflichtverteidigerin?«

»Jep, du kennst ihren Einsatz in den Fällen, die sie bekommt. Hier war sie sicher ein bisschen zu engagiert, und sie hat ja auch darauf bestanden, dass der Fall noch nicht abgeschlossen ist.«

Gedankenvoll wischte Roland die Remoulade mit einem auf die Gabel gespießten Stück Graubrot von seinem Teller.

»Du kannst nicht überall und an allen Fällen dran sein, Roland«, sagte Jörgen, der sicher erraten hatte, woher die tiefen Falten in seiner Stirn kamen. »Du warst sehr beschäftigt mit dem Kloster-Fall ... und dann ist ja das mit Irene passiert. Wie geht es ihr?«

»Läuft«, murmelte Roland und wurde sich erst danach der unglücklichen Wortwahl bewusst. »An einen Rollstuhl gefesselt zu sein ist nicht Irene. Sie kämpft ihren Kampf mit der Reha, aber ...«

Möller beeilte sich zu nicken. Zu dieser Art tragischer Umstände Stellung zu nehmen war schwierig. Es war genug, danach zu fragen, etwas anderes war es, davon erzählt zu bekommen.

»Womit war Inge so unzufrieden?«

»Hach, das musst du sie echt selber fragen. Es ist sicher zu viel passiert, wo sie meint, dass wir unsere Arbeit nicht gut genug erledigen. Aber was, die Beweise waren ja da, also was machen da schon ein paar fehlende Details?« Möller benutzte wieder den Salzstreuer.

Roland stand auf und nahm sein Tablett.

»Die Details sind das Wichtigste, Möller. Was wäre dein Essen ohne Salz?«

Möller sah verständnislos zu ihm hoch.

»Salz ist auch nur ein Detail«, sagte er und ließ Möller in Frieden essen.

Mikkel Jensen saß an seinem Tisch und telefonierte. Er bedeutete Roland hereinzukommen, als er ihn an der Tür sah. Schnell beendete er das Telefonat, da Roland abwartend vor ihm stand.

»Das Auto wurde gefunden. Es ist nicht schwer, zwei und zwei zusammenzuzählen. Der silberfarbene Chevrolet stand auf einem Rastplatz an der nordjütländischen Autobahn E45 zwischen den Ausfahrten 40 und 42.«

»In Randers?!«

»Ein Streifenwagen vom Polizeipräsidium Randers hat ihn observiert. Die Suche nach dem Auto ist raus an alle Polizeidistrikte und steht auf unserer Homepage.«

»Was war dann das, was nicht schwer zusammenzuzählen ist?«

»Es hat sich herausgestellt, dass das Auto Poul Erik Steenberg, Saras Vater, gehört, aber er kann seiner Tochter nicht zur Flucht verholfen haben, er liegt nach einer Rücken-OP im Krankenhaus. Also muss es Saras Mutter, Benedikte Steenberg, gewesen sein, aber sie behauptet, sie habe das Auto am Dienstagabend als gestohlen gemeldet.«

»Und das hast du bestätigt bekommen?«

»Ja. Aber es kann doch sein, dass sie lügt? Vielleicht hat sie ihre Tochter irgendwo in Randers abgesetzt und den Bus nach Hause genommen.«

»Was ist mit dem schwarzen Mazda, den ich in ihrer Garage gesehen habe?«

»Der ist kaputt und soll verschrottet werden. Ich habe in der Garage nachgeschaut, das Auto stand ohne Reifen und Felgen da, daher scheint sie die Wahrheit zu sagen – zumindest was das betrifft.«

»Als ich gestern mit Benedikte Steenberg gesprochen habe, wirkte sie aufrichtig erschüttert darüber, dass ihre Tochter einen Menschen getötet haben soll, um zu flüchten. Sie behauptet beharrlich, dass Sara unschuldig ist, und hatte im Übrigen nicht wenig an ihrem Schwiegersohn auszusetzen.«

»Genau, und das meine ich damit, dass es leicht ist, zwei und zwei zusammenzuzählen. Ich bin davon überzeugt, dass die Mutter diejenige ist, die ihrer Tochter auf freien Fuß verholfen hat.«

»Und einer Krankenschwester den Kopf zerschmettert?« Roland schaute den energischen Beamten skeptisch an. »Mach mit dem Fall weiter, Mikkel.«

»Darauf kannst du dich verlassen. Sie sind an den technischen Untersuchungen des Autos dran.«

»Gut. Ist Dan aufgetaucht?«

»Äh, ja. Ich glaube, er ist gerade mal wohin gegangen …«

»Schickst du ihn zu mir rein, wenn er fertig ist?«

Mikkel nickte und griff wieder nach dem Telefon, als es klingelte.

Als er zurück in seinem Büro war, nahm Roland als Erstes seinen Telefonblock aus der Schublade. Er fand Inge Thomsens Telefonnummer und schloss die Tür, ehe er anrief. Ihre Sekretärin ging dran, versprach aber, dass Inge ihn, sobald sie frei wäre, zurückrufen würde. Er hatte gerade aufgelegt, als Dan Vang an die Tür klopfte.

»Komm rein, Dan. Setz dich. Ich hoffe, es geht dir besser?«

Dan wurde rot und setzte sich sehr vorsichtig ganz außen auf die Kante des Stuhls, auf den Roland achtungsvoll zeigte.

»Ja, ein bisschen«, stammelte Dan.

»Gut, dass du gekommen bist. Ich habe einen Job für dich. Einen sehr wichtigen Job, bei dem du vielleicht deine Waffe benutzen musst. Du kannst dich bei dem Diensthabenden melden.«

16

Dan hatte Jörgen Möller, den er von seiner Zeit bei der Schutzpolizei kannte, immer sehr gern gemocht. Damals war es leichter, Beamter zu sein. Die Uniform zeigte, wer er war. Dass er einer war, vor dem man Respekt haben sollte. Als er zur Kriminalpolizei gewechselt war, wurde die Uniform durch Zivilkleidung ersetzt und er musste auf eine andere Art beweisen, dass er Autorität besaß, was etwas völlig anderes war. Möller hatte nie von oben herab mit ihm gesprochen, obwohl er sonst immer einen direkten und harten Ton anschlug, aber das war in der Regel mit einem humoristischen Schimmer im Auge. Nun wirkte er sogar sehr froh, als Dan sich zum Dienst meldete. Eine kleine Gruppe, die er gerade einwies, war draußen auf dem Flur versammelt. Da war nur das mit der Pistole, die er natürlich an diesem schrecklichen Morgen zu Hause in der Schublade vergessen hatte.

»Schön, dass Benito dich für diese wichtige Mission hier entbehren kann. Du hast von dem Killermonster im Fløjstrupper Wald gehört, oder, Dan? Ein richtiger Männerjob. Komm her. Zum Teufel, hast du in die Hose geschissen, so wie du läufst?«

Die anderen lachten.

»Bauchweh. Ich habe den Großteil des Vormittags auf dem Klo gesessen. Geht wohl gerade rum, glaube ich …« Er brachte ein gezwungenes Lächeln zustande.

»Du wirkst auch ein bisschen blass, Kumpel. Etwas frische Luft wird dir ganz gut tun. Also auf zur Waldtour, Freunde. Haltet die Waffen bereit. Du fährst mit Hafid, Dan.«

Dan folgte den anderen nach draußen und setzte sich auf den Beifahrersitz des Dienstwagens neben einen der neuen Beamten mit einer anderen ethnischen Herkunft als dänisch, der bei der ostjütländischen Polizei angestellt worden war; das Polizeipersonal soll in seiner Zusammensetzung die Gesellschaft widerspiegeln und bla, bla, bla. Er schielte zu dem dunkelhäutigen Mann. Benito hatte auch eine dunkle Haut, aber das war etwas anderes; er war Europäer. Der hier sah eher wie einer aus dem Nahen Osten aus. Einer von denen, die Josh verabscheute. Vielleicht kam er aus dem Irak. Vielleicht einer von denen, die laut Josh Schuld daran waren, dass er verstümmelt wurde.

»Ich darf mich kurz vorstellen. Hafid Ahmed. Meine Mutter ist Dänin und mein Vater stammt aus Marokko, damit wäre diese Frage wohl geklärt.«

Widerwillig schüttelte Dan die ausgestreckte dunkle Hand.

»Dan Vang – von der Mordkommission«, beeilte er sich hinzuzufügen, um zu zeigen, dass er in mehr als einer Hinsicht zu einer besseren Klasse als sein Fahrer gehörte.

»Ja, das muss spannend sein.« Hafid schnallte sich an und fuhr vom Parkplatz des Präsidiums. »Ich hoffe, ich komme eines Tages auch in deine Abteilung.«

Dan nickte zweifelnd und starrte aus dem Fenster. Es regnete nicht, aber das Wetter war grau und trist. Unruhig saß er auf dem Sitz und rutschte von einer Pobacke auf die andere. Lange sagte keiner von ihnen etwas. Dann fiel ihm die Pistole ein und er schielte wieder zu Hafid. Sah es plötzlich als einen Vorteil, dass er einen schwarzen Beamten als Partner bekommen hatte. Er würde sicher jedem Befehl eines Weißen gehorchen. Hauptsache, Josh bemerkte das nicht. Er schluckte einmal und sein Puls beschleunigte sich.

»Wir müssen leider einen kleinen Abstecher machen. Fahr hier raus und bieg die nächste Straße rechts ab.« Dan dirigierte mit dem Finger, falls der andere nicht richtig Dänisch verstand.

»Ich glaube nicht, dass das geht, Dan. Wir sollen uns in einer Viertelstunde am Wald treffen, und wenn wir hier abbiegen, dann …«

»Das hier ist wichtig, Hafid. Das wird Möller auch sagen, du kannst ihn ja fragen …« Er nickte auffordernd in Richtung Funkgerät mit einem Kloß im Hals aus Furcht, dass Hafid dem Vorschlag folgen würde. »Okay, wir werden es wohl trotzdem schaffen«, meinte Hafid und sah schnell auf seine Uhr. Sie hatten gerade den Golfklub passiert und waren bereits zu weit gefahren.

»Hier, halt da vorne an den Bäumen an. Dahinter. Ich bin gleich wieder da. Bleib hier! Bleib hier!«, wiederholte er.

Er sprang aus dem Auto, bevor es ganz zum Stehen gekommen war, und lief zum Haus. Als er sich näherte, verlangsamte er das Tempo und lauschte. Es war still. Josh schlief sicher noch. Das hoffte er. Es kam ihm vor, als ob die Tür mehr als sonst in den Angeln quietschte. Um in sein eigenes Zimmer zu kommen, musste er an der Schlafzimmertür seines Bruders vorbei; sie stand wie gewöhnlich offen. Er hielt die Luft an und schlicht vorbei, öffnete beinahe lautlos die Schublade in der Kommode und steckte die Pistole ins Holster. Auf dem Rückweg hielt er mutig vor dem Zimmer seines Bruders an und schaute lange und hasserfüllt auf den amputierten Körper im Bett. Er lag ohne Decke auf dem Rücken. Seine großen Gliedmaßen hingen schlaff nach unten in Richtung des einen Beines, das auch verkürzt war. Der gesunde Arm lag schwer über dem behaarten Bauch, und der Armstumpf ragte über die Bettkante wie ein riesiger Finger ohne Nagel, der anklagend auf ihn zeigte. Die Krücken waren dicht am Kopfende des Bettes an die Wand gelehnt. Nie hatte er seinen großen Bruder so hilflos und verwundbar gesehen. Die Übelkeit schnürte ihm den Hals zu. Die rechte Hand tastete automatisch nach der Pistole und berührte den Schaft. Dann fiel ihm Hafid ein; was, wenn er keine Lust mehr hatte zu warten oder einfach neugierig wurde und reinkam? Er beeilte sich und schloss vorsichtig die Tür. Hafid war mit dem Auto vorgefahren. Es hielt direkt vor der Einfahrt. Und damit nicht genug; der fehlfarbene Beamte war auch ausgestiegen, lehnte am Auto und rauchte eine Zigarette. Josh würde ihn von seinem Fenster aus sehen können, wenn er aufwachte und rausschaute.

»Komm jetzt! Weg, zur Hölle!«, knurrte Dan zwischen den Zähnen und setzte sich hastig auf den Sitz, während er das Schlafzimmerfenster seines Bruders im Auge behielt. Hafid drückte ganz entspannt die Zigarette an seiner Schuhsohle aus und warf ihm ein provozierendes Lächeln zu.

»Na, jetzt haben wir es plötzlich eilig. Wohnst du hier? Was hast du gemacht?«

Dan fühlte sich zu einer Erklärung genötigt. Genötigt, rücksichtsvoll zu agieren, damit ihn der andere nicht bei seinem Vorgesetzten verpetzte.

»Ja, ich wohne hier. Das ist das mit dem Magen, ich musste schnell aufs Klo, um nicht ... dein Auto, du weißt schon ... der Sitz. Wärst du so gut, das für dich zu behalten. Das ist so peinlich ...«

Hafid lachte, als er sich ohne Eile hinters Steuer setzte.

»Natürlich, ich werde meine Klappe halten.« Er lachte wieder und machte einen U-Turn auf der Straße, sodass die Reifen quietschten. Dan warf einen letzten besorgten Blick auf das Haus, das Haus, das er zu hassen begonnen hatte. Das Ganze war viel schlimmer geworden, seit seine Mutter vor ein paar Monaten gestorben war. Das erinnerte ihn daran, dass er ihr Grab noch nicht besucht hatte. Vielleicht hatte er auch sie tief im Inneren gehasst. Wegen ihrer offensichtlichen Bevorzugung von Josh, besonders nach der Heimkehr aus dem Irak, aber auch vor dieser Zeit, nach dem, was in diesem Sommer passiert war. Er hatte bis jetzt nicht gewusst, dass sie diejenige gewesen war, die ihr aller Leben aufrechterhalten hatte. Sie hatte Joshs Wahnsinn im Zaum gehalten. Ihn getröstet, bedient, bemitleidet. All das, was Dan nicht konnte, sodass er nun stattdessen eine andere Funktion in Joshs Dasein bekommen hatte. Frauen waren für ihn unerreichbar geworden, obwohl er nun auch den Armstumpf benutzen könnte, wie er mit einem dreckigen Grinsen gesagt hatte. Nicht einmal eine bezahlte Nutte würde es mit ihm treiben, behauptete er.

»Hier muss es sein«, unterbrach Hafid seine Gedanken und machte den Motor aus. Möller und die anderen Beamten warteten an dem vereinbarten Treffpunkt auf sie.

»Na, das war echt auf die Minute.« Möller verschaffte sich Überblick über die Leute. »Jetzt sind wir alle da. Zwei Hundebesitzer und ein Jogger – verstehe, wer wolle, dass sie sich trotz der Warnschilder noch hierher trauen – haben etwas in diesem Gebiet beobachtet, was ein großer, gescheckter Hund sein könnte. Wir teilen uns auf.« Er teilte die Gruppe in drei Teams mit jeweils drei Männern.

»Kommt denn keiner von der Hundestaffel und hilft?«, fragte ein Beamter, den Dan nicht kannte.

Möller vergewisserte sich, dass seine Pistole an ihrem Platz war.

»Die sind mit anderen Aufgaben beschäftigt. Außerdem wollte keiner von denen seinen kostbaren Hund einem Kampfhund opfern. Erinnert euch daran, wir schießen erst und stellen hinterher Fragen.«

Ein paar Beamte amüsierten sich über die Bemerkung, aber es war ein unterdrücktes Lachen.

Dan checkte ebenfalls seine Waffe, aber die Gedanken gingen durch. Sie wollten ihre Hunde nicht opfern. Kampfhunde griffen andere Hunde an, das wusste er, es hatte mehr Überfälle auf andere Hunde als auf Menschen gegeben, daher war das sicher verständlich. Aber Benito wollte *ihn* gerne opfern. Vielleicht war er gerade deswegen ausgewählt worden. Nicht aufgrund seiner Stärke, in Situationen unter Druck den Überblick behalten zu können, oder seiner großen Fähigkeiten als Schütze, sondern bloß, weil man ihn opfern konnte. Die Wut ließ das Adrenalin brodeln. Erst jetzt ging ihm auf, wie gefährlich es werden konnte. Er war nicht hinter einem Verbrecher her, den man auf psychologischem Wege zur Vernunft bringen konnte, sondern einem ungezähmten Wildtier, das zum Töten gezüchtet worden war. Angespannt folgte er den anderen beiden seiner Gruppe in den Wald. Hafid war in seinem Team. Die Hand der Demütigung, die die ganze Nacht versucht hatte, ihn zu erwürgen, zog sich weiter zu.

Der Dunst hing in den Baumkronen. Dan war erschöpft vom Gehen, er war die Waldtouren, Geräusche und Gerüche nicht gewohnt. Als sie vorsichtig und alle Sinne geschärft ins Unterholz vordrangen, wanderten seine Gedanken zu der Szene in *Jurassic Park*, als die Helden in den Dschungel gezwungen werden, um eine Generatorstation zu finden, soweit er sich erinnerte, und ihnen ein Haufen hinterhältiger Velociraptoren auflauerte. Er folgte dicht dem anderen Beamten, der sich als Tom Kjeldsen vorgestellt hatte und mit einer Menge Mist angekommen war, von wegen er kenne Benito und dessen Frau und wie schrecklich es wäre, dass sie im Rollstuhl gelandet sei. Irene hatte Glück. Tom sollte mal Josh treffen.

Tom war derjenige, der zuerst etwas sah und seine Waffe zog. Dann entdeckte Dan es ebenfalls und Hafid hielt ein gutes Stück vor ihnen abrupt an. Zum Glück war es dieses Mal nur ein Hase, der hatte herhalten müssen. Gerissen und gehäutet, wie Dan es bei seinem Großvater, der Jäger war, gesehen hatte.

»Pfui Spinne. Ist er in der Nähe?«, flüsterte er.

»Der sieht frisch aus, es kann nicht lange her sein, dass er gehäutet wurde«, meinte Tom.

Dan zog ebenfalls seine Waffe. Die Augen spähten wachsam durch die Baumstämme. Da war etwas, das sich schnell bewegte. Dunkle Schatten, die alles Mögliche sein konnten.

»Das sind nur ein paar Hirsche«, sagte Tom und senkte seine Waffe indem er eine Hand auf seinen Arm legte und ihn nach unten zwang. »Wir dürfen nichts überstürzen.«

»Aber wovor zum Teufel flüchten sie?«

»Vor uns vielleicht, oder … *da* ist es, verdammt!«

Ein schwarzgescheckter Hund war plötzlich aufgestanden. Er war auf der Lichtung und hatte etwas entdeckt, das seine Aufmerksamkeit von den schnellen Hirschen ablenkte. Er witterte. Tom zog Dan mit in die Hocke, versteckt hinter etwas Gestrüpp.

»Wir haben die Windrichtung mit uns«, flüsterte er ihm zu. Sie beobachteten den Hund. Dan folgte der Richtung seines Blicks und umklammerte fest Toms Knie.

»Dieser Schwarze!«, brachte er flüsternd hervor. »Es hat ihn entdeckt!«

»Wen?«

Der Rest geschah sehr schnell; im Bruchteil einer Sekunde sprang der Hund aus der Lichtung und Dan sah Hafid zu Boden gehen.

»Zum Teufel noch mal«, stöhnte Tom und sprintete los, um seinem Kollegen zur Hilfe zu kommen. Dan rührte sich nicht, nur die Hand, die die Pistole umklammerte, zitterte, sodass er sie fast nicht mehr halten konnte.

»Jetzt komm schon, Dan!«, schrie Tom und er stand widerstrebend auf. Hafid kämpfte, um den Hund von seinem Gesicht abzuhalten. Ein Stückchen weiter weg visierte Tom ihn an, traute sich aber offenbar nicht in den zappelnden Klumpen aus

Mensch und Hund zu schießen. Dan hob seine Waffe. Er müsste näher rangehen, er müsste besser zielen, er müsste warten, aber es war ihm egal. Die Pistole lag nun sicher in seiner Hand. Er schloss die Augen und drückte ab. Der Schuss hallte zwischen den Baumstämmen wider, gefolgt von totaler Stille. Kein Vogel zwitscherte, kein Blatt raschelte. Dans Gehör verschwand ohne Gehörschutz, es war das erste Mal, dass er einen Schuss außerhalb des Schießstandes abgefeuert hatte, aber er sah Tom sich zu ihm umdrehen. Ihm stand das Entsetzen ins Gesicht geschrieben und er rief etwas, dann wandte er den Blick wieder der Stelle auf dem Waldboden zu, wo sich der Kampf abgespielt hatte, und rannte dorthin. Dan näherte sich wie ein Schlafwandler. Alle Denktätigkeit war ebenfalls verschwunden, es waren auch keine Gefühle mehr da. Keine Angst, keine Unsicherheit, nichts. Er sah Tom sein Telefon nehmen und jemanden anrufen. In seinen Augen stand Panik und der Blick schweifte von Dan zum Tatort, er brüllte ins Telefon.

Hafid lag auf dem Rücken, der Hund über ihm. Er war im Schock erstarrt. Dan schob das tote Tier mit seinem Fuß weg. Der Hund war schwer und er musste stärker schieben, bis er schlaff in die verrotteten Blätter rollte. Das Tier blutete aus dem Maul. Die Kugel hatte es direkt unter dem einen Ohr getroffen.

»Ein Krankenwagen ist unterwegs«, sagte Tom mit heiserer Stimme und ging neben Hafid in die Hocke. »Alles okay?«

Hafid brachte ein Nicken zu Stande. Die Panik leuchtete in seinen schwarzen Augen. Er war in die eine Schulter und den Arm gebissen worden oder vielleicht in den Hals, es war schwer zu sehen, wie schlimm es war. Da war so viel Blut.

»Verdammt noch mal, du hast mir echt Angst eingejagt, Dan. Bist du wahnsinnig, Mann?«, sagte Tom mit einem tiefen, zitternden Seufzer und sah zu ihm hoch. »Das ist der mutigste Schuss, den ich je erlebt habe. Du hättest Hafid treffen können.«

Dan nickte bloß. Er umklammerte fest seine Pistole und konnte den Blick nicht von dem toten Hund abwenden.

17
November, zehn Monate zuvor

Es war zehn Uhr morgens. Der Klingelton wurde immer lauter und nerviger. Es war wieder eine neue Nummer, die nicht im Telefonbuch des Handys stand. Verärgert drückte sie den Anrufer weg und versuchte wieder, Lærke zu erreichen, aber die ging immer noch nicht dran. Auch Freja nicht, die nicht einmal wusste, dass Sara die gleiche Diagnose erhalten hatte wie auch sie während ihrer Schwangerschaft: Symphysenlockerung – bis zum errechneten Termin das Bett hüten. Keine Unruhe. Keinen Stress. Nichts Schweres heben. Es wurde langsam unerträglich, einfach nur hier auf dem Sofa im Wohnzimmer zu liegen und sie begriff nicht, wie eine lebhafte Seele wie Freja das überlebt hatte. Sie musste irgendwelche Tricks kennen. Sara guckte eine Menge Filme und Serien, selbst die nichtssagenden mit eingeblendeten Lachern. Die Zeit musste einfach vergehen und sie merkte die Abhängigkeit. Kasper hatte ihr den Kontakt auf Facebook verboten. Der Zwischenfall mit ihrer Mutter hatte seinen Widerwillen verstärkt und er drohte damit, ihren Laptop zu beschlagnahmen, wenn sie nicht aufhörte. Nicht, dass sie immer tat, was er sagte, aber bis jetzt war sie nur damit beschäftigt gewesen, den Anweisungen des Arztes zu folgen, Ruhe zu halten und am besten zu liegen. Das Schlimmste, was passieren konnte war, dass sie eine Fehlgeburt erlitt. Ihr Kind war jetzt dabei, ein richtiger kleiner Mensch zu werden, mit allem, was dazugehörte, und wog ungefähr fünfhundert Gramm. Es hatte seinen eigenen täglichen Rhythmus in ihrem Bauch bekommen, wo es abwechselnd schlief und wach war. Es war an der Zeit, dass sie einen anderen Namen als Krümel fanden, wie Kasper das kleine Wunder nach dem ersten Ultraschallbild getauft hatte. Sie musste bloß die letzten vier Monate überstehen, koste es, was es wolle. Selbst ohne alle Facebook-Freunde, die auch noch nicht die neuen Bilder gesehen hatten, wie sehr ihr Bauch gewachsen war. Aber Facebook war auch die einzige Stelle, wo sie Freja und Lærke erwischen konnte, wenn sie nicht ans Handy gingen, und wenn sie nun einfach aufpasste, was würde schon passieren, wenn sie ein bisschen aufstand?

Das Handy klingelte erneut. Sie schaltete es aus, obwohl Kasper ihr das verboten hatte, aber er wusste auch nichts von den belastenden Anrufen. Merkwürdigerweise hatten sie sich alle verwählt; Leute, die sie nicht kannte, beschimpften sie für irgendetwas, das sie nicht getan hatte. Es endete immer damit, dass sie die Verbindung unterbrach, nur um kurz darauf wieder angerufen zu werden. Aber kein Grund, Kasper noch nervöser zu machen und ihm mehr Munition gegen Facebook zu liefern.

Es war die Klingel, die sie ihren Plan aufzustehen in die Tat umsetzen ließ, aber zuerst musste sie ihren Morgenmantel aus dem Schrank holen, ihn anziehen und die Treppe hinuntergehen – in sehr vorsichtigem Tempo. Eine eisige Kälte schlug ihr entgegen, als sie die Haustür öffnete. In der Nacht hatte es geschneit. Sie hatte es aus dem Dachfenster im Schlafzimmer sehen können. Der Paketbote war auf dem Rückweg zu seinem orangegelben Auto, das an der Straße parkte und in der weißen Landschaft nicht zu übersehen war, aber als er die Haustür aufgehen hörte, drehte er sich um. Er reichte ihr ein Paket und warf einen schnellen Blick auf ihren runden Bauch. »Glückwunsch zu den Umständen«, lächelte er freundlich. Sara nickte ein verlegenes Danke. Jedes Mal war es ein Neuer, daher kannte sie ihn nicht. Sie nahm ihren Mantel vom Kleiderhaken, hüllte sich hinein und ging zum Briefkasten. Darin waren ein paar Briefe. Die nahm sie mit ins Haus, warf sie auf den Tisch und sah lange auf das Paket. Es war kein Absender angegeben, nur ihr Name und ihre Adresse auf einem weißen Adressaufkleber auf dem braunen Metzgerpapier. Etwas daran hielt sie zurück, es auszupacken. Das Papier ähnelte dem, in das die Tasche eingepackt gewesen war. Sie stellte es auf den Tisch und schmierte ein Stück Knäckebrot mit Käse. Einer der Briefe zog ihren Blick an. Normalerweise waren Fensterbriefumschläge für Kasper, da er sich um so etwas kümmerte, aber dieser hier war an sie adressiert. Von der GE Money Bank. Mit der hatte sie nichts zu tun, sicher Werbung, um sie als Kundin zu gewinnen, dachte sie, war aber trotzdem zu neugierig, um nicht zu gucken, was wohl auch die Absicht der Werbung war. Es war keine Werbung. Es war eine Mahnung. Sie habe die Rate für den Privatkredit nicht bezahlt, den sie bei ihnen aufgenommen hatte. »Ich habe verdammt noch mal keinen Kredit bei euch!«, sagte sie hitzig und legte sofort eine Hand auf den Bauch, als der Schmerz kam. Noch ein Irrtum. War die Welt denn völlig aus den Fugen geraten, während sie flachgelegen hatte? Darum musste Kasper sich kümmern. Er würde wissen, dass sie nie auf die Idee käme, einen Kredit von 50 000 Kronen aufzunehmen und sie wusste, dass er das auch nicht konnte. Nicht, ohne dass sie vorher darüber gesprochen hätten. Ein unangenehmer Geruch wogte ihr entgegen. Sie schnupperte an dem Käse, aber der war nicht von der starken Sorte und roch normal. Sie schaute wieder auf das Paket. Es sah aus, als ob das Papier nass gewesen wäre. Schnee vielleicht. Sehr vorsichtig riss sie es ab und bekam etwas Kleber an die Finger. Sie roch daran und war kurz davor, sich zu übergeben. Das war die Quelle des Gestanks. Etwas war durch die weiße Pappschachtel gesickert, die in Papier eingewickelt war. Zögernd hob sie den Deckel an und wich mit einem lauten Keuchen zurück. In der Schachtel lag ein schwarzer Vogel. Der Kopf war abgeschnitten. Das Auge, das ihr zugewandt war, sah wie gefrorenes Glas aus. Der Gestank war abscheulich. Neben dem Vogel lag eine weiße Porzellanfigur: ein nacktes Kind, das sich mit seinen kleinen Händen den Mund zuhielt. Plötzlich ging ihr auf, was das war. Sie hatte die Serie in einem Antiquitätenladen gesehen. Bing & Grøndahl, soweit sie sich erinnerte. Die drei Affen: *Nichts sehen, nichts hören, nichts sagen*. Der hier war *nichts sagen*. Die Figur war vom Blut des Vogels befleckt. Sara lief ins Bad und erbrach sich in die Toilette. Blieb lange auf dem Boden sitzen und versuchte ihre Gedanken zu sammeln. Wer konnte so gemein sein, ihr so etwas zu schicken? Einer, der wusste, dass sie an Ornithophobie litt? Die Morgenzeitung lag immer noch auf dem Tisch, wo Kasper sie hinterlassen hatte. Sie nahm sie und warf sie über die Schachtel mit dem abscheulichen Inhalt, dann knüllte sie das Ganze zusammen, schmiss es in den Mülleimer vor der Tür und öffnete die Fenster weit, bis die Kälte den Gestank des toten Vogels vertrieben hatte. Zitternd legte sie sich aufs Sofa und zog die Decke über sich. Sie nahm das Handy und wollte Kasper anrufen, aber sobald sie es anschaltete, klingelte es. Es war Freja.

»Du rufst an und an! Was zum Teufel soll das?! Was willst du?«

»Was meinst du, Freja? Ich will doch bloß mit dir reden, es ist lange her, und …« Sie hörte selbst, dass ihre Stimme nicht normal klang, aber Freja bemerkte das offenbar nicht.

»Glaubst du wirklich, du kannst mich so in den Schmutz ziehen und dann trotzdem mit mir rechnen?«

»Ich verstehe nicht, was du da sagst …«

»Ich habe keine Lust mit dir zu reden, nur dass du's weißt. Das wollte ich bloß klarstellen, wenn du selbst nicht darauf kommst.«

Der Schmerz in den Lenden begann wieder. Sara schnappte nach Luft. »Ich habe auch eine Symphysenlockerung, Freja. Wie du es hattest. Das wollte ich dir erzählen. Es ist nicht auszuhalten … und dann habe ich gerade einen furchtbaren …«

»Na, das hättest du doch einfach auf Facebook schreiben können! Aber dann ist es vielleicht deswegen, dass dir nichts anderes einfällt, als uns andere schlecht zu machen, was?«

»Schlecht zu machen? Was meinst du? Wie?«

»Auf deiner Pinnwand auf Facebook natürlich. Du weißt doch ganz genau, was ich meine, spiel hier nicht die Unschuldige!« Frejas Stimme war ungewöhnlich hart. Sie hatte sie noch nie so sprechen hören.

»Ich war lange nicht auf Facebook. Im Ernst, Freja. Kasper hat es verboten nach dem, was damals mit meiner Mutter passiert ist, wo ich kurz davor war, eine Fehlgeburt zu haben. Er glaubt, dass die Betrügerin die Informationen da herhat, und ich …«

»Und du machst immer, was Kasper sagt, stimmt's? Hör mir bloß damit auf …«, unterbrach Freja brutal.

»Ich weiß überhaupt nicht, wovon du sprichst!«

»Ach, echt! Du veröffentlichst das Bild, das du im Sommer gemacht hast, wo ich mich mit Sune schlage. Wir haben uns nur zum Spaß gekloppt, aber du schreibst, ich würde meinen Sohn verwahrlosen lassen und obendrein auch, dass er ein komischer, ausgemergelter Junkie ist …« Freja schnaubte und kaute unbeherrscht auf dem Kaugummi. »Aber jetzt habe ich auf die Anklage geantwortet, denn jetzt habe ich auch ein paar von deinen *feinen* Geheimnissen verraten – sei froh, dass Kasper nicht bei Facebook ist. Es wundert mich, dass du noch nichts entgegnet hast, aber es ist wohl etwas anderes, wenn es einen selbst betrifft, oder?!«

»Ich hab's nicht gesehen, Freja. Du musst mir doch glauben. Ich war den letzten Monat nicht im Internet …« Dann nickte sie mit einem müden Lächeln, als ihr die einleuchtende Wahrheit plötzlich aufging. »Okay, *du* hast mir also dieses Paket geschickt. Du bist doch selbst echt abscheulich und makaber. Aber die Figur von den drei Affen – nichts sagen – ergibt plötzlich Sinn, wenn du glaubst, dass ich bei Facebook fieses Zeug über dich schreibe.«

»Was meinst du? Ich hab dir überhaupt nichts geschickt! Ich will nichts mehr mit dir zu tun haben. Kapierst du das nicht?«

»Freja …?«

Freja hatte aufgelegt. Lange lag sie da und starrte apathisch an die Decke. Was ging hier vor? Sie setzte sich auf und kramte unter dem Sofa nach ihrem Laptop, wo sie ihn versteckt hielt, zog ihn hervor und entschied sich zu vergessen, was Kasper ihr verboten hatte. Sie gab ihre E-Mail-Adresse und ihr Passwort bei Facebook ein und spürte, wie sich ihr Puls beschleunigte; er pochte in ihren Ohren. Freja hatte Recht. Sie hatte diese furchtbaren Einträge geschrieben, die sie nun las. Das war ihr Profilbild und ihre Informationen, aber nicht ihre Worte und Meinungen. War sie so unzurechnungsfähig geworden, dass sie sich nicht mehr daran erinnern konnte, was sie tat? Konnte das passieren, wenn man schwanger war? Die Hormone? Sie starrte auf das Foto von Freja im Kampf mit Sune. Das war nur zum Spaß am Strand in Risskov, obwohl die beiden auf dem Bild echt wütend aussahen. Nur sie hatte dieses Bild. Es lag auf ihrem gmail-Konto.

Sara legte sich aufs Sofa, als der Schmerz wiederkam. Dort blieb sie liegen und starrte an die Decke, bis sie Kasper nach Hause kommen hörte. Sie setzte sich auf und versteckte den Laptop wieder unter dem Sofa. Er sah sie sofort und bekam eine Falte auf der Stirn.

»Du bist auf, Sara? Ist das jetzt schlau?«

Die Autoschlüssel klirrten, als er sie auf den Tisch warf.

»Wie kalt es hier ist. Hast du gerade gelüftet?« Er zog den Mantel aus, setzte sich neben sie und tätschelte vorsichtig die Beule unter ihrer locker sitzenden Bluse.

»Wie geht's dem kleinen Krümel hier?«

»Ganz gut.« Sie wischte sich die Augen.

»Was ist dann los? Wieso heulst du? Sind das wieder die Hormone?« Er lächelte. Hatte sich an ihre wechselhaften Launen gewöhnt. Mehr als sie selbst.

»Nichts.« Plötzlich hatte sie keine Lust mehr, Kasper zu erzählen, was passiert war. Er würde ihr Vorwürfe machen so wie damals, als die unechte Krankenschwester angerufen hatte. Sie war selbst schuld, weil sie so viel darüber im Netz geschrieben hatte. Sie erzählte nur von dem Brief und dem Kredit, von dem er meinte, dass es ein Missverständnis sein müsse, und er würde sich schon darum kümmern. Er hatte Orangen gekauft und in der Saftzentrifuge frischen Saft gepresst. Er setzte sich wieder neben sie, reichte ihr das Glas und schaute sie zärtlich an.

»Ich glaube, du bist gestresst, mein Schatz …«

»Gestresst? Wovon soll ich verdammt noch mal gestresst sein, ich mache doch überhaupt nichts!« Sie versuchte überzeugend zu lächeln, um ihm zu zeigen, dass sie alles unter Kontrolle hatte. Er entfernte als kleine Liebkosung mit seinem Daumen etwas Orangensaft von ihrer Oberlippe.

»… deswegen habe ich auch eine gute Lösung gefunden. Für uns beide.«

»Was meinst du?«

»Wir haben im Studio ein junges Mädchen gehabt, das uns eine Weile geholfen hat. Du weißt, wie hektisch es bis Weihnachten zugeht. Ein richtig nettes Mädchen.«

»Okay?«

»Sie hat überall mit angefasst. Regieassistenz und so was. Aber jetzt brauchen wir sie nicht mehr, daher weiß sie nicht, was sie machen soll, bis sie im Sommer mit der Uni anfängt … sie hat gefragt, ob ich nicht für irgendetwas ihre Hilfe gebrauchen könnte, und dann kam mir die Idee … sie würde sehr gerne als eine Art Haushaltshilfe hierherkommen und dir helfen.«

»Haushaltshilfe? Nein, Kasper, ich krieg das schon selbst hin, ich bin bloß …«

»Du sollst auf dich aufpassen – und unseren kleinen Krümel, nicht?«

»Doch. Aber was soll sie machen?«

»Einkaufen, kochen, dafür sorgen, dass du im Bett bleibst und dich schonst.«

»Also eine Gefängniswärterin.«

»Sara!« Seine Stimme klang tadelnd, sie konnte nicht durchschauen, ob er wirklich wütend war.

»Ja, aber du kaufst doch ein und kochst, also brauchen wir doch nicht noch …«

»Wie ich sagte: Du weißt, wie viel ich bis Weihnachten zu tun habe. Die nächsten paar Monate werde ich nicht besonders viel zu Hause sein. Ich habe mit Alberte besprochen, dass sie schon morgen früh kommt. Gib ihr eine Chance, Sara.«

Er küsste sie auf die Haare und ging mit dem leeren Glas in die Küche. Es gab nichts mehr dazu zu sagen.

***

18

»Was ist das für ein Krach da draußen?«, wollte Vizepolizeidirektor Kurt Olsen wissen, der atemlos zu einem verabredeten Briefing in dem Fall in Rolands Büro kam, nachdem der Obduktionsbericht nun fertig war. Er hatte bei der Morgenbesprechung gefehlt aufgrund eines wichtigen Meetings über die finanzielle Zukunft der Ostjütländischen Polizei und die Aussicht, mehrere administrative Mitarbeiter zu entlassen, wovon das Polizeipräsidium in Aarhus die meisten Köpfe rollen lassen musste.

»Ach, das ist bloß der neue Held der Abteilung, um den sich die Medien scharen«, antwortete Roland mit einem geheimnisvollen Lächeln, das auf keinen Fall mit Stolz verwechselt werden durfte.

»Haben wir jetzt so einen? Das ist bestimmt Mikkel«, vermutete Kurt und setzte sich an Rolands kleinen, runden Konferenztisch, der zusammen mit vier Stühlen in den Winkel des Zimmers gezwängt war.

»Nein, und du errätst nie, wer es ist …«

Roland stellte die Thermoskanne in die Mitte des Tisches neben einen Stapel weißer Plastikbecher und setzte sich.

»Hmmm …«

»Es ist Dan«, enthüllte Roland schnell, vom Übermut der Sensationslust ergriffen.

»Dan? Dan Vang? Du verarschst mich doch, oder?!«

»Tatsächlich nicht. Dan hat den Kampfhund erschossen, als der einen der Beamten im Fløjstrupper Wald angefallen hat.«

»Heilige Scheiße! Was zum Teufel hat er denn dort gemacht?«

Roland lockerte den Hemdkragen und drehte den Nacken, als ob er sich von etwas zu Engem befreien wollte.

»Ich habe ihn geschickt. Möller haben Leute gefehlt und man kann doch so einen Hund nicht frei herumlaufen lassen, wenn er eine Gefahr für Leib und Leben ist.«

»Aber zur Hölle, Roland. Von allen ausgerechnet Dan zu schicken.«

»Ihn konnte ich am ehesten entbehren. Und das war ja offenbar eine gute Wahl. Er hat Hafids Leben gerettet.«

»Hmm. Ich muss sagen, das zu hören überrascht mich. Ist er wirklich ein so guter Schütze?«

»Auf dem Schießstand sieht das nicht so aus, aber er muss sich gemausert haben. Glück vielleicht. Er war eigentlich bis morgen krankgemeldet, daher …«

»Krankgemeldet! Und da schickst du ihn zu so einem Auftrag, Roland, verdammt noch mal, er …«

»Du hast doch selbst gesagt, ich solle ihm eine Chance geben.«

»Ja, aber …« Kurt Olsen gab die Diskussion auf und schenkte sich lauwarmen Kaffee ein. »Lass uns mal einen Blick auf diesen Bericht werfen.«

Inge Thomsen rief kurz darauf zurück, er hatte die Durchsicht mit dem Vizepolizeidirektor abgeschlossen und heftige Ermahnungen zu hören bekommen, die man nicht missverstehen konnte. Die Gefangene musste jetzt gefunden werden, damit es nicht wie Schlamperei aussah. Aber das sagte sich leicht. Die technischen Untersuchungen des Autos, welches, da war er sich recht sicher, das Fluchtauto sein musste, hatte Spuren von Benedikte Steenberg zu Tage gebracht. Sie hatte sich bereitwillig sowohl Fingerabdrücke als auch eine DNA-Probe zum Vergleich nehmen lassen. Dass die Spuren im Auto gefunden worden waren, war ja nicht besonders verwunderlich, wenn es ihr Auto war. Auf dem Fahrersitz war jedoch auch ein blondes Haar gefunden worden, das weder Sara Dupont noch ihrer Mutter gehören konnte, aber auf das Ergebnis dieser Analyse mussten sie ein wenig länger warten, verlautete es aus der Abteilung Forensische Genetik.

»Mensch, ist das lange her, Roland. Wie geht es Irene?«, begann Inge das Gespräch.

Immer die gleiche Frage, die zu beantworten ihm so schwerfiel, aber nun hatte er eine Phrase gefunden, die keinen Grund zur weiteren Unterhaltung über dieses Thema gab.

»Wie es einem nun mal so geht, wenn man im Rollstuhl sitzt.«

»Natürlich … ähm … worüber wolltest du mit mir sprechen?«

»Sara Duponts Fall. Ich habe gehört, dass es bei diesem Urteil etwas gab, mit dem du nicht zufrieden warst.«

»Nicht zufrieden *bin*, meinst du. Endlich einer, der sich das noch mal anschauen will«, seufzte Inge erleichtert.

»Ich weiß noch nicht, ob ich das will. Was ist es?«

»Da war so viel, Roland. Vielleicht sollten wir uns treffen und darüber reden. Hast du Zeit? Was sagst du zum Rathauscafé, das ist für uns beide nah.«

Roland schaute auf seine Armbanduhr. Eine Tasse Kaffee und ein Käsebrot passten gut rein.

»Ich bin in einer knappen Viertelstunde da.«

Niemand fragte ihn, als er mit seinem Mantel über dem Arm zum Aufzug hastete. Dan Vang stand draußen vor dem Haupteingang immer noch im Rampenlicht. Der Presse fehlten momentan ganz sicher solche erbaulichen Geschichten, und irgendwie freute es ihn, dass das Polizeipräsidium für etwas anderes als mangelnden Einsatz und verspätetes Ausrücken bekannt wurde, von fehlendem ganz zu schweigen. Dass es ausgerechnet Dan Vang war, der ihnen einen besseren Ruf bescheren würde …

Im Vergleich zum Morgen, als er so blass wie die Leichen auf Leanders Stahltischen gewesen war, hatte Dan rote Wangen. Roland streckte als anerkennenden Gruß eine Hand in die Luft, als der Held ihm lange nachsah und wieder ein Mikrofon unter die Nase gehalten und eine neue Frage von einem eifrigen Journalisten gestellt bekam. Das Auto von TV2 Ostjütland war ebenfalls aufgetaucht. Gut, dass ich das nicht bin, dachte Roland und schlug die Abkürzung durch die Rittergasse zur Friedensstraße ein, während er den Mantel anzog. Ein paar Drogensüchtige standen an der Ecke und sahen ihm nach.

Die uralte flaschengrüne Fassade des Rathauscafés sprach für sich. Keiner zweifelte daran, dass es eine der ältesten Speisegaststätten von Aarhus war. Von 1924. Die Frau, die in einem kamelfarbenen Wollmantel und einem türkisblauen Seidentuch, das ihr um die Ohren wehte, am Eingang stand und auf ihn wartete, war deutlich jüngeren Datums. Er meinte, sie war gerade 39 geworden. Sie war eine der angesehensten Strafverteidigerinnen der Region und unterrichtete gleichzeitig an der Universität Strafrecht und Wirtschaftskriminalität.

Sie reichte ihm eine schmale, kalte Hand, der Händedruck war fest. »Schön dich wieder zu sehen, Benito. Ist ja, wie gesagt, lange her.«

Sie plauderten ein wenig über alte Zeiten, während sie hineingingen. Gentlemanmäßig legte Roland eine Hand auf ihren Rücken und geleitete sie über die Türschwelle. Drinnen roch es nach althergebrachter, gutbürgerlicher Küche wie bei Muttern. Brathering war das sicher. Sie setzten sich an einen Tisch ganz hinten im Restaurant, an ein Fenster, das nach der Modernisierung nicht länger farbige Scheiben hatte, die das falsche Signal gesendet hatten, dass hier nämlich zwielichtige Geschäfte abliefen und die Gäste am liebsten nicht von draußen gesehen werden wollten. Jetzt waren es große, helle Fenster, sodass man sowohl hinein- als auch hinausgucken konnte. Aber es waren immer noch dunkle Holzpaneele an den Wänden, und das Weinfass stand in der Ecke der Theke. Als er das letzte Mal hier gewesen war, hatte der Stil gut zu Zigarrenduft gepasst, aber diese Zeiten waren vorbei.

Inge Thomsen hängte ihren Mantel über die Stuhllehne. Er machte das Gleiche mit seinem. Es indizierte, dass sie nicht lange bleiben, nur eine Tasse Kaffee trinken würden – und ein Käsebrot essen. Inge konnte sich leicht mit einem Kaffee begnügen. Sie war klassisch korrekt gekleidet, wie es Anwälte, die gerade aus dem Gerichtssaal kommen, zu sein pflegen. Sie bestellten beim Kellner, der sofort an ihrem Tisch auftauchte.

»Wie geht es dir denn so, Inge? Geht Simon jetzt nicht zur Schule? Wie geht es ihm?«, erkundigte sich Roland einleitend, als sie sich hingesetzt hatten und auf ihre Bestellung warteten.

»Wie es einem kleinen Jungen mit ADHS halt so geht«, antwortete die Strafverteidigerin und warf ihm einen undefinierbaren Blick zu.

Touché, dachte Roland, und nickte verständnisvoll.

»Mir ist natürlich völlig klar, dass dein plötzliches Interesse an Sara Dupont ihrer Flucht aus der forensischen Psychiatrie geschuldet ist«, sagte Inge. »Das war ja leider damals nicht dein Fall.«

»Morten Holsted ist nun wirklich nicht …«

»Nein. Ich weiß. Ich kenne seinen Ruf. Aber ich muss leider sagen, dass er ihm nicht gerecht wird. Natürlich hatte er auch alles gegen sich, das weiß ich.«

»Was meinst du damit?«, wollte Roland wissen. Inge rückte ein bisschen vom Tisch weg, als der Kellner die Tasse Kaffee vor ihr abstellte. Sie lächelte zu ihm hoch und bekam feine Fältchen auf dem Nasenrücken, als ob sie etwas Unangenehmes röche, aber in ihrem Gesicht wirkte dieses leichte Zucken eher charmant.

Roland nahm seine Tasse entgegen und freute sich auf das Käsebrot mit roten Paprikastreifen.

»Holsted wurde von allen Seiten richtig unter Druck gesetzt. Es ging ja um einen Kindsmord. Ein kleines Baby. Das geht allen sofort zu Herzen«, fuhr Inge fort, als der Kellner gegangen war. »Die Presse war stetig hinter ihm her und ebenso der Polizeipräsident und der Bürgermeister. Als herauskam, dass es doch kein plötzlicher Kindstod war, geriet der Medienansturm völlig aus der Spur. Die reizenden Fotos von William, die sie in den Tageblättern gezeigt haben, haben dazu beigetragen, einen noch größeren Hass gegen die mörderische Mutter zu schüren. Das *Extrablatt* hatte ihr sogar die Titelseite gewidmet. Alle sollten sehen, was für ein Monster diese Mutter war. Ja, du erinnerst dich sicher daran?«

Roland biss von dem Käsebrot ab und nickte, aber er hatte von dieser Sache nicht viel mitbekommen. Damals war Irene gerade angeschossen worden und im Kloster hatte man eine Nonne ermordet. Seine Welt war ohnehin schon unübersichtlich genug.

»Normalerweise lässt Holsted sich von dieser Art Druck nicht unterkriegen, daher …«

»Nein, sicher nicht. Alle fanden, sie hätten einen klaren Fall und das war's dann. Die Beweise waren so stark, besonders die kriminaltechnischen, die am höchsten gewichtet wurden. Manchmal verfluche ich diese Technologie. Es ist fast, als ob andere Umstände nicht gründlich untersucht werden müssten. Passt das DNA-Profil, ist alles andere gleichgültig!«

»Was meinst du, wurde in Saras Fall etwas vernachlässigt?«

Inge trank einen Schluck Kaffee und hinterließ einen bordeauxroten Lippenstiftabdruck auf dem Tassenrand.

»Zum Ersten, dass es an ihrem Hochzeitstag passiert ist. Es waren eine Menge Gäste im Haus. Mehrere Zeugen haben unter Eid ausgesagt, dass sie zu dem Zeitpunkt, den der Rechtsmediziner als Todeszeitpunkt annimmt, mit ihr zusammen waren. Zum Zweiten, dass man nie das Messer gefunden hat, oder was es nun war, das Sara benutzt hatte, um sich die Pulsadern aufzuschneiden. Und hat es dich nicht gewundert, dass sie sich für die Pulsader in ihrem rechten Arm entschieden hat, obwohl sie keine Linkshänderin ist?«

»Wie konnte das übersehen werden?«

»Indem der Rechtsmediziner auf Ersuchen des Staatsanwalts zugeben musste, dass der Todeszeitpunkt nicht hundert Prozent sicher festgestellt werden, sondern bis zu einer halben Stunde abweichen konnte. Außerdem waren die Gäste nicht ganz nüchtern, und die Zeugen bekamen danach allesamt Zweifel, ob sie nun tatsächlich zu diesem Zeitpunkt mit der Braut im Garten Champagner getrunken hatten. Dass sich ein Rechtshänder entscheidet, in seinen rechten Arm zu schneiden, lässt sich leicht bewerkstelligen, vom Staatsanwalt wurde eine überzeugende Demonstration vorgelegt, und es wurde auf andere Fälle verwiesen, also auch wenn ich es seltsam und unnatürlich finde, wurde es als widerlegt abgewiesen.«

»Was ist mit ihrem Mann?«

»Kasper! Der war natürlich völlig außer sich. Er weigerte sich zu glauben, dass sie ihren Sohn erwürgt haben sollte. Es musste plötzlicher Kindstod gewesen sein und er war sich sicher, dass diese furchtbare Entdeckung Sara den Rest gegeben und sie in einen Selbstmordversuch getrieben hatte. Sie ist ja Kinderpflegerin, und wenn jemand weiß, wie man am besten vermeidet, dass das Kind dieses furchtbare Schicksal erleidet, dann sie. Aber als die Beweise vorgelegt wurden, änderte er schnell seine Meinung. Behauptete, dass Sara lange aus dem Gleichgewicht gewesen, er aber davon ausgegangen sei, dass es die Nervosität wegen der neuen Rolle als Mutter und der bevorstehenden Hochzeit wäre. Sara wurde nach dem Selbstmordversuch ins Krankenhaus eingewiesen und bekam irgendwann so viele Medikamente, dass es unmöglich war mit ihr zu sprechen, daher habe ich von ihr keine weiteren Informationen bekommen.«

»Das Problem ist also, dass du nicht der Meinung bist, dass klar genug beweisen wurde, dass Sara wirklich am Tatort gewesen sein könnte, als der Mord an ihrem Sohn stattfand?«

»Nicht nur das, Roland. Das Schlimmste ist, dass euch dieses Mädchen einfach entwischt ist. Wie konnte das passieren? Die wichtigste Zeugin des Falls!«

»Du meinst wohl die Babysitterin?«

»Genau die. Sie hat William tot in seinem Bettchen gefunden, aber plötzlich war sie weg. Jäh verschwunden, in Luft aufgelöst! Hier meine ich, dass nicht genug getan wurde, um sie zu finden.«

Roland betrachtete ihr Gesicht im Licht vom Fenster; sie hatte das Alter erreicht, wo Karrierefrauen anfingen, ein bisschen zu viel Make-up zu verwenden, um die Realität zu kaschieren. Sie starrte in ihre Tasse. In ihren Augen las er, dass Möller damit Recht gehabt hatte, dass sie ein bisschen zu persönlich involviert war.

Sie schaute ihn wieder an. »Ja, wir Strafverteidiger dürfen in diesem Land hier ja nicht ermitteln, wir müssen auf eure Aufdeckung der Wahrheit warten, und die wurde schnell geliefert. Allzu schnell. Die Ermittlungen drehten sich nicht darum, Beweise für eine Vermutung zu finden, sondern welche, die zu einer Vermutung *passten,* damit der Fall abgeschlossen werden konnte. Die Medien haben gut mitgeholfen. Sara wurde zum Maßregelvollzug verurteilt und die Presse, der Polizeidirektor und der Bürgermeister waren zufrieden. Der Fall hätte gestoppt werden müssen, bis sie dieses Mädchen gefunden haben, aber plötzlich war alles über sie weg, als ob sie keine Bedeutung hätte, Roland!«

Er hatte seine Tasse geleert und sah lange in ihre trotzigen Augen.

»Komm mir nicht mit diesem Blick, Roland. Falls du glaubst, dass ich diejenige bin, die Sara zur Flucht verholfen hat, kannst du dir gleich einen neuen Täter suchen. Sara braucht Behandlung, also würde ihr der Aufenthalt im Krankenhaus nur guttun, aber sie gehört nicht als Mörderin in die forensische Psychiatrie; sie sollte in normale Behandlung für all das Schreckliche, dem sie ausgesetzt war.«

»Ich höre heraus, dass du wirklich aufrichtig davon überzeugt bist, dass Sara zu Unrecht verurteilt wurde.«

»Ganz sicher. Du musst die Beweise finden, die es braucht, um einen Richter davon zu überzeugen, den Fall wieder aufzurollen. Mit dir an meiner Seite, da bin ich mir sicher, wird die Gerechtigkeit wohl siegen.«

19

»Wem schreibst du jetzt auf Facebook? *Ihm*?« Er riss sich vom Fenster los und stand unruhig hinter ihr.

»Niemandem. Das ist Arbeit, Adomas. Recherche. Ich bin dabei, etwas über ein Mädchen herauszufinden. Wonach hältst du die ganze Zeit Ausschau? Erwartest du jemanden?«, erkundigte sie sich und tippte weiter.

»Nein, ich …«

»Es dauert vielleicht nicht lange, bist du wieder deinen Koffer holst und durch die Tür nach Litauen verschwindest oder wo auch immer du gewesen bist?«

»Und das mochtest du, dann konnte dieser, dieser … dieser Perverse da wieder einrücken, was?!«

Sein Dänisch war noch nicht besonders gut, aber Anne war nicht in der Stimmung, sich über die lustige Aussprache zu amüsieren. Sie ertrug keinen weiteren Streit.

»Ich habe es doch so oft erklärt, Adomas. Esben ist mein Jugendfreund, wir kennen uns schon seit vielen Jahren. Furchtbaren Jahren. Okay, das, was passiert ist, hätte nicht passieren dürfen. Und ich habe mich doch entschuldigt, nicht?! Aber du warst verdammt noch mal einfach weg, ohne zu sagen wohin, ich konnte dich nicht erreichen und dachte, du kommst nie wieder, also hör auf damit, so fucking heilig zu sein und mir nur Vorwürfe zu machen. Was machst du denn vielleicht selbst?«

»Und ich habe *dir* erklärt … so oft, dass ich nicht erzählen kann, wo ich gewesen bin. Dir zuliebe … aber … aber weil ich nicht hier bin, brauchst du wohl nicht deinen alten Freund zu bumsen mit … mit masochistischen Neigungen …«

Einige schwierige Wörter hatte er doch schon fast korrekt auszusprechen gelernt. »Ich habe nicht ihn aufgesucht, ich …«

Sie sah ihn nicht an; das, was auf dem Bildschirm auftauchte, fesselte ihre gesamte Aufmerksamkeit. Sara Dupont war eine von Millionen Dänen, die sich der Statistik zufolge nicht mit ihren Privatsphäre-Einstellungen auf Facebook vertraut gemacht hatten. Ihr Profil war öffentlich, für alle zugänglich, und sicher wusste sie das nicht einmal. Falls es stimmte, dass Sara im Internet gemobbt worden war, wie ihre Mutter angedeutet hatte, dann würde sie es leicht herausfinden. Das würden alle können. Bis in alle Ewigkeit. Das Netz vergaß nie. Alles wurde im Verlauf gespeichert oder besser gesagt auf dem Server. Kein Wort oder Bild konnte zurückgezogen, gelöscht oder bereut werden. Saras Pinnwand war voller Nachrichten, aber nicht von der netten Sorte *Smalltalk* über alles und jeden, den man für gewöhnlich auf den Pinnwänden der Freunde sah. Sie wurde als psychopathische Kindsmörderin verschrien und Schlimmeres – falls das überhaupt ging. Sara hatte es sicher gar nicht gesehen, glücklicherweise. Sie war seit dem Selbstmordversuch nach Williams Tod eingewiesen gewesen, aber davon ahnten die, die unbarmherzig ihre Meinung über sie äußerten, sicher nichts. Anne tat, als ob sie nicht hörte, dass Adomas ihr wegen der Sache mit Esben weiter Vorwürfe machte. Dann ging er und knallte die Tür fest zu.

»Scheiße!« Anne seufzte laut und zündete eine Zigarette an. Sie ging ans Fenster und guckte zwischen den Jalousien nach draußen. Adomas war gerade aus der Haustür gekommen und ging im Nieselregen den Bürgersteig entlang, gebückt, die Hände tief in den Hosentaschen vergraben. Er tat ihr leid. Der Job als Zeitungsbote hatte sich in Rauch aufgelöst, als er plötzlich drei Monate weg war. Er war ihretwegen nach Dänemark gezogen. Er war ihr Cousin. War es einfach unmöglich, gleichzeitig verwandt und ein Paar zu sein? Oder war sie diejenige, die das Ganze ruiniert hatte, indem sie mit Esben im Bett gelandet war? Nein, das war echt seine eigene Schuld, wenn er einfach verschwand, versicherte sie sich selbst und setzte sich wieder an den Computer. Sie hatte Wichtigeres zu tun.

Es war eine Hassseite gegen Sara Dupont erstellt worden, wo alle, die sich getroffen fühlten, ihren Hass loswerden konnten, ganz zu schweigen von all denen, die einfach allgemein Kindermörder hassten, was der Anzahl der Mitglieder nach zu urteilen nicht gerade wenige waren. Die Verfolgung Sara Duponts hatte bereits letztes Jahr im November begonnen, lange bevor William geboren war. Sie wurde beschuldigt, andere im Netz in den Dreck zu ziehen, per Mail und SMS mit verheirateten Männern zu flirten, sogar mit einigen von ihnen Affären gehabt zu haben. *Wer zum Teufel ist eigentlich der Vater deines Kindes?*, hatte ein Mädchen geschrieben, *sicher nicht dein Mann!* Einigen Einträgen zufolge sollte sie Profile auf etlichen Dating-Seiten haben. Aber nun konnte sie sehen, dass

Sara wieder geantwortet hatte. Das waren keine schönen Dinge, die sie über ihre Freundinnen sagte und die Debatte wurde immer heftiger und ekliger. Anne nahm einen tiefen Zug von der Zigarette und pustete langsam den Rauch an die Decke. Wer war diese Sara Dupont wirklich? Wenn sie eine Kindsmörderin war, konnte das andere hier dann nicht auch wahr sein? Sie klang nicht wie ein nettes Mädchen. Saras Selbstmordversuch hatte vielleicht nicht nur mit dem Mord an ihrem eigenen Sohn zu tun, womöglich steckte viel mehr dahinter. Sie klickte auf *weitere Einträge* und las eifrig auf Saras Pinnwand. Nun tauchten eine Menge Bilder ihres schwangeren Bauchs auf, der mit jedem Bild ein bisschen mehr gewachsen war. Die Freunde lobten und kommentierten. Es gab auch ein Bild eines silbernen Schmuckstücks. Es sah wie eine Uhr aus, als Kette dienten jedoch eine rote und eine weiße Wollschnur, die ineinander gewunden waren und mit einer Quaste an jedem Ende abschlossen. Antik sah es aus, aber das mit den Schnüren hatte sie noch nie gesehen. Sara suchte den Besitzer, aber es stand nichts darüber, woher sie es hatte. Zu diesem Zeitpunkt hatten die unangenehmen Einträge noch nicht begonnen. Es gab eine Menge ermutigender Kommentare, besonders von zwei Freundinnen. Anne drückte die Zigarette im Aschenbecher aus und schrieb die Namen auf. Sie schienen mal Saras engste Freundinnen gewesen zu sein. Freja Dal Poulsen und Lærke Bendixen. Die Namen wirkten bekannt; dann fiel ihr die von einem Architekten entworfene Villa in Risskov ein, die Roland Benito und seine Partnerin nach dem Vortrag im Kongresscenter mit der Psychotherapeutin Lærke Bendixen besucht hatten. Sie lächelte, als sie den Zusammenhang erkannte. Es war also kein Zufall gewesen, dass der Kriminalkommissar zum Vortrag gekommen und danach nach Risskov gefahren war. Die beiden Frauen waren Sara Duponts Freundinnen und das Interesse der Polizei stand in Verbindung mit der Suche nach der geflüchteten Patientin. Letztes Jahr hatte Sara im März ein Bild von einer Maske hochgeladen. Einer venezianischen Maske. Anne rückte näher an den Bildschirm, um nicht einen einzigen

Buchstaben zu versäumen. Nun begann es interessant zu werden. Sara suchte nach einem Mädchen, das sie in einem Urlaub in Venedig während des jährlichen Karnevals getroffen hatte. Im Kanal vor ihrem Hotel war ein Mädchen ertrunken. Sara suchte deren Freundin, die von der Maske wissen sollte. Anne musste sich eine neue Zigarette anzünden. Nicolaj würde hiervon begeistert sein. Die Freundinnen, die Saras Eintrag von damals eifrig kommentiert hatten, mussten wissen, was da passiert war.

20

Dezember, neun Monate zuvor

Alles deutete darauf hin, dass es dieses Jahr weiße Weihnachten geben würde. Der Schnee fiel immer noch still in großen Flocken und landete auf der Fensterscheibe, wo er sofort schmolz, aber der Weihnachtsurlaub brachte nicht die übliche gemütliche Stimmung wie sonst hervor. Der Urlaub war viel zu lang gewesen, der Bauch viel zu groß und schwer und sie zählte die Tage; in 110 Tagen plus minus 14 Tage würde der Kleine kommen. Wenn sie also aufpasste und die Anweisungen des Arztes — und aller anderen – befolgte. Die Kollegen hatten ihr eine Grußkarte mit *Gute Besserung* und einen Korb mit Weihnachtssüßigkeiten geschickt, aber das ließ sie sie und ihre Arbeit nur noch mehr vermissen. Kasper konnte erst zwischen Weihnachten und Neujahr Urlaub nehmen; ihn vermisste sie auch. Beim DR gab es viel zu tun, daher hatten sie nicht besonders viel Zeit füreinander. Sie kauerte sich in der Sofaecke zusammen, der Bauch wölbte sich unter der Decke und sie fühlte sich wie ein Nilpferd mit Verstopfung. Eine Sendung im Fernsehen handelte davon, wie man die besten Lebkuchen backte, aber sie konnte sich nicht darauf konzentrieren. Schließlich klingelte es an der Tür. Lærke kam endlich zu ihrer Yogastunde. Das war nahezu die einzige gemütliche Zeit in der Woche, wo sie sich wie früher fühlen konnte mit Gesprächen unter Freundinnen und Mädchenlachen. Von Freja hatte sie seit einem ganzen Monat nichts mehr gehört, sie ging nicht ans Telefon, wenn Sara anrief. Einmal war Sune drangegangen, hatte aber sofort aufgelegt, als sie fröhlich Hallo sagte und fragte, wie es ihm ginge. Danach musste sie lange weinen, und Kasper hatte ihr verboten, Freja noch mal anzurufen. Sie durfte sich nicht stressen, erinnerte er sie.

»Ach du Scheiße, ist das kalt«, sagte Lærke und zog Handschuhe, Mantel und Mütze aus. Die dunklen, krausen Locken, die Lærke selbst immer gehasst hatte, waren plattgedrückt. Ihre Nase war rot und ihre Wangen eiskalt an Saras, als sie sie umarmte.

»Ja, komm schnell rein. Ich mache Tee, der wird dich aufwärmen.«

»Du trinkst Tee?«

»Das ist sowohl ökologischer als auch koffeinfreier Früchtetee. Alberte hat ihn in einem Bioladen gekauft, den sie kennt.«

Lærke folgte ihr in die Küche.

»Läuft es gut mit ihr?«

»Alberte? Ja, tut es. Sie ist ein nettes Mädchen.« Sara füllte den Wasserkocher.

»Wo ist sie?«

»Einkaufen.«

»Du warst am Anfang etwas skeptisch.« Lærke nahm die Dose mit Tee vom Kräuterregal herunter, damit Sara sich nicht danach strecken musste.

»Ja, aber jetzt ist es gut, dass sie jeden Tag kommt. Dann habe ich auch ein bisschen Gesellschaft, obwohl wir nicht besonders viel gemeinsam haben.«

»Sie ist doch auch so jung. Wie alt ist sie eigentlich?«

»Ich meine, sie wird im Februar 19.«

Lærke nickte. »Das Alter, in dem Jungs, *Paradise Hotel*, SMS und Facebook die einzigen Gesprächsthemen sind. Aber da habt ihr ja doch was gemeinsam. Facebook, meine ich.«

»Ich war lange nicht mehr bei Facebook. Tatsächlich denke ich darüber nach, mein Profil zu löschen.«

Das Wasser im Kessel kochte, sie goss es in die Kanne. Der Tee dampfte und duftete nach Himbeere.

»Du! Dein Profil löschen! Ich hab mich sicher verhört«, lachte Lærke.

Sie setzten sich an den Tisch und Sara schenkte in zwei Tassen ein. »Benutzt du Facebook viel?«

»Nein, ich habe oft gar nicht mehr die Zeit dafür. Die Arbeit nimmt mich zu sehr in Anspruch.«

»Dann hast du vielleicht auch die Einträge auf meiner Pinnwand nicht gesehen?«

»Nein, was ist damit?«

Sara wärmte die Finger an der Tasse und schaute Lærke bekümmert an.

»Ich habe letzten Monat mit Freja gesprochen, sie war wirklich sauer auf mich. Hast du mit ihr geredet?«

»Nein, ist lange her. Wir haben uns ja meistens hier bei dir getroffen. Was war denn los?«

»Ich mache sie und Sune bei Facebook übelst schlecht. Aber ich war es gar nicht, warum sollte ich so etwas tun?«

Lærke öffnete ihre Tasche, zog ihr iPad heraus und loggte sich bei Facebook ein. Eine Weile saß sie schweigend da und biss sich auf die Unterlippe, während sie las.

»Ja, aber das hast doch du geschrieben, Sara. Das gleiche Profilbild, das du benutzt, dein Name und alles.« Sie drehte den Bildschirm zu ihr.

»Ich weiß. Bin ich schizophren geworden?«

»Du bist nicht schizophren, Sara, da musst du dir echt keine Sorgen machen. Da muss jemand sein, der sich für dich ausgibt.«

»Aber wie?«

»Es ist einfach, diese Art von Informationen im Internet zu stehlen. Die Bilder kann man ja einfach herunterladen und wiederverwenden.«

Lærke zog ihr Tablet wieder zu sich und fuhr mit dem Finger über den Bildschirm, um die Seite nach unten zu scrollen. Sie las weiter. »Ja, du ziehst Freja echt in den Dreck, kann man sagen. Ich kann verstehen, dass sie auf dich wütend ist.«

»Ja, aber wie kann sie glauben, dass ich das war? Sie müsste doch wissen, dass ich nicht auf die Idee käme, so etwas Böses über sie und Sune zu schreiben.«

»Es klingt auch gar nicht nach dir. Das ist nicht gerade deine Sprache. Aber es gibt jemanden, der viel über dich und deine Freunde weiß, wie man sieht.«

»Wie finde ich heraus, wer das ist?«

»Du kannst versuchen, es der Polizei zu melden. Aber es ist nicht sicher, dass sie Zeit haben, etwas zu unternehmen, wenn es nur in diesem Umfang hier ist. Die haben bestimmt genug anderes zu tun. Mobbing im Netz gibt es reichlich.«

»Freja hasst mich. Sie hat mir eine von diesen Figuren von ›Die drei Affen‹ geschickt, du kennst sie: nichts sehen, nichts sagen, nichts hören.«

»Wieso hat sie das gemacht? Das ist doch nicht gerade ihr Stil. Ist das nicht ein bisschen makaber?«

Sara drehte die Tasse wieder in den Händen. Ab und zu bemerkte sie den Geruch des toten Vogels noch. Sie hatte seitdem keinen Käse gegessen. Die matten, weißen Augen, die sie angestarrt hatten, hatten eine Rolle in ihren Albträumen bekommen, zusammen mit dem blutigen Gesicht des Mädchens im Kanal.

»Sie hat auch einen Vogel mitgeschickt. Sie hatte ihm den Kopf abgeschnitten.«

Lærke lächelte und sah sie zweifelnd an. »Bist du dir sicher, dass das Freja war? Ist das nicht doch ein bisschen ZU makaber? Das muss ein riesiger Schock für dich gewesen sein! Könnte Freja das wirklich tun? Einem Vogel den Kopf abschneiden? Sune wohl auch nicht, glaube ich. Er ist in Wirklichkeit ein guter Junge …«

»Wer würde mir sonst eine so vielsagende Nachricht schicken, den Mund zu halten?«

Sara hatte sich diese Frage vorher noch nicht gestellt. Es war so einleuchtend, dass es Freja war, aber was nun, wenn sie es nicht gewesen war? Sie hatte die Dinge nie zuvor miteinander in Verbindung gebracht, aber plötzlich sah es aus, als ob es in den Ereignissen der letzten Monate ein unheimliches Muster gäbe. Sie starrte in die Luft.

»Woran denkst du? Du wirkst so abwesend, Sara.«

Sie warf Lærke einen erschrockenen Blick zu, als ob sie aus einem Traum erwachte.

»Es ist so viel passiert, was ich niemandem erzählt habe. Ich habe auch eine Mahnung für einen Kredit bei der GE Money Bank bekommen, den ich nicht aufgenommen habe. Kasper hat die Bank kontaktiert und die haben den Vertrag geschickt, aber das ist nicht meine Unterschrift. Mein Name, aber nicht meine Schrift.«

»Nein, wie gemein … was passiert da jetzt?«

»Die GE Money Bank hat es angezeigt, die Polizei stellt Nachforschungen an, wer in meinem Namen einen Kredit aufgenommen hat. Ich hoffe, sie finden den Betreffenden.«

»Das ist wirklich krank, Sara. Aber dann wird die Polizei dir sicher auch mit dieser Sache hier helfen. Irgendjemand scheint deine Identität gestohlen zu haben und setzt dich fiesen Drohungen aus. Die Polizei müsste nachverfolgen können, wem dieses Bankkonto gehört, sollte man meinen.«

»Vielleicht, aber sie wollten damals bei der Sache mit meiner Mutter ja auch nicht helfen. Das war doch wirklich das, was man Terror nennen könnte. Und es hätte auch mit Mord enden können. Ich hatte beinahe eine Fehlgeburt …«

Lærke reichte hinüber und legte eine tröstende Hand auf ihren Arm. »Hat das damals auf der Seite gestanden? Ist das vor oder nach den falschen Einträgen auf Facebook passiert?«

Sara schüttelte ratlos den Kopf. »Das weiß ich nicht. Daran kann ich mich nicht erinnern. Doch … das war davor.«

»Wenn jemand die IP-Adresse ermitteln kann, von der aus die falsche Sara Dupont schreibt, dann kann der Dieb sicher gefunden werden. Vielleicht weiß Kent etwas darüber, der ist doch IT-Supporter.«

»Fragst du ihn?«

»Klar. Und apropos Kent, ich habe meinem süßen Mann versprochen, dass wir uns einen Abend ohne die Kinder gönnen. Meine Mutter kommt und passt auf sie auf, deswegen kann ich nicht so lange bleiben.« Sie schaute auf ihre Armbanduhr, als ob sie plötzlich Sorge hätte, dass ihr die Zeit bereits davongelaufen wäre. »Wir werden ausnahmsweise mal ausgehen und mit Messer und Gabel essen und danach in die Konzerthalle.«

Sara versuchte, das erneute Unbehagen abzuschütteln, das in ihr aufgestiegen war, und spekulierte, wann sie und Kasper beginnen würden so zu denken: Ein Abend ohne Kinder. Gerade jetzt konnte sie es kaum erwarten bis ihr erstes kleines Kind kam. Das war das Einzige, auf das sie sich konzentrieren sollte.

»Ja, lass uns anfangen. Ich habe die Matten auf den Boden gelegt«, sagte sie.

Lærke hatte an der Abendschule Meditation und Yoga unterrichtet und ein Programm für Schwangere mit Symphysenlockerung für sie kreiert. Die Meditation und die Atemübungen würden ihr auch bei der Geburt helfen, neben den Geburtsvorbereitungen konnte diese Geburt überhaupt nicht schiefgehen, behauptete Lærke. Yoga hatte Sara vorher noch nicht probiert, aber sie merkte, dass das etwas war, womit sie weitermachen würde, auch wenn das Kind geboren war.

»Wo ist Buddha? Hast du ihn vergessen?«

Sara lachte und erhob sich mühsam von dem Stuhl, schwer und unförmig. »Ach ja, Buddha. Den dürfen wir natürlich nicht vergessen.« Sie holte die Figur, die Lærke ihr für diese Gelegenheit gegeben hatte. Die Meditation fiel ihr schwer. Sie konnte sich nicht darauf einlassen, zu viel spukte ihr im Kopf herum. Da, meinte Lærke, könne Buddha Abhilfe schaffen. Er wurde mitten auf den Fußboden zwischen sie beide gesetzt, und dann richtete sie ihre Gedanken nur auf ihn. Obwohl Sara sich am Anfang hauptsächlich über diese schwere, dickbäuchige Figur lustig gemacht hatte, mit der sie eine gewisse Gemeinsamkeit spürte, hatte sie geholfen.

Buddha war ein gutes Symbol für Ruhe und Stärke; die hatte Lærke auch, aber sie fühlte, dass etwas, das sie nicht kontrollieren konnte, in ihr Leben eingriff.

Der Sinn sei das Einzige, worauf sie sich verlassen konnte, hatte Lærke gesagt, als sie ihr den dicken Buddha gegeben hatte. Das war etwas, das die Buddhisten sagten. Auch wenn irgendjemand vielleicht ihre Identität genommen hätte, würde sie immer ihren Sinn haben, den konnte ihr niemand stehlen. Sie machten die Yogaübungen, die Sara mittlerweile fast auswendig konnte. Anschließend setzten sie sich schweigend in die Meditationshaltung. Aber heute konnte nicht einmal Buddha ihre Gedanken von dem wegbringen, um das sie zu kreisen begonnen hatten. Es war fast ein Jahr her, dass die Tasche in Venedig gestohlen worden war. Irgendjemand hatte ihren Pass mit allen Informationen, auch der wichtigsten – der CPR-Nummer, ihrer Identität. Sie hatte diesen Gedanken vorher überhaupt nicht gedacht. Sie hatte einfach bloß einen neuen Pass bekommen und den alten vergessen. Aber wo war er, wer hatte ihn und wofür wurde er benutzt? Als sie Kasper erzählt hatte, dass in dem Postpaket, das er für sie abgeholt hatte, die Tasche gewesen war, hatte er sich bloß darüber amüsiert, den Kopf geschüttelt und den Dieb jemanden mit Humor genannt, aber wie lustig war das eigentlich? Der Dieb hatte vielleicht nicht nur ihre Tasche und ihren Pass gestohlen, sondern ihre gesamte Identität. Vielleicht war es auch sie – oder er –, der in ihrem Namen einen Kredit aufgenommen, ihre Freunde und Freundinnen von ihr gejagt, ihr einen geköpften Vogel geschickt und ihr zu schweigen geboten hatte. Aber worüber? Schweigen worüber? Sie öffnete die Augen und sah Lærke an, die ihr mit geschlossenen Augen gegenübersaß. Die Freundin, die sie nie im Stich ließ. Es waren nicht gerade wenige Male, dass Sara Lærkes Unterstützung gebraucht hatte. Ihre Ausbildung als Psychotherapeutin gab ihr einige Qualifikationen, die Sara nicht bei anderen kannte, aber aus irgendeinem Grund hatte sie keine Lust, sie zu sehr in diese Sache hier zu involvieren. Auch Kasper nicht. Ihre Mutter erst recht nicht. Niemanden. Dass ihr damals die Tasche gestohlen wurde, war an sich schon ein demütigendes Erlebnis. Nun war ihr vielleicht ihre gesamte Identität gestohlen worden, und was blieb ihr nun? Sie schloss die Augen wieder. Den Sinn hatte sie. Der Sinn war das Einzige, worauf sie sich verlassen konnte.

***

21

Über hundert Personen waren im Umfeld der forensischen Psychiatrie und in dem von Sara Dupont verhört worden: Nachbarn, Freunde, Freundinnen, Familienmitglieder, Kollegen. Nichts hatte sie der Aufklärung, wo Sara sich versteckt halten könnte, nähergebracht. Familie und Freunde in der Region um Randers, wo das Auto gefunden worden war, gab es nicht, und nun saß Roland als der Einzige, der noch nicht nach Hause zur Familie gefahren war, im Büro – abgesehen von dem Reinigungspersonal. Ein Staubsauger fauchte hitzig in einem der benachbarten Büros. Roland hatte gerade eine weitere niederschmetternde Analyse aus der Abteilung Forensische Genetik erhalten. Die blonden Haare konnten niemandem zugeordnet werden: 100% Toyokalon aus China. Roland fluchte leise. Eine Perücke. Hatte Sara Dupont eine blonde Perücke getragen, als sie flüchtete? Hatte sie sich als jemand anders ausgegeben und versucht, die Krankenschwester zum Narren zu halten, die es vielleicht entdeckt und damit ihr junges Leben aufs Spiel gesetzt hatte? Aber wie konnte Sara, unter Einfluss von abstumpfenden Medikamenten, all das schaffen? Er lehnte sich auf dem Stuhl zurück und schloss die Augen, als ob das helfen würde. Die Bilder, die er auf der Netzhaut sah, machten ihn nicht weniger unruhig. Letzte Nacht hatte er wieder Albträume gehabt. Aber nicht die üblichen. Jetzt hatten sie von Olivia gehandelt oder genauer gesagt von ihrem ungeborenen Kind. Olivia hatte ein Foto von ihrem Bauch an Irenes Handy geschickt. Der Bauch war groß, vielleicht wurden es Zwillinge. Kleine, zarte Leben, die vor den Gefahren des Lebens und Bosheiten beschützt werden mussten. Ganze zwei vielleicht. Wie konnte er sie beschützen, wenn sie so viele Kilometer weg war? Würde Giuseppe das können? Was konnte dieser neue Schwiegersohn eigentlich, wenn es wirklich darauf ankam? Er öffnete die Augen, als eine Reinigungskraft die halboffene Tür mit dem Hinterteil aufschob und mit dem lärmenden Staubsauger hereinkam. Sie hatte ihn nicht gesehen und fuhr mit dem Rücken zu ihm mit ihrer Arbeit fort. Erst als er aufstand, um seinen Mantel zu nehmen, drehte sie sich um und sah für einen Augenblick so aus, als ob sie laut schreien wollte. Dann lächelte sie erleichtert, als sie ihn erkannte, und er dachte, dass sie sich wohl entschuldigte, aber er konnte wegen des Lärms die Worte, die aus ihrem Mund kamen, nicht hören. Auf alle Fälle versicherte er ihr, dass er ohnehin auf dem Heimweg war und dass sie seinetwegen nicht ihre Arbeit unterbrechen sollte, wozu sie schon Anstalten machte. Unwillkürlich fiel ihm Anne Larsen ein, die nach der Schließung des Tageblatts als Putzfrau geendet hatte. Er wusste nicht, ob er Erleichterung oder Missmut verspürte, aber dann seufzte er laut, als der Aufzug seine Abwärtsfahrt begann. Sie würde sich wohl irgendwann irgendwie in irgendetwas einmischen. Er war sich sicher, dass er von ihr noch nicht zum letzten Mal gehört hatte.

Irene saß im Wohnzimmer und sah fern. Kein Programm, das sie normalerweise gucken würde. Was Bubber, der beliebte dänische TV-Moderator, über die Welt meinte, hatte sie nie interessiert. Als Roland durch die Scheiben in der Doppelglastür ins Wohnzimmer schaute, sah er, dass sie schlief. Er stand einen Augenblick da und betrachtete sie. Sie war nicht die Irene, die er kannte. Die vielen vergeblichen Kämpfe, um ihre Bewegungsfähigkeit zurückzubekommen, hatten ihre Hoffnung nach und nach gebrochen. Er versuchte sie zu beruhigen, indem er sagte, dass sie zu sehr darauf drängte, dass Dinge ihre Zeit brauchten, dass es erst ein halbes Jahr her war, als es passiert war, dass Rom nicht an einem Tag erbaut wurde ... Aber seine Worte erreichten sie nicht richtig. Nun sah es aus, als ob sie es völlig aufgegeben hatte weiterzukommen, aber vielleicht war es wieder die Familie, die die Situation wenden konnte. Erst war Olivias Hochzeit das Ziel gewesen. Irene wollte am Hochzeitstag ihrer Tochter tanzen können. Das hatte sie nicht geschafft, aber sie war weit dabei gekommen, für dieses Ziel zu kämpfen. Den Rollstuhl lenkte sie mittlerweile so routiniert, dass er manchmal überhaupt nicht darüber nachdachte, dass sie darin saß. Nun konnte ein neues Enkelkind – oder vielleicht zwei – und die Taufe in Italien der nächste Meilenstein werden. Er beschloss, daran zu arbeiten. Irene musste ihren Kampfgeist zurückbekommen. Angolo erhob sich aus seinem Körbchen und kam ihm entgegen. Er hinkte ein bisschen auf dem einen Vorderbein, aber das sah man nur, wenn man es wusste. Es war, als ob der Hund verstünde, dass er nicht bellen und Irene wecken durfte, aber das eifrige Schwanzwedeln zeigte ihm, dass es das war, worauf er am allermeisten Lust hatte. Roland tätschelte ihn am Hals und flüsterte ein paar lobende Worte. Angolo hatte sich schneller als Irene erholt, aber er war auch nur an der Schulter von dem Projektil getroffen worden. Sie trotteten beide wie zwei herrenlose Hunde in die Küche. Roland schenkte sich ein Glas aus der Rotweinflasche von gestern ein. Jetzt, da Irene keinen Alkohol mehr trank, wurde die Flasche nicht an einem Abend leer. Die Krankenschwester hatte ihm den üblichen Zettel hingelegt. Der Tag war gut gelaufen, Angolo war Gassi gewesen, bevor sie nach Hause gegangen war, und Irene sollte nur ihre Tabletten für die Nacht haben, an die sie immer selbst dachte, bevor sie ins Bett gingen. Diese Krankenschwester war ein echter Glücksfall und mehr eine Freundin der Familie geworden, obwohl das kommunalen Angestellten normalerweise nicht erlaubt war. Roland spürte einen Kloß der Dankbarkeit in seinem Hals.

Er war nicht hungrig, aber Angolo sah so aus. Nun saß er auf dem Boden und schaute mit seinen klugen Augen aufmerksam zu ihm hoch, die Ohren ihm zugewandt, um die richtigen Worte zu hören. Roland trank aus dem Glas und sah den Hund neckend an. Der legte den Kopf bittend schief.

»Willst du ein bisschen was zu essen haben?«, flüsterte er. Die Worte entfachten die Aufmerksamkeit in den Augen des Hundes. Roland guckte ihn weiter an und Leanders Worte tauchten plötzlich auf. »Würdest du mich fressen, wenn ich sterben würde?« Angolo wedelte noch eifriger mit dem Schwanz. »Okay, dann sollte ich wenigstens dafür sorgen, dass du nicht allzu hungrig bist.« Er stand auf und füllte ein wenig Trockenfutter in den Hundenapf und setzte sich wieder an den Küchentisch. Er schwang den Wein im Glas herum, als ob er ein guter Jahrgang einer neugeöffneten Flasche wäre und atmen sollte. Er war so weit weg in Gedanken, dass er erst, als sich das Geräusch der Rollstuhlräder näherte, bemerkte, dass Irene aufgewacht war. Früher war es das Klacken ihrer Absätze auf dem Fußboden gewesen, das er gehört hatte. Er drehte sich um und erwiderte ihr müdes Lächeln, versuchte sein eigenes aufmunternd und fröhlich zu machen, obwohl die restlichen Signale seines Körpers nicht folgten.

»Bist du schon lange zu Hause?«, fragte sie schläfrig.

Er griff nach ihrer Hand. »Nein, ich bin gerade eben erst heimgekommen. Hattest du einen guten Tag?«

Sie lächelte ohne Lächeln.

»Hast du Hunger?«

»Nein, ich habe zusammen mit dem Team gegessen. Die Kantine hatte irgendetwas Kaltes gemacht, ich komme also zurecht. Was ist mit dir?«

»Ich habe auch schon gegessen.«

So war es geworden. Ihre gemütlichen Abendessen zusammen waren dahin; jeder aß nur noch für sich. Wann sollten sie reden und sich austauschen?

»Wie lief das Training heute?«

»So lala. Es hat sich nichts mehr getan …«

Er wollte sie gleich wieder daran erinnern, dass Rom nicht an einem Tag erbaut wurde und sie sich darüber freuen sollte, wie weit sie bereits gekommen war, aber er ließ es.

Sie fuhr den Stuhl an den Küchentisch und nahm ihre Tabletten, schaffte das Ganze allein. Auch hierbei konnte er ihr nicht länger helfen.

»Ich glaube ich werde jetzt ins Bett gehen«, teilte sie mit.

Er nickte, leerte das Glas und stand auf. Sie war bereits im Schlafzimmer und hatte die Bluse und den BH ausgezogen. Der Anblick der nackten Brüste verursachte ein Ziehen in seinem Unterleib. Obwohl sie im Rollstuhl saß, hatte sie immer noch diesen sexy Körper, der ihn zu jeder Zeit erregen konnte. Sie zog das Nachthemd an, dass sie in der obersten Schublade fand. Ihr Körper war vom Nabel abwärts gelähmt, aber sie hatte sich eine Technik angeeignet, ohne Hilfe ins Bett zu kommen. Der Rollstuhl konnte erhöht werden, sodass sie auf die Höhe des Bettes kam. Mit beiden Händen umfasste sie zuerst das eine Bein und legte es aufs Bett, dann das andere. Danach hob sie sich mit den Armen aus dem Stuhl und warf den Oberkörper beinahe aufs Bett. Hier legte sie die Beine an ihren Platz und zog die Decke über sich. Der Stuhl stand für den nächsten Morgen bereit, wo sich das Prozedere in umgekehrter Reihenfolge wiederholen würde. Sie *war* weit gekommen. Er bewunderte sie, sie brauchte nur eine Stütze für die Beine. Den Anblick dieser nackten Brüste konnte er nicht vergessen. Es war lange her. Wann würden sie wieder …

Er versorgte Angolo mit Wasser, stellte das Glas in die Spülmaschine, nahm ein Bad und entdeckte, wie gut gelaunt er war. Die Haare auf seiner Brust hatte er in der Eile nicht ganz abgetrocknet, als er ins Schlafzimmer kam. Heute Abend hatte Irene das Licht nicht ausgemacht. Sie las ein Buch, schaute aber zu ihm auf, als er die Decke anhob und sich neben sie legte.

»Sollst du nicht ganz trocken sein, bevor du dich ins Bett legst?«

Er lächelte über ihre Aufmerksamkeit.

»Früher mochtest du mich nass.« Es freute ihn, dass sie lächelte. Er drückte sich dicht an sie. Sie legte das Buch auf den Nachtisch und er befürchtete einen Augenblick lang, sie würde das Licht ausschalten.

»Ihr habt sie also noch nicht gefunden?«

»Nein, offenbar hat sie ein gutes Versteck.« Er wagte, die Decke ein bisschen herunterzuziehen, sodass er durch das Nachthemd wieder ihre Brüste sehen konnte.

»Hat sie wirklich ihr eigenes kleines Kind getötet? Was ist sie für ein Mensch?«

»Ich weiß es nicht, Irene, und ich weiß es ganz sicher nicht, bevor wir sie finden. Falls ich das tue …«

»Sie ist auch nicht ganz normal, oder?«

»Anscheinend nicht.«

»Wie glaubst du, kommen Olivia und Giuseppe damit klar, Eltern zu werden?«, fragte sie als Echo der Gedanken, die lange in seinem Kopf rumort hatten.

»Olivia kommt toll klar. Sie wird eine gute Mutter. Du bist ihr Vorbild. Wie du es auch für Rikke bist. Marianna ist das gesündeste Kind, das ich kenne.«

Irene lächelte im gedämpften Licht der Nachttischlampe.

»Wir waren gute Eltern«, sagte sie mit Stolz in der Stimme. Er fasste sich ein Herz und küsste sie auf den Hals, bildete sich ein, eine Reaktion zu spüren. Er verlagerte die Küsse nach oben, bis sie ihren Mund erreichten und spürte, wie sie sich versteifte.

»Roland … ich würde gerne, aber …«

Der Hass auf den Mann, der Irene das hier angetan hatte, ließ seine Magensäure kochen und brannte ein Loch in den Magen.

»Du bist noch nicht soweit?«

»Ich bin ein Krüppel, Rolando, ich …« Sie schluckte die letzten Worte. »Ich werde nie mehr … mein Unterkörper ist tot … ich spüre nichts.«

Roland fühlte sich ungerecht, da er Lust hatte zu antworten, dass *er* das aber verdammt noch mal tat, und ihre Hand nach unten zu dem Beweis zu führen, aber das brachte er nicht übers Herz. Mit einer schwachen Entschuldigung legte er sich zurück auf sein eigenes Kissen.

»Du musst dich für nichts entschuldigen.« Er spürte, dass sie den Kopf drehte und sein Profil anschaute. »Es liegt an mir …«

Er sagte nichts, da er irgendwo tief in seinem verdorbenen Inneren gewillt war ihr Recht zu geben. War das nicht Liebe, wenn sie sich liebten? Die Liebe machte es zu mehr als bloß Sex. Und sollte das dann heißen, dass die Liebe verschwunden war, als Irene im Unterkörper gelähmt wurde? Er schloss die Augen und die Enttäuschung durchströmte ihn, als er das Licht ausmachte, aber die Erwartung, die einen Teil seines Körpers buchstäblich aufgerichtet hatte, legte sich nicht. Er würde es sich nicht selbst machen können, ohne dass Irene es merkte, und auch das wollte er ihr nicht antun. Er atmete tief ein. Wenn sie schlief, würde er wieder ins Bad schleichen. Seine Augen starrten in die Dunkelheit, während er wartete und ihrem Atem lauschte. Dann wurde ihm plötzlich klar, dass sie weinte; es klang, als ob sie ihr Gesicht ins Kopfkissen presste, damit er es nicht hören sollte. Irgendetwas sagte ihm, dass er so tun solle, als ob er es nicht hörte, aber der Instinkt übernahm. Er zog den zitternden, in die Decke gewickelten Körper dicht an sich und wiegte sie leicht hin und her, wie wenn er Marianne tröstete. Der Kloß im Hals war dabei ihn zu ersticken. Warum zum Teufel tat er sich auch so verdammt selbst leid!

22

Roland hatte zu lange geschlafen und kam zu spät, weil es obendrein in der Nacht Frost gegeben hatte. Nicht viel, aber genug, dass die Scheiben freigekratzt werden mussten. In der warmen Garage stand Irenes Auto gemütlich und er war versucht, es zu nehmen, aber diesen Beschluss in die Tat umzusetzen würde viel zu lange dauern, weil er dann erst die Garage öffnen und sein eigenes Auto umparken müsste, bevor Irenes auf die Straße gefahren werden konnte. Stattdessen entschied er grimmig, dass von nun an sein Mazda in der Garage stehen sollte und ihr winziges Auto draußen in der Kälte.

Das Team saß im Konferenzraum, als er außer Puste ankam. Selbst Dan Vang war aufgekreuzt und Roland mochte den schadenfrohen Blick nicht, den er seinem Chef über die Köpfe der anderen hinweg zuwarf; sie scharten sich anscheinend um ihn und lasen in der Zeitung, die auf dem Tisch lag. Dan war auf dem Titelblatt mit einem großen Foto neben einem kleinen von Hafid Ahmed, das aus dem Polizeiarchiv genommen worden war. Er lag immer noch im Krankenhaus und war sicher nicht annähernd so schön anzusehen wie in der Zeitung.

Roland goss Kaffee ein und ließ sie den Artikel über Dan Vang noch ein wenig bewundern. Die Augen des Beamten hatten einen völlig anderen Ausdruck angenommen. Selbstwert. Er fühlte sich endlich von seinen Kollegen wertgeschätzt, und das wollte Roland ihm nicht nehmen. Daher begann er auch die morgendliche Besprechung damit, Dans Einsatz zu loben. Der Kampfhund war nicht länger eine Bedrohung, und nun ging es darum, den Besitzer ausfindig zu machen, der sich natürlich nicht gemeldet hatte, aber das war die Aufgabe der örtlichen Polizei. Er ging schnell weiter zu dem Mordfall und legte die neuen niederschmetternden Ergebnisse aus der Forensischen Genetik vor.

»Es deutet also alles darauf hin, dass die Patientin während der Flucht eine blonde Perücke getragen hat«, schloss er.

»Woher hat sie die?«, wollte Niels Nyborg wissen.

»Einer der Besucher hatte sie wohl dabei«, meinte Kim Ansager.

»Ja, aber dann hat sie *doch* einen Komplizen. Einen, der ihr zur Flucht verholfen hat«, wandte Mikkel ein und schaute Roland an, wie um zu sehen, ob er mit ihm einer Meinung war.

Roland nickte. »Ich glaube nicht, dass Sara Dupont, in dem Zustand, in dem sie sich befand, allein flüchten konnte …«

»Dann könnte diejenige, die ihr geholfen hat, die Perücke aufgehabt haben.« Dan Vang hatte einen seiner klaren Augenblicke. Vielleicht gibt es ja doch Hoffnung für ihn, dachte Roland.

»Falls das der Fall ist, müssen wir die Sache ganz anders angehen«, pflichtete er ihm bei und rieb sich den Nacken. »Ich hatte gestern Nachmittag ein Treffen mit Inge Thomsen. Sara Duponts Pflichtverteidigerin. Sie möchte den Fall aufgrund unklarer Beweise wieder aufrollen.«

»Unklare Beweise? Was braucht sie denn mehr als den Abdruck des Eherings der Braut im Nacken des Kindes und den Selbstmordversuch?«, sagte Mikkel Jensen beinahe knurrend.

»DNA und eine wichtige Zeugin vielleicht. Die Babysitterin.«

»Hat sie das nicht bezeugt?«, fragte Isabella überrascht, als ob sie plötzlich aufwachte.

»Sie ist aus den Fallakten verschwunden. Überhaupt verschwunden. Sie muss gefunden werden, und das versuchen wir mit allen Mitteln.«

»Weiß Kasper Dupont nicht, wo sie ist?«, fragte Isabella.

»Sie ist kurz nach Saras Selbstmordversuch verreist, er meint nicht, dass sie etwas damit zu tun hat. Würdest du ein bisschen tiefer darin graben, Isabella?«

Sie nickte und notierte etwas auf ihren Block. »Aber finden wir Sara Dupont, indem wir die Babysitterin finden?«, gab sie zu bedenken und sah Roland mit demselben Vorwurf im Blick an, den Kurt Olsen während ihres letzten Gesprächs über den Sara-Dupont-Fall gehabt hatte.

»Vielleicht, vielleicht nicht«, murmelte Roland, da er keine andere Antwort finden konnte. »Mikkel, würdest du versuchen, etwas mehr aus Kasper Dupont herauszubekommen? Er muss doch mehr über diese Babysitterin wissen, als er herausrücken will.«

»Vielleicht hatten sie eine Affäre. Das Kindermädchen und der Herr des Hauses. Wäre nicht das erste Mal«, trug Niels bei.

»Wenn das der Fall ist, sollten wir das wissen.« Roland nickte Mikkel zu und zeigte damit, dass das seine Aufgabe war.

»Sind die Techniker mit dem Auto fertig?«, wollte Isabella wissen.

»Es war weiter nichts zu finden, abgesehen natürlich von Benedikte und Poul Erik Steenbergs Fingerabdrücken.«

»Wir sind also wieder ganz am Anfang?« Mikkel lehnte sich mutlos in seinem Stuhl zurück.

»So sieht's aus. Niemand hat irgendeine Ahnung, wo sich Sara Dupont versteckt hält, oder sie wollen es uns einfach nicht verraten.«

»Es kann nicht sein, dass ihre Freundinnen nichts wissen«, schlussfolgerte Isabella. »Wir Frauen reden viel miteinander …«

Ihre männlichen Kollegen murmelten bestätigend und warfen sich mit schiefem Lächeln Blicke zu. Roland sah Niels fest an und bekam Augenkontakt.

»Nimmst du dir die Freundinnen noch einmal vor? Du kannst den Helden des Tages mitnehmen.«

Sowohl Niels als auch Dan nickten, Dan begeisterter als Niels.

Die Versammlung war nicht von einer positiven Stimmung geprägt.

»Dann bleibt wohl nichts anderes zu tun, als in die Gänge zu kommen«, schloss Roland und stand auf.

Er war gerade vom Mittagessen gekommen und damit fertig, den Artikel über Dan Vangs Heldentat zu lesen, die – wenn man Dan kannte – nach mehr Glück als Verstand klang, als Mikkel in sein Büro kam. Er war in True gewesen zu einem weiteren Besuch bei Kasper Dupont und Roland hoffte inbrünstig, dass bei dem Gespräch etwas herausgekommen war.

»Kasper sagt, er und Sara hätten über nichts Besonderes gesprochen, als er sie an besagtem Abend besucht hatte. Sie wollte ihn eigentlich nicht sehen, deswegen war er nur kurz dort. Er ist echt nicht der Gesprächigste, den ich getroffen habe«, fing Mikkel tonlos an und setzte sich.

»Der Mann drückt sich durch Bilder aus«, erinnerte Roland ihn.

»Ja, das kann man wohl sagen.« Mikkel legte ein Foto vor ihn. Es war eine junge Frau in einem tief ausgeschnittenen gelben Kleid. Der eine Träger war heruntergerutscht und die nackte Schulter war kokett an die eine Wange gehoben, der Blick war nicht misszuverstehen.

»Die Babysitterin?«, riet Roland, und Mikkel nickte.

»Ihr Name ist Christina Toft Hansen. Hässlich ist sie jedenfalls nicht. Sicher nicht älter als in den Zwanzigern. Vielleicht hat Niels mit seiner Theorie recht.«

Roland hob das Bild vom Tisch hoch und studierte es näher.

»Christina?! Dann ist sie also diejenige, die Sara besucht hat! Wusste Kasper nicht, wo sie jetzt wohnt?«

»Nichts, womit er herausrücken wollte, falls er es weiß. Er hat mir bloß dieses Foto gegeben und gesagt, dass sei das einzige, was er von ihr habe. Sie hatte ihn gebeten, es für ihren Freund zu machen – hat er mir weisgemacht. Und dann hat er einfach einen Abzug davon behalten, was.«

»Vielleicht hat er Recht. Es ist nicht ungewöhnlich, dass Fotografen einen Abzug ihrer Arbeit behalten. Besonders nicht, wenn sie so gut sind wie dieses. Was ist mit ihren Eltern?«

»Kasper wusste auch nichts über ihre Eltern. Soweit er verstanden hatte, ist sie adoptiert.« Mikkel stand auf und zog seine Jeans hoch.

Rolands Bauchgefühl sagte ihm, dass diese Babysitterin eine ganze Menge mit der Sache zu tun hatte. Er sah sich das Bild noch mal an und reichte es dann Mikkel.

»Gib das Isabella. Sie *muss* einfach gefunden werden.«

23

Anne wartete ungeduldig, bis sich die beiden Beamten in ihr Auto setzten und wieder fuhren. Es war ein Glück, dass sie früher gekommen waren, sodass sie ihnen nicht in die Arme gelaufen war. Ihr war es am liebsten, wenn Benito nicht entdeckte, dass sie wieder im Rennen war – nicht, bevor es ihr passte.

Sie sahen nicht, dass sie in ihrem Auto saß, ein Stückchen von der von einem Architekten entworfenen Villa entfernt geparkt. Als deren Auto außer Sicht war, stieg sie aus und zog die Jackenärmel weit über die Finger. Sie hatte nicht daran gedacht, Handschuhe mitzunehmen, und den ersten Frost konnte man deutlich in dem Wind vom Meer spüren. Plötzlich war sie froh, nicht so nahe am Wasser zu wohnen. Im Sommer musste das schön sein, aber jetzt …

Freja sah sehr überrascht aus, als sie die Tür öffnete; als ob sie erwartete, dass es die Beamten wären, die vergessen hatten, nach etwas zu fragen und zurückgekommen waren. Anne stellte sich vor und spürte doch im selben Moment, dass Freja mit dem Gedanken gespielt hatte, ihr die Tür vor der Nase zuzuknallen.

»Ich komme nicht, um nach der Flucht Ihrer Freundin zu fragen, sondern um mehr über sie als Person zu hören. Warum gab es Hassgruppen gegen sie auf Facebook?«, beeilte sie sich hinzuzufügen.

Freja zögerte und sah aus, als ob sie dennoch die Tür schließen wollte, öffnete sie aber dann ganz und ließ Anne hereinkommen.

»Okay, aber ich habe nicht so viel Zeit, ich muss in einer Stunde zur Arbeit.«

»Sie unterrichten an einer Musikschule, nicht?«

Freja warf Anne einen Blick zu, als ob sie nicht der Meinung war, dass sie das etwas anginge, trotzdem nickte sie und setzte sich bereitwillig. Anne tat es ihr unaufgefordert gleich. Sie stellte den Rucksack auf das blanke Fischgrät-Parkett neben ein modernes Sofa. Es fiel ihr schwer, in diesem Haus Gemütlichkeit zu entdecken. Es fehlte ein wenig Unordnung durch persönliche Habseligkeiten; erst, als ein Junge mit einem Glas Milch in der Hand und Stöpseln in den Ohren aus der Küche schlenderte, kam ein individueller Zug ins Bild.

»Hi! Du musst Sune sein«, sagte Anne, da sie sich an das Bild von Saras Pinnwand auf Facebook erinnerte. Er sah wie ein Punker aus und dieser überraschte Blick, den er ihr zuwarf – er hatte wegen der lauten Musik, die in seinen Ohren hämmerte, sodass sie die Basstöne hören konnte, sicher nicht gehört, dass wieder Gäste gekommen waren – änderte sich zu Neugierde und kurz darauf glitt ein kameradschaftliches Lächeln über das gepiercte Gesicht. Er schmiss sich in einen Sessel und blätterte in einer Zeitschrift. Sie konnte nicht sehen, was es für eine war. »Hi«, erwiderte er gleichgültig. Sie war akzeptiert. Ihre Frisur hatte auch immer noch einen ein bisschen punkigen Touch, die kurzen, schwarzen Haare standen in der Regel gerade in die Luft, sie half so gut es ging mit ein bisschen Gel nach. Vielleicht hatte er auch die kleinen Narben von ihren eigenen Piercings entdeckt, von damals, als sie eine Autonome in Nørrebro gewesen war, und Anne war sich sicher, dass sie, wenn sie ins Gespräch kämen, mehr miteinander gemeinsam hätten als sie mit seiner Mutter. Sie stellte sich die Meinungsverschiedenheiten vor, die es geben musste. Wie die, die sie selbst mit ihrer Mutter gehabt hatte. Er musste ungefähr in dem Alter sein, in dem sie gewesen war, als sie von Zuhause geflüchtet war.

»Was wollen Sie über Sara wissen?«, fragte Freja ungeduldig und holte Anne aus ihren Erinnerungen.

»Ich habe ein paar Einträge auf Facebook gelesen. Sara wirkte nicht besonders freundlich. Waren Sie Feindinnen?«

»Sara ist sehr unangenehm geworden. Vielleicht hatte das etwas mit ihrer Krankheit zu tun, habe ich rückblickend gedacht. Die Krankheit, die sie dazu gebracht hat, ihren eigenen Sohn zu …« Sie geriet ins Stocken und warf einen schnellen Blick auf Sune, aber der war, wie es aussah, in seine Zeitschrift und Musik vertieft.

»Hatten Sie wegen irgendetwas Streit, sodass sie angefangen hat, so etwas zu schreiben?«

»Überhaupt nicht. Plötzlich hatte sie einige Fotos von mir und Sune hochgeladen und die schrecklichsten Dinge über uns geschrieben. Keine Ahnung, was da mit ihr abging. Sie hat ihr Verhalten vollständig geändert und keiner von uns kannte sie mehr.«

»Haben sie nicht mit ihr darüber geredet?«

»Ich hab's versucht. Aber da war sie nur *Ach, so nett*, und behauptete, sie sei es nicht gewesen, aber da konnte sie sich ja nicht rauslügen. Das Ganze hat ja auch aufgehört, als sie eingewiesen wurde, also natürlich war sie es.«

»Dann sind Sie also Feindinnen geworden?«

»Wie hätten Sie denn reagiert?!« Freja wurde so laut, dass Sune den Kopf drehte und sie anschaute.

»Hat sie nur Sie gemobbt?«

»Ach, was heißt schon gemobbt? Sie hatte es irgendwann auch auf eine andere Freundin, Lærke, abgesehen, aber das war nicht so schlimm und hörte schnell wieder auf. Aber dann war da all das andere … armer Kasper.«

»Meinen Sie, dass sie auf Dating-Seiten und so was war?«

»Ja, genau! Was wollte sie da, wenn sie ihren eigenen wunderbaren Mann hatte? Man kann ja letzten Endes nur raten, wer Williams Vater war.«

Anne spekulierte, ob Freja diejenige gewesen war, die fast die gleichen Worte auf Saras Pinnwand geschrieben hatte.

Freja hatte sich warm geredet und war erregt. »Vielleicht hat sie ihren Sohn getötet, weil Kasper um einen Vaterschaftstest gebeten hat, der eine Scheidung zur Folge gehabt hätte, wer weiß?«

»Hat Kasper darum gebeten?«

»Das wäre doch nur natürlich, wenn er all das herausgefunden hätte, was sie hinter seinem Rücken getrieben hat.«

»Man kann doch auch einen DNA-Test bei einem toten Kind machen, also was wäre der Grund, es zu töten?«

Freja zuckte gleichgültig die Schultern.

»… und Sara war ja schwanger, also kann es wirklich stimmen, dass sie sich mit fremden Männern vergnügt hat?«

»Sie hat William jedenfalls nicht so gut behandelt, wie alle glaubten. Sie hat ihn sogar dazu benutzt, sich selbst auf eine wirklich unheimliche Weise interessant zu machen … ich habe sie angezeigt.«

»Was meinen Sie? Weswegen haben Sie sie angezeigt?«

Freja bewegte sich unruhig und schaute auf die Uhr.

»Na, es stellte sich heraus, dass doch nichts war, sodass die Polizei …« Sie geriet ins Stocken und biss sich auf die Unterlippe. Anne bekam das Gefühl, dass Freja etwas wusste, was sie ihr nicht erzählen wollte. »Weswegen haben Sie sie angezeigt?«, fragte sie erneut, aber Freja schüttelte bloß den Kopf und schwieg, während sie zu Sune schielte, als ob sie fürchtete, er würde etwas hören. Anne gab es auf, weiter zu bohren, diese Anzeige könnte sie selbst ausfindig machen.

»Ihnen ist also nie der Gedanke gekommen, dass Sara die Wahrheit gesagt haben könnte, wenn sie sagte, sie sei es nicht gewesen?«

»Nie! Wie sollte das gehen? Wer sollte denn sonst so persönliche Dinge über uns wissen?«

»Alle Freunde auf Facebook«, schlug Anne vor.

»Das sind doch Freunde. Oder das glaubt man jedenfalls …«, erwiderte Freja bitter, und Anne dachte *Genau!*, sagte es aber nicht laut.

»FB sucks!«, ertönte es wütend aus Sunes Sessel, er hatte also doch mehr gehört, als es aussah.

»Da können Sie sehen, wie viel Sara uns verleidet hat«, sagte Freja hitzig. »Früher konnte Sune nicht ohne Facebook leben. Es ist furchtbar, mit Widerwärtigkeiten von jemanden verfolgt zu werden, den man für einen Freund hält und dem man fast alles anvertraut hat. Gott, wie ich bereue, mich ihr überhaupt anvertraut zu haben. Das hat dazu geführt, dass Sune in der Schule gehänselt und in heftige Schlägereien verwickelt wurde. Diese Bilder, die Sara hochgeladen hat …« Freja stoppte den Redeschwall, als ob sie zu aufgebracht war, um fortzufahren. Plötzlich stand sie auf und schaute wieder auf die Uhr. »Ich muss jetzt ein paar Bücher einpacken, bevor ich fahre, daher habe ich keine Zeit mehr.« Sie sah Sune wütend an. »Musst du nicht Hausaufgaben machen?« Aber jetzt sah es so aus, als ob er nicht mehr zuhörte.

Anne schulterte ihren Rucksack an dem einen Riemen und warf ihm ein aufmunterndes Lächeln zu, dann folgte sie Freja zur Tür, wo sie sich zu ihr umdrehte.

»Sie wissen also nicht, wo sich Sara aufhalten könnte?«

»Nein, und wenn ich ganz ehrlich sein soll, ist mir das auch scheißegal.«

Sie packte Anne plötzlich am Arm und zog sie näher, sodass Sune nicht hören konnte, was sie flüsterte. Beinahe hörte Anne es selbst nicht, obwohl Freja ihr fast ins Ohr atmete. Die Stimme war gedämpft, aber erregt.

»Die Polizei ist irgendwann gekommen, um hier nach Drogen zu suchen. Alles, weil dieses Miststück geschrieben hat, dass Sune ein Junkie sei und Drogen verkaufen würde. Mein Mann war stinksauer und wollte Sune in ein Erziehungsheim stecken. Einige hatten der Polizei diese Lüge erzählt. Wohl auch sie, das würde mich nicht wundern. Vielleicht um sich zu rächen für damals, als ich ...« Sie schwieg wieder und warf einen Blick auf Sune im Wohnzimmer.

»War die Polizei deswegen vorhin hier?«

»Nein, nein, das ist lange her. Die Polizei war bloß hier, um mehr über Sara zu fragen – oder vielmehr über die Babysitterin.«

»Die Babysitterin?«

»Ja, die Polizei sucht offenbar nach ihr. Sie war diejenige, die Sara entlarvt und William tot in seinem Bettchen gefunden hat, aber offenbar ist sie auch verschwunden.«

Anne bedankte sich bei Freja, weil sie bereit gewesen war, mit ihr zu sprechen, und ging zügig zu ihrem Auto. Plötzlich hatte sie es eilig, zurück zu kommen. Mit Lærke musste sie später sprechen.

24

Februar, acht Monate zuvor

Es war so dunkel, dass die Straßenlaternen angingen, obwohl es mitten am Tag war. Sara hasste den Februar. Er war zwar kürzer als all die anderen Monate, aber dafür so dunkel, kalt und trist, dass es nur gerechtfertigt war, dass er kürzer war. Das Einzige, womit sie sich tröstete und worauf sie sich freute, war die Geburt nächsten Monat. Der errechnete Termin war der zwanzigste März, dann würde dieser Albtraum bald ein Ende haben.

»Du bist dran, Sara«, sagte Alberte und reichte ihr den Becher mit den Würfeln. Aus Mangel an besserer Unterhaltung hatte Alberte sie überredet, Monopoly zu spielen, aber sie konnte sich nicht auf das Spiel konzentrieren.

»Können wir nicht etwas anderes machen? Ich habe heute nicht richtig den Kopf dafür.«

»Du denkst an die Geburt, stimmt's?« Ohne verstimmt zu sein, räumte Alberte das Spiel ab und legte es zurück in die Schachtel.

»Ich kann bald nicht länger warten. Wie überlebe ich diesen Monat?«

»Das musst du einfach, wenn du dein Kind haben willst«, antwortete Alberte nüchtern. Sara betrachtete sie mit einem schwachen Lächeln und beneidete sie um ihre Energie.

»Das muss schwer sein, wenn es so kurz davor ist. Wenn ich und Nick mal …«, sie schwieg, und Sara sah in ihrem Gesicht etwas Trauriges.

»Was ist los Alberte? Ist etwas mit Nick?«

Alberte hatte so viel über ihren Freund erzählt, dass es Sara fast so vorkam, als würde sie ihn kennen. Sie hatte ihr Fotos von ihm gezeigt, die sie auf ihrem Smartphone hatte, und einmal hatte er sie abgeholt, war aber draußen in seinem Auto sitzen geblieben.

»Das ist bloß so mega deprimierend. Wir haben uns gestritten«, gab Alberte sofort zu.

»Weswegen?«

Alberte setzte sich wieder ihr gegenüber, die blauen Augen glänzten vor Wut, sie schüttelte den Kopf und warf den Pony aus den Augen. »Ich habe entdeckt, dass ihm eine seiner Ex-Freundinnen bei Facebook *Danke für neulich* auf seine Pinnwand geschrieben hat.«

»Ist das so schlimm?«

»Ja, denn so habe ich ja herausgefunden, dass sie sich noch treffen. Nick hat gesagt, das würden sie nicht.«

»Dürfen sie sich nicht sehen?«

»Bist du verrückt! Natürlich nicht!« Alberte sprang wütend auf und ging mit dem Spiel in die Waschküche, wo es normalerweise in einem Schrank aufbewahrt wurde. Sie war ein nettes Mädchen und Sara mochte sie, aber es war ein bisschen anstrengend, einen Teenager im Haus zu haben. Sie war immer beleidigt, wenn Sara ihr widersprach.

»Was ist denn dabei, wenn er sich immer noch mit einer Ex-Freundin trifft?«, fragte sie, als Alberte zurückkam und anfing, den Küchentisch abzuwischen.

»*Wir* sind doch zusammen, da darf er sich nicht mit anderen treffen. Warum sollte er das?«

»Und wenn sie einfach nur befreundet sind? Es ist wichtig, Freunde zu haben, oder?« Gleichzeitig dachte Sara daran, wie viele ihre eigenen früheren Freunde und Freundinnen in der letzten Zeit verschwunden waren. Nur Lærke kam weiterhin. Sie glaubte ihr, obwohl sie es auch abgekriegt hatte. Sara hatte ihr Facebook-Profil gelöscht, aber am nächsten Tag war es von ihrer Doppelgängerin wieder eröffnet worden. Sie konnte ihr eigenes Leben nicht mehr steuern. Wer sich für sie ausgab, war immer noch nicht geklärt. Kent hatte versucht, die IP-Adresse zu ermitteln, aber das war nicht möglich gewesen. Er war mit einer technischen Erklärung gekommen, von der sie nicht viel verstanden hatte. Die Diebin benutzt IP-Spoofing, was, wie er durch Lærke erklärte, bedeutete, dass die IP-Adresse nicht die richtige war und er deshalb nicht zurückverfolgen konnte, wer die Person dahinter war. Außerdem war ein anonymer Proxy-Server verwendet worden, daher hatte er aufgegeben.

»Doch, natürlich. Ich habe richtig viele Facebook-Freunde.« Alberte lächelte, wurde aber schnell wieder ernst. »Aber ich hab' mit Nick Schluss gemacht, daher …«

In ihrer Hosentasche meldete sich wieder das Smartphone mit dem Signal, dass eine SMS eingegangen war. Es hatte den ganzen

Vormittag in regelmäßigen Abständen vibriert und nun verstand Sara besser, wieso Alberte nicht wie sonst sofort geantwortet, sondern den Klingelton einfach ignoriert hatte; bestimmt war es Nick, der versuchte, Kontakt aufzunehmen.

»Rede mit ihm, Alberte. Ich sehe doch, dass du keine Lust mehr darauf hast.«

»Nein, wenn er andere als mich sieht, dann will ich ihn nicht.« Sie machte einen Schmollmund und hängte den Lappen zum Trocknen auf den Wasserhahn. Kurz darauf klingelte ihr iPhone.

Sara schüttelte still den Kopf und hielt sich mit beiden Händen ihren großen Bauch, als sie vorsichtig aufstand.

»Kasper kommt bald nach Hause, und du hast mir heute so viel geholfen, Alberte, also geh jetzt ans Handy, rede mit Nick und dann darfst du für heute gerne gehen.«

»Okay«, antwortete Alberte bloß, sprang aber auf und setzte sich auf den Küchentisch; es sah aus, als ob sie ihr noch etwas sagen wollte. Es kam sehr zögerlich.

»Ich ... ich habe vergessen dir zu erzählen, dass ich einen Job bekommen habe, also ... also kann ich nicht mehr kommen ...«

Sara setzte sich sofort wieder. Sie hatte sich daran gewöhnt, dass Alberte jeden Tag kam und ihr half und konnte gar nicht sehen, wie sie den letzten Monat – den schlimmsten von allen – ohne ihre Hilfe überstehen sollte.

»Nein, Alberte, das tut mir leid ...«, unterbrach sie und bereute es sofort. »Nein, natürlich nicht, das ist gut für dich, Glückwunsch, aber ... wo? Wann fängst du an?«

»In einer Werbeagentur in der Badstuestraße, wo ich ein bisschen Mädchen für alles bin, aber ich will so gerne eines Tages an genau so einem Ort arbeiten, daher ist das echt nice.«

»Das wird spannend für dich. Vielleicht ist das dein Weg in die Branche.« Sara konnte selbst hören, dass sich die Freude, die sie für das Mädchen in die Stimme zu legen versuchte, nicht durchsetzte.

»Ich fange erst zu Monatsbeginn an, es dauert also noch ein bisschen. Bis dahin«, sie nickte in Richtung von Saras Bauch, »findet ihr eine Neue.«

Sara nickte erleichtert. Nach der Geburt brauchte sie keine Haushaltshilfe mehr, dann würde sie wohl allein zurechtkommen.

»Weiß Kasper das?«

»Nein, ich hab's erst gestern erfahren, dass ich den Job kriege – deswegen habe ich nichts gesagt.« Ihr Smartphone klingelte wieder und dieses Mal nahm sie es aus der Hosentasche und schaute aufs Display.

»Das werde ich machen. Rede du jetzt mit Nick und sieh zu, dass du wegkommst.« Alberte hüpfte vom Tisch und war aus der Tür, bevor Sara es geschafft hatte, wieder vom Stuhl aufzustehen. Sie stritt mit Nick, während sie sich einhändig in ihren Steppmantel kämpfte und Sara schnell zuwinkte, bevor sie aus der Tür war. Sara schaute ihr durchs Küchenfenster nach, froh darüber, nicht Nick zu sein, so wütend wie Alberte aussah. Sie hoffte, sie würden es schaffen. Die Jugendlichen heutzutage hatten ganz andere Probleme als sie damals im gleichen Alter. Facebook trug dazu bei, dass sie sich immer im Auge behielten, was zu Problemen führen konnte, wenn etwas missverstanden wurde. Aber sie musste erkennen, dass sie das junge Mädchen vermissen würde. Das Kind trat plötzlich so heftig, dass sie sich auf dem Küchentisch abstützen musste. Sie lächelte. Nicht nur aufgrund des Unbehagens, einem Nilpferd zu ähneln, und der problematischen Schwangerschaft freute sie sich, wenn die Geburt überstanden war, sondern auch, weil sie es nicht erwarten konnte, ihr eigenes Kind in den Armen zu halten. Sie hatte so viele Kinder anderer gehalten und fand, es gab nichts Phantastischeres. Die Furcht rumorte irgendwo; würde sie das schaffen? War sie eine genauso gute Mutter, wie sie es andere Mütter zu sein lehrte? Nun war *sie* plötzlich diejenige, die eine Menge Fragen hatte. Sie holte den Laptop unter dem Sofa hervor. Kasper hatte nicht entdeckt, dass sie ihn dort versteckte, und Alberte hatte keine Fragen gestellt, wenn sie staubsaugte. Vielleicht kam der Staubsauger gar nicht unters Sofa. Bei dem Gedanken lächelte sie. Glücklicherweise hatte sie nicht die Putzwut ihrer Mutter geerbt, sonst wäre die Haushaltshilfe längst gefeuert.

Es gab eine Homepage, die Sara in letzter Zeit oft besucht hatte. Hier konnten Schwangere einander gute Ratschläge geben, und das war das, was ihr gerade fehlte. Jemand, dem sie sich anvertrauen konnte, der das Gleiche durchgemacht hatte. Sie hatte mit einer Kontakt, die auch Symphysenlockerung hatte, und es half ihr zu hören, dass es andere gab, denen es ebenso ging. Sie gab www.babyboom.dk in das Google-Suchfeld ein und kam auf die Homepage. Hier waren auch Bilder von schwangeren Bäuchen, Ultraschalls von Föten und Videoclips zu sehen, die Mütter von ihren Kindern hochgeladen hatte. Eine hatte sogar ihre gesamte Geburt gefilmt. Dann brauchte sie Facebook gar nicht. Sie ging auf den Link *Diskussionen* und schnappte nach Luft. Vor einer Stunde hatte sie an einer Diskussion über eine Mutter teilgenommen, die eine Tochter mit Kolik hatte und Rat suchte. Ihr stiegen die Tränen in die Augen, als sie ihre Antwort las:

»Versuch's mit einem Kissen über ihrem Kopf, halt es fest, bis das Kind nicht mehr schreit :-)«

Die Reaktion der anderen in der Gruppe war natürlich heftig, aber Sara Dupont antwortete wieder und brachte die Teilnehmerinnen immer weiter aus der Fassung. Eine hatte geschrieben:

»Ich kenne dich von Facebook, du dürftest hier gar nicht teilnehmen! Hoffe echt, dass du selbst keine Mutter bist! Wenn du schwanger bist, treib ab!« Sara klappte schnell ihren Laptop zu, als ob die Worte aus dem Internet für immer verschwänden, wenn der Bildschirm geschlossen war. Die Furcht kroch ihr Rückgrat hoch wie ein Eisklumpen, der langsam schmolz. Vor einer Stunde hatte sie noch mit Alberte Monopoly gespielt. Ihre andere Identität hatte sich wieder aufgedrängt. Wie hatte der Dieb auch *diese* Homepage gefunden? Wurde sie im Netz überwacht? Sie zitterte, als hätte sie Fieber und stützte sich an Wand, Tisch und Stühlen ab, um ein Glas Wasser aus der Küche zu holen. Während sie es trank und aus dem Fenster starrte, wo es mittlerweile total finster geworden war und sie nur ihr eigenes Spiegelbild sah, dachte sie darüber nach, ob sie Kasper davon erzählen sollte und verraten, dass sie sich nicht an sein Verbot, nicht im Internet chatten zu dürfen, gehalten hatte. Ihre naive Offenheit war daran schuld, dass jemand sie missbraucht hatte, behauptete er. Geduldig hatte er ihr erklärt, dass die Polizei in der Sache mit dem falschen Kredit nicht viel tun könne, die Bank aber sicher bloß eine Entschädigung bekäme, wie es auch bei Banküberfällen passierte, wo der Bankräuber den Betrag nicht zurückbezahlen konnte. Sie sollte nicht mehr daran denken, sagte er. Aber wie konnte sie das, wenn eine verrückte Person ihr Leben eingenommen hatte?

***

25

Dan wusste selbst nicht, warum er hierher gefahren war. Er hatte nichts mitgebracht und konnte sehen, dass es lange her war, seit es jemand getan hatte. Der Strauß in der kegelförmigen Vase war vor langer Zeit verwelkt, vielleicht war es bloß der Frost, der schnell dazu geführt hatte. Sicher von einem der Familienmitglieder, die auch nicht mehr zu ihnen nach Hause kamen. Niemand hielt Josh aus und Dan überlegte, wie er selbst es konnte. Er fühlte sich wie die Frauen, bei denen er sich so oft gewundert hatte, warum sie ihre Männer, die sie vergewaltigten und verprügelten, nicht einfach verließen. Weinend und übel zugerichtet standen sie im Polizeipräsidium, die, die den Mut hatten, sich dorthin zu wagen, aber kurz darauf waren sie wieder zurück bei ihrem Mann, um weitere Demütigungen und Gewalt entgegenzunehmen. Was brachte sie dazu, sich damit abzufinden? Das Gleiche, was ihn daran hinderte, Josh zu verlassen. Liebe, Furcht, Untertänigkeit, das Gefühl, es nicht besser zu verdienen. Ein Gemisch dieser Gefühle vielleicht und die Gewissheit, dass sie sich ohnehin nirgendwo vor ihrem Tyrannen verstecken konnten.

Er stand da, die Hände in der Hosentasche, fror und schaute leer auf den grauen Stein. Die Goldbuchstaben mit dem Namen seiner Mutter waren das Einzige, was an diesem tristen Grab ein wenig schimmerte, genau wie auch ihr Leben wenig Glanz gehabt hatte. Sein Vater war ein Stück entfernt beerdigt, mit einem Spatzenpaar aus Kupfer an der Spitze konnte man es über der Hecke gerade erahnen. Solche Figuren waren auf Friedhöfen oft geklaut worden, aber niemand wagte es, *ihn* zu bestehlen, den Offizier, der seine Jungs geprägt hatte, die in seine Fußstapfen getreten waren. Josh war sein Stolz; Dan wurde nur Beamter. Wäre er nun stolz auf ihn gewesen? Er wandte den Blick wieder Mutters Grab zu. Wäre sie es? Langsam ging er zurück Richtung Parkplatz. Er hatte geplant, einen Umweg über einen anderen Pfad zu nehmen, aber jetzt war es zu spät; er hielt bei dem nächsten Grab an, obwohl das Gehirn nicht wollte. Der Grabstein war aus schwarzem Marmor und kleiner als die anderen. Die Buchstaben waren mal weiß und lesbar gewesen, aber er wusste, was dort stand. Konnte den Text auswendig. Er starrte drauf, bis seine Augen tränten. Daniel Vang und ein kleines Kreuz, gefolgt von den Jahreszahlen 1983–1990. Dan hörte wieder die Stimme in seinem Kopf hallen, fröhlich und neckend: »Dannevang! Dannevang!« War das wirklich so lange her? Es fühlte sich an wie gestern. Was lag in dem Sarg unter der Erde? Wie viel hatten sie noch finden können? Er hörte ein merkwürdiges Geräusch und entdeckte, dass er selbst es war, der schluchzte. Der Brustkorb schmerzte bei dem Versuch, nicht zu weinen; dann ging er schnell den Weg Richtung Parkplatz zurück zu seinem Auto, wo ihn niemand sehen und hören konnte.

Er ging direkt in sein Zimmer und legte die Pistole in die Schublade. Heute war es kein Versehen gewesen, dass er sie nicht im Präsidium gelassen hatte. Sie gehörte jetzt zu ihm, sie war der Grund für seine Beliebtheit, er hatte allen gezeigt, was für ein guter Schütze er war. Er schloss die Schublade und zog sich um.

Josh war nicht zu sehen, als er ins Wohnzimmer schaute, aber die Krücken standen wie immer an die Couch gelehnt, also musste er da drinnen sein, auch wenn der Fernseher aus war. Dan rechnete damit, dass er auf dem Sofa eingeschlafen war und atmete erleichtert auf, obwohl er eine Verteidigung vorbereitet hatte, wieso er zwei Stunden später als normalerweise nach Hause kam, er habe Überstunden gemacht. Sie hatten eine wichtige Mordermittlung und eine gefährliche Gefangene, nach der gesucht wurde. Er war unschlüssig, ob er Josh von seiner Heldentat erzählen sollte. Wäre er stolz auf seinen kleinen Bruder? Sicher nicht. Vielleicht im Gegenteil. Josh war doch immer der Held in der Familie gewesen, diesen Status hatte er von ihrem Vater übernommen.

Dan fing so lautlos wie möglich an, Essen zu machen. Als es fertig war, schlich er ins Wohnzimmer, um Josh zu wecken. Er bemerkte, dass die eine Krücke weg war, aber Josh konnte nicht mit nur einer laufen, sie war wohl umgefallen. Langsam ging er zum Sofa. Sein Bruder schlief, er war nicht angezogen, sondern trug immer noch seinen blaugestreiften Morgenmantel. Also war das einer dieser Tage. Der gesunde Arm hing über der Sofakante auf den Boden. Er ging vorsichtig näher. Es war ungewöhnlich, dass Josh noch schlief und auch noch so fest. Kein Muskel in seinem Körper bewegte sich. Seine Sinne schienen immer schärfer als die anderer zu sein. So war das wohl, ein professioneller Soldat zu sein, man konnte seine Aufmerksamkeit nicht herunterschrauben, nicht einmal, während man schlief, ohne Gefahr zu laufen, sein Leben zu verlieren. Vorsichtig beugte sich Dan über ihn und war sich plötzlich unsicher, ob er atmete. War er tot? Hatte die Krankheit in seinem Gehirn ihn endlich geholt? Dass er bei diesem Gedanken nichts fühlte, wunderte ihn. Josh war sein Bruder, aber das einzige Gefühl, dass er empfand, war Erleichterung. Beinahe Freude. Gab es nichts mehr, das ihn erschüttern konnte? Seit Daniel …

Der Schlag kam so hart und unerwartet, dass er rücklings auf den Couchtisch fiel. Er brach in der Mitte unter seinem Gewicht. An der Krücke, die sein Bruder nun erneut hob, um einen weiteren Schlag auf seinen Kopf zu landen, war Blut. Das Blut rann über sein Gesicht und nahm ihm die Sicht. Instinktiv rollte er vom Sofa weg und spürte, wie sich das Glas vom Couchtisch in die Haut seines Rückens bohrte. Er schaffte es nicht weit genug weg. Dieses Mal traf die Krücke sein Schienbein; es knackte wie ein morscher Zweig, der brach. Der Schmerz ließ ihn aufbrüllen.

»Du verfickter Verräter!«, schrie Josh, der sich abgemüht hatte, um auf dem Sofa zu sitzen. Die Krücke war immer noch erhoben, blieb aber in der Luft stehen, als ob Josh überlegte, ob es zu früh sei, ihn totzuschlagen. Dan drehte sich halb auf die Seite in dem Versuch, sich mit dem gesunden Bein aus Joshs Reichweite zu schieben. Bei der Bewegung wurde sein Gesicht auf den Boden gedrückt und, als er nach vorne taumelte, konzentrierte er sich auf etwas, die Augen fixierten, was sich vor ihm auftat. Hafid Ahmads schwarze Augen und sein weißes Lächeln wurden ihm fast ins Auge gepresst. Die Zeitung musste auf dem Glastisch gelegen haben, den er zerschmettert hatte.

»Ja, kleiner Held. Küss deinen Mitverschworenen«, höhnte Josh mit einer böseren Stimme, als Dan sie je zuvor gehört hatte, und traf ihn fest über den Nacken.

»*Der* hätte beinahe deinen Bruder umgebracht, weißt du das? Aber das liegt *dir* ja auch nicht fern, was? Deinen Bruder zu töten!« Josh schlug wieder zu, legte aber nicht alle Kraft rein, dafür zielte er auf das gebrochene Bein. Dan schrie vor Schmerzen. Aber es gab keinen Nachbarn, der es hören konnte. In kilometerweitem Abstand gab es keine Bewohner. Er traute sich nicht etwas zu erwidern, obwohl er wusste, dass Josh Unrecht hatte. Hafid war Marokkaner und nicht Iraker, aber er wusste auch, dass diese Tatsache ihn jetzt nicht würde retten können.

»Wieso hast du den Hund ihn nicht einfach töten lassen wie dieser Satanshund, der er selbst ist, dieser beschissene Moslem. Du hättest *ihn* stattdessen in den Schädel treffen sollen. Es ist seine Schuld, dass ich so geendet bin!« Die Krücke schlug in die Luft, als Josh versuchte, seine Verfassung zu demonstrieren. In der wahnsinnigen Stimme seines Bruders Weinen zu hören, überrumpelte Dan. Sollte er ihm leidtun? Der Schmerz in seinem Körper sagte etwas anderes. Hier ging es nur ums Überleben. Er griff nach einem Aschenbecher aus Granit, der unter den Stuhl, neben dem er lag, gekullert war. Das war der Aschenbecher seines Vaters gewesen, aus einem Land, in dem er stationiert gewesen war, und er war sich unsicher, ob er zu schwer war, um ihn mit seinem übel zugerichteten Arm herausziehen zu können, aber das Adrenalin gab ihm neue Kraft, es erinnerte an das Gefühl, das er im Wald gehabt hatte, als der Hund Hafid angefallen hatte. Josh wusste nicht, wie nah er dran gewesen war, seinen Wunsch erfüllt zu bekommen. Dan war es in Wirklichkeit egal gewesen, wen das Geschoss traf. Josh wäre stolz gewesen, wenn er den Schwarzen getroffen hätte. Vielleicht hatte er auf ihn gezielt, er wusste es nicht mehr. Er hätte ein weiteres Projektil benutzen können. Zweimal schießen. Das zweite hätte getroffen. Er schleuderte den Aschenbecher aufs Sofa und hoffte, dass er auch dieses Mal genau treffen würde. Er hörte einen ekligen Schlag und Josh sank auf dem Sofa zusammen. Dan kroch über den Boden, indem er sich mit den Armen vorzog und mit dem Bein, das nicht gebrochen war, abstieß, bis er die Tür zu seinem Zimmer erreichte; er zog einen Blutstreifen hinter sich her. An der Tür stand er mit Unterstützung des Rahmens auf und hinkte hinein. Erschöpft fiel er auf sein Bett und schnappte nach Luft. Der Körper war wie gelähmt vor Schmerzen, und ab und zu fühlte er, er würde das Bewusstsein verlieren. Er lauschte; im Wohnzimmer war es still. Er musste weg. Krampfhaft schaffte er es, sich auf das Bett zu setzen und versuchte aufzustehen, aber das Bein tat zu weh, und dann lähmte ein Geräusch seinen Körper. Das humpelnde Klacken der Krücken auf dem Boden. Auf einmal stand Josh in der Türöffnung. Sein ganzes Gesicht war voller Blut, das von der Narbe auf seinem Scheitel herunterlief, und der Wahnsinn leuchtete in seinen Augen. Trotzdem war er ein jämmerlicher Anblick, aufgehängt an zwei Mistgabeln aus Aluminium, und Dan überkam ein seltsamer Drang, laut zu lachen, aber es blieb bei dem Drang. Josh machte Anstalten, sich auf ihn zu stürzen, aber Dan war ausnahmsweise mal schneller. Er ließ das gesunde Bein vom Bett aus hervorschnellen und schlug mit einem Schlag die Krücken unter Josh weg, der mit einem schweren, dumpfen Laut, der auf dem Holzfußboden hallte, umfiel. Er focht mit Bein- und Armstumpf in dem Versuch aufzustehen. Jetzt grinste Dan.

»Jetzt bist du mal mit Liegen dran, du großer Peniskopf!« Er entzog sich Joshs Reichweite, als der gesunde Arm nach ihm griff. Josh war so wütend, dass er kein Wort herausbrachte, die Adern traten auf seinem Hals und seinen Schläfen hervor.

»Heb mich hoch, zur Hölle, Dan!«, schrie er endlich, als Dan ungerührt sitzen blieb und bloß zu ihm hinunter starrte. Den Schmerz im Körper spürte er nicht länger, das euphorische Gefühl von Macht wirkte wie Morphium.

»Ich habe heute Mamas Grab besucht«, sagte er, weil er wusste, dass es Josh quälen würde, dass er ihn nicht mitgenommen hatte. Josh antwortete nicht, er schnaubte wie ein wütender Stier.

»Jetzt ist Schluss damit, dass du mein Leben so verdammt entwürdigend machst! Schluss damit, dass ich deine kleine Schlampe bin! Ich bin verflucht noch mal kein Schwuler! Ich habe Mama nicht erzählt, was aus dir geworden ist. Nein, weißt du, was ich ihr erzählt habe? Dass ich ein Held bin. Dass ich auf dem Titelblatt der Zeitungen bin, das warst du nie, nur in einer kleinen Randnotiz auf Seite zwei, als du aus dem Irak als Krüppel und nicht als Held zurückgekehrt bist. Tatsächlich glaube ich, dass Papa mitgehört hat«, fügte er nachdenklich hinzu, um ihn noch mehr zu reizen. Josh zuckte wieder in einem Versuch, vom Boden hochzukommen, gab aber auf und lag ganz still. Die Augen waren blutunterlaufen und auf Dan fixiert, die trockenen, blutigen Lippen bewegten sich, aber es dauerte lange, bis die Worte vor Hass triefend ausgespuckt wurden.

»Hat Daniel auch mitgehört, was?! Glaubst du *er* sieht dich als Helden, du nichtssagender Schlappschwanz! Du Mörder!«, zischte Josh zwischen den Zähnen.

Die Worte trafen Dan wie ein Schlag mit viel größeren Schmerzen als die von der Krücke. Er versuchte aufzustehen, aber starke Schmerzen im Bein, der Brust und die Glassplitter in seinem Rücken hinderten ihn daran.

»Du wirst mich nie los, kleiner Bruder.« Die Worte klangen zuerst fast weich und mitfühlend, dann wurden sie wieder hart und voller verbissenem Hass. »Du hängst an mir für den Rest deines verfluchten Lebens, du kannst nicht ohne mich leben. Du hast ja niemand anders, du bist genauso scheiß pervers wie ich! Schwuchtel!« Jedes Wort, das er ausschnaubte, wurde von blutiger Spucke begleitet.

Dan warf sich schnell vor und erreichte den runden Griff der Schublade, die mit auf den Boden gefallen war, als er nach der Pistole zwischen seiner Unterwäsche gegriffen und sie zu sich gezogen hatte. Weiße Unterhosen und Unterhemden, ordentlich zusammengelegt, ergossen sich über Josh, die Schublade traf sein amputiertes Bein und hinterließ einen blutigen Fleck. Josh biss die Zähne zusammen und wollte gerade wieder aufschreien, als er die Pistolenmündung auf seine Stirn gerichtet sah.

»Das ist das Einzige, wovor du Respekt hast, oder, Bruder Scheißer?«, sagte Dan und die kühle Ruhe in seiner Stimme verblüffte ihn selbst. »Die Waffen! Die machen dich high, stimmt's? Oder ist es, sie abzudrücken und Unschuldige vor dir sterben zu sehen – Frauen, Kinder? Ich weiß genau, was ich damals getan habe. Papa wusste es auch, deswegen ist er wohl gestorben. Aus Scham. Scham über dich, du erbärmlicher Soldat!«

Josh hatte einen flehenden Ausdruck in den Augen bekommen. Der große Bruder flehte ihn an, normalerweise war es umgekehrt. Es ärgerte Dan, dass dieser Blick ausgelöscht werden würde, wenn sein Finger den Abzug betätigte, aber er sah es als Notwehr, da Josh verzweifelt versuchte, die eine Krücke zu ergreifen, und es sah aus, als ob es ihm gelingen würde.

26

Die Stimmen drangen durch den Türspalt zu ihr durch, obwohl Adomas seine Gäste anzischte und sie danach versuchten, gedämpfter zu sprechen. Anne rieb sich schläfrig die Augen. Das Schlafzimmer war dunkel und sie warf ein Glas Wasser um, als sie nach dem Wecker tastete und die Beleuchtung darin anmachte. Es war erst fünf. Ärgerlich drehte sie sich auf die andere Seite und zog die Decke über den Kopf. Und das ausgerechnet an ihrem freien Wochenende ohne Putzjob, an dem sie sich darauf eingestellt hatte, bis Mittag zu schlafen. Es war nicht lange her, dass Adomas aufgestanden war, seine Decke war noch warm. Sie konnte nicht umhin, den Streit zu hören, als die Stimmen wieder lauter wurden, aber es wurde litauisch gesprochen, daher verstand sie nur ein paar Worte, die ein bisschen wie Dänisch klangen. Mit einem Ruck setzte sie sich im Bett auf. Drogen und Polizei. Das waren nur zwei Worte aus einem größeren Zusammenhang, aber das war genug. Sie sprang aus dem Bett und zog einen Morgenmantel an. Vorsichtig öffnete sie die Tür zum Wohnzimmer einen Spalt und sah Adomas und drei andere, die sie noch nie zuvor gesehen hatte, in einem hitzigen Gespräch. Adomas war am wütendsten und vergaß einen Augenblick lang, dass er die anderen gerade ermahnt hatte, leiser zu sein. Einer der drei hatte eine hässliche Narbe auf der Wange, trug eine abgewetzte braune Lederjacke und eine Hip-Hop-Hose; er reichte Adomas eine Tasche. Als dieser sie nicht entgegennahm, drückte er sie mehrmals gegen seinen Bauch, bis er es tat. Adomas versuchte sie zurückzugeben, aber da waren die drei anderen aus der Tür. Er fluchte und warf die Tasche grimmig auf den Boden. Sie schob die Tür auf, Adomas, auf frischer Tat ertappt, schaute sie erschrocken an. Wie konnte er glauben, dass sie bei dem Lärm schlafen konnte? Letzte Nacht war es spät geworden. Sie hatten billigen Rotwein getrunken und sich zum ersten Mal, seit er zurückgekommen war, geliebt, und sie hatte die Liebkosungen seiner weichen Hände genossen. Er war so anders als

Esben, der seine Liebe – oder was auch immer es war – mit Härte zeigte. Peitsche, Schläge und Handschellen.

»Was ist in der Tasche, Adomas?«

Er kickte sie unter einen Sessel, als sie nach ihr griff.

»Ich habe das Wort Drogen gehört. Das ist doch wohl zum Teufel nicht das, was in der Tasche ist? Worin bist du verwickelt, Adomas?« Sie zwang die Stimme in eine ruhige Lage, sodass es nicht klang, als ob sie wieder schimpfte, denn dann würde er bloß weggehen und mit der Tür knallen.

Adomas setzte sich an den Couchtisch, stützte die Ellbogen auf die Knie und griff sich an den Kopf, als hätte er heftige Kopfschmerzen. Sie setzte sich neben ihn, und wie ein Déjà-vu dachte sie an das erste Mal, als sie sich getroffen hatten. Sie legte die Hand auf seinen Rücken und schaute in sein blasses Gesicht, das nur durch die Sommersprossen, die hie und da verteilt waren, hauptsächlich um die Nase herum, Farbe bekam.

»Rede mit mir, Adomas.«

Seine Augen hatten einen merkwürdigen Ausdruck, als er sie endlich ansah. »Ich muss das tun, sonst …« Er schaute auf seine Hände.

»Sonst was? Was musst du tun?«

»Denen helfen.«

»Mit ihren Drogen?«

Er nickte und der Adamsapfel bewegte sich, als er schluckte.

»Sonst was, Adomas?«

»Sonst … töten sie sie …«

»Wen?« Sie nahm sofort die Hand von seinem Rücken weg, eine Ahnung brachte sie dazu. Eine Ahnung, die sie wohl die ganze Zeit gehabt hatte.

Er antwortete nicht, zog stattdessen sein Portemonnaie aus der hinteren Hosentasche, öffnete es und holte ein Foto heraus. Er zeigte es ihr nicht, sondern legte es auf den Tisch. Sie musste es sich gar nicht näher ansehen. Es war ein junge Frau mit zwei Kindern von ungefähr zwei und vier Jahren. Das kleinere saß auf dem Schoß der Frau. Sie hatten beide Sommersprossen und helle Haut. Der Umgebung nach zu urteilen war es in einem litauischen Wohnzimmer aufgenommen worden.

»Wer ist das?«, fragte sie schwach. Ihr Mund war vollkommen ausgetrocknet.

»Deine Familie, Anne.«

»*Meine* Familie! Du meinst wohl verdammt noch mal *deine* Familie. Sind das deine Frau und deine Kinder?«

Er nickte und sie spürte, wie sich alles in ihr zusammenzog. Ihr wurde übel.

»Aber es ist auch deine, Anne. Ich bin doch dein Cousin.«

»Dann ist das verdammt noch mal weit hergeholt!« Sie stand auf, in den Beinen war fast keine Kraft mehr. »Ich finde, du solltest deine Tasche nehmen und jetzt gehen, Adomas! Wieso zur Hölle haust du nicht einfach ab nach Hause zu deiner Familie?«

»Das kann ich nicht. Die beobachten sie. Komme ich ohne Geld nach Hause, töten sie auch mich. Die sind gefährliche Psychopathen, die meinen echt, was sie sagen.«

»Und *die*, ist das die Mafia? Sitzen die dir im Nacken?« Sie hatte ihn gewarnt, als er im Rahmen einer wahnwitzigen Vereinbarung mit der Polizei gegen die Zigarettenschmuggler ausgesagt hatte. Dafür hatten sie ihn gehen lassen, als er der Mittäterschaft bei dem Raubüberfall verdächtigt wurde. Mit seiner Hilfe hatten sie die Hintermänner dingfest gemacht. So etwas blieb nicht ungestraft. Er griff sich wieder an den Kopf und antwortete nicht.

»Zur Hölle, du hast sie also zu mir geführt. Du hast mich mit reingezogen! Was zum Teufel bildest du dir ein!«

Anne zog die Tasche unter dem Sessel hervor und warf sie ihm an den Kopf. Es überraschte sie, wie schwer sie war. Adomas schaffte es gerade noch, sie in der Luft abzufangen, bevor sie seinen Kopf traf.

»Wieso bist du zurückgekommen? Um deine Drogen hier bei mir zu verstecken?« Ihre Stimme brach.

»Du verstehst das nicht. Du weiß nicht, was da vor sich geht, Anne …«

»Nein, aber dann erklär's mir!«

Adomas schaute sie nicht an.

»Nein, lass es! Ich will es gar nicht hören. Jetzt nehme ich ein Bad, und wenn ich wieder aus dem Badezimmer komme, bist du weg! Hast du das verstanden!«

Das war keine unzumutbare Forderung, weil Adomas nicht mal richtig ausgepackt hatte, er benutzte seinen Koffer als Garderobenschrank. Die ganze Zeit bereit, so schnell wie möglich zu fliehen.

»Aber ich liebe dich doch, Anne!«, rief er ihr nach.

Sie machte auf dem Absatz kehrt und sah ihn durch den Türrahmen scharf an.

»Natürlich, mein Lieber. Wir sind doch Cousin und Cousine«, sagte sie zuckersüß. »Übrigens halte ich nichts von Polygamie. Also hau ab!« Er wollte noch etwas sagen, aber sie beeilte sich ins Badezimmer zu kommen, sodass sie ihn nicht hören konnte, knallte die Tür fest zu und drehte den Schlüssel um. Ihre Augen waren feucht, als sie in den Spiegel schaute. Als sie sich näher betrachtete, sah sie, dass ihr Gesicht einen harten Ausdruck angenommen hatte. Sie *wollte* nicht weinen. Lange stand sie da, die Ellbogen auf das Waschbecken gestützt und den Kopf hängend. Das Blut sollte zurück ins Gehirn. Dann machte sie sich für ein langes Bad bereit, so lang, dass Adomas weg sein würde, wenn sie fertig wäre.

Das Wohnzimmer war leer, als sie sich nach einer Dreiviertelstunde aus dem Bad wagte. Sie hatte mit beiden Händen gegen die Fliesen in der Dusche gelehnt dagestanden und das brühheiße Wasser auf ihren Rücken treffen lassen, sodass es auf der Haut brannte und so weh tat wie verdient. Verdient, weil sie so dumm gewesen war, ihm zu glauben. Der Dampf stieg wie Nebel aus der Tür, als er auf die kühlere Luft im Schlafzimmer traf. Sie zog einen Bademantel an, frottierte ihre Haare, wickelte das Handtuch darum und zündete sich eine Zigarette an. Sie setzte sich aufs Sofa und inhalierte tief. Adomas hatte zum Glück sein Foto mitgenommen. Natürlich hatte er das. Seine Familie. Warum zur Hölle hatte ihre Mutter ihr das nicht erzählt? Selbstverständlich kannte sie nicht die intime Beziehung ihrer Tochter zu ihrem Cousin, aber dennoch hätte sie es sagen müssen, dann wäre es nicht so weit gekommen. Dann hätte sie sich nicht in ihn verliebt. Oder doch? Beunruhigt zog sie das Handtuch vom Kopf und wuschelte sich durch die feuchten Haare. Es war sieben Uhr und sie dachte darüber nach, ob es zu früh wäre, Lærke Bendixen einen Besuch abzustatten, an einem Samstagmorgen war sie wohl zu Hause. Ein spöttisches Lächeln kräuselte ihre Lippen, während sie am Boden des Aschenbechers die Asche abstreifte und es durchzuckte sie der Gedanke, dass eine Psychotherapeutin vielleicht genau das war, was sie brauchte. Aber das Lächeln verschwand jäh, als sie die Tasche entdeckte, die wieder unter den Sessel geschoben war. »Zur Hölle! Du Schwein!«, rief sie aus. Sie legte die Zigarette weg auf den Rand des Aschenbechers und ging zu dem Sessel. Als ob die Tasche eine Schar der giftigsten Spinnen der Welt enthielte, zog sie sie heraus und musste einen weiteren Zug von der Zigarette nehmen, während sie auf die Tasche starrte, bis sie den Mut hatte, sie zu öffnen. Sie war mit durchsichtigen Tüten mit Pillen in verschiedenen Farben gefüllt. In Nørrebro hatten sie Hasch konsumiert, aber das war Tabak, den sie in weißes Papier gerollt und wie Zigaretten geraucht hatten; das hier war etwas ganz anderes. Sie hatte keine Ahnung, was das war. Es könnten Vitaminpillen sein, aber sie war sich ziemlich sicher, dass es das nicht war. Amphetamin vielleicht. Methamphetamin? In der Tasche mussten ungefähr fünf bis sechs Kilo sein. Bei dem Gedanken, mit wie viel Geld in den Händen sie dasaß, trat ihr der Schweiß auf die Stirn. Genug Geld, dass man dafür töten würde. Sogar eine gesamte Familie mit zwei Kindern. Adomas hatte also die Aufgabe, die Pillen in Dänemark zu verkaufen und das Geld an die Drogenhintermänner in Litauen zu liefern. Er war ein Dealer. Sie hatte mit einem fucking gemeinen Dealer zusammengelebt. Sie machte die Tasche wieder zu, stand verwirrt auf und schwankte, als ob ihr Blutdruck plötzlich drastisch fiele. Was zum Teufel hatte Adomas sich gedacht? Wollte er wegen der Tasche zurückkommen? War es das, was er vorhatte? Zögernd schob sie sie wieder mit dem Fuß unter den Sessel und zog sich schnell an, bevor sie frühstückte. Aber der Blick wanderte immer wieder zu dem Sessel, obwohl sie die Tasche darunter nicht sehen konnte. Als sie die dritte Tasse Kaffee geleert hatte und es halb neun geworden war, beschloss sie, sich wie sie es geplant hatte zu verhalten. Lærke Bendixen wusste irgendetwas über diese Babysitterin, die nun auch gesucht wurde, da war sie sich sicher. Und weswegen hatte Freja ihre Freundin bei der Polizei angezeigt? Sie zog den Mantel an, ohne ihn zuzuknöpfen, und warf einen letzten Blick auf den Sessel, bevor sie die Tür schloss, um sie kurz darauf wieder zu öffnen. Sie zog die schwere Tasche zu sich und lief die Treppe hinunter, während sie den Griff so fest umklammerte, dass ihre Knöchel weiß wurden. Nun schoss das Blut durch ihren Körper, sie keuchte angespannt und schaute sich im Hinterhof um, bevor sie die Tasche in den Fußraum des Autos vor den Rücksitz schmiss und sich ans Steuer setzte. Der Motor stotterte ein paar Mal, bevor er startete. Die Reifen quietschten, als sie rückwärts auf die Straße fuhr.

Lærke und ihre Familie wohnten etwas weniger stilecht als Saras andere Freundin Freja. Da war Leben im Haus. Kinder spielten und lachten laut in einem Zimmer, das an die Küche grenzte. Lærkes Mann räumte gerade nach dem Frühstück auf, nur mit einem weißen Morgenmantel bekleidet. Lærke hatte ein bisschen damit gezögert, an einem Samstagmorgen eine Journalistin hereinzulassen, aber als Anne erwähnte, dass sie bei ihrem Vortrag über DID im Kongresscenter gewesen sei, öffnete sie die Tür ganz und ließ sie hereinkommen. Sie trug Laufsachen und der Schweiß auf der Stirn, rote Wangen und eine beschleunigte Atmung deuteten darauf hin, dass sie gerade zurückgekommen war. Anne fiel sofort die Joggerin ein, die von dem Hund im Fløjstrupper Wald getötet worden war, und das drückte abscheulich in ihrer Brust. Sie hätte vielleicht diesen Mord verhindern können, wenn sie nicht einen Wurf Welpen davor beschützt hätte, ihr Leben zu verlieren.

»Womit kann ich Ihnen behilflich sein?«, unterbrach Lærke ihr schlechtes Gewissen und nahm einen Schluck Wasser aus einer Plastikflasche, die sie wohl beim Joggen dabeigehabt hatte.

»Es geht um Ihre Freundin, Sara Dupont.«

Lærke bekam eine tiefe Falte auf der Stirn und stellte die Flasche auf den Tisch. Sie verschränkte die Arme vor der Brust und schaute Anne feindlich an. »Wie ich auch der Polizei bereits gesagt habe, ich weiß nichts über Saras Flucht.«

Ihr Mann rumorte in der Küche, es klang fast, als ob ihm Porzellan heruntergefallen wäre, aber Lærke wandte den Blick nicht von Annes Gesicht ab.

»Das ist auch nicht das, woran ich denke. Wissen Sie etwas über die Babysitterin, die sich um William gekümmert hat?«

Lærkes Gesicht entspannte sich wieder. Sie setzte sich auf einen Stuhl. »Nicht viel. Ich habe sie nur ein einziges Mal getroffen. Sie ist nur gekommen, wenn Bedarf war. Sara mochte es nicht, dass andere auf William aufpassten. Das war beinahe krankhaft. Aber es tat ihr sehr leid, als Alberte ging.«

»Alberte? Ist das die Babysitterin?« Anne setzte sich ebenfalls.

»Nein, sie war die Haushaltshilfe, als Sara Symphysenlockerung hatte und nicht besonders viel tun durfte, außer zu liegen. Sie war ein junges Mädchen, das Kasper beim DR geholfen hatte. Aber sie hat einen Job bei einer Werbeagentur bekommen und ist gegangen. Sara meinte, dass sie nach der Geburt keine Hilfe brauchen würde, aber Kasper war anderer Meinung. Sie sollten doch auch die Möglichkeit haben, ein bisschen rauszukommen. Wie Kasper die Babysitterin gefunden hat, weiß ich eigentlich nicht …« Lærke lehnte sich auf dem Stuhl zurück und streckte die Beine, es sah aus, als ob sie zurückdächte. Die Beine wirkten in der stramm sitzenden schwarzen Laufhose lang und dünn.

Die Haare waren mit einem Haargummi zu einem krausen Pferdeschwanz gebunden.

»Sara war eine überbehütende Mutter und hielt das arme Kind fast in seinem Gitterbettchen eingesperrt, damit sie es rund um die Uhr im Auge behalten konnte. Zuletzt war sie zum Umfallen erschöpft. Es war gut, dass ab und zu die Babysitterin kam. Sie hat so nett gewirkt, als ich sie getroffen habe. Lächelnd und freundlich.«

»Wie sah sie aus?«

»Sie war brünett. Tatsächlich hübsch. Aber wieso fragen Sie?«

»Ich habe gehört, dass die Polizei nach ihr sucht. Sie war doch eine wichtige Zeugin und ist vor dem Prozess verschwunden.«

»Ja, das stimmt. Sie hat nicht ausgesagt«, pflichtete Lærke ihr nachdenklich bei, als ob sie dem vorher keine Beachtung geschenkt hätte. »Aber ich bin davon ausgegangen, sie hätte ihre Erklärung wohl einfach bei der Polizei abgegeben.«

»Sie wissen nicht, wie sie heißt und wo sie wohnt?«

»Nein, aber Kasper weiß es bestimmt.«

»Sicher, aber er will nicht mit mir sprechen.«

Lærke lächelte leicht. »Das überrascht mich nicht. Er hat bestimmt genug von Journalisten, damals …«

»Wollt ihr einen Kaffee?« Lærkes Mann steckte plötzlich den Kopf durch die Türöffnung zur Küche. Er hatte sich umgezogen und trug ein eng anliegendes blaues T-Shirt und Jeans. Auch er sah aus, als wäre er sportlich aktiv, sein Brustkorb deutete auf Krafttraining hin.

»Das wäre schön. Danke, Kent«, antwortete Lærke und sah Anne an, die nickte. Sie konnte auch etwas Belebendes gebrauchen, obwohl sie heute Morgen schon genug Kaffee getrunken hatte.

»Warum war Kasper der Meinung, dass Sara mit dem Kind Hilfe bräuchte? Sie war doch Kinderpflegerin, meine ich.«

»Ja, das war auch nicht deswegen. Sara war ein bisschen … ich weiß nicht genau, wie ich das ausdrücken soll … sie war aus dem Gleichgewicht, nicht sie selbst.«

Mit einem Lächeln nahm Anne den Becher mit Kaffee entgegen, den Kent ihr reichte. Lærkes stellte er auf den Tisch neben sie. Sie gaben sich einen schnellen Kuss. Anne spürte die Sehnsucht. Jetzt war sie wieder allein.

»Was meinen Sie mit ›aus dem Gleichgewicht‹? War sie bereits damals dabei, krank zu werden?«

»Was heißt schon krank? Ich weiß nicht, wie krank Sara eigentlich ist …«

»Was meinen Sie damit?« Anne nippte an dem Becher, der Kaffee war sehr heiß und stark. Kent hatte sich auf einen Stuhl ein Stückchen hinter ihnen gesetzt, seinen Becher in den gefalteten Händen.

»Wohl eher in den Wahnsinn getrieben«, beendete er Lærkes Satz. Lærke warf ihm einen schnellen Blick zu, wie um ihn zu bitten, still zu sein, aber Kent fuhr fort. »Wenn man seine Identität gestohlen bekommt, ist es wohl okay zu sagen, dass für einen die ganze Welt zusammenbricht.«

Anne schaute Lærke überrascht an, die nickte, um die Worte ihres Mannes zu bestätigen.

»Kent hat versucht herauszufinden, wer es war. Er ist IT-Supporter, aber der Dieb hatte natürlich alles getan, um seine Spuren zu verwischen.«

»Für mich deutete es darauf hin, dass ein oder mehrere Profis dahintersteckten. Die Art, wie sie ihre Identität verborgen haben, ist nichts, was Amateure mal eben so hinbekommen. Da der Dieb alle persönlichen Informationen von Sara hatte, gab es Zugang zu allem, was sie im Internet gemacht hat, auch zu ihrem Gmail-Account mit weiteren Informationen über sie und privaten Fotos, bereit zum Abholen und Missbrauchen.«

»Das lief also im Internet ab?«, fragte Anne. Die unangenehmen Einträge auf Facebook waren demnach nicht von der richtigen Sara Dupont geschrieben worden.

»Ja, auf Facebook, Dating-Seiten und in all den Foren, in denen sich Sara eingemischt hat … der Identitätsdieb hat alles gesteuert«, antwortete Lærke.

»Und das war nicht gerade wenig«, fügte Kent hinzu. »Sara ist das, was man einen Internet-Junkie nennen könnte. Sie kann nicht ohne ihr Netzwerk leben.«

»Ich glaube, Sara hat ein großes Bedürfnis, die ganze Zeit bestätigt zu werden. Aufmerksamkeit zu bekommen. Sie stellt im Prinzip alles auf Facebook und wartet dann auf die Kommentare der Freunde, natürlich am liebsten auf Beifall. Sie ist furchtbar verletzt, wenn jemand sie ignoriert. Ich schätzte das als ein Resultat von Versäumnissen in der Kindheit ein. Ihre Eltern haben immer für die Tierklinik und die Tiere gelebt. Sara kam an zweiter Stelle. Sie hielt viel von ihrem Vater und tat alles, um ihn zu beeindrucken, aber er hat ihr nie das große Interesse gezeigt; ein Kanarienvogel war spannender«, sagte Lærke, als ob sie mit sich selbst spräche und die Dinge erst jetzt einen Sinn zu ergeben schienen.

»Aber das war nicht nur im Internet. Sie hat scheußliche Geschenke geschickt bekommen, unter anderem die *Nichts sagen*-Figur von den drei Affen, zusammen mit einem geköpften Vogel. Sara leidet an Ornithophobie – panischer Angst vor Vögeln – deswegen war das ein sehr gemeiner Scherz. Es wurde ein Kredit in ihrem Namen aufgenommen, und sie hat unangenehme Anrufe bekommen. Zum Beispiel, dass ihre Mutter in einen Verkehrsunfall verwickelt gewesen sei und sterbend auf der Intensivstation läge. Ihre Unbeliebtheit im Netz führte dazu, dass mehrere Hassseiten entstanden. Keiner glaubte ihr, wenn sie sagte, dass sie diese Dinge nicht geschrieben und die Grausamkeiten nicht begangen hätte, die der Identitätsdieb leistete.«

»Auch Freja nicht?«

Lærke schaute lange in ihren Becher, bevor sie wieder daraus trank. »Freja erst recht nicht. Sie glaubt immer noch nicht, dass Sara ihre Identität gestohlen wurde. Einmal war sie kurz davor, aber dann … Alles, was passiert ist, zeigt das Gegenteil, sagt sie. Es war ein wahrer Albtraum für Sara, aber es ist schwer, jemandem zu helfen, der nicht um Hilfe bittet.«

»Wissen Sie, weswegen Freja Sara angezeigt hat?«

Lærke sah sie an, wandte aber den Blick schnell wieder ab.

»Nein, darüber habe ich nichts gehört.« Die Antwort kam zögernd und klang nicht wie die Wahrheit, sondern eher wie die selbstverständliche Loyalität einer Freundin.

»Und das war die gleiche Person, die ihr Dinge geschickt, sie schikaniert, den Kredit aufgenommen und Einträge in ihrem Namen gepostet hat?«

»Das weiß ich natürlich nicht«, gab Lærke zu.

»Ich glaube, das waren mehrere«, meinte Kent und leerte den Becher in einem Zug. Im selben Moment brach im Kinderzimmer die Hölle los; ein Kind weinte lautstark und rief nach seiner Mutter. Als Lærke aufstehen wollte, hielt Kent die Handflächen vor ihr hoch und verschwand selbst im Kinderzimmer. Kurz darauf kehrte wieder Ruhe ein.

»Es war irgendwas damit, dass ein Mädchen im Kanal bei dem Hotel ertrunken ist, in dem Sara und Kasper bei einer Reise nach Venedig gewohnt haben.«

Lærke nickte. »Ja, von diesem Zwischenfall war Sara sehr besessen. Meines Wissens hat sie das tote Mädchen gesehen, aber das war nichts, worüber die beiden viel geredet hätten. Weder Sara noch Kasper … da war irgendetwas mit einer Maske, erinnere ich mich. Es war, soviel ich weiß, das Mädchen, das später ertrunken ist, das Sara ihre Maske verehrt hat. Sara hat versucht die Freundin zu finden, mit der das Mädchen auf der Reise zusammen unterwegs war. Keiner hat auf Facebook geantwortet.«

»Sara hat also Facebook genutzt, um das Mädchen zu suchen?«

Lærke nickte. »Ja, natürlich. Sie hat ein Foto von der Maske hochgeladen und gehofft, dass das andere Mädchen sie kontaktieren würde, wenn sie sie wiedererkannte, aber das hat sie nie getan.«

Anne leerte ihren Becher ebenfalls, der Kaffee war kalt geworden. Vielleicht hat sie es doch getan, dachte sie.

27

Roland Benito fühlte sich ein kleines bisschen betrunken, als er ans Handy ging. Die TV2 News flimmerten über den Bildschirm, aber sein Blick war auf das Fenster und den Garten gerichtet, wo er sich in einer anderen Stellung als halb liegend befinden sollte. Er griff nach der Fernbedienung und stellte den Ton leiser. Als Kurt Olsens Stimme an seinem Ohr ertönte, schaltete er den Fernseher ganz aus. Es lief ohnehin nichts Gescheites und vielleicht sollte er sich zu dieser Gartenarbeit aufraffen. Irene hatte sich direkt nach dem Frühstück zu einem Mittagsschlaf hingelegt, und er hatte sich zwei ganze Gläser des guten Whiskys genehmigt.

»Wir haben einen weiteren Mord«, sagte der Vizepolizeidirektor ohne größere Umschweife. »Guckst du dir das an?«

Roland hörte Lärm im Hintergrund. Siebzigerjahre-Musik und Lachen. Sicher Eves Geburtstag, der das ganze Wochenende gefeiert wurde, soweit er es gestern dem Gerede in der Kantine entnommen hatte. Aber er interessierte sich nicht besonders für das Privatleben anderer, das ging ihn nichts an, wie seines sie nichts anging; überhaupt war es nicht leicht, darauf umzuschalten, Roland zu sein, wenn er nun hier in der heimischen Umgebung mit Rolando als Identität saß.

»Es ist nicht weit weg von dir. Die Techniker und Leander sind draußen, also findest du es sicher leicht. Ich bin echt nicht imstande, selbst zu fahren.«

Roland überlegte, ob er es war. Eve rief mitten in dem Lärm der fröhlichen und, wie es sich anhörte, ziemlich betrunkenen Gäste nach Kurt.

»Du meldest dich, wenn was passiert, oder, Roland?«

»In Maarslet! Gibt es überhaupt keine Details, die ich wissen sollte?«

»Du kannst die bekommen, die ich habe, was nicht besonders viele sind. Es ist ein Krüppel, der in den Kopf geschossen wurde.«

Das war nicht gerade die Art, wie Roland seinen Samstag zu verbringen gedacht hatte. Was hatte er eigentlich erwartet? Einen Spaziergang mit Irene durch den Herbstwald? Gartenarbeit?

Vor dem kleinen verfallenen Haus, das schon bessere Tage gesehen hatte, zog er die Handbremse an. Ein Beamter grüßte und half ihm unter dem Absperrband durch.

»Weißt du, wer hier wohnt?«, fragte er den Beamten, während er den weißen Schutzanzug überstreifte und Tüten über die Schuhe zog.

Der schüttelte den Kopf.

Roland schaute nach einem Türschild, als er hineinging, aber es gab keines. Er passierte erst die Tür zu einer Küche. Auf dem Herd standen ein schmutziger Topf und eine Pfanne und auf dem Küchentisch zwei Teller mit Kartoffeln, brauner Soße und Steaks, wie es aussah. Irgendjemand hatte es nicht geschafft, etwas zu essen zu bekommen. Er ging weiter zu dem nächsten Raum und sah Henry Leander neben einem Bett mit einer tristen, abgenutzten Bettdecke stehen. Er sah älter aus als sonst. Die Arbeit hatte er seiner Assistentin überlassen, sie saß in der Hocke neben einer Leiche, einem ziemlich großen Mann von ungefähr zwei Metern, und sprach über den Zustand der Leiche in ihr Diktiergerät, das sie in einer Hand hielt. Plötzlich klang es nicht so makaber, wenn es von einer weichen Frauenstimme gesagt wurde: »Mann von ungefähr vierzig Jahren, das Os frontale wurde von einem Projektil getroffen, neun Millimeter würde ich schätzen, alte Narbe mitten auf dem Scheitel, rechter Arm und rechtes Bein amputiert, professionell vorgenommen, dem Heilungsprozess nach zu urteilen vor mehreren Jahren. Die eine Krücke des Opfers liegt bei der Tür, die andere umklammert er. Es sieht aus, als ob er gestürzt ist.« Natalie schaute zu Leander hoch wie jemand, der sich vergewissern will, ob er eine Prüfung bestanden hat.

»Sehr gut! Todesursache und Todeszeitpunkt?«

Roland wollte nicht stören und hielt sich schön im Hintergrund. Er schaute sich in dem Zimmer um. Es war sparsam mit ein paar alten Möbeln ausgestattet. Es gab einen Stuhl, eine Kommode, einen Schreibtisch und einen Kleiderschrank. Unterwäsche war über die Leiche verteilt, eine Schublade war herausgezogen und lag auf dem Boden. Der Ermordete war nur mit einem Morgenmantel bekleidet. Roland kam schnell der Gedanke an einen sexuellen Übergriff. Ein Übergriff auf einen Gehandikapten. Es wäre nicht das erste Mal.

»Wir müssen vermuten, dass die Todesursache ein Projektil ist, das direkt durch das Enzephalon gegangen ist.« Vorsichtig drehte sie den glattrasierten Kopf des Opfers und guckte auf den Nacken. »Das Austrittsloch ist direkt unter dem Pons, was bedeutet, dass bestimmt der Nervus oculomotorius gekappt ist, aber das sehen wir, wenn wir ihn geöffnet haben. Das Gleiche gilt für den Todeszeitpunkt.« Sie drehte den Kopf des Toten zurück. Die weißen Latexhandschuhe waren von dem Blut hellrot. »Um das Einschussloch in der Stirn herum befindet sich ein Pulverrückstand, also ist er aus nächster Nähe erschossen worden. Der Richtung nach zu urteilen hat der Täter dort gesessen, als er geschossen hat.« Sie zeigte auf das Bett und bemerkte Roland.

»Oder die Täterin?«, fügte er hinzu und hatte nicht besonders viel von dem Latein verstanden, das Natalie diktiert hatte. Henry Leander drehte sich um und schaute ihn überrascht an.

»Na, du hattest wohl an einem Samstagnachmittag auch nichts Besseres zu tun?« Sein Lächeln war nicht ohne Sarkasmus. Etwas zog sich in Roland zusammen, als ihm aufging, wie wahr die Worte des Rechtsmediziners waren.

»Du stinkst nach Alkohol, weißt du das?«, informierte Henry Leander ihn unnötigerweise. Natalie sah Roland fast verärgert an.

»Das ist doch verdammt noch mal auch mein freier Tag, da darf man doch wohl … Wer hat ihn gefunden?«

»Der Postbote brauchte eine Unterschrift für die Abgabe eines Einschreibens, und als keiner aufmachte, schaute er durchs Fenster und rief einen Krankenwagen, weil er einen Verwundeten auf dem Bett liegen sah. Ob eine Frau da war, werde ich die Techniker ermitteln lassen. Wie kommst du darauf?«

»Der Mann ist nur mit einem Morgenmantel bekleidet, wurde neben einem Bett erschossen und über ihm ist Unterwäsche verteilt. Das könnte ein sexuelles Motiv sein. Vielleicht eine Prostituierte, die nicht wusste, dass …« Zur Erklärung ließ er eine Hand leicht in Richtung des Toten schweifen.

»Wenn wir ihn in die Pathologie bekommen, finden wir heraus, ob er Sex gehabt hat«, versicherte Natalie.

»Wo ist dieser Verletzte, den der Postbote auf dem Bett gesehen hat?«

»Er wurde schnell ins Krankenhaus gefahren, es eilte. Als die Sanitäter den Toten auf dem Boden gesehen haben, haben sie sofort Alarm geschlagen.«

»Wo ist der Brief, den der Postbote abliefern wollte?«

»Ähm, den hat er sicher mitgenommen.«

»Phantastisch!« Roland machte eine kapitulierende Geste.

Er verließ das Zimmer, betrat den engen Flur, der ihm beinahe Klaustrophobie bescherte und vermied es, in die Blutspuren zu treten. Er bemerkte einige tiefe Spuren auf dem Holzfußboden, als wäre eine Frau mit hohen, dünnen Absätzen darüber gelaufen und hätte einen Verwundeten hinter sich hergezogen. Aber das passte nicht zusammen, welche Frau könnte diesen Brocken, der dort drin lag, schleppen? Er kam ins Wohnzimmer, wo die Kriminaltechniker dabei waren, Spuren zu sammeln. Einer der neuen, jungen schaute vorwurfsvoll auf, als Roland in eine Glasscherbe trat.

»Ja, hier hat sich sicher einiges abgespielt.«

»Können Sie sagen, wann es passiert ist?«

»Sieht aus, als wäre es 24 Stunden her. So circa.«

Roland schaute auf die Blutspur, die zu dem zerschmetterten Glastisch führte.

Der Kriminaltechniker reichte ihm mit einem kurzen Nicken etwas, das in eine durchsichtige Plastiktüte gepackt war. Es war eine Zeitung. Die Freitagszeitung, das Titelblatt oben liegend.

Hafid Ahmads großes, weißes Lächeln leuchtete mitten in dem Blut auf und neben ihm Dan Vang. Der Held des Polizeipräsidiums. Roland sagte nichts, etwas fing an, irgendwo im Zwerchfell zu nagen. Er sah sich um, ohne sich zu rühren. Nicht, um das zu sehen, was andere sahen, sondern das, was Bedeutung hatte. Seine Augen waren darauf trainiert. Auf dem Regal stand ein Foto eines Militärs mit hartem Gesichtsausdruck. Der Uniform nach zu urteilen war er Offizier. Die Frau auf dem Bild daneben lächelte ebenfalls nicht. Die Augen hatten einen gequälten Ausdruck, als ob sie großen Kummer mit sich herumtrüge. Etwas Teures verloren hätte. Roland sah flüchtig durch das Fenster, dass Leander und Natalie wegfuhren, aber ihre Arbeit war noch nicht beendet, es sei denn, sie legten die Leiche auf Eis und warteten mit der Obduktion bis Montagmorgen. So wie er Leander kannte, würde das nicht so sein. Aber wie viel hatte Natalie zu sagen? Was passierte mit den Arbeitszeiten, wenn diese junge Frau die Macht übernahm?

Mit einem Mal stand ein anderer Kriminaltechniker neben ihm.

»Wir haben herausgefunden, wem das Haus gehört. Ein pensionierter und nun verstorbener Offizier, seine Ehefrau und die beiden Söhne haben hier gewohnt …« Der Kriminaltechniker wurde von einem lauten Ruf aus dem Zimmer, in dem der Mord stattgefunden hatte, unterbrochen.

»Die Tatwaffe wurde gefunden!«

Roland eilte ins Zimmer.

»Sie lag unter dem Bett.« Der Techniker hielt sie am Abzug zwischen Daumen und Zeigefinger mit der behandschuhten Hand, als ob die Pistole zu heiß wäre, um sie anzufassen.

»Heckler & Koch«, sagte Roland abwesend, und das hässliche Gefühl war wieder da und explodierte in ihm.

»Neun Millimeter mit zwölf Schuss im Magazin. Es ist also ein Schuss abgefeuert worden.«

»Unsere Dienstwaffe!« Roland schaute wieder auf die Zeitung, die er immer noch in der Hand hielt. »Wie hießen dieser Offizier und die Söhne?«, fragte er den Techniker aus dem Wohnzimmer, der ihm gefolgt war und hinter ihm stand.

»Er hieß Olaf. Olaf Vang. Seine Ehefrau ist vor zwei Monaten an Krebs gestorben. Die Söhne heißen Josh und Dan Vang.«

28

Ein grelles, weißes Licht traf seinen Kopf wie ein heftiger Schmerz und blendete ihn total. Schnell schloss er wieder die Augen, aber das Licht schien durch die Lider zu dringen und der weiße Fleck vor seiner Hornhaut verschwand nicht. Die Nasenlöcher blähten sich und fingen einen Ekel erregenden Geruch nach Desinfektionsmitteln und Blut auf; er versuchte seine Spucke zu schlucken, aber etwas, das den Hals ausfüllte, hinderte ihn daran. Er konnte sich nicht bewegen und wollte laut schreien, als er einen wahnsinnig starken Schmerz spürte, von dem er nicht definieren konnte, woher er kam.

»Er ist wach!«

Die Stimme klang, als ob sie aus einem Tunnel weit, weit weg käme. Eine Maske wurde über seine Nase und seinen Mund gedrückt. Er glitt wieder in eine schmerzfreie, weiße Welt.

Die Stimme, die er nun hört, kennt er. Sie klingt verzweifelt.

»Dannevang! Dannevang! Geh weg. Geh da weeeeeeeg!«

Er sieht jetzt auch ihn, den Jungen mit den blonden Locken. Er steht oben auf dem Abhang.

»Nein, komm hier runter! Traust du dich das, Daniel?«, ruft er ihm zu. Er balanciert auf den Zugschienen.

»Dahinten kommt der Zug, ich kann die Lichter sehen. Geh da weg!«, schreit Daniel mit noch gellenderer Stimme.

»Nein, komm hier runter«, ruft er wieder. Er ist so voller Energie, dass er nicht weiß, wie er sie entladen soll. Josh hatte ihn heute wieder verhauen, aber er hatte ihn direkt in die Eier getreten, sodass er auf die Knie gesunken war. Dann war er schnell aus dem Haus geflüchtet, und Daniel war ihm wie immer gefolgt. Es ist das erste Mal, dass es ihm gelungen ist, seinen neun Jahre älteren Bruder unschädlich zu machen, und das macht ihn ganz high und euphorisch.

Jetzt spürt er, wie der Zug die Schienen unter seinen Füßen erzittern lässt und das Adrenalin steigt. Mama hatte ihm Hausarrest gegeben, weil er bei den Gleisen gespielt hat, die dicht an ihrem Haus direkt unten an der Böschung lagen, und er hatte versprochen, es nie wieder zu tun, aber auf den Rausch kann er nicht verzichten, und es wird nicht weniger davon, dass sein kleiner Bruder heute bewundernd zusieht. Daniel ist verstummt und ihm steht der Mund fast offen, als er auf den Schienen stehen bleibt und fest auf die drei leuchtenden Augen des Zuges schaut, die sich mit hohem Tempo nähern.

»Jetzt spring runter, Dannevang!« Daniels Stimme ist vor Panik schrill, er hat sich ein bisschen näher herangewagt, aber dennoch erstickt das Geräusch des Zuges die Stimme beinahe.

»Geh ein bisschen zurück«, ruft er ihm in seinem wahnsinnigen Rausch zu. Er beginnt, den Sog des Zuges zu fühlen, erst dann wirft er sich zu Boden und hält sich die Ohren zu, als die Räder dicht an ihm vorbei dröhnen. Er hält sich weiter die Ohren zu, bis diese lange silberne Schlange ganz an ihm vorbei ist, sieht die roten Rücklichter verschwinden und hört das verspätete aggressive Tuten der Lok. Es klingt wie ein wütender Elefant; dann grinst er.

»Hör mal, der Lokführer grüßt mich«, sagt er und kullert mit Daniel auf den Boden. Der grinst auch, aber gleichzeitig steht ihm die Panik in die Augen geschrieben. Sie kloppen sich ein bisschen zum Spaß im Gras, dann liegen sie still auf dem Rücken und schauen in den Himmel hoch. Sie können die ersten Sterne des Abends blinken sehen.

»Machst du das oft?«

»Ja.«

»Is' das nicht gefährlich?«

»Nein, es geht bloß darum, schnell zu sein. Es ist gut, wenn man lernt, schnell zu sein.«

Daniel nickt.

»Mama würde dich totschlagen, wenn sie das wüsste, und … Papa …« Daniels Augen werden ängstlich und groß, als er das Wort sagt.

»Die sind heute Abend nicht zu Hause.«

»Josh, er …«

»Zum Teufel mit Josh!«

Sie liegen lange da und starren in den Himmel. Sein Herz klopft immer noch wie verrückt im Brustkorb, aber das fühlt sich herrlich an. Er ist am Leben. Der zweite Sieg des Tages.

»Darf ich auch mal? Wann kommt der nächste Zug?«

»Nein!«

»Ich will aber!«

»Traust du dich eh nicht.«

»Doch.«

»Kannst du nicht.«

»Kann ich wohl.«

Er schaut auf seine Uhr. »Der nächste Zug kommt in einer Viertelstunde, also kannst du dich schon mal fertigmachen. Biste dir sicher, dass du dich traust?«

»Ich bin nur zwei Jahre kleiner als du, wieso sollte ich mich nicht trauen, wenn du's tust?«

»Das heißt jünger. Du bist zwei Jahre jünger als ich, nicht kleiner. Aber du bist erst sieben.«

»Na und!«

»Also bist du zu klein. Du bist nicht schnell genug.«

»Bin ich wohl.« Daniel steht auf und bürstet sich entrüstet Gras von der Hose. Die Grashüpfer singen in der Abenddämmerung und ein paar Rebhühner flattern aus einem Gebüsch in der Nähe auf. Die Wärme eines sonnenreichen Sommertags ist immer noch auf dem Erdboden spürbar. Er steht auch auf und führt seinen Bruder an die Schienen.

»Okay, dann stell' dich hierhin.« Er zeigt Daniel, wo er auf den Schienen stehen soll. »Du musst den einen Fuß vor den anderen setzen wie ein Seiltänzer, dann kannst du dich leichter fallen lassen. Denk dran, das über dem Gras zu machen, sonst ... aber warte, bis du den Sog vom Zug spürst.« Er schaut wieder auf seine Uhr, aber dann sind die drei Lichter plötzlich weit die Schienen hinunter zu sehen. Er dachte, er könnte den Fahrplan auswendig. »Er kommt, beeil dich, mach dich bereit und behalt' die drei leuchtenden Augen vom Zug im Blick, ja?«

Daniel nickt angespannt und kämpft damit, das Gleichgewicht zu halten. Daniel wird sich hinwerfen, bevor der Zug um die Kurve gekommen ist, würde er wetten und lächelt. Als er laute Rufe hört, sieht er die Böschung hoch. Josh kommt wie ein schwarzer Schatten heruntergerannt und erst, als er dichter dran ist, versteht er die Worte.

»Was zum Teufel macht ihr da?! Geh da weg, verdammt, Daniel! Geh weg! Jetzt!«

Beide starren Josh an, der auf die Schienen zugerannt kommt, und plötzlich ist das Sausen der Räder da und das Geräusch, als sie mit nur ein paar Metern Abstand vorbeidröhnen. Aus reinem Reflex hält er sich die Ohren zu und wirft sich auf den Boden. Josh liegt auch da, nicht weit von ihm, die Kraft des Zuges hat ihn umgeworfen und er hat sich den Kopf an einem Stein angeschlagen, das Blut läuft ins Gras. In einer Schlangenlinie rinnt es zwischen den Halmen auf ihn zu und vermischt sich mit der trockenen Erde zu einer bräunlichen Masse. Gelähmt starrt er auf den Zug. Dann steht er schnell auf und haut ab. Läuft, so schnell er kann, die Böschung hoch. Oben dreht er sich um und sieht, dass der Zug weiter weg zum Stehen gekommen ist, Josh sich unten neben den Schienen aufsetzt und an den Kopf greift, und danach auf seine Hände schaut. Steif wie auf Holzbeinen wankt er zu den Schienen, wo Daniel stand, als ob er nach etwas sucht. Das Geräusch, wie das Brüllen eines verwundeten Tieres, erreicht ihn. Es hallt in der stillen Sommerabendluft und in seinem Kopf.

Erst sind seine Muskeln völlig gelähmt, sodass er sich nicht rühren kann, dann verfällt er wieder in einen panischen Lauf durch die Straßen der Stadt. Aber er ist nicht auf dem Nachhauseweg, er weiß nicht, wohin er rennt. Er zittert, sodass er ins Schlingern gerät. Er weint verkrampft und sieht es die ganze Zeit vor sich, das weiße blendende Licht der drei Scheinwerfer des Zuges.

Jetzt war es wieder da. Vorsichtig öffnete er die Augen in dem weißen Licht, das langsam gedämpft und von einem fremden Gesicht ersetzt wurde. Dem einer Frau. Eine warme Hand drückte seine.

»Er ist wach!«, sagte sie und lächelte freundlich zu ihm herunter.

29

April, fünf Monate zuvor

Sara sah verzweifelt aus dem Fenster und hielt wieder nach Kaspers Auto Ausschau. Der Nagel am kleinen Finger war ganz abgekaut und sie sagte sich die ganze Zeit, wie dumm das hier war. Kasper hatte William bloß mit zum Babyschwimmen genommen. Er hatte verlangt, dass es einen Vater-Sohn-Tag geben solle, wo Mama sich ausruhen sollte, aber es war das erste Mal, dass sie William nicht bei sich hatte, und die Leere, die das hinterließ, konnte sie fast nicht ertragen. Sie sollte sich hinlegen, wie Kasper gesagt hatte, weil sie so müde war, dass die Beine fast unter ihr nachgaben. Das war sie seit Williams Geburt gewesen. Er wurde vierzehn Tage vor dem Termin geboren, und es war eine große Erleichterung gewesen, diesen schweren Bauch früher als berechnet loszuwerden, aber gerade vermisste sie ihn. Damals hatte sie ihren kleinen Sohn immer bei sich gehabt.

Sie setzte sich an den Tisch, wo Williams Taufgeschenke aufgestellt waren. Die hatte sie noch nicht weggeräumt. Sie nahm eine große, gelbe und fröhliche Barbapapa-Plüschfigur in den Arm und drückte sie an sich. Auf dem Wohnzimmertisch standen ein paar Blumensträuße, die länger als die anderen gehalten hatten. Sie hatten alle eine blaue Schleife. Die Taufe war vor einer Woche gewesen, als William vier Wochen alt war. Ihre Mutter hatte protestiert, das sei zu früh, aber Sara wollte ihn schnell getauft haben, nicht, weil sie besonders religiös war oder etwas fürchtete, aber damit er auch auf dem Papier einen Namen und eine Identität hatte. William Dupont. Über den Namen hatte es keine große Diskussion gegeben. Er war nach seinem Großvater väterlicherseits benannt, den sie beide vergöttert hatten.

Endlich hörte sie eine Autotür zufallen und ihr Herz setzte einen Schlag lang aus, als sie vom Fenster aus Kasper den Gartenweg hochkommen sah, die Babyschale tragend. Tränen stiegen ihr in die Augen. Vater zu sein stand ihm und er genoss es, es strahlte aus ihm wie eine leuchtende Aura. Das Band zwischen ihnen war so stark geworden, dass sie fühlte, nichts könne es jemals trennen. Sie lief in den Eingangsbereich und öffnete ihnen die Tür. Der Duft und die Geräusche des Frühlings, die ihr entgegenströmten, verstärkten ihr Glücksgefühl und sie griff eifrig nach dem Bügel der Babyschale. Kasper ermahnte sie zur Ruhe, indem er den Zeigefinger vor seine Lippen hielt. Sie begriff, dass William schlief.

»Hast du uns vermisst?«, flüsterte er mit einem Augenzwinkern, als er ihr die Babyschale überließ. Sie schaute darauf hinunter, William war unter der Decke beinahe verschwunden, obwohl er in den letzten Wochen gut zugenommen hatte. Kasper hatte nicht daran gedacht, ihm die Mütze aufzuziehen, aber sie wollte ihm das nicht vorwerfen.

»Und *wie*!«, flüsterte sie zurück und gab ihm einen schnellen Kuss, während er die Jacke auszog. »Ich geh hoch und lege ihn hin.«

William wachte nicht auf, als sie ihn hochnahm und vorsichtig in sein Bettchen legte. Wie immer verhedderten sich ihre Haare in dem langen Hals der Giraffe am Mobile, das von der Decke hing, und sie musste sich Strähne für Strähne losmachen;

währenddessen bewunderte sie das kleine schlafende Gesicht. Ihr Kind. Ihr gemeinsames Kind. Sie war Mutter. Dieses Gefühl hatte alle Erwartungen übertroffen. Sie ging neben dem Bett in die Hocke und riss sich nicht von dem Anblick des Jungen los, bis sie Kaspers Hand auf der Schulter spürte; sie legte ihre auf seine, schaute zu ihm hoch und lächelte. »Ist das nicht einfach das schönste kleine Kind, das du je gesehen hast?«, flüsterte sie und drückte Kaspers Hand. Er nickte und küsste sie auf die Haare.

»Doch. Aber jetzt komm mit nach unten und trink einen Kaffee mit mir, das brauche ich.«

Sara strahlte die ganze Zeit, während Kasper eifrig von den Leistungen ihres Baby im Schwimmbecken berichtete. Natürlich war er das tüchtigste von all den Babys, die teilgenommen hatten. Mit Abstand das schönste und viel aufgeweckter und begabter. Es fehlte nicht viel und er hätte auf dem Wasser gehen können. Kasper biss ein Stück von seinem Sandkuchen ab.

»Konntest du ein bisschen schlafen?«

»Nee, ich habe auf euch gewartet.« Sie wollte nicht zugeben, wie besorgt sie eigentlich gewesen war; es könnte klingen, als ob sie seinen Fähigkeiten, sich auf eigene Faust um ihr Kind zu kümmern, nicht trauen würde, und so war das überhaupt nicht gemeint. Kasper hatte schnell gelernt, wie man ein Baby hochhebt und es trägt. Einigen Männern fiel das schwer, das wusste sie von ihrem Job. Sie trauten sich nicht, die Verantwortung zu übernehmen, hatten Angst, das Baby fallen zu lassen oder ihm das Genick zu brechen, wenn sie vergaßen, den Kopf zu stützen. Und die bezeichneten sich als das starke Geschlecht. Sie lächelte.

»Was ist los?«

»Nichts. Ich bin bloß so froh. Alles ist gelaufen, wie es sollte.«

Kasper stellte die Tasse ab und sah sie lange an.

»Nicht alles.«

»Was meinst du?«

»Es fehlt etwas. Etwas Wichtiges.«

»Was?« Der Ausdruck in seinem Gesicht gab ihr einen Gedanken, den sie gar nicht zu hoffen wagte.

»Ich habe darüber nachgedacht … was sagst du dazu, wenn … was sagst du dazu, wenn wir ein Datum finden?«

»Wofür?«

»Was glaubst du?«

»Du … du machst mir doch nicht etwa gerade einen Antrag?«

»Findest du das zu früh?«

»Nein, Quatsch, überhaupt nicht! Im Gegenteil! Aber was ist das für eine Art, es so zu machen? Wo bleibt die Romantik?«, lachte sie.

Er stand auf und ging in den Eingangsbereich. Sara hörte, dass er in seiner Jackentasche kramte, Schlüssel rasselten. Sie wartete und ihr Herz klopfte; würde er wirklich das tun, wovon sie so lange geträumt hatte? Würde er wirklich …?

Kasper ging vor ihr auf die Knie und mit gespielt bittenden Augen sah er zu ihr auf. Sara war kurz davor, wieder zu lachen. Kasper war nie romantisch gewesen, und dass er nun auf dem Küchenfußboden vor ihr auf die Knie gegangen war, wirkte total komisch, aber sie wusste auch, dass das nicht der richtige Zeitpunkt war, sich lustig zu machen, also beließ sie es bei einem Lächeln und spürte, wie ihr die Tränen in die Augen stiegen, als er ihr eine kleine, schwarze Samtschachtel entgegenhielt und den Deckel öffnete. Drei kleine Diamanten um ein eingraviertes Herz funkelten im Licht. Sara blieb stumm. Er nahm ihre linke Hand und steckte den Ring an den Finger, den sie willig abspreizte. Dann schaute sie ihn an und danach wieder hinunter zu Kasper.

»Sara, willst du mich heiraten?«, fragte er feierlich und bewegt. Sie küsste ihn, bevor sie ihm die Antwort gab, von der sie wusste, dass er daran keinen Zweifel hatte.

»Ja, ich will. Natürlich will ich das!« Sie sah wieder auf den Ring. »Der ist doch viel zu teuer, Kasper. Wir können uns doch gar nicht leisten, so einen …«

»Nein, der war wirklich teuer«, gab er zu und stand mit einer gekünstelt komischen Bewegung auf, als ob er heftige Rückenschmerzen hätte. Er setzte sich wieder auf den Stuhl ihr gegenüber. »Aber wenn wir uns darauf einigen können, dass das auch der Ehering ist, dann wechseln wir sie am Hochzeitstag einfach auf die rechte Hand.«

»Sie? Du hast also auch schon *deinen* Ehering gekauft.«

»Ja, wo ich gerade schon mal die Spendierhosen anhatte, da ...«

»Abgemacht«, unterbrach sie ihn. »Hat dein Ring denn auch Diamanten?«

»Nein, natürlich nicht, der ist ganz glatt.«

Kasper hatte nie Schmuck getragen.

»Hast du einen Kalender?«

Eifrig holte sie ihren Kalender und einen Stift und blätterte vor. »Wann, denkst du?«

»Morgen«, antwortete er scherzhaft.

»Nein. William ist zu klein. Sollen wir nicht warten, bis er ein bisschen größer ist?«

»Na, der kleine Herr ist offenbar schon zum Alpha-Männchen geworden.«

»Ich meine, solange ich ihn stille, da ...«

»Ich hatte auch eher an eine Sommerhochzeit gedacht. Draußen in unserem hübschen, wilden Garten. Was sagst du zu Juni?«

»Perfekt! Dann ist William drei Monate alt! Was ist mit Pfingsten?«, schlug sie vor.

»Pfingsten klingt nach einem Plan.«

Sara zeichnete ein großes Herz bei dem Datum.

»Du kannst auch den Samstag ankreuzen. Wir haben unsere Eltern zum Essen eingeladen, sodass wir das feiern können.«

»Am Samstag? Wissen sie schon, dass wir verlobt sind?«

»Nein, sie wissen nicht, warum wir sie einladen. Das soll eine Überraschung sein, oder?«

»Am Samstag?«, wiederholte sie. »Aber da kann ich doch nicht, Kasper, William, er …«

Kasper griff nach ihren fuchtelnden Händen, nahm die Hand mit dem Ring und schaute ihn lange an, als ob er die Diamanten bewunderte.

»Sara … William muss auch lernen, ab und zu mal ohne uns auszukommen. Und wir müssen lernen, ohne ihn zu sein. Sonst können wir doch nie mehr etwas zusammen machen. Kino, essen gehen …«

Sara dachte an Lærkes Worte darüber, dass sie und Kent einen Abend ohne die Kinder brauchten, aber sie konnte sich einen Abend ohne William gar nicht vorstellen.

»Wir finden jemanden, der in den paar Stunden, in denen wir weg sind, auf ihn aufpassen kann«, machte Kasper beharrlich weiter. »Tatsächlich habe ich schon mit einem richtig netten Mädchen geredet, das gerne auf ihn aufpassen würde.«

»Ach, nein, Kasper. Nicht schon wieder!« Sie zog die Hand zurück.

»Du mochtest Alberte doch. Ich weiß, dass du sie ab und zu vermisst.«

»Ja, Alberte. Sie war ein nettes Mädchen, aber …«

»Hilft es denn, dass *sie* Christina empfohlen hat?«

Kasper beugte sich zu ihr vor über den Tisch und versuchte mit einem überredenden Lächeln ihren Blick zu aufzufangen. »Ich habe mit ihr gesprochen und bin mir sicher, dass du sie mögen wirst. Sie wird schon gut auf William aufpassen. Das verspreche ich dir.«

»Er ist so klein, und er wird gestillt …«

»William ist einen Monat alt und du kannst ein paar Flaschen für ihn abpumpen, das weißt du doch genau, meine Süße. Das bringst du selbst anderen frischgebackenen Müttern bei …«

»Ich weiß nicht so recht, Kasper …« Sie stand schnurstracks auf, als ein paar kleine Muckse im Babyfon knisterten.

»Der Herr ruft«, sagte Kasper und versuchte vergeblich, beleidigt zu klingen.

Schnell lief sie die Treppe hoch, unterwegs guckte sie den Ring an. Aber Kaspers Vorschlag hatte etwas von der Freude zerstört. Vorzuschlagen, William jetzt schon mit einer Fremden allein zu lassen, das würden sie sich noch überlegen. Sie hatte Lust ihre Mutter anzurufen, um ihr die Neuigkeit zu verkünden, die einfach rauswollte. Alle sollten wissen, was sie für ein Glück hatte, aber wenn Kasper nun geplant hatte, dass es eine Überraschung sein sollte ... dann könnte sie stattdessen ... Ihr Lächeln erstarb. Das andere, was sie wollte, konnte sie auch nicht tun. Die Facebook-Freunde waren keine Freunde mehr. Die hassten sie. Sie traute sich kaum noch, ins Internet zu gehen aus Furcht, die Kommentare der anderen zu ihren angeblichen Posts zu sehen, ohne dass sie irgendetwas dagegen tun konnte.

Sara schaute auf William herunter, der an ihrer Brust lag und mit kleinen wohligen Schmatzlauten nuckelte. Sie streichelte ihm still über die Wange und sah ihn liebevoll an. Alles andere war gleichgültig. Hier war das Leben, auf das sie sich konzentrieren sollte. Das Leben zusammen mit William und Kasper. Hier war ihre Identität. Dass eine andere ihr Leben im Netz lebte, damit musste sie sich einfach abfinden, bis der Dieb gefunden wurde oder es leid war, sie zu verfolgen.

Es klingelte unten an der Tür. Sie warf einen Blick auf die Uhr und hoffte, dass es ihre Eltern waren, die zu Besuch kamen, oder bloß jemand, der ihr Glück mitfeiern würde, aber sie hörte niemanden hereinkommen. William schlief, daher würde sie nicht nach unten zu Kasper rufen. Sie saß noch eine Weile da und studierte Williams Gesicht. Die langen Wimpern, die kleine Stupsnase, die feinen Augenbrauen, die feuchten roten Lippen und die runden Wangen. Er war so perfekt. Vorsichtig streichelte sie mit ihrem Daumen seine feinen Haare. Jetzt waren sie mittelblond und es war schwer zu sehen, ob sie mit der Zeit kupferfarben wie ihre oder dunkelbraun wie Kaspers werden würden. Behutsam, als wäre er aus Glas, legte sie ihn zurück ins Bett und machte das Fenster zu, bevor sie wieder nach unten ging. Die Luft war immer noch kühl.

»Wer hat geklingelt?«, fragte sie neugierig, noch bevor sie ganz die Treppe hinuntergekommen war.

»Ein Bote. Er hat etwas für dich abgegeben. Sieht wie ein Strauß aus.«

»Blumen? Von wem denn?«

Kasper war dabei, etwas aus der Spülmaschine zu nehmen, er stellte es an seinen Platz im Schrank und schaute sie an.

»Das weiß ich nicht. Vielleicht hast du einen heimlichen Verehrer?«, sagte er und blinzelte scherzhaft.

Sara lächelte, als sie ins Wohnzimmer ging, wo Kasper den Strauß auf den Tisch gelegt hatte. Er war nicht der Typ, der Blumen schenkte, und war es nie gewesen, aber vielleicht hatte er sich ja doch zusammengerissen. Heute war er voller Überraschungen.

Erwartungsvoll machte sie das Papier ab. Der Strauß war hübsch, eine Mischung aus weißen und lachsfarbenen Blumen mit Grün dazwischen, aber als sie ihn hochhob, um ihn zu bewundern, hätte sie ihn beinahe wieder fallengelassen; ein breites, weißes Seidenband war darum geschlungen. *Ruhe in Frieden* stand da in Goldbuchstaben. Das musste ein schreckliches Versehen sein. Irgendjemand hatte einen Sargstrauß geschickt. Es lag auch ein Umschlag dabei. Sie öffnete ihn mit zitternden Händen. Darin war eine aus der Zeitung ausgeschnittene Anzeige. Eine Todesanzeige. Ihr Atem stockte, und ihr Blick wurde von Tränen verschleiert, als sie den Text las:

†

Mein geliebter kleiner Sohn William ist still eingeschlafen.
Möge er in Frieden ruhen bei den anderen kleinen Engeln.

Die trauernde Mutter
Sara Dupont.

Sara biss die Zähne so fest zusammen, dass es im Kiefer schmerzte. Sie knüllte die Anzeige in der geballten Hand zusammen, und einer plötzlichen Eingebung folgend rannte sie die Treppe hoch. Sie tat, als ob sie nicht hörte, dass Kasper von unten aus der Küche rief, wer denn sein Rivale sei.

***

30

Wie gewöhnlich fehlte einer, als die morgendliche Besprechung begann, aber heute tat es Roland in der Seele weh, die spöttischen Kommentare der anderen über die Abwesenheit des Beamten zu hören. Dan war außer Lebensgefahr. Sein linkes Bein war an zwei Stellen gebrochen, am Knöchel und unter dem Knie, eine Rippe war in die linke Lunge gedrungen, sodass sie operieren mussten. Außerdem hatte er mehrere Schläge am Kopf abbekommen, verursacht von einem stumpfen Gegenstand, wie es in Leanders Bericht hieß. Die Techniker hatten Dans Blut auf der einen Krücke seines Bruders gefunden, daher war es nicht schwer zu erraten, was die Verletzungen verursacht hatte. Aber ein Motiv fehlte nach wie vor.

Roland hatte während eines privaten Besuches, den er ihm am Sonntagabend im Krankenhaus abgestattet hatte, mit Dan gesprochen. Obwohl Dans Informationen sehr sparsam waren, war es Roland dennoch langsam aufgegangen, dass er nichts über Dans Leben wusste, und der Gedanke, ob es verkehrt war, sich nicht mehr in das Wohl und Wehe seiner Mitarbeiter einzumischen, hatte sich gemeldet, als er nach Hause fuhr. Heute früh hatte er bei Josh Vangs Obduktion mitgewirkt. Natalie hatte frei, sie unternahm irgendetwas mit ihrer kleinen Tochter; sie hatte also obendrein noch Zeit gehabt, mitten im Studium ein Kind zu bekommen, sodass Leander allein für das Ganze verantwortlich war. Deshalb hatte Roland eine dänische Übersetzung für alles, was der Rechtsmediziner machte, bekommen. Der Schuss war tödlich, aber das Gehirn des ehemaligen Zeitsoldaten war schon so mitgenommen, dass nach Henry Leanders Meinung Josh Vang ohnehin höchstens noch ein bis zwei Jahre zu leben gehabt hätte. Ein bösartiges Krebsgeschwür hatte sich ausgebreitet und ein unbehandelter Schädelbruch, den sich das Opfer als ungefähr 18- bis 20-Jähriger zugezogen hatte, war seinem mentalen und physischen Zustand auch nicht zuträglich gewesen. Dass er nach dem Golfkrieg als Krüppel leben musste, hatte den jungen Soldaten, der sicher in die Fußstapfen seines Vaters getreten wäre, zweifelsohne gebrochen, da konnte sich jeder hineinversetzen. Josh hatte Sex gehabt. Die Analyse der Sekrete enthüllte, dass es sich um anale Penetration gehandelt hatte – ohne Kondom. Wer war das Opfer? Dan? Welcher Hass hatte ihn dazu getrieben, seinen eigenen Bruder zu töten? Rolands Blick suchte Mikkel Jensen, der Niels irgendetwas Witziges erzählte. Damals, als Roland selbst kurz davor gewesen war den Abzug zu drücken, war Mikkel Zeuge dieses Vorfalls gewesen. Er hatte ihn davor bewahrt, der Versuchung zu erliegen. Glücklicherweise hatte Mikkel nichts zu dem Vizepolizeidirektor oder den anderen gesagt: das hätte Roland den Job gekostet. Er musste sich selbst gegenüber zugeben, dass das Gefühl, bei seinem Partner tief in der Schuld zu stehen, wie ein schwerer Schatten über ihm lag. Ein starker Hass konnte einen Menschen zu was auch immer treiben. Selbst einen guten, ehrlichen und nicht vorbestraften Menschen. Dan hatte den Mord ohne ein Zeichen von Reue gestanden, aber es war kein gültiges Geständnis, da es während einer privaten Unterhaltung, die nicht aufzeichnet wurde, erfolgt war. Der Vizepolizeidirektor hatte ihn inständig gebeten, sich aus dem Fall herauszuhalten. Der Staatsanwalt, der oberste Anklagevertreter, sollte die Umstände untersuchen. Es war auch besser, wenn dieser Fall von jemandem verhandelt wurde, der nicht persönlich involviert war, hatte Kurt, sehr berührt von dem Vorfall, hinzugefügt. Wer könnte weniger persönlich in Dan Vangs Leben involviert sein als Roland selbst und seine Kollegen? Aber er hatte nichts dagegen einzuwenden gehabt. Das war die richtige Entscheidung. Er beschloss, mit Inge

Thomsen zu sprechen, ob sie Dan im Prozess verteidigen und auf Notwehr plädieren wolle. Roland war davon überzeugt, dass dies der Fall gewesen sein war. Etwas musste er für Dan tun. Er sah in die lachenden Gesichter der anderen Beamten, während sie sich über ihre wilden Wochenenderlebnisse unterhielten. Roland war sich sicher, dass sie seins nicht schlagen konnten.

Er räusperte sich, und es kehrte fast umgehend Ruhe ein, alle wandten ihm die Aufmerksamkeit zu. Er erzählte ihnen zuerst von Dan Vangs Schicksal, und das tiefe Schweigen, das sich schwer über den Raum senkte, deutete darauf hin, dass auch die anderen darüber nachdachten, wie wenig sie eigentlich über ihre jahrelangen Kollegen wussten. Danach ging er schnell weiter zu den Ermittlungen in dem Mord an der Krankenschwester Ditte Sandfeldt. Er fasste den Bericht der Technischen Abteilung zusammen. Am Tatort waren keine Fingerabdrücke gefunden worden, auch in Sara Duponts Zimmer auf Station R1 nicht. Abgesehen von ihren eigenen und denen der Krankenschwester.

»Wir haben also nur eine einzige gute Neuigkeit, nämlich eine Zeugin, die das Fluchtauto am Donnerstagabend gesehen hat. Nun da wir eine präzisere Beschreibung des Fahrzeugs geben konnten, hat sich eine Frau gemeldet, die ihren Hund Gassi geführt hat, und sie ist sicher, dass zwei im Auto waren. Sie hat es bemerkt, weil es mit sehr hohem Tempo fuhr und die Scheinwerfer erst angeschaltet wurden, als es um die Ecke gebogen war. Ihr Hund hatte ihm sogar nachgebellt.«

»Ein Hoch auf die Gassigeher«, kam es gedämpft von Kim.

»Das heißt, wir dürfen davon ausgehen, dass Sara Dupont bei ihrer Flucht Hilfe hatte. Isabella, du hast mit denen von der Besucherliste gesprochen?«

Isabella räusperte sich. Roland vermutete, dass sie immer noch von der Nachricht über Dan erschüttert war. Sie und Mikkel Jensen waren wohl die, die ihn am meisten verspottet hatten, seit er zur Mordkommission gekommen war. Natürlich nur zum Spaß, aber trotzdem.

»Ja, es waren ja nur zwei und der eine war Kasper Dupont, mit dem wir bereits mehrfach gesprochen haben. Aber zu der letzten Besucherin, Christina Toft Hansen, der Babysitterin, konnte ich immer noch keinen Kontakt aufnehmen. Sie soll nun als Au-pair in Italien arbeiten.«

»Und dann ist sie mal so eben auf einen Sprung nach Dänemark gekommen, um am Donnerstag Sara Dupont zu besuchen? Klingt ein bisschen merkwürdig, nicht?« Mikkel kratzte sich die raspelkurzen Haare.

»Dass sie nach Italien gereist ist, erklärt doch ihr Verschwinden. Aber wieso in aller Welt konnte Holsted das damals nicht einfach herausfinden?«, sagte Niels kopfschüttelnd.

»Ich glaube nicht, dass er die Babysitterin für besonders wichtig hielt. Sie wurde jedenfalls aus den Fallakten gelöscht«, sagte Roland und wusste, dass sein Kollege das nicht grundlos getan hatte.

»Konntest du sie in Italien ausfindig machen?«, fragte er an Isabella gewandt.

»Nein, niemand weiß, wo sie arbeitet, aber ich treffe mich heute Nachmittag mit ihrer Mutter, dann bekomme ich wohl weitere Informationen.«

»Ich komme mit«, beschloss Roland und hatte im Gefühl, dass sie dabei waren, etwas Entscheidendem auf die Spur zu kommen; er wusste bloß nicht ganz, was es war.

31

Anne balancierte mit einer Pizzaschachtel die abgenutzten Treppen im Haus hoch. Sie war müde nach dem Putzjob und in ein paar Stunden sollte sie zu Nicolaj in die Redaktion kommen. Er hatte sie heute früh angerufen und gesagt, es sei etwas im Polizeipräsidium passiert, was ein spannender Auftrag für sie werden könnte – als ob sie nicht genug um die Ohren hätte. Er hatte nur angedeutet, dass es um einen von Roland Benitos Beamten ginge, und sie wirklich auf die Folter gespannt, sodass sie es fast nicht erwarten konnte, bis sie mit Putzen fertig war. Sobald es genug Aufträge gab, dass sie beide davon leben konnten, würde sie bei Clean Reinigung kündigen. Sie stand gewiss nicht mitten in der Nacht auf, weil sie Lust dazu hätte, den Dreck anderer aufzuräumen, bei dem sie oft das Gefühl hatte, er sei extra für sie hinterlassen worden.

Abwesend grüßte sie einen der älteren Bewohner, der langsam mit seinem Stock auf dem Weg nach unten war. Normalerweise traf sie selten jemanden, die meisten waren Rentner und vormittags oft unterwegs. Es war, als ob ihr Leben zwischen neun und elf Uhr gelebt würde. Oben an ihrer Tür musste sie die Pizza auf die Matte stellen, während sie den Schlüssel aus dem Rucksack holte, aber als sie in der Hocke saß und danach kramte, bemerkte sie, dass die Tür nur angelehnt war. Langsam stand sie auf, den Blick auf den Türrahmen gerichtet. Das Holz war gesplittert, wo die Tür am Schloss aufgebrochen worden war, und sofort begann ihr Herz schneller zu schlagen. Vorsichtig schob sie die Tür auf und ging hinein. Die Erinnerung an den Abend, an dem ihr Stiefvater im Dunkeln im Wohnzimmer gesessen hatte, als sie nach Hause gekommen war, ließ sie vor Schreck erstarren. Könnte er wieder auf Bewährung entlassen worden sein? Würde er wieder Erfolg haben, sie zu überwältigen und würde Benito auch dieses Mal kommen und ihr das Leben retten? Sie umklammerte den Schlüssel fest wie ein kleines Messer und ging damit in der Hand vorwärts. Obwohl er nicht besonders viel nützen würde, war er die einzige Waffe, die sie bei sich hatte.

Ihr Hausrat war auf den Kopf gestellt worden und es war in Eile vonstattengegangen. Alles war durchwühlt. Bücher lagen rundherum verstreut, Lampen waren umgeworfen und die Sofakissen lagen kreuz und quer auf dem Boden verteilt. Das gleiche Chaos sah sie im Schlafzimmer und in der Küche. Verständnislos betrachtete sie die Zerstörung. Hatte es hier eine Schlägerei gegeben?

War Adomas zurückgekommen? Ihr fiel die Tasche ein, die im Fußraum ihres Autos unter dem Rücksitz lag. Hatten sie danach gesucht? Jemand Skrupelloses, der wusste, dass sie sie hatte. Ihre Hände zitterten, als sie nach der Zigarettenschachtel suchte. Es war schwer, sie aus der Tasche zu bekommen und die Zigarette aus dem Päckchen. Sie fiel ihr auf den Boden. Erschrocken fuhr sie zusammen, als etwas an der Tür hinter ihr rumorte. Während sie aufstand, drehte sie sich ungelenk um. Frau Jansen schaute mit offenem Mund herein. Verdammter Mist aber auch. Sie hatte einen Wollmantel und Handschuhe an. Die weißen Haare sahen frisch onduliert aus, vielleicht war sie gerade vom Friseur gekommen. Der Gestank von Haarlack, der Anne entgegenwogte, bestätigte das.

»Was ist denn *hier* passiert?«, rief die Frau theatralisch bestürzt aus. Sie war der Polizist und Hüter des Treppenhauses und dass sie beim Friseur gewesen war, erklärte, wieso sie Anne nicht sofort mit Beschwerden über Lärm und Drohungen über Rauschmiss überfallen hatte.

»War das dieser – Ausländer –, der bei Ihnen wohnt?«, fuhr sie mit Falsettstimme und stark feindlicher Betonung des Wortes *Ausländer* fort, das nicht verhehlte, dass sie alles, was ihr fremd war, verabscheute. Anne merkte, dass jetzt nicht der richtige Zeitpunkt war, um mit ihrer Nachbarin diese Diskussion zu führen.

»Es sieht aus, als ob es hier einen Einbruch gegeben hat …«, sagte sie und schaffte es, die Zigarette anzuzünden. »Ich sollte lieber die Polizei anrufen, damit …« Sie ging, um die Tür vor der Alten zu schließen, aber die bewegte sich nicht, sondern blieb auf der Matte stehen. Als Anne entdeckte, dass der eine Schuh der Frau direkt oben auf der Pizzaschachtel stand, die sie noch nicht mit hineingenommen hatte, war sie kurz davor, auszurasten.

»Einbruch! Hier in unserem Haus hat es noch nie einen Einbruch gegeben! Das ist nur, weil Sie all diese sonderbaren Typen mit nach Hause schleppen! Wo ist er, dieser …« Sie machte Anstalten, ins Wohnzimmer traben zu wollen, aber Anne hielt sie bestimmt zurück.

»Ich finde, Sie sollten jetzt gehen. Ich kläre das hier.«

Frau Jansen drehte sich mit einem Schnauben um. Sie merkte nicht einmal, dass sie auf Annes Pizzakarton trat und den Rucksack umwarf, als sie auf dem Absatz kehrtmachte und die Treppe hinunter in ihrer eigenen Wohnung verschwand.

»Verdammt noch mal!«, fluchte Anne dieses Mal laut und sammelte den zermatschten Karton und den Rucksack von der Matte auf. Die Tomatensoße war an den Kanten herausgesickert. Sie drückte mit beiden Schultern und der Hüfte gegen die Tür, aber sie ließ sich nicht schließen. Ihr blieb nichts anderes übrig, als den Schlüsseldienst zu rufen. Den Rucksack pfefferte sie neben den Küchentisch in die Ecke und der Pizzakarton landete im Mülleimer. Im selben Moment klingelte ihr Handy. Sie kramte es aus der Tasche im Rucksack.

»Hallo!«, meldete sie sich grimmig. Die Angst war zu Wut geworden und der Besuch der Nachbarin und der Hunger machten es nicht besser. Die Stimme an ihrem Ohr war schleppend. Sie verstand nur ein Wort, als es mehrfach wiederholt wurde, erregt: Adomas. Es war nicht litauisch, sondern eine andere osteuropäische Sprache. Irgendjemand glaubte, sie wäre Adomas. Sie beeilte sich das Handy auszuschalten, ohne sich zu erkennen zu geben, und zitterte so heftig, dass sie sich setzen und die Zigarette im Aschenbecher ablegen musste. Hatte Adomas denen wirklich ihre Handynummer gegeben? Unter Zwang. Hatten sie ihn gefoltert? Vielleicht war er tot. Plötzlich fing sie an zu weinen. Es war so lange her, dass sie geweint hatte, dass sowohl das Geräusch als auch das Gefühl seltsam waren. Dann richtete sie sich auf und wischte sich gereizt mit beiden Händen die Tränen von den Wangen. Sie war nicht in der Lage, die Nummer eines Schlüsseldienstes zu finden, saß lange passiv da und umklammerte fest den Schlüssel, den sie immer noch in der Hand hatte, bis sie den Schmerz spürte, als er sich in ihre Handfläche bohrte. Sie starrte auf das Blut, dann stand sie auf und lief schnell und nach Luft schnappend die Treppe hinunter.

32
Mai, vier Monate zuvor

Das Geräusch der Türklingel hallte erneut in ihrem Kopf. Schnell schaute sie zu William hinunter, aus Angst, es könnte ihn wecken, aber er schlief unbeeindruckt weiter. Bei dem herrlichen Frühlingswetter, das eher an einen warmen Sommertag erinnerte, müsste er draußen in seinem Kinderwagen liegen, aber sie traute sich nicht, ihn dort allein zu lassen. Kasper hatte ihr vorgeworfen, dass William nicht mehr rauskäme, und das hatte mit einem großen Streit geendet. Er verstand das nicht. Vielleicht, wenn sie ihm erzählen würde, was vor sich ging, und von der Furcht, die sich in ihr ausgebreitet hatte wie ein schmerzhaftes Geschwür, aber sie wusste, dass er ihr die Schuld geben würde, weil sie im Internet so offen über ihr Privatleben gewesen war. Er hatte angedeutet, dass sie selbst schuld sei, als sich der Schock über den falschen Anruf von der Intensivstation und darüber, dass sie beinahe eine Fehlgeburt gehabt hatte, gelegt hatte. Von der Mutter-Kind-Gruppe hatte sie sich auch abgemeldet. Die anderen sahen sie böse an und ignorierten sie und William, sicher hatten sie einige von ihren abscheulichen Antworten auf babyboom.dk gelesen, wo sie auch an den Diskussionen teilnahmen, und sie ertrug es nicht länger, vergeblich erklären zu müssen, dass sie es nicht war, wenn ihr ohnehin niemand glaubte. Den Sargstrauß und die Todesanzeige hatte sie in die Mülltonne vor dem Haus werfen können, ohne dass Kasper es sah, und glücklicherweise war er nicht so neugierig, dass er fragen würde, woher dieser Strauß gekommen war. Ihre Freundinnen hatten ihr zu besonderen Anlässen oft irgendetwas geschickt, und die besonderen Anlässe ihrer Freundinnen konnten alles Mögliche sein. Kasper glaubte sicher bloß, sie hätte ihnen eine SMS geschickt, dass sie sich verlobt hatten. Das war dann der Anlass. Er wusste auch nicht, dass es nicht mehr viele gab, denen sie sich anvertrauen konnte. Nur Lærke. Das Ganze war ein weiterer unheimlicher und böser Scherz gewesen, aber wer war so boshaft? Wer hasste sie so sehr und weswegen?

Sie zog die Decke mit den kleinen Bärchen weiter um Williams Körper hoch, die Zärtlichkeit durchflutete sie. Sie wollte so gerne die Furcht durch dieses Gefühl ersetzen. Sich darüber freuen, dass sie Mutter dieses wunderbaren kleinen Kindes war. Sich darüber freuen, dass sie bald den fantastischen Mann heiraten würde, in den sie ihr ganzes Leben verliebt gewesen war. Wenn sie es bloß könnte. Als es wieder unten klingelte, stand sie auf und schloss die Tür zum Kinderzimmer, sodass sie es nicht hören konnte. Aufzumachen traute sie sich nicht, wenn sie mit William allein war. Sie setzte sich wieder auf den Stuhl neben dem Gitterbettchen und der Blick wich nicht vom Gesicht des Jungen. Erschrocken sah sie auf, als die Tür vorsichtig geöffnet wurde.

»Christina! Wie bist du reingekommen?«, flüsterte sie wegen des Schrecks ein bisschen wütender als beabsichtigt.

»Weißt du nicht, dass Kasper mir einen Schlüssel gegeben hat, damit ich reinkommen kann? Wieso machst du nicht auf, Sara?« Christina sprach ebenfalls mit gedämpfter Stimme, um William nicht zu wecken. Er zuckte kurz und schlief weiter.

»Nein, das wusste ich nicht. Wieso hast du einen Schlüssel?« Jetzt war sie wirklich wütend.

»Er fand, es wäre am praktischsten, wenn ich auf William aufpassen soll.«

Sara nickte, enttäuscht darüber, dass Kasper das nicht erwähnt hatte. Sie schaute wieder zu ihrem Sohn. »Hat Kasper dich auch gebeten zu kommen?«

Christina schloss die Tür und lehnte sich dagegen. Sie trug ein kurzes, gelbes Sommerkleid und die dunklen Haare fielen weich um ihre nackten Schultern. Sie hatte ein kleines diskretes Tattoo auf der einen Schulter, was Sara vorher noch nicht gesehen hatte.

»Ja, er meint, du solltest ein bisschen schlafen. Du siehst tatsächlich auch sehr kaputt aus, Sara. Was ist los?«

Sara sah sie mit einem erschöpften Lächeln an. Plötzlich spürte sie selbst, dass sie bald nicht mehr konnte. Wie sollte das gehen? In nur vier Wochen war ihr Mutterschaftsurlaub vorbei und sie musste wieder arbeiten gehen. William allein der Krabbelstube zu überlassen war ein Gedanke, mit dem sie sich überhaupt nicht abfinden konnte. Das würde in der Woche nach ihrer Hochzeit sein und wie würde das werden, die Hochzeit? Was sollte sie mit William machen? Glücklicherweise hatten ihre Eltern und Schwiegereltern nach Rücksprache mit Kasper die Hochzeitsvorbereitungen übernommen. Sie hatten das besprochen, als sie zusammen Essen waren und ihre Verlobung feierten. Sara hatte nicht viel gefeiert. Die Gedanken waren die ganze Zeit um William gekreist, der allein mit einer fremden jungen Frau war, und jedes Mal, wenn sie auf die Toilette ging – was so oft war, dass die anderen anfingen, sich Sorgen zu machen –, hatte sie eine SMS an Christina geschickt, die glücklicherweise sofort geantwortet hatte, es ginge gut, William habe sein Fläschchen bekommen und er schliefe. So war der Abend verlaufen, ohne dass sie ihre fürchterliche Unruhe zugeben und darauf bestehen musste, dass sie heimfuhren. Kasper hatte an diesem Abend völlig unbekümmert gewirkt und sie fasste es nicht, dass er das konnte. Vielleicht waren nur Mütter so übertrieben besorgt. Aber Christina hatte ihren Wert jetzt viele Male unter Beweis gestellt, und William mochte sie gerne. Er wirkte entspannt, wenn sie sich um ihn kümmerte. Alberte hatte Recht damit gehabt, dass sie ein nettes Mädchen war.

»Nichts ist los, Christina. Aber du hast Recht. Ich brauche wirklich ein bisschen Schlaf. Guckst du nach William?«

»Ja, wir stellen einfach das Babyfon an, dann kann ich in der Zwischenzeit den Abwasch machen und ein bisschen aufräumen. Hier sieht's ja aus, als hätte eine Bombe eingeschlagen.«

Die Worte taten weh. Sara hatte sich zu nichts aufraffen können und sie wusste, es störte Kasper, dass Unordnung herrschte, obwohl sie den ganzen Tag zu Hause war.

Sie erhob sich ein bisschen widerwillig und folgte ihr nach einem langen Blick auf ihren Sohn aus dem Kinderzimmer. Christina schloss die Tür.

»Komm jetzt, leg dich ins Schlafzimmer. Kasper hat mich gebeten, ein paar Tabletten für dich aus der Apotheke zu holen, du solltest jetzt lieber ein paar nehmen, damit du schlafen kannst«, meinte sie, legte eine warme Hand auf Saras Rücken und führte sie in Richtung Schlafzimmer. Sie schüttete zwei Tabletten in ihre Hand und gab sie ihr, als sie sich aufs Bett setzte und sich wie eine psychotische Patientin fühlte. Der Arzt hatte ihr Medikamente verschrieben, die sie nehmen sollte, obwohl sie stillte, nachdem sie Nacht für Nacht wachgelegen hatte ohne zur Ruhe zu kommen. Es rotierte nachts in ihrem Gehirn, als ob das Ganze wiederauferstand, wenn das Licht ausgeschaltet wurde. Die Anrufe, der Hass auf Facebook, die bösen Stimmen der Hassgruppe, die Flucht der Freunde und Freundinnen, der Anblick und Geruch des toten Vogels, der Sargstrauß und die Anzeige. Das blutige Gesicht, von dem sie einen Schimmer gesehen hatte, bevor der Reißverschluss des Leichensacks geschlossen wurde, blitzte immer noch auf und verursachte ihr vor lauter Angst Übelkeit. Manchmal hatte sie das Gefühl, dass sie dabei war, wahnsinnig zu werden. Auch dieser Gedanke erschreckte sie zu Tode. Die Polizei hatte nicht reagiert. Sie *könnten* nichts tun, hatten sie gesagt. Es war fast, als ob sie meinten, das wäre etwas, womit man einfach zu leben lernen müsste in dieser neuen, offenen Gesellschaft, in der man sein ganzes Leben bereitwillig mit wem auch immer teilte.

Sie schluckte die Tablette und legte sich unter die Decke. Hörte, dass Christina vorsichtig die Tür schloss und hoffte, dass der Schlaf nun kommen und sie erlösen würde, damit sie mehr Energie bekam. Bei ihrer Hochzeit sollte sie wieder sie selbst sein.

Sara erwachte mit einem Ruck. William weinte. Die Beine konnten sie fast nicht tragen, als sie schnell aus dem Bett sprang. Zu schnell. Ihr war schwindelig, als sie in Williams Zimmer stürzte. Das Bett war leer, dort lag nur ein hellblauer Plüschteddy und schaute mit leeren schwarzen Augen. Benommen lief sie die Treppe hinunter und blieb auf halben Weg stehen. Sie hörte Kasper lachen. Kasper! Sie schaute auf die Uhr und schüttelte verständnislos den Kopf. Ihr war die Zeit entglitten. Kasper war vor über einer Stunde nach Hause gekommen. Sie schlich die Treppe hinunter. Sie saßen am Küchentisch. Der Kaffeeduft wogte ihr entgegen. William lag auf dem Boden auf seinem Spielteppich und fuchtelte vergnügt mit den Armen. Sie griff sich an den Kopf und versuchte, ganz normal in die Küche zu gehen.

»Sara! Du hast es wohl geschafft, ein bisschen zu schlafen, darf ich sagen«, lachte Kasper, als er sie in der Tür bemerkte. Er stand halb auf, als ob er glaubte, sie brauche Hilfe, setzte sich aber wieder. Sie fühlte sich umnebelt und sank neben William in die Hocke. Er wedelte noch mehr mit den Armen und strampelte beim Anblick seiner Mutter mit den Beinen.

»Das müssen die Tabletten gewesen sein, ich war völlig weg.« Sie schaute zu Christina hoch. »Hat William geweint?«

»Nee. Wann?«

»Eben. Er hat mich geweckt.«

»Nein, William hat nicht geweint. Er lag gemütlich da und hat gebrabbelt, konnte ich durchs Babyfon hören, daher habe ich ihn hier runtergeholt, als Kasper heimgekommen ist.«

»Ja, aber ... na, dann muss ich das wohl geträumt haben.« Sie stand auf und setzte sich ans Tischende, von wo aus sie William im Auge behalten konnte. Sie protestierte nicht, als Kasper ihr Kaffee einschenkte, obwohl ihr allein von dem Geruch schon schlecht wurde. Die Küche war aufgeräumt. Sara vermutete, dass Christina im ganzen Haus tätig gewesen war. Es wurde von ihrem dösigen Hirn sowohl mit Erleichterung als auch einem merkwürdigen Gefühl der Machtlosigkeit registriert. *Sie* hätte ihr Heim schön machen sollen, *sie* hätte William holen sollen, als Kasper von der Arbeit nach Hause gekommen war, *sie* hätte ihm Kaffee machen und nun gemütlich mit ihm am Küchentisch sitzen sollen. Man könnte glauben, sie konnten ihre Gedanken lesen. Kasper streichelte zärtlich ihren Arm und lächelte aufmunternd, Christina stand plötzlich auf und glättete ihr Kleid. Sara sah, dass Kasper einen schnellen Blick auf ihre schlanken, braunen Schenkel warf. Ihre eigenen waren blass und noch gar nicht schlank. Die Kilos nach Geburt waren schwer loszuwerden, wenn sie keine Energie hatte, sich zu bewegen.

»Na, ich sollte auch lieber mal nach Hause gehen.« Christina nahm ihre Handtasche, die am Riemen über der Stuhllehne hing.

»Soll ich dich nicht fahren? Bist du mit dem Bus gekommen?«

Christina nickte.

»Ich fahre dich heim«, beschloss Kasper und stand ebenfalls vom Tisch auf. »Ist das okay, Sara?«

»Natürlich«, lächelte sie und schaute ihnen nach, als sie aus der Tür gingen. Der Kaffee schmeckte ihr nicht. Sie kippte den Rest in die Spüle und schaffte es, durchs Fenster das Heck des Autos auf die Straße verschwinden zu sehen. Christina wohnte in der Innenstadt, es würde ein bisschen dauern, bis Kasper wieder zurück wäre. Sie stellte die leeren Tassen in die Spülmaschine, damit es nicht wieder unordentlich aussah, sobald Christina nicht da war. Unten auf der Decke versuchte William die Augen seines Teddys herauszupulen, sie plauderte die ganze Zeit ein wenig mit ihm. Als sie mit der Spülmaschine fertig war, hob sie ihn hoch. Er war trocken und warm. Christina oder Kasper mussten ihn umgezogen haben. Sie ging ins Wohnzimmer und ihre Vermutung wurde bestätigt; überall war schön aufgeräumt. Christina hatte auch genug Zeit gehabt, während sie selbst geschlafen hatte. Warum kriegte sie das plötzlich nicht mehr hin? War das normal nach einer Geburt? Den Laptop hatte Christina mitten auf den Couchtisch gestellt und sich sicher darüber gewundert, warum er unter dem Sofa versteckt gewesen war. Der Drang, sich daran zu setzen und die anderen Mütter im Forum zu fragen, ob es ihnen auch so ging wie ihr, zog sie dorthin, aber dann blieb sie stehen – niemand würde mit ihr reden, alle hassten sie. William hatte ein

Büschel Haare zu fassen bekommen und zog daran. Er war stärker geworden und sie nahm es vorsichtig aus seiner kleinen molligen Hand. Ein paar rote Haare blieben darin, die sie eins nach dem anderen wegzupfte, dann küsste sie die nasse Hand, die er auch im Mund gehabt hatte, und drückte ihn an sich. Rund herum im Wohnzimmer zeigte sie auf Dinge und erzählte ihm darüber. Es wirkte, als ob er lauschte, schaute bewundernd auf ihren Mund und versuchte die Bewegungen nachzuahmen. Bei der Maske und dem Foto blieb sie abrupt stehen.

»Guck, da sind Mama und Papa, als wir in Venedig waren. Bevor wir dich bekommen haben.«

William griff nach dem Foto, sie schaffte es gerade noch, es aus seiner Reichweite zu bringen. Das Bild rief die Erinnerung an den tragischen Urlaub wieder hervor. Sie legte William zurück auf die Decke und gab ihm seinen Teddy, als er einen unzufriedenen Mucks machte, dann bemerkte sie, dass eine Schublade im Schrank nicht ganz geschlossen war, irgendetwas klemmte dazwischen. Die Tischtücher und Platzdeckchen lagen nicht, wie sie sie hineingelegt hatte. War Kasper dort dran gewesen? Sie öffnete weitere Schubladen und Schränke, konnte aber nicht sehen, ob auch darin herumgewühlt oder vielleicht etwas gestohlen worden war. Aus einer alten Kaffeedose oben auf dem Küchenschrank holte sie einen Schlüssel und nahm William mit, als sie die Treppe hoch zurück ins Schlafzimmer ging. William legte sie behutsam in die Mitte des Doppelbettes. Das Schmuckkästchen lag ganz hinten im Schrank, es war noch da. Sie öffnete es mit dem Schlüssel. Die Silberuhr lag ganz oben. Sie nahm sie heraus und drehte sie in den Fingern. Vielleicht war sie etwas wert. Vielleicht war sie als eine Art Entschädigung in die Tasche gelegt worden, obwohl sie das bezweifelte. Sie war so speziell, dass es sich herausfinden lassen müsste, woher so ein Schmuckstück stammte.

***

33

»Ja, es ist jetzt über ein Jahr her, dass ich von meinem Mann geschieden wurde. Christinas Vater«, antwortete Hanne Toft Hansen auf Isabellas Frage.

Roland hatte sich schweigsam verhalten und Isabella das Reden überlassen, sie sollte lernen, so etwas auf eigene Faust zu klären, und bis jetzt war auch nicht so viel einzuwenden gewesen. Sie hatte es ganz richtig angepackt. Christinas Mutter hatte oft zu ihm geschielt, als ob sie sich darüber wunderte, warum er eigentlich dabei war. Ihre blonden Haare hatten graue Sprenkel bekommen, das verlieh ihnen eine spannende Struktur und Reflexe.

»Ist Christina nicht adoptiert?«, ging Isabella schnell weiter und warf einen Blick auf Roland, als Hanne sie sprachlos anschaute und entschieden den Kopf schüttelte.

»Nein, woher haben Sie das denn? Ich verstehe immer noch nicht ganz, wieso Sie mir diese Fragen über meine Tochter stellen.« Ihr Blick ruhte wieder auf Roland und er fühlte, es war an der Zeit, dass er etwas Vernünftiges sagte.

»Christina war Babysitterin bei einer Familie hier in Aarhus, ist das nicht wahr?«

Hanne nickte verständnislos. »Doch. Soviel ich weiß bei mehreren.«

»Sie hat auf einen kleinen Jungen bei einer Familie in True aufgepasst. Sara und Kasper Dupont? Sagen Ihnen diese Namen etwas?«

»Nein. Aber sie war wie gesagt bei mehreren, daher ...«

»Sie wussten also nicht, dass sie bei dieser Familie gearbeitet hat? Der Junge, auf den sie aufgepasst hat, hieß William«, unterbrach Isabella.

»Hieß? Nein, davon weiß ich nichts.« Ihr Blick flackerte ein bisschen. Nervös fingerte sie an einem Messer herum, das auf dem Tisch lag, der schwarze Griff war mit kleinen hellblauen Rosen verziert.

»Sie wissen also nicht, wo Ihre Tochter gearbeitet hat?«, insistierte Roland. Er wusste nicht, ob er derjenige war, der Hanne Toft Hansen nervös machte, auf alle von Isabellas Fragen hatte sie offen und ehrlich geantwortet.

»Christina war sehr unglücklich … und wütend, als wir uns scheiden ließen, ihr Vater und ich … es war nämlich so, dass …« Sie betrachtete die Blumen in einer Dekoration auf dem Tisch, die sie gerade anfertigte, als sie kamen. Sie war für eine Beerdigung bestellt, hatte sie erklärt. Sie war als Floristin in einem Laden in der Oststraße angestellt. Sie saßen im Hinterzimmer an einem großen, chaotischen, rustikalen Holztisch, wo sie mit diesen phantasievollen Kreationen arbeitete. Eine Frau mittleren Alters kümmerte sich um den Laden. Ab und zu ertönte das hohe Bimmeln einer Glocke, wenn jemand kam oder ging. Das Hinterzimmer war voller Blumen und hübscher Gebinde, die das Können der Floristin unter Beweis stellten. In der feuchten Luft erregten die Düfte beinahe Übelkeit.

»Wollten Sie die Scheidung?«, fragte Isabella mit weiblichem Mitgefühl.

Hanne schaute sie an und schüttelte den Kopf. »Nein, mein Mann, aber … Christina hat mir vorgeworfen, dass …«

»Sie waren diejenige, die einen anderen gefunden hatte?«

Roland ließ Isabella wieder übernehmen und lehnte sich auf dem weißlackierten hölzernen Gartenstuhl zurück, der unbequem und nicht dafür gemacht war, dass man länger am Stück auf ihm Platz nahm; er hatte befürchtet, dass die dünnen Metallbeine unter ihm nachgeben würden, als er sich setzte.

»Ja, aber das war ein Fehler. Es war nur eine Affäre. Eine dumme Affäre, es war nicht meine Absicht, ich wollte … aber Christina wusste es, und …« Sie atmete tief ein. »Sofort, nachdem wir geschieden wurden, ist sie abgehauen. Sie hätte bei mir wohnen sollen, aber das wollte sie nicht. Ich glaube, sie hasst mich. Auf jeden Fall macht sie mir Vorwürfe.«

»Wie lange war sie weg? Haben Sie nach ihr gesucht?«

»Ja, nachdem ein paar Tage lang keiner von uns etwas von ihr gehört hatte, haben wir sie natürlich gesucht.«

Natürlich. Ein paar Tage, dachte Roland. Er hatte keine seiner Töchter mehr als 24 Stunden weg sein lassen, als sie in Christinas Alter waren.

»Hat die Polizei sie denn nicht gefunden?«, fragte Isabella.

»Doch, sie haben sie tatsächlich gefunden. Damals erfuhren wir, dass sie als Au-pair nach Italien gezogen war. Eine ihrer Klassenkameradinnen war dort, die hat ihr bestimmt geholfen. Sie wollte nicht nach Hause und als ich sie kontaktiert habe, ließ sie mich wissen, dass ich das nicht mehr tun sollte. Keiner von uns. Auf meine Briefe, SMS oder Anrufe hat sie auch nie reagiert. Sie war gerade achtzehn geworden, also was hätten wir tun können?«

»Wann war das?«

»Das ist lange her.« Christinas Mutter überlegte. »Letztes Jahr im Januar, meine ich.«

»Sind Sie sich da ganz sicher?«, fragte Roland und bemerkte aus dem Augenwinkel, dass Isabella die Floristin sehr zweifelnd ansah.

»Ganz sicher. Auf jeden Fall kurz nach Neujahr.«

»Das kann nicht stimmen, denn …«, fing Isabella an, aber Roland stoppte sie mit einer ernsten Miene und erhobener Hand.

»Haben Sie nicht versucht, sie aufzusuchen?«, fragte er.

»In Italien!« Hanne sah ihn beinahe verärgert an. »Glauben Sie, ich kann mir das leisten? Dieser Job hier reicht gerade so für die Miete.«

»Und Ihr Mann?«

»Auch nicht. Er ist Frührentner. Sie wollte uns ja ohnehin nicht sehen, deshalb …«

»War Christina kürzlich in Dänemark?«, erkundigte sich Isabella.

Hanne Toft Hansen zupfte abwesend an etwas Ziergrün, als ob sie nach dem geeignetsten suchte und nichts finden konnte. »Nicht, soweit ich weiß.«

Isabella schaute Roland zweifelnd an und forderte ihn mit einem Blick auf, weiterzumachen.

»Kann sie hier in Dänemark vor einem halben Jahr einen Job gehabt haben, ohne Sie kontaktiert zu haben?«

Hanne lachte freudlos. »Ich glaube nicht, dass ich es erfahren würde, wenn sie zurück nach Dänemark gezogen wäre. Wie ich schon sagte, verachtet sie mich. Sie meint, es sei meine Schuld, dass unsere Familie in die Brüche gegangen ist. Ja, und sicher auch, dass ihr Vater krank wurde. Er hat eine Hirnblutung bekommen, als er es herausgefunden hat, dass mit ihm und ... er hat das Gefühl in dem einen Bein verloren ...« Ihre Stimme bebte, sicher machte sie sich selbst Vorwürfe. Roland vermutete, dass nicht nur die Tochter ihr die Schuld gab.

»Warum ist sie dann auch mit ihrem Vater zerstritten?«, wunderte sich Isabella.

»Er hatte kurz darauf auch eine andere. Tatsächlich ist er mit seiner Physiotherapeutin zusammengekommen. Heute fehlt ihm nicht das Geringste, wenn Sie mich fragen.«

Roland grübelte darüber nach, ob Irene männliche Trainer hatte, aber eine direkte Frage an ihn unterbrach seine Gedanken.

»Wieso wollen Sie all das hier über meine Tochter wissen? Ist etwas passiert?« Plötzlich versteifte sich Hanne völlig auf dem Stuhl, als wäre ihr dieser Gedanke erst jetzt gekommen.

»Sie wird gesucht. Wieder. Aber dieses Mal von der Polizei.«

Nun schaute sie Roland an und schüttelte mit einem kleinen schiefen Lächeln den Kopf, als weigerte sie sich, ihm zu glauben. »Wieso das?«

»Es sieht so aus, dass Christina vor ungefähr einem halben Jahr zurück nach Dänemark gezogen ist. Der kleine Junge, auf den sie bei der Familie in True aufgepasst hat, ist gestorben. Sie war eine wichtige Zeugin, ist aber vor Gericht nicht erschienen. Keiner weiß, wo sie sich aufhält.«

»Gestorben? Wie?«, fragte Hanne beinahe unhörbar und hatte den Blick nicht von Rolands Blick abgewandt, als erwartete sie weitere Worte, die sie nicht verpassen wollte. Die Augen waren weit aufgerissen und voller Misstrauen.

Roland wunderte sich oft darüber, dass so viele nicht ahnten, was um sie herum vor sich ging und das sogar in ihrer eigenen Stadt. Jedenfalls war es nicht die Schuld der Medien, dass sie so unwissend waren.

Er ignorierte die Frage. »Wir würden Sie bitten, uns ihre Adresse und Telefonnummer in Italien zu geben.«

»Ich weiß nur, dass sie von der ersten Familie weggezogen und in eine neue gekommen ist. Aber ihre Adresse dort habe ich leider nicht. Vielleicht hat ihr Vater die, das hat er bestimmt ...« Sie klang bitter und begann wieder verloren die Blumen in der Dekoration zu arrangieren.

Roland stand auf. Er hatte die Erfahrung gemacht, dass Leute oft redseliger wurden, wenn sie das Gefühl hatten, dass das Verhör nun bald ein Ende hatte und das Ganze überstanden war. Aber Christinas Mutter sagte nicht mehr.

Roland zog ein Foto der Babysitterin aus der Hosentasche und reichte es ihr. Sie wollte es nehmen, aber dann fiel ihr ein, dass sie dreckige Finger hatte und sie wischte sie irgendwo an dem Kittel ab, während sie das Bild betrachtete.

»Wer ist das?«

»Ist das nicht Ihre Tochter, Christina?«

»Die da?! Nein, so würde Christina nie vor einer Kamera posieren. Wer hat dieses Foto gemacht?«, fragte sie verärgert.

»Sie sind sich sicher, dass das nicht Christina ist?«, vergewisserte sich Roland.

»Ja, ganz sicher. Sie sieht mir ähnlich. Blondine. Sie hat blaue Augen. Keine braunen. Das ist sie nicht.«

34

Anne hatte vor dem roten Gebäude des Polizeipräsidiums drei Zigaretten geraucht, ehe sie Roland und die Beamtin entdeckte, die beim Busbahnhof um die Ecke kamen. Sie hatte sich ein bisschen beruhigt, beobachtete aber furchtsam die Nummernschilder jedes Autos, das sich näherte. Trotz ihrer Nervosität hatte sie sich dennoch entschieden, draußen zu warten, als sie am Empfang mit der Information, der Kriminalkommissar sei nicht im Haus, würde aber wohl bald wieder zurückkommen, abgewiesen worden war. Es ärgerte sie, dass sie mit der Zeit ein so bekanntes Gesicht im Polizeipräsidium geworden war, dass sie nur hineingelassen wurde, wenn es Pressekonferenzen gab. Jetzt hatte sie eine Dreiviertelstunde gewartet und sich schließlich resigniert auf die kalte, langweilige Betonmauer gesetzt, die das Präsidium umgab. Ihm noch zehn Minuten gegeben.

Roland war in ein ernstes Gespräch mit der Beamtin vertieft, daher sah er Anne nicht, bis sie schnell die Zigarette an der Mauer ausdrückte und auf ihn zuging. Zuerst sah es aus, als würde er sie gar nicht erkennen, und es war nicht gerade Wiedersehensfreude, die er ausstrahlte, als er es endlich tat.

»Roland, ich muss mit dir sprechen. Es ist wichtig!«

Die Beamtin warf ihm ein diskretes Nicken zu, zusammen mit einem schiefen Viel-Vergnügen-Lächeln und verschwand durch den Haupteingang. Roland sah aus, als würde er sich beklommen darüber fühlen, mit ihr allein draußen auf der Straße zurückgelassen worden zu sein.

»Ich hab es sehr eilig, Anne, kannst du es daher kurz machen?«

»Sehr kurz.« Sie nahm seinen Arm und zog ihn mit zu ihrem Auto, das neben dem Präsidium geparkt war. Zuerst leistete er Widerstand, als glaubte er, sie würde ihn entführen, dann entspannte er sich, als sie ihn losließ und die Autotür ihres alten, gelben Ladas öffnete.

»Parkverbot«, sagte er barsch, wurde aber wieder still, als sie den Reißverschluss der Tasche aufmachte und die Tüten mit den farbigen Tabletten präsentierte.

»Woher zum Teufel hast du die?« Plötzlich hatte sie seine volle Aufmerksamkeit.

»Ist das Amphetamin? Methamphetamin?«

»Woher hast du die?«, wiederholte er.

Nervös schaute sie sich um, machte die Tasche wieder zu und hob sie aus dem Auto. Busse und Autos dröhnten vorbei und übertönten, was Roland noch sagte.

»Können wir uns nicht an irgendeinem ruhigeren Ort unterhalten?«, bat sie, obwohl es wie die Einleitung zu einem Date klang.

Schweigend folgte sie ihm ins Präsidium. Er war genauso still. Sie sagten nichts im Aufzug nach oben, aber sie konnte sehen, dass er besorgt wirkte. War es wegen des Anblicks dessen, was sie ihm in der Tasche gezeigt hatte, oder der Fall, an dem er arbeitete? Sicher hatten sie die geflohene, gefährliche Patientin noch nicht gefunden.

In Rolands Büro sah es so aus wie immer und roch es wie immer. Ein kleiner nostalgischer Seufzer durchfuhr ihre Brust, wie wenn man den Duft seiner Schulzeit wiedererlebt, die auch nicht immer nur lustige Erlebnisse mit sich gebracht hatte.

»Setz dich und erzähl mir, wo du diese Tasche gefunden hast«, sagte Roland und setzte sich auf seinen Bürostuhl. Sie stellte die Tasche mitten auf seinen Tisch.

»Nicht direkt gefunden. Lass uns sagen, dass sie bei mir gelassen wurde. Was ist das?«

Roland zog den Reißverschluss auf und nahm eine der durchsichtigen Tüten heraus. Die Tabletten waren limettengrün und rosa und hatten kleine unschuldige Motive auf die Oberfläche geprägt. Einen Schmetterling, ein Herz, Sternzeichen und kleine Nachrichten wie *for you* oder *love you.*

»Sieht nach Designerdrogen aus«, sagte Roland, fast als hätte er vergessen, dass sie da war.

»Was ist das?«

Schnell sah er sie an. Überlegte deutlich, ob er es ihr erzählen sollte.

»Das sind Experimente. Heutzutage, wo die meisten Stoffe von Drogenhunden aufgespürt werden können, werden die Chemiker immer erfinderischer. Die hier können in irgendeiner x-beliebigen

Küche hergestellt worden sein.« Roland wedelte mit der Tüte vor ihr.

»Küche?«

»Ja, man braucht nicht viel dazu. Rezepte kannst du sicher im Internet finden. Eigentlich mischt man bloß eine Menge Chemikalien, bekannte und unbekannte, deren Wirkung man praktisch nicht kennt, und tatsächlich ist es legal.«

»Wie das?«

»Weil diese neuen Drogen noch nicht verboten sind, da man sie noch nicht gesehen hat. Ein Stoff kann nicht verboten werden, bevor er als gefährliches Rauschmittel in der Abteilung für forensische Chemie analysiert wurde, danach muss die Politik ein Gesetz erlassen, das es verbietet, und so etwas braucht Zeit. Währenddessen werden sie ganz legal auf der Straße und um die Discos herum verkauft. Die Chemikalien zur Herstellung kann man verblüffend einfach im Internet kaufen, zum Beispiel in China. Woher hast du das, Anne? Damit ist nicht zu spaßen. Eine junge Frau liegt im Koma und ist wahrscheinlich hirngeschädigt, nachdem sie solche Tabletten eingenommen hat. Vielleicht wacht sie nie wieder aus dem Koma auf.«

Anne erzählte ihm zuerst ein wenig zögerlich von Adomas, an den er sich von der Sache mit den Zigarettenschmugglern und dem Raubüberfall in Trige erinnern würde, und dass er ihr Cousin sei. Kurz darauf wurde sie freimütiger, als ihr klar wurde, dass es das Richtige war. Hier war etwas, mit dem sie nicht allein fertig wurde. Das waren keine Kleinkriminellen aus Nørrebro, mit denen sie sich herumschlug, jetzt war es ernst, lebensbedrohlich. Roland bestätigte ihre Furcht, als er nach einer langen Pause endlich etwas sagte.

»Von dieser osteuropäischen Mafia musst du dich fernhalten, Anne. Die Struktur ist die gleiche wie in der italienischen Mafia mit einem Paten, der die oberste und bestimmende Macht ist, unter sich hat er die *Capi*, die seine Befehle ausführen, indem sie die *Soldati*, die in der Hierarchie ganz unten stehen, ausnutzen.

Dein Cousin befindet sich ganz sicher in dieser Kategorie und nun soll er bestraft werden. Wenn sie herausgefunden haben, dass er derjenige war, der uns von den Hintermännern bei dem Zigarettenschmuggel erzählt hat, die zu dem gleichen Netzwerk gehören können, die nun Drogen nach Dänemark schleusen, dann ist er ernsthaft in Gefahr. Sie sind viel brutaler und rücksichtsloser als die italienische Mafia, ihnen fehlt das soziale Engagement füreinander und die Familie, und sie legen gerne kaltblütig ihre eigene Mutter um als abschreckendes Beispiel für andere.«

Anne bewegte sich unruhig. Roland versuchte sehr deutlich, sie darauf aufmerksam zu machen, in welch großer Gefahr sie war. Wenn jemand wusste, dass sie nicht immer die Konsequenzen dessen, in was sie sich einmischte, bedachte, dann er. Fast wie eine Bestätigung dafür fuhr er fort:

»Aber es ist gut, dass du mit der Tasche hierher kommst und es mir erzählst, Anne. Wie finden wir deinen Cousin?«

»Ich weiß es nicht«, antwortete sie ehrlich und konnte sehen, dass er ihr nicht glaubte. »Wir haben uns gestritten, er ist verschwunden, dann wurde meine Wohnung durchwühlt und ich habe diesen Anruf bekommen. Die haben garantiert versucht die Tasche zu finden.«

»Kann das Adomas gewesen sein?«

»Vielleicht, und trotzdem. Er würde wohl nicht ...«

»Ich schicke ein paar Leute zu dir. Hast du etwas angefasst? Aufgeräumt oder so?«

Sie schüttelte den Kopf.

»Gut, vielleicht haben sie Spuren hinterlassen, sodass wir sie finden können. Kannst du irgendwo unterkommen? Vielleicht wäre es eine gute Idee, dass du bei jemandem wohnst, so lange das hier dauert.«

»Nein, ich habe niemanden, bei dem ich wohnen kann«, antwortete sie sofort.

Roland machte die Tasche zu und stellte sie auf den Boden.

»Ja, aber dann werde ich dafür sorgen, dass dich ein Streifenwagen ein bisschen im Auge behält«, sagte er, und sah mit einem Mal aus, als ob er viel zu tun hätte, ohne eigentlich etwas anderes zu tun, als ein paar Papiere hin-und herzuschieben. »Sonst noch was?«

»Nein, ich sehe, du hast zu tun.« Sie erhob sich zum Gehen. »Diese Kindsmörderin habt ihr noch nicht gefunden, oder?«

Er schaute zu ihr hoch und sah aus, als wolle er etwas Ermahnendes sagen, tat dann aber stattdessen so, als ob er etwas auf seinem Computerbildschirm läse.

»Nein«, antwortete er. »Gehst du immer noch putzen?«

Anne beeilte sich zu lügen. Er würde ihr vielleicht etwas erzählen, wenn ihm nicht klar war, dass sie mittlerweile tatsächlich mehr als Journalistin denn als Reinigungskraft arbeitete.

»Ja, aber ich lese ja Zeitung.«

»Natürlich.« Roland schaute sie wieder an. »Nein, wir haben sie noch nicht gefunden, aber das wird schon klappen.«

»Glaubst du, dass sie dessen schuldig ist, wofür sie verurteilt wurde? Sein eigenes Baby zu ermorden, ist das nicht ein bisschen ...«

»Darauf kann ich dir nicht antworten, Anne.«

Sie konnte sehen, dass er wünschte, sie würde gehen, aber ihr Eifer, Nicolaj zu imponieren, sodass er sich bald entschied, sie fest anzustellen und sie diesem anderen Drecksjob entkommen konnte, trieb sie dazu, sich an die Chance klammern, die sie bekommen hatte.

»Wisst ihr, dass ihr die Identität gestohlen wurde?«

Roland beugte sich über den Tisch vor und kniff das eine Auge ein bisschen zu, was ihn skeptisch oder vielleicht misstrauisch aussehen ließ.

»Wie das?«

Anne setzte sich wieder.

»Irgendwer hatte ihre Identität auf FB gestohlen. Facebook«, übersetzte sie, da Roland die Abkürzung wohl nicht geläufig war, »und andere soziale Medien, an denen sie teilgenommen hat. Es war ihr Profilbild und alle ihre Daten, aber sie war nicht diejenige, die all das Abscheuliche geschrieben hat, dem andere ausgesetzt wurden. Sie ist wohl eine gehasste Person im Cyberspace, weil alle glauben, dass *sie* diejenige war, die das geschrieben hat. Sie hat es doch bestimmt angezeigt.«

»Es ist nicht verboten, Bilder und Informationen zu benutzen, die für alle öffentlich zugänglich sind.«

»Nein, ich weiß. Das steht ja auch in den AGB, die man akzeptiert, falls überhaupt mal jemand Lust hat, diese ganze Bibel zu lesen. Die meisten stimmen wohl einfach allen Bedingungen zu, um schnell weiterzukommen. Da könnte ebenso gut stehen, dass jemand kommt und einen im Morgengrauen enthauptet, das würden alle mit Freuden akzeptieren.«

Ihr Kommentar zauberte ein diskretes Lächeln auf Rolands Lippen. Sie klang auch so hochheilig, denn sie gehörte selbst nicht zu denen, die Lust hatten, dieses lange Geschreibsel zu lesen, was so etwas immer war. Man vertraute den Leuten im Netz doch.

»Aber es ist doch wohl verboten, Ausweise zu stehlen und einen Kredit im Namen eines anderen aufzunehmen«, fügte sie hinzu. »Und habt ihr untersucht, weswegen Saras Freundin sie angezeigt hat?«

Anne freute sich darüber, Roland etwas zum Nachdenken gegeben zu haben. Sie konnte es an seinem Gesichtsausdruck sehen.

»Wir haben keine Informationen darüber bekommen, dass Sara wegen irgendetwas angezeigt wurde! Weswegen?«

»Das weiß ich nicht, Roland.«

»Woher hast du diese Informationen eigentlich?«

Anne biss sich auf die Lippe, als ihr aufging, dass sie sich vielleicht zu weit aus dem Fenster gelehnt hatte.

»Ich bin eine alte Journalistin, Roland. Ich kann es einfach nicht lassen«, gestand sie und schenkte ihm ein völlig unschuldiges Lächeln.

»Anne, du musst jetzt gehen. Ich habe gleich eine Besprechung und muss mich noch ein wenig vorbereiten.«

Roland entschuldigte sich sonst nicht dafür, dass er sie aus seinem Büro jagte, und klang erst recht nicht so, als ob er eigentlich keine Lust dazu hätte. Auch begleitete er sie sonst nicht zur Tür, wie er es jetzt tat. Sie wollte ihn fragen, was mit dem einen Beamten passiert war, mochte es sich aber nicht gleich wieder mit ihm verscherzen. Sie musste warten, bis Nicolaj seine Informationen preisgab.

»Natürlich wirst du Näheres hören, wenn die Einbrecher gefunden wurden. Bis dahin verhältst du dich ruhig. Wir behalten dich im Auge«, versicherte Roland und öffnete die Tür.

Anne wusste nicht so recht, ob ihr seine letzte Bemerkung gefiel, aber sie fühlte sich ein kleines bisschen sicherer, als sie zu ihrem Auto ging, um zu Nicolaj zu fahren. Vielleicht konnte sie bei ihm schlafen.

35

»Wie weit sollen wir zurückgehen?«, wollte Herman Frederiksen von der IT-Ermittlungsabteilung wissen.

Die Stimme spiegelte die Stimmung wider, die in seiner Abteilung herrschte. Lieber der Anblick eines toten Menschen – fast ungeachtet der Todesursache – als das, was sie bei der Bearbeitung von Kinderporno-Fällen und anderem abscheulichen Material oft zu sehen und hören bekamen. Herman atmete nur halb und oberflächlich ein und sprach schnell, in einem leicht gereizten Ton, als ob es ihm gewaltig auf die Nerven ginge, dass Roland störte, ihn vom Computerbildschirm wegzerrte und ihn aufhielt.

»Das weiß ich nicht. Versuch ein Jahr zurück zu gehen. Der Name ist Sara Dupont, und es geht meines Wissens um Mobbing auf Facebook.« Herman schickte einen hoffnungslosen Seufzer durch das Telefon in Rolands Ohr. »Du solltest mal meinen Posteingang mit Anzeigen dieser Art sehen! Das sind mindestens tausend. Ich gebe zu, dass wir viele von ihnen zurückstellen; wir müssen den Anzeigen wegen Kinderpornos und Wirtschaftskriminalität im Internet Vorrang geben. Die Ressourcen. Du kennst das ja.«

»Ihre Identität wurde gestohlen.«

Herman seufzte wieder. »Ja, die Identität ist eine seltsame Größe geworden. Wieso wohl ist Facebook ein so großer Erfolg?« Er antwortete selbst auf die Frage, bevor Roland es schaffte, über eine vernünftige Antwort nachzudenken. »Weil es um Identität geht. Das Bedürfnis, eine Identität zu schaffen, hat heutzutage eine viel zu große Bedeutung bekommen. Was hat man denn vor dem Computer und Facebook gemacht?« Wieder antwortete er selbst, bevor Roland etwas sagen konnte. »Früher war die Identität etwas, das wir bei der Geburt bekommen haben, und sie wurde uns von unserem ersten Schrei an zuerkannt. Heutzutage reicht das nicht mehr; man will sie selbst definieren können. Wenn Identität etwas ist, das man mit einem Profilbild und einer Menge Informationen über sich selbst schafft, die nicht unbedingt viel mit der Wirklichkeit zu tun haben müssen, dann wird das Leben plötzlich gleich viel leichter. Man kann sein, wer man will, wann man will. Man schätzt, dass eins von drei neuen Facebookprofilen falsch ist. Wenn Identität auf diese Weise eine Art Objekt wird, kann sie natürlich auch gestohlen werden – ja sogar verkauft.« Herman holte tief Luft. »Aber Facebook verdient hauptsächlich an den Informationen der Nutzer, wir reden hier von einem zweistelligen Milliardenbetrag. Multinationale und andere Gesellschaften kaufen sie für zielgerichtete Werbung für jeden Einzelnen, und das ist eine sehr effektive Strategie. Aber denk nur daran, wie viele diese Informationen zur Verfügung gestellt bekommen, Roland! Nicht alle sind gesetzestreue Bürger. In den USA schätzt man, dass Identitätsdiebstahl die am schnellsten wachsende wirtschaftliche Kriminalität ist. Wir haben allmählich auch viele von dieser Art Fälle hier zu Hause, und ...«

»Ich weiß, ihr habt viel zu tun, Herman«, unterbrach Roland. »Aber jetzt hat dieser Fall hier höchste Priorität. Es geht um einen Mordfall. Vielleicht zwei.« Er informierte Herman ebenso schnell über die Situation, wie der IT-Ermittler ihn über die Identitätsfrage der Gegenwart belehrt hatte.

»Okay, Roland. Ich werde sehen, was ich tun kann.«

Roland bedankte sich und legte auf, von dem Redeschwall benommen. Gleichzeitig dachte er daran, was der Vizepolizeidirektor sagen würde, wenn er wüsste, dass er die IT-Ermittlung einbezogen hatte. Sicher nichts Angenehmes. Und konnte er Anne Larsen trauen? Woher hatte sie ihre Informationen? Worin hatte sie sich denn jetzt schon wieder eingemischt? Diese neuen Drogen, die im Umlauf waren, beunruhigten ihn. Die Tasche war bei der Spezialabteilung abgeliefert worden, die sich um Drogenkriminalität kümmerte. Noch eine Abteilung, die leider viel zu viel zu tun hatte. Der Drogenkonsum nahm zu, nicht bloß in den stadtbekannten Drogenmilieus, sondern auch im Nachtleben der Jugendlichen und nicht zuletzt auf den Schulen, wo potenzielle neue Kunden keine Mangelware waren. Roland überlegte, ob das auch mit der Identität und der fehlenden Anerkennung zusammenhing. Die Drogen konnten auf den Einzelnen maßgeschneidert werden, je nach Bedürfnis, die Identität zu ändern, um energischer, besser drauf, extrovertierter, selbstbewusster – oder was auch immer zu sein. Irgendwie konnte man wohl sagen, dass die Drogen die Identität der Jugendlichen stahlen. Vieles wäre besser, wenn jedes Individuum so mit sich zufrieden wäre, wie es nun mal geschaffen war. Abwesend ging Roland ans Telefon, als es klingelte.

»Das ging ja echt schnell«, lobte er, als Herman sich zu erkennen gab.

»Tja, aber erwarte jetzt nicht zu viel. Ich habe nur eine Anzeige von Kasper Dupont einen Kredit betreffend gefunden, der mit der Identität seiner Ehefrau aufgenommen wurde. Sie behauptet, sie sei das nicht gewesen. Der Betrag belief sich auf knapp 50 000 Kronen. Kleckerbeträge, wenn wir sonst mit Wirtschaftsbetrug in Milliardenhöhe zu tun haben. Es ist jedoch vermerkt, dass es sich um organisierte Kriminalität handeln könnte und Kleinvieh macht auch Mist. Wir müssen leider viele Fälle dieser Art aufgeben. Es ist sehr schwer, irgendetwas zu unternehmen, selbst bei der gröbsten elektronischen Schikane, besonders, wenn sie anonym erfolgt, und wenn es über einen ausländischen Server läuft wie Facebook, gelten ganz andere komplizierte Prozeduren. Die Nutzer sind so gesehen rechtlos. Mobbing ist eine Übertretung des Strafgesetzparagraphen 267, Ehrenkränkung, wie du weißt, aber das ist eine zivilrechtliche Angelegenheit, sodass wir da nichts tun können. Der Geschädigte selbst muss mit der Sache weiter vor Gericht gehen, und es sieht nicht so aus, als ob die Frau selbst Unannehmlichkeiten angezeigt hätte. Kannst du das irgendwie gebrauchen?«

»Vielleicht. Das wird sich zeigen. Du hast nichts über eine Anzeige von Sara Dupont?«

»Weswegen? Cyberkriminalität?«

»Ich weiß es nicht, Herman, ich habe es gerade erst erfahren.«

»Die findest du dann wohl im System. Bei der Lokalpolizei vielleicht?«

»Ja, das muss ich herausfinden. Danke für deinen schnellen Einsatz trotz der vielen Arbeit ...«

Herman hatte aufgelegt, bevor Roland den Satz beendet hatte. Selbstverständlich gab es auch die, die aus irgendeinem Grund diese Art von Belästigung nicht anzeigten. Vielleicht gerade, weil die Hilfe von der Polizei normalerweise nicht besonders viel nützte, sie hatten nicht genug Leute für diese Art von Kriminalität, so lange die Zeit für Kinderpornos und andere grobe Cyberkriminalität draufging. Aber mit der Zeit würde es notwendig werden, auf diesem Gebiet Spezialisten auszubilden, da die Kriminellen in ihren Methoden immer gewiefter wurden und es ihnen die meisten Computernutzer viel zu leicht machten.

Auf einmal stand Isabella vor seinem Tisch. Die Tür war offen, und er hatte sie in diesen lautlosen Sportschuhen überhaupt nicht hereinkommen hören.

»Ich habe etwas herausgefunden, das vielleicht von Bedeutung ist, vielleicht aber auch nicht. Vor über einem Jahr waren Sara und

Kasper Dupont im Urlaub in Venedig, das wussten wir ja. Aber etwas, das Kasper uns nicht erzählt hat ist, dass Saras Tasche in ihrem Hotel gestohlen wurde. Er hat es angezeigt, als sie wieder in Dänemark waren, weil ihr Pass darin war, aber da konnten wir natürlich nichts machen.«

»Nein, natürlich nicht.«

»Die italienische Polizei hat ihn nie gefunden. Falls sie überhaupt danach gesucht haben.«

Roland schaute sie vorwurfsvoll an, zweifelte sie doch an der Effizienz seiner Landsleute und damit am Beruf seines seligen Vaters.

»Warum Kasper wohl nichts über den Diebstahl gesagt hat und darüber, dass Sara einem Identitätsdiebstahl zum Opfer gefallen ist?«

»Gute Frage. Aber das lässt sich vielleicht damit erklären, dass er es nach all dem, was seither passiert ist, überhaupt nicht im Kopf hatte. Sein Sohn ist tot, seine Frau, die wegen Mordes verurteilt und in eine psychiatrische Anstalt eingewiesen wurde, ist getürmt und hat erneut gemordet.«

»Du hast Recht. Eine gestohlene Tasche und Identität sind dann nicht gerade das, woran man zuerst denkt. Aber vielleicht sollten wir noch mal mit ihm sprechen? Es kann ja noch mehr geben, was er uns nicht erzählt hat.«

»Ja, das gibt es auf jeden Fall. Die Anzeige einer von Saras Freundinnen gegen sie wegen irgendetwas.«

»Was?«

»Das bitte ich dich herauszufinden, Isabella.«

36

Juni, drei Monate zuvor

Sara wünschte, sie hätte ein bisschen mehr abgenommen, bevor sie das Brautkleid kaufen sollte, aber jetzt konnte sie es nicht länger aufschieben, ihre Mutter trieb sie an; es waren nur noch zwölf Tage bis zur Hochzeit.

Sie drehte sich vor dem großen Spiegel im Geschäft, ließ die dicke Seide und den Tüll in elfenbeinfarbenen Kaskaden um sich rauschen und schaute William an, der auf Omas Schoß hinter ihr auf einem der bequemen Sitzkissen für die geduldig Wartenden saß, die bei einer zukünftigen Braut immer dabei waren, um einer kleinen Modenschau beizuwohnen und vorbehaltlose Meinungen und Einschätzungen zu äußern. William starrte hingerissen mit großen blauen Augen zurück.

»Wie findest du Mamas feines Kleid, Schätzchen? Soll es das hier sein?« Sie drehte sich wieder herum.

Es war das fünfte Kleid, das sie anprobierte, und sie fühlte sich langsam eher müde und verwirrt. Sie waren alle hübsch, jedes auf seine Art.

»Er ist erst drei Monate alt und zu klein, um seine Meinung zu sagen, meine Süße, aber ich finde, es sollte definitiv das da sein«, antwortete Benedikte, die auch aussah, als ob sie das Ganze bald hinter sich haben wollte. Die Verkäuferin nickte zustimmend, aber das war auch kein Wunder, wenn man auf das Preisschild schaute. Aber »du heiratest ja nur einmal in deinem Leben – hoffentlich«, wie ihre Mutter so weise bemerkte.

»Ach, William ist mittlerweile gut darin geworden, seine Meinung kundzutun, ich höre kein wütendes Grunzen, also ist dein Enkelkind wohl mit uns einer Meinung.«

William strampelte, sodass Benedikte ihn fester halten musste, seine Ärmchen fuchtelten in der Luft. Aber sein fröhliches Glucksen und unwiderstehliches schiefes Lächeln überzeugten Sara. Sie wandte sich an die Verkäuferin, die abwartend dastand und den Vorhang zur Umkleide zur Seite schob, sodass Sara sich aus größerem Abstand im Spiegel sehen konnte.

Sie nickte zufrieden. »Ich sehe das auch so. Das ist auch der richtige Schleier. Ich gehe davon aus, dass Sie Ihre langen Haare hochstecken werden?«

Sara nickte, obwohl sie noch überhaupt nicht darüber nachgedacht hatte. Faktisch hatte sie nicht besonders viel über ihre Hochzeit nachgedacht, hatte sogar kurz den Gedanken gehabt, sie zu verschieben, bis sie nicht länger verfolgt und terrorisiert wurde, nicht mehr mit diesem nagenden Schrecken in sich herumlief; dem Gefühl, dass etwas Furchtbares passieren würde.

»Ja, also dann nehmen wir das«, stellte Benedikte bestimmt fest und erhob sich. William begann zu wimmern, als er nicht länger behaglich auf ihrem Schoß lag.

»Der Kleine wird auch langsam müde. Ich verstehe nicht, warum du ihn mitgeschleppt hast«, schalt sie draußen vor der Umkleidekabine, während Sara wieder ihre eigene Kleidung anzog. »Dann hätten wir auch diesen Brunch geschafft.«

Sara verdrehte die Augen zu ihrem Spiegelbild und zog ihre Bluse über den Kopf. »Kasper kommt vor dem Abendessen nicht nach Hause, daher ...«, murmelte sie.

»Was ist mit der Babysitterin? Konnte die denn nicht kommen?«

»Doch, sicher, aber ...« Sara riss den Vorhang grob zur Seite und nahm ihre Jacke, die Benedikte ihr reichte. William sah sehr unzufrieden aus und würde bald anfangen zu weinen. Sie nahm ihn ihrer Mutter aus dem Arm.

»Sara, du musst ihn ab und zu mal loslassen, sonst wird es zu hart für dich und auch für William. Wenn du wieder arbeiten gehst, kannst du ihn doch auch nicht ständig mit dir herumschleppen.«

Sie antwortete nicht. Die Verkäuferin sah aus, als ob sie auch meinte, dass diese Unterhaltung warten könnte. Aber so war Benedikte, ihre Meinung behielt sie selten für sich.

Sara sagte nichts, als sie bezahlt hatten und zurück zum Parkhaus von Sallings gingen, wo ihre Autos standen. Benedikte sah sie besorgt an.

»Stimmt irgendetwas nicht? Manchmal siehst du nicht aus wie diejenige, die bald den Mann heiraten wird, den sie liebt, und gerade den hübschesten kleinen Sohn bekommen hat.« Zärtlich kniff sie im Kinderwagen in Williams runde Wangen, was er mit seinem lustigen schiefen Lächeln erwiderte.

Sara blieb abrupt stehen und schaute ihre Mutter an, aus Angst, missverstanden worden zu sein. Sie freute sich wirklich auf ihre Hochzeit. Es war bloß all das andere, was sie bis dahin gerne geklärt haben wollte, um endlich Frieden zu haben, und heute Morgen hatte sie gedacht, dass sie es selbst in die Hand nehmen musste, wenn die Polizei nicht helfen wollte. Sie überließ ihrer Mutter den Kinderwagen.

»Willst du ihn nehmen? Ihr könnt nach Hause zu Kasper fahren, dann komme ich später nach.« Sie warf ihrem Sohn einen Handkuss zu.

»Was hast du denn vor?«

»Ich muss bloß was erledigen. Dauert nicht lange«, sagte sie und reichte ihr auch die Tüte mit dem Brautkleid.

»Ja, aber können wir denn nicht mitgekommen?«

»Es ist am besten, wenn ich das allein mache.« Sara eilte um die Ecke und ging zügig die Fußgängerzone in Richtung Sönder Allee hinunter, bevor Benedikte die Möglichkeit bekam zu protestieren. Während sie ging, kramte sie in der Tasche, um sicher zu gehen, dass sie an das Schmuckstück gedacht hatte. Deswegen war sie zu spät zu der Verabredung mit ihrer Mutter gekommen. Erst als sie aus der Tür war, kam ihr der Gedanke, dass es vielleicht eine Möglichkeit gab, irgendwo etwas über diese Uhr herauszufinden, wenn sie ohnehin nach Aarhus fuhr.

Vor dem Schaufenster eines Antiquitätenladens war ein Gitter, das andeutete, dass unten im Keller etwas Wertvolles sein könnte. Natürlich wäre es leichter gewesen, ein Foto an eine Menge Geschäfte zu mailen, aber es wäre überwacht und missbraucht worden, wie alles, was sie im Internet machte.

Sie ging die Treppe hinunter und es fiel ihr schwer, die Tür zu dem Geschäft zu öffnen, weil der Treppenschacht so eng war. Die Tür brauchte einen extra Schubs, bevor sie aufging. Die Beleuchtung im Geschäft war schummrig von diversen antiken Steh- und

Tischlampen und es roch alt und muffig, als ob nie gelüftet würde. Der Inhaber rauchte offenbar auch Zigarillos. Aber es war niemand da. Auf dem Tresen befand sich eine alte Messingklingel neben einem Schild, auf dem bloß stand: *Bitte klingeln*. Eine Frau mittleren Alters tauchte auf, mit vorsichtiger Miene, als ob sie glaubte, dass ein Dieb hereingekommen wäre, oder als wäre sie es nicht gewohnt, dass überhaupt Kunden kamen. Sie konnte gut der Typ sein, der Zigarillos rauchte. Sara sah eine ältere, runzelige Frau in dem Hinterzimmer sitzen, aus dem die Frau gekommen war, bevor die Tür wieder geschlossen wurde.

»Wie kann ich Ihnen behilflich sein?«, fragte sie mit rauer Stimme, die zu ihrem Äußeren passte.

»Ich habe eine Frage.« Sara holte die Uhr heraus. »Sie wissen nicht zufällig, woher so ein Schmuckstück kommen könnte? Ich halte es für antik.«

Die Frau angelte eine Brille mit schwerem Gestell aus der Tasche eines verwaschenen lila Cardigans und studierte das Schmuckstück genau. Dann schüttelte sie den Kopf.

»Nein, so eine habe ich noch nie gesehen, das mit den rot-weißen Schnüren ist etwas ungewöhnlich. Die Uhr kann antik sein, ja, aber … woher haben Sie sie? Ein Erbstück?«

Sara schüttelte den Kopf und nahm enttäuscht das Schmuckstück entgegen. Sie wollte es in die Tasche legen, als ein trockener Husten hinter der geschlossenen Tür ertönte und die Frau es ihr plötzlich wieder aus der Hand nahm.

»Einen Moment, vielleicht …« Sie ging schnell ins Hinterzimmer und schloss die Tür wieder. Von dort kam der Gestank der Zigarillos, bemerkte Sara. Sie konnte ihre gedämpften Stimmen hören, aber nicht die Worte. Währenddessen sah sie sich in dem Laden um. Es gab Gemälde mit idyllischen Landschaften oder großen Segelschiffen auf aufgewühlter See aus einer Zeit, als die Kunstmaler Dinge fotografisch genau wiedergeben konnten. Stehlampen, Kerzenständer und verschiedene Gläser, eine große Bornholmer Standuhr, Schüsseln und Platten auf runden Tischen aus dunklem Holz mit Löwenfüßen. Kristallkronleuchter hingen von der Decke, an denen man sich den Kopf anstoßen konnte. Plötzlich ging die Tür wieder auf. Die Frau ging rasch zu ihr und gab ihr das Schmuckstück zurück.

»Meine Schwester hatte eine Erklärung; ich habe es geahnt«, fügte sie mit einem schiefen Lächeln hinzu, dessen Bedeutung schwer zu ergründen war.

»Das ist ein Mărţişor. Wir haben es in einem alten Buch nachgeschlagen. Es ist ein Symbol für den Frühling und die Feier des ersten März, dem Monat des Kriegsgottes Mars. Ein rumänischer Brauch. Man überreicht einander ein Mărţişor, eine Art Talisman, in Form von Schmuck oder einer Dekoration. Die rot-weißen Schnüre bedeuten Krieg und Frieden oder Frühling und Winter.«

»Was symbolisiert es?«, fragte Sara in der Hoffnung klüger zu werden, warum es in ihrer Tasche gelandet war.

»Derjenige, der es trägt, wird dem Brauch zufolge gesund und stark durch das Jahr gehen, aber es kann auch ein Symbol für Freundschaft, Anerkennung, Liebe und Respekt sein.«

Sara legte den Schmuck zurück in die Tasche. »Und Ihre Schwester meint also, dass es aus Rumänien kommt?«

»Ja, ich habe es so verstanden, dass es ein ausgeprägter Brauch bei den Rumänen ist. Es hat wohl nicht den großen Wert …«

»Das ist okay. Ich bin eigentlich auch nicht hergekommen, um es zu verkaufen. Es war bloß Neugier.«

Die Frau nickte und schien das Interesse an ihr zu verlieren, da weder etwas zu kaufen noch zu verkaufen war. Sie stellte einen Kerzenständer um und bürstete Staub von dem Tisch weg, auf dem er stand. Sara bedankte sich und ging schnell nach draußen. Obwohl sie wieder auf einer belebten Straße landete, wo sich Hitze und Abgase stauten, erleichterte es sie, hinaus in das heitere Sonnenlicht zu treten.

Benediktes Auto stand nicht neben Kaspers, als Sara ihr eigenes in die Garage fuhr, und das einengende Band, das die ganze Zeit um ihren Brustkorb spannte, wurde noch straffer. Die Stille im Haus half wenig gegen ihre Unruhe.

»Mama? Kasper?«

Sie zog die Jacke aus, während sie in der Küche und im Wohnzimmer nach ihnen schaute. Die Jacke warf sie über einen Stuhl und lauschte nach Williams Lauten, aber es war völlig still. Sowohl Kasper als auch Benedikte hätten längst zu Hause sein müssen. Sara lief die Treppe hoch und öffnete die Tür zum Kinderzimmer. Williams Bett war leer. Ein Schmetterling flatterte verzweifelt hinter der Gardine, um hinauszukommen, sie öffnete das Fenster weit und ließ ihn ins Freie fliegen. Dann entdeckte sie sie. Christina saß auf einer Bank unten im Garten und schaukelte Williams Kinderwagen, während sie leise summte. Die Erleichterung ließ das Band sich ein wenig lockern. Sie eilte die Treppe hinunter in den Garten.

»Wo sind meine Mutter und Kasper?« Ihre Stimme klang nicht so ruhig, wie sie es gerne gehabt hätte. Sie hatte das Gefühl, dass Christina sie immer ansah, als ob sie ein armes, verschmähtes Hausmütterchen wäre, und sie wollte nur ungern wie ein solches klingen.

»Die hatten soviel ich weiß irgendetwas Wichtiges vor. Ich glaube, es ging um eure Hochzeit. Willst du was trinken?«

Sara nickte und schaute zu William in den Kinderwagen. Er schlief. Erschöpft setzte sie sich an den Gartentisch. Dort standen Gläser und eine Kanne mit Limonade. Christina schenkte ihr ein.

»Und, wo warst du?«

»Ach, ich hatte auch noch was zu erledigen.« Sara trank aus dem Glas. Die Limonade war für ihren Geschmack zu süß.

»Was denn?«

»Ach, eigentlich nichts Wichtiges.«

Schweigend saßen sie da und schauten auf die leeren, gebogenen Spaliere, die in einigen Tagen mit Blumen geschmückt sein würden, die für die Hochzeitsfeier im Garten für Stimmung sorgen sollten. Wenn bloß das Wetter hielt.

»Freust du dich nicht wahnsinnig auf deine Hochzeit?«, fragte Christina, als ob sie ihre Gedanken lesen könnte.

»Doch, natürlich.« Prüfend musterte sie das junge Mädchen, das abwesend lächelte.

»Und, hast du einen Freund, Christina?«

»Ich? Nein … nein, zur Zeit gerade nicht, ich will ein bisschen mit so was warten.«

»Bis du mit der Schule fertig bist?«

Christina nickte. Sie ging aufs Gymnasium, hatte Kasper erwähnt, aber abgesehen davon wusste Sara nicht besonders viel über sie.

»Was war das für ein Lied, das du gesummt hast?«

Plötzlich lächelte Christina nicht mehr. »Bloß eins, an das ich mich erinnern kann, als ich ein Kind war.«

»Eins, das deine Mutter gesummt hat, vielleicht?«

Ein dunkler Schatten glitt über Christinas Gesicht. »Vielleicht.«

»Bist du nicht adoptiert?«

»Doch, aber … jetzt erzähl mir von deinem Kleid. Ist es schick? Darf ich es sehen?«

Sara stand auf und suchte nach der Tüte, die ihre Mutter mit nach Hause genommen hatte. Sie fand sie auf einem Stuhl im Wohnzimmer und nahm sie mit in den Garten.

»Ich will es nicht herausholen, es kann dreckig werden. Aber du kannst hier fühlen, wie toll die Seide ist.« Sara öffnete die Tüte.

Vorsichtig berührte Christina das Kleid und lächelte.

»Ich freue mich darauf, dich darin zu sehen.«

»Es werden bestimmt eine Menge Fotos gemacht, die du angucken kannst.«

»Nicht nötig. Ich werde dich wohl in natura sehen. Kasper hat mich gebeten hier zu sein, damit ich auf William aufpassen kann, während ihr in der Kirche und am Feiern seid«, fügte sie schnell hinzu, als Sara sie verblüfft anschaute. Sie stellte die Tüte auf einem Stuhl neben sich ab.

»Okay«, murmelte sie.

Dass Kasper solche Entscheidungen hinter ihrem Rücken traf, verletzte sie tief. Als ob er sie für zu instabil hielt, für jemanden, der davor verschont werden musste, selbst für etwas Verantwortung zu übernehmen. Sie war davon ausgegangen, dass sie William mit in die Kirche nehmen würden. Ihre Mutter konnte ihn auf den Schoß nehmen.

»Okay? Das wird ein großer Tag, ich freue mich echt total, dass mir Alberte von dem Job hier erzählt hat. William ist ein hübsches kleines Kind und jetzt kommt auch noch eine Hochzeit. Ich war noch nie auf einer Hochzeit.«

»Woher kennst du Alberte eigentlich?«, fragte Sara und schaukelte den Kinderwagen, als William einen kleinen Mucks machte.

»Von Facebook natürlich. Sie hat dort gefragt, ob nicht jemand von uns Lust hätte, dir zu helfen, weil sie selbst aufhören müsse.«

»*Von uns?* Von wem?«

»Es gibt eine Facebook-Gruppe für Babysitter und Haushaltshilfen. Wir helfen uns gegenseitig.«

Sara nickte und verscheuchte eine Wespe von ihrem Limonadenglas. Der Zucker zog sie an. Das Internet war immer die natürlichste Stelle für sie gewesen, um Hilfe zu suchen und zu finden, aber nun fand sie es merkwürdig zu hören, dass Alberte Christina auf Facebook gefunden hatte. Hatte sie dann all die falschen Einträge von Sara Dupont gelesen und glaubte sie auch, dass sie sie geschrieben hatte? Sah Sara deswegen eine Verachtung in Christinas Blick, die sie nicht verbergen konnte?

***

37

Nicolaj drehte sich nicht um, als sie hereinkam, mit der Tür knallte und geräuschvoll ihren Rucksack auf den Boden gegen die Wand pfefferte.

»Wo warst du?«, fragte er, ihr den Rücken zuwendend.

»Auf dem Polizeipräsidium.«

Jetzt wirbelte er auf dem Stuhl herum und saß frontal zu ihr. Sie sah, dass sie erzählen musste, was sie dort gemacht hatte. Sie erzählte das, von dem sie fand, dass er es wissen sollte. Zufrieden lehnte er sich in dem Stuhl zurück, die Hände im Nacken verschränkt.

»Ja, geil läuft es bei uns, Anne! Eine wahnsinnige Kindsmörderin flieht nach einem weiteren Mord aus der Gerichtspsychiatrie, eine Joggerin wird von einem entlaufenen Kampfhund getötet, einer von Benitos Beamten tötet den Hund und danach seinen Bruder und jetzt bist du in einen Drogenprozess verwickelt, geil …«, wiederholte er.

Anne zog die Jacke aus und blieb mit offenem Mund in dem einen Ärmel stecken, sprachlos über seine Begeisterung. »Ach, du findest also, es läuft bei uns, wenn ich von der osteuropäischen Mafia gejagt werde … und was ist das mit diesem Beamten?«

Nicolaj grinste, drehte den Stuhl zurück und schrieb an seinem Computer weiter.

»Dan Vang, der, der den Hund im Fløjstrupper Wald erschossen hat, liegt im Krankenhaus. Er hat seinem Bruder aus nächster Nähe mit seiner Dienstwaffe mitten in die Stirn geschossen und selbst einige schwere Blessuren abbekommen, aber soviel ich weiß, überlebt er.«

Anne setzte sich vor ihren eigenen Computer und schaltete ihn an. »Dan Vang? Der große Held des Polizeipräsidiums? Warum in aller Welt hat er seinen Bruder getötet?«

»Das, finde ich, solltest du herausfinden. Aber soweit ich informiert bin, ging ihre Prügelei wegen des Bildes auf der Titelseite der Zeitung voraus. Du hast doch das Foto von diesem Einwanderer-Beamten im Polizeipräsidium aufgetrieben, oder?«

»Haben sie meinen Artikel verwendet? Wer hat ihn gebracht?«

Sie hatte alles dafür getan, dass Benito sie in der Schar von Journalisten nicht gesehen hatte, als er an diesem Tag an ihnen vorbeigehastet war. Aber eine Zeitung könnte den Artikel verwendet haben – sogar auf der Titelseite. Sie lächelte stolz hinter dem Computer.

»Mmmm, die *Morgenzeitung Jütlands-Post* hat ihn gebracht.« Nicolaj antwortete in seine Bierflasche hinein. »Ich habe auch ein garstiges Bild eines Kampfhundes beigelegt.« Er nahm einen Schluck und wischte sich den Mund ab.

»Herrlich! Aber wieso sollte es mit einer Prügelei enden, sein Bruder …«

»… war Kriegsveteran aus dem Golfkrieg. Das rechte Bein und der rechte Arm wurden von einer Landmine weggesprengt. Ich vermute, dass *er* normalerweise der Held in der Familie war.«

»Also Eifersucht? Ob nicht mehr dahintersteckte?«

»Sicher. Aber da kannst du doch ein bisschen drin herumschnüffeln, Anne. Polizisten sind keinen Deut besser als wir anderen, sie sind nicht heiliger und begehen die gleichen Verbrechen. So was müssen die Leute über unsere Gesetzeshüter wissen. Es würde mich echt nicht wundern, wenn es nicht das erste Mal wäre, dass ein Beamter mit einer Waffe in der Hand zu weit gegangen ist, es ist bloß nicht an die Öffentlichkeit gekommen.«

Anne seufzte und wollte lieber mit dem weitermachen, an dem sie gerade so gut dran war. Sara Dupont. Roland war heute sehr fürsorglich gewesen. Er hatte sogar für Polizeischutz gesorgt. Falls sie diejenige wäre, die das hier in die Medien brachte, würde die Fürsorge ganz sicher ein jähes Ende haben.

»Anne?«, sagte Nicolaj und schnipste mit den Fingern vor ihrem starren Blick. »Was geht da drinnen vor?«

»Nichts. Aber mit diesem Beamten … ich weiß nicht so recht, Nicolaj. Ich habe heute etwas über Sara Dupont herausgefunden. Das finde ich tatsächlich wichtiger. Saras Identität wurde gestohlen. All das Schreckliche, was in ihrem Namen auf Facebook geschrieben wurde, sind gar nicht ihre Worte. Kurz gesagt: Sie wurde ganz übel verfolgt.«

»Und?«

»Und? Ist das dein Ernst?«

»Ja, das ändert doch wohl nichts daran, dass sie ihr Kind ermordet und eine Krankenschwester getötet hat und geflohen ist.«

»Jemand meint, dass sie es nicht getan hat.«

Nicolaj lachte laut auf. »Nein, jetzt musst du aufhören, Anne! Sie ist verurteilt worden, und zwar zur Unterbringung in der Psychiatrie!«

»Ihre Verteidigerin will den Fall wieder aufrollen, habe ich im Internet gelesen.«

»Ja, das glaub ich sofort. Anwälte wollen ihre Fälle immer gewinnen, koste es, was es wolle.«

Anne konnte keine weiteren Argumente finden. Da war ja auch noch das mit der Anzeige bei der Polizei, aber darin wollte sie Nicolaj nicht involvieren, wenn sie selbst nicht mehr wusste.

»Apropros Hund, haben sie die Besitzer gefunden?«, erkundigte sie sich stattdessen vorsichtig.

»*Die* Besitzer? Woher weißt du, ob es mehr als einer ist?«

»Weil …« Anne stöhnte gequält. Das Gewissen saß wie ein böser Dämon auf ihrer Schulter und klopfte die ganze Zeit mit einem Schlagring auf ihren Brustkorb. Dieser Hund lebte in ihrem Unterbewusstsein weiter, drohend und knurrend; wäre sie bloß nicht so rührselig gegenüber den Welpen gewesen. Sie entschied sich, die Wahrheit zu sagen.

»Verdammt, Anne! Wärst du etwas früher damit herausgerückt, dann würde eine junge Joggerin jetzt noch leben – und vielleicht auch der Bruder des Beamten.«

Anne wollte wieder weinen, aber sie wusste nicht, ob es deshalb war, weil sie sich an zwei Morden schuldig fühlte, oder vor Erleichterung. Sie hatte es gesagt. Es war heraus. Eine Art Absolution. Sie holte tief Luft. »Vielleicht hätte die Polizei bei den beiden Hunden überhaupt nichts gemacht, sie wurden angeschafft, bevor das Hundegesetz in Kraft getreten ist; sie hätten sicher nur die kleinen unschuldigen Welpen getötet und dann wäre das andere trotzdem passiert«, verteidigte sie sich hartnäckig.

»Vielleicht hast du Recht. Aber schreibst du die Story über diesen Beamten nicht, tu ich es. Das ist ein gefundenes Fressen für das *Extrablatt*.«

»Ganz sicher. Ich werde versuchen, etwas über einen Mord herauszubekommen, der vor über einem Jahr in Venedig an einem dänischen Mädchen verübt wurde.« Sie konnte sehen, dass Nicolaj gerade lautstark protestieren wollte, daher beeilte sie sich, ihn zu unterbrechen. »Sara Dupont war auf irgendeine Weise in diesen Mord verwickelt. Das Mädchen ist im Kanal direkt neben ihrem Hotel gestorben. Sara hat eine Maske von der, die getötet wurde, bekommen und nach ihrer Freundin gesucht. Um sie zu finden, hat sie ein Foto dieser Maske auf Facebook gestellt, und da ist auch ein Bild eines sonderbaren Schmuckstücks mit rot-weißen Schnüren und Quasten, deren Besitzer sie sucht.«

»Du glaubst vielleicht, sie hätte auch in Italien gemordet?«

Anne zuckte die Schultern und zündete eine Zigarette an. »Sieht so aus, als ob die Leichen um sie herum nur so fallen. Daher vielleicht.« Sie bekam Feuer an den Tabak und nahm einen Zug, der wie eine Belohnung oder ein Trost wirkte, jedenfalls wie etwas, das sie brauchte.

»Vielleicht ist sie eine Serienmörderin und findet ihre Opfer auf Facebook.«

Anne lächelte, es wäre ein Knüller für eine Kriminalreporterin, eine solche Geschichte in die Finger zu kriegen. Trotzdem erschreckte der Gedanke sie, da sie im Prinzip leicht wahr sein konnte und es vielleicht eines Tages auch wurde. Die Leute standen beinahe Schlange, um das nächste Opfer zu werden. Nimm mich, nimm mich! Guck, wie besonders ich bin. Lies alles über mich. Ex-Freundinnen oder -Freunde konnten in Nullkommanichts den neuen Partner ihres oder ihrer Verflossenen finden und sein – oder ihr – Leben zerstören. Ja, vielleicht töten. Eifersucht war das größte Motiv für Mord. Auf Facebook fand man alle Informationen, um ihn auszuführen. Porträtfoto, Wohnsitz, Gewohnheiten.

»Okay, dann mach damit weiter. Ich werde probieren, deine Geschichte an eines der Wochenblätter zu verkaufen, daher darf gern eine Portion Gefühlsduselei dabei sein, das ist sicher auch klar?«

Anne nickte und ging ins Internet, die Zigarette zwischen den Lippen hängend, damit beide Hände zum Tippen frei waren. Sie wollte zuerst die Zeitungstitelseite vom letzten Freitag angucken. Ihr Werk sehen. Das war ein wirklich abstoßendes Bild, was Nicolaj von diesem Kampfhund aufgetrieben hatte, aber er sah überhaupt nicht wie der richtige aus. Das hier war kein American Staffordshire Terrier, sondern eine amerikanische Bulldogge; Nicolaj wusste ja damals auch nicht, dass er einfach direkt sein Gegenüber auf der anderen Seite des Tisches hätte fragen können. Natürlich war er in einer aggressiven Pose fotografiert worden. Es gab keinen Zweifel, dass man ihm besser nicht in die Quere kam. Das erinnerte sie an etwas.

»Übrigens«, sagte sie. »Kann ich heute Nacht hier bei dir schlafen?«

38

Die Sekretärin beim DR war fast *zu* mitteilsam gewesen. Kasper Dupont sei heute nicht bei der Arbeit, er sei krankgemeldet, und sie meinte, das sei sicher aufgrund einer Depression oder so etwas, aber das könne sie nicht gleich bestätigen, worum Roland sie bestimmt auch in keinster Weise gebeten hatte. Aber jetzt beunruhigte ihn die Nachricht ein wenig, als ihm bei der Adresse in True niemand aufmachte. Der Garten sah nicht länger natürlich wild aus, er war in den Herbstverfall übergegangen. Leider ein wohlbekannter Anblick.

Roland schaute durch die Fenster hinein, aber dort drinnen war nichts zu sehen. Alles war dunkel und still. Er ging um das Haus und schaute zu dem Giebelfenster hoch. Dort war die Tragödie passiert. Er wusste, dass es das Fenster zum Kinderzimmer war. Die Gardine mit kleinen fröhlichen Pu der Bär- und Ferkel-Figuren, die auf einem blauen Himmel tanzten, waren noch da. Auch dort oben brannte kein Licht. Kasper konnte im Bett liegen, wenn er krank war. Aber das war keine Erklärung, die Roland einfach so akzeptieren konnte. Seine Frau war aus der forensischen Psychiatrie geflohen, sie konnte nach Hause gekommen sein. Versteckte er sie? Oder sie könnte *ihn* gefangen halten. Vielleicht hatte sie ihn auch getötet. Roland rief beim Präsidium an und bekam Kasper Duponts Handynummer. Er betrachtete wieder das Giebelfenster, während er anrief und auf Antwort wartete. Nach dem, was er hören konnte, klingelte es nicht im Haus, und plötzlich bereute er, sich entschieden zu haben, allein zu gehen. Die Regel war, dass man immer seinen Partner mitnahm. Der Vizepolizeidirektor hatte schon früher versucht ihm klarzumachen, dass man aus vielen Gründen nie solo ging, aber nach Isabellas nachdrücklichem Widerwillen gegen Kasper Dupont neulich wollte Roland sie lieber nicht dabeihaben; Mikkel Jensen hätte er mitnehmen können, obwohl das vielleicht nicht viel besser war. Der Ton wiederholte sich immer wieder in seinem Ohr. Kasper ging auch nicht an sein Handy. Ein anderer grausamer Gedanke tauchte auf. Sicher aufgrund einer Depression! Hatte er sich das Leben genommen? Ohne weiter über die Konsequenzen nachzudenken, stemmte Roland die Schulter mit all seinem Gewicht und all seiner Kraft gegen die Tür. Er musste das drei Mal machen, bevor die Tür nachgab und er in den Eingangsbereich fiel. »Hier ist die Polizei!«, rief er und zog zur Sicherheit seine Waffe. Das Gefühl, sie in dem Zuhause eines anderen Menschen in der Hand zu haben, rief ein Schaudern in ihm hervor. Würde es wieder passieren können? Würde er den Abzug betätigen, sodass sich ein Schuss löste und tötete? Wie es bei Dan passiert war. Er kannte die Macht – oder die Ohnmacht, die es so weit treiben konnte. Als Roland vorsichtig und mit der Waffe im Anschlag durch die Tür zum Wohnzimmer ging, sah er, dass sich im Dunkeln etwas bewegte. »Hier ist die Polizei!«, wiederholte er mit mehr Kraft in der Stimme und schaltete das Licht am Schalter innen direkt neben der Tür an. Kasper blinzelte, hielt einen Arm vors Gesicht und versuchte sich wie ein erschrockenes Tier vor dem Licht zu verstecken. Er wollte sich auf dem Sofa aufrichten, aber es gelang ihm nicht. Leere Flaschen klirrten auf dem Boden, als er eine vom Couchtisch warf. Es war eine ganze Menge konsumiert worden. Man könnte glauben, er hätte einen festlichen Abend mit seinen Freunden verbracht, aber Rolands Vermutung war, dass Kasper ganz allein dafür verantwortlich und es überhaupt nicht festlich gewesen war. Er sah aus wie jemand, der mehrere Tage gesoffen hatte und dem war sicher auch so. Ungepflegt und unrasiert. Die Haare waren fettig und struppig. Ein unverkennbarer Gestank umgab ihn. Unter seinen Hemdsärmeln zeichneten sich Schweißflecken ab. Ein dunkler Fleck vorne auf seiner Hose verriet, dass er hineingepinkelt hatte. Roland fasste nicht, dass es der gleiche gut aussehende Mann war, den sie vor einer Woche verhört hatten, aber erneut glitt eine Welle des Wiedererkennens durch ihn. Wie hatte er selbst ausgesehen, damals, als Irene zwischen Leben und Tod geschwebt hatte, und das Einzige, was er hatte tun können, sitzen und warten gewesen war, ohne die geringste Möglichkeit, etwas an der Situation zu ändern. Kasper Dupont hatte das Teuerste im Leben verloren.

Roland steckte die Dienstpistole zurück in sein Holster und setzte sich auf den Sessel neben das, was einst ein stolzer Mann, Ehemann und Vater gewesen war. Kasper schielte mit blutunterlaufenen Augen zu ihm, als ob er nicht fokussieren könnte oder den, der in sein Zuhause eingefallen war, nicht erkannte. Er vermochte nicht einmal dagegen zu protestieren. Roland nahm zur Kenntnis, dass der Gestank von eingetrocknetem Erbrochenen stammte, das in den Teppich eingezogen war. Es sah nicht aus, als ob der Inhalt feste Nahrung war. Kasper hatte sich also übergeben, was ansonsten das Erste gewesen wäre, wozu er ihn gebracht hätte. Zwei Finger in den Hals. Er atmete einigermaßen normal und Roland schätzte, dass er außer Lebensgefahr war. Natürlich konnte er nicht wissen, ob der Alkohol zusammen mit Antidepressiva eingenommen worden war, aber er vermutete, dass der Mann dann jetzt beinahe tot wäre.

Kasper hob den Kopf und versuchte etwas zu sagen, aber dann sank er wieder zurück auf die Kissen und legte den Arm über die Augen. Auf dem Tisch sah es aus, als hätte er mit Bier angefangen, war aber dann zu härterem Alkohol übergegangen. Sowohl eine leere Gordon's-Gin-Flasche als auch eine halbleere Flasche Jack Daniel's Whisky bezeugten das.

Roland schaute diesen zerstörten Menschen eine Weile resigniert an, dann stand er auf und ging in die Küche. Es dauerte nicht lange, die Dose mit gemahlenem Kaffee und Filter zu finden. Bald zog der Kaffeeduft durchs Haus und versuchte, die weniger angenehmen Gerüche zu besiegen. Roland wusste, dass Kaffee als Kur gegen Trunkenheit nur ein Mythos war. Die Promille verschwanden nicht aus Kaspers Körper, auch wenn er mehrere Liter noch so starkes Koffein in ihn schüttete. Es gab nur eine Sache, die half – Wasser, und den Rausch auszuschlafen, aber der Kaffee trug dazu bei, dem Mann gegenüber seine guten Absichten zu zeigen, zu zeigen, dass er ihm gerne helfen wollte, wieder auf die Beine zu kommen, und ein bisschen belebend wirkte Kaffee ja immer.

Roland legte einen Arm um Kaspers Rücken und brachte ihn in eine sitzende Position, dann nahm er seinen einen Arm. Der nächste Schritt war, ihn auf die Beine zu kriegen. Er war einen Kopf größer als Roland. Zuerst sah es aus, als ob er einfach umfallen würde, aber der Instinkt, dass die Füße mitgehen müssen, wenn man nach vorne geschoben wird, wirkte. Ganz ruhig bewegten sie sich in die Küche, wo die Kaffeemaschine fertig war. Roland platzierte Kasper auf einem Stuhl am Tisch mit dem Rücken gegen die Wand, sodass er nicht gleich umfiel.

Kasper schüttelte den Kopf, als ob das das Unbehagen und den Schwindel vertreiben würde, aber er hielt sich doch sitzend mehr oder weniger aufrecht und schaute Roland mit zusammengekniffenen Augen an.

»Zur Hölle!«, sagte er bloß mit rauer Stimme und Roland schloss daraus, dass er seinen Zustand erkannte.

»Willkommen zurück«, sagte Roland und stellte eine Tasse heißen Kaffee vor ihn. Kasper nahm sie und führte sie langsam an die Lippen, nippte daran, verbrannte sich und zog eine Grimasse, als ob er Essig getrunken hätte.

»Zur Hölle!«, fluchte er erneut. Aber dann warf er Roland ein richtiges Betrunkenenlächeln zu, dem üblicherweise genäselte Worte folgten, was für ein großer Pfundskerl man war. Aber die Worte blieben aus. Roland setzte sich ihm gegenüber. Er selbst hatte keine Lust auf Kaffee. Die Übelkeit saß wie ein großer Schwamm im Gaumen fest.

»Ich glaube, wir verschieben diese kleine Unterhaltung auf einen anderen Tag, Kasper. Ich wollte bloß hören, was Sie mir über Christina Toft Hansen erzählen können, Ihre Babysitterin. Wir haben auch Ihre Anzeige gefunden, dass Sara bei Ihrem Venedigurlaub die Tasche gestohlen wurde. Ihr wurde übrigens meines Wissens im Internet übel mitgespielt. Warum haben Sie das nicht erwähnt?«

»Christina«, wiederholte Kasper apathisch, und es sah aus, als ob das Leben, das angefangen hatte in seine Augen zurückzukehren, mit einem Mal wieder erstarb. Er wandte den Blick auf den Kaffee in der Tasse.

»Ja, Christina. Sie wissen immer noch nicht, wo sie ist?«

Kasper schüttelte langsam den Kopf.

»Sie ist nach Italien gezogen. Ist Au-pair in Venedig, ist das nicht ein komischer Zufall?«, half Roland ihm ein bisschen auf die Sprünge.

Er wusste, es war unnütz, einen betrunkenen Mann zu verhören, denn es hielt vor Gericht in keiner Weise stand. Aber jetzt war er hier und konnte ebenso gut etwas daraus machen. Kasper würde seine Aussagen hinterher jederzeit widerrufen können, aber vielleicht bekamen sie trotzdem etwas, womit sie weiterarbeiten konnten. Kinder und Betrunkene sagen die Wahrheit.

Kasper versuchte wieder, ihn mit seinen blutunterlaufenen Augen zu fixieren. »Venedig …« er rülpste, und Roland befürchtete, er würde sich wieder übergeben. Die Kombination aus Koffein und einem Rausch konnte durchaus so enden, aber Kasper fuhr fort. »Die Maske …«, er drehte den Kopf und versuchte ins Wohnzimmer zu schauen, konnte es aber wegen des Türrahmens nicht, doch Roland hatte freie Sicht und entdeckte die Maske, die er auch angeschaut hatte, als er zum ersten Mal hier gewesen war. Die, gegen die das Bild von Sara und Kasper in Venedig gelehnt war.

»Was ist mit der Maske?«

»Das Mädchen, es …« Kasper versuchte noch mehr zu sagen, schüttelte dann aber den Kopf, als ob es für ihn unmöglich war, die Worte korrekt zusammenzusetzen und es im Übrigen auch egal wäre.

»Was ist das für ein Mädchen, von dem Sie sprechen? Ein Mädchen, das Sie beide in Venedig getroffen haben?«

Kasper nickte mit einer dankbaren Grimasse, da Roland ihm unnötige Worte und Denktätigkeit erspart hatte. »Sie … ertrunken … die Maske …« Er zeigte auf den Türrahmen. »Sie is' ertrunken …« Er war wieder dabei, zurück in den Dämmerzustand zu gleiten, und Roland gab auf. Das Ganze klang wie das Gerede eines Betrunken, und es war an der Zeit, dass Kasper eine andere Betreuung bekam. Er ließ ihn sitzen und schlafen und rief im Präsidium an. Das Beste war, dass dieser Betrunkene abgeholt wurde und seinen Rausch in der Ausnüchterungszelle ausschlief, wo es jemanden gab, der nach ihm sehen konnte. Morgen könnte er eine effektivere Befragung vornehmen.

39

Als Kind war Anne nicht gut darin gewesen, in der Schule aufzupassen. Sie hatte sie gehasst und da sich aufgrund ihrer vielen kleinen Stiefgeschwister, die Stiefvater Torsten mitgebracht hatte, und die mehr Aufmerksamkeit brauchten als sie, ohnehin niemand darum kümmerte, wohin sie ging, konnte sie einfach so tun, als ob sie in die Schule ginge, und den Tag verbringen, wie sie wollte. Es fragte auch niemand, wie es in der Schule gewesen war, deswegen musste sie nicht lügen. Die Anfragen der Schule ihre Abwesenheit betreffend kamen in der Regel als Briefe, die ihre Mutter nicht öffnete, weil sie wie Mahnungen aussahen, und wenn die von der Schule anriefen, tat sie, als ob sie nicht verstünde, wovon sie sprachen, daher war das kein Problem, mit dem sie sich hätte herumschlagen müssen. Nach der achten Klasse schmiss sie die Schule, und das Glücksgefühl, als diese unangenehme Pflicht verschwand, hatte sie nie vergessen. Sie hatte die gleiche Abscheu bei dem Reinigungsjob erlebt wie damals in der Schule, aber ihre finanzielle Situation zwang sie dennoch, jede Nacht aufzustehen und ihn zu erledigen. Wie sollte sie die Miete und das Essen sonst bezahlen, nachdem das Tageblatt geschlossen hatte und sie arbeitslos geworden war? Hätte sie mit der Schule damals genauso gedacht, wären die Dinge ganz sicher viel leichter für sie gelaufen, dann hätte sie keine Kurse in dänischer Rechtschreibung und Grammatik belegen müssen als ihr klar wurde, dass ihre Berufung war, Journalistin zu werden.

Heute war das Gefühl genau das gleiche wie damals, als sie zum letzten Mal durch das Tor der Blaagaard-Schule hinausgelaufen war.

»YES!«, jubelte sie laut, sodass es im Treppenhaus auf dem Weg die Treppe runter vom Clean Reinigungsbüro hallte, und nahm die letzten Treppenstufen mit übermütigen Hüpfern. Sie hatte es getan! Sie hatte gekündigt! Jetzt war Schluss damit, mitten in der Nacht aufzustehen, um den Dreck anderer wegzumachen. Schluss damit, so müde zu sein, wenn sie heimkam, dass sie kaum die Energie hatte, bei sich selbst zu putzen, und dann der Journalistenjob, der nur halb gemacht wurde, da sie damit erst spät am Nachmittag anfangen konnte, wenn sie ein bisschen geschlafen hatte.

Nicolaj hatte sie heute Nacht auf dem Sofa in seinem Wohnzimmer schlafen lassen und ihr die gute Neuigkeit übermittelt, als sie am Abend zuvor gemeinsam gegessen hatten. Mehrere Tageszeitungen hatten sich bei ihm gemeldet, dass sie feste Vereinbarungen über Artikel der *Freelance Journalisten* haben wollten, wie sie sich, nach vielen Diskussionen, einig geworden waren sich zu nennen. Es war billiger für die Zeitungsverlage, einen Journalisten zu bezahlen, wenn Bedarf dafür war, als einen festangestellten. Es war Krisenzeit, aber das konnte vielleicht zu ihrem Vorteil werden.

Die Begeisterung ließ nach, als sie auf die Straße kam und einen Streifenwagen vorbeifahren sah. Es war sicher reiner Zufall, dass er gerade jetzt kam, als sie aus der Tür ging, aber er holte sie in die Wirklichkeit zurück. Sie zweifelte daran, dass es aufgrund von Benitos versprochenem Personenschutz war, so intensiv würden sie sich nicht um sie kümmern. Das hoffte sie trotz allem nicht. Vielleicht war bloß ein Streifenwagen öfter an dem Haus, in dem sie wohnte, vorbeigefahren als sonst, falls es dafür überhaupt Ressourcen gab. Es war nicht wie in amerikanischen Filmen, wo das Polizeiauto vor der Wohnung der zu Überwachenden Tag und Nacht mit zwei Kaffee trinkenden Beamten parkte, die darum kämpften, wach zu bleiben. Auf jeden Fall sah sie niemanden, als sie durch das Tor fuhr und im Hinterhof parkte.

Der Schlüsseldienst hatte das Schloss in der Tür ausgewechselt und sie hatte einen neuen Schlüssel bekommen. Trotzdem pochte ihr Herz hart gegen das Brustbein, als sie aufschloss und die Tür öffnete. Die Spurensicherung hatte weißes Pulver hinterlassen, wo sie Fingerabdrücke gefunden hatten, und sie seufzte leidvoll bei dem Gedanken an das Aufräumen, das sie erwartete. Jetzt hatte sie gerade damit Schluss gemacht, bei anderen auszumisten. Für immer! Willenlos schleppte sie sich ins Schlafzimmer und warf sich aufs Bett.

Ein kreischendes und fräsendes Geräusch weckte sie. Ihr Traum war in einen Zahnarztbesuch übergeglitten, aber als sie langsam wach wurde, wurde ihr klar, dass das Geräusch kein Traum war. Mit einem Ruck setzte sie sich im Bett auf. Es hörte sich so an, als ob jemand dabei wäre, das neue Schloss aufzubrechen. Sie hatte tief und fest geschlafen. Letzte Nacht hatte sie auch nicht besonders viele Stunden Schlaf bekommen. Es gelang ihr selten, an einem fremden Ort gut zu schlafen und schon gar nicht, wenn alle möglichen Gedanken über Adomas und eine brutale Mafia in ihrem Kopf rumorten. Das Geräusch erkannte sie schnell wieder; es kam von einer Bohrmaschine. Irgendjemand im Haus machte irgendetwas, das in die Wand gebohrt werden musste. Ihre Kleidung war verschwitzt und zerknäult, und sie musste aufräumen und zu Nicolaj fahren. Die Erschöpfung ließ sie zurück ins Bett sinken, aber sie konnte nicht einschlafen. Ein Kopfschmerz drückte und pochte zusammen mit dem Geräusch des Bohrers und schien den ganzen Schädel auszufüllen, aber trotzdem konnte er nicht die unruhigen Gedanken verdrängen. War Adomas tot? Hatte er sie verpfiffen, sodass sie selbst in Gefahr war, wie Roland Benito offenbar annahm? Er hatte Erfahrung mit der Mafia, hatte seinen Vater und mehrere andere Familienmitglieder durch die Racheaktionen der neapolitanischen Mafia verloren. Die Drogenhändler glaubten, sie hätte ihre verdammten Drogen. Plötzlich ging es schnell, aus dem Bett zu kommen und sich frische Sachen anzuziehen. Das Aufräumen musste warten, sie wollte hier nicht allein sein.

Nicolaj war nicht in seiner Wohnung, als Anne aufschloss. Sie setzte sich an ihren Computer und las durch, was sie gestern geschrieben hatte, aber es gab immer noch einiges zu bereinigen. Zudem fehlte eine Äußerung von Sara Duponts Mann, doch der weigerte sich nach wie vor, mit ihr zu sprechen. Aus den Freundinnen bekam sie nicht mehr heraus und aus Saras Mutter auch nicht. Und dann war da noch die vermisste Babysitterin und die Polizeianzeige. Die Nägel klopften leicht gegen das Plastik der Maus, während sie nachdachte. Das, was vor so langer Zeit in Venedig passiert war, hatte höchst wahrscheinlich nichts mit Sara Dupont zu tun, und stattdessen würde sie vielleicht bloß eine Menge Zeit vergeuden, wenn sie diese Sache untersuchte. Könnte die Anwältin etwas wissen? Vielleicht war sie willens, zu reden und dem Fall neues Leben einzuhauchen. Eine Äußerung von ihr wäre noch besser. Inge Thomsen hieß sie. Anne suchte bei Google und fand die Homepage der Anwältin und darauf die Telefonnummer; so leicht war es heutzutage, Leute zu finden. Etwas anderes war es, sie zu erreichen; eine Sekretärin nahm ihren Anruf entgegen. Inge Thomsen war in einer Besprechung, aber die Sekretärin würde ihr ausrichten, dass sie zurückrufen möge, wenn sie fertig war. Ja, wer's glaubt, dachte Anne. In dem Moment kam Nicolaj zur Tür herein. Er war nicht überrascht darüber, sie schon zu sehen, und grüßte nicht einmal.

»Der Staatsanwalt ist an dem Fall Dan Vang dran, also lassen sie ihn wohl doch nicht einfach ungestraft davonkommen«, sagte er und warf seine Jacke auf einen Stuhl, als ob er bald wieder losmüsste.

»Warst du davon ausgegangen?«

Er zuckte die Schultern und krempelte die Hemdsärmel hoch.

»Man weiß ja nie, wenn die Polizei sich selbst untersuchen soll.«

»Wieso bist du so schick? Es ist echt selten, dass man dich in einem hübschen, frisch gebügelten Hemd sieht.«

»Ich war mit Natalie frühstücken. Einiges deutet darauf hin, dass Dan Vang sexuell missbraucht wurde. Er wollte überhaupt nichts zum Krankenhauspersonal oder seinen Kollegen sagen, aber die Ärzte können bestätigen, dass er lange ein Opfer gewesen ist.«

»Natalie? Die Rechtsmedizinerin?«

»Ja, die Rechtsmedizinerin. Sie ist etwas gewillter mit der Presse zu sprechen als dieser Alte.«

»Mit dir, meinst du«, sagte Anne und lächelte diskret. »Wie haben die denn herausgefunden, dass Dan missbraucht wurde?«

Nicolaj setzte sich und zündete eine halb gerauchte Zigarette an, die im Aschenbecher lag. »Er wurde ja operiert, gebrochene

Rippen und eine Menge anderes, und als sie ihn für die OP vorbereitet haben, konnten sie die Verletzungen sehen.«

Anne schauderte bei dem Gedanken, was Dan Vang mit seinem invaliden Bruder durchgemacht haben musste, der offenbar auch ein bisschen hirngeschädigt gewesen war. Dan war sogar ein Polizeibeamter, aber hatte es nicht anzeigt. Die Demütigung war zu schwer zu ertragen. Die Demütigung und das Versagen. Deswegen sah man so viele Kinder so lange leiden, wenn die Betreuung durch die Behörden fehlschlug und ihre Hilferufe nicht anhand der Signale bemerkt wurden, die sie zweifelsohne bewusst oder unbewusst in ihre Umgebung aussandten. Wie viele Fälle würden mit der Zeit auftauchen? Nicht alle Kinder schafften es, von zu Hause davonzulaufen, wie sie selbst es getan hatte. Die Kopfschmerzen waren beinahe unerträglich geworden, obwohl sie zwei Aspirin genommen hatte.

»Wie weit bist du denn mit dem Mord in Italien?«

»Nicht besonders weit. Ich bin gerade erst gekommen.« Sie zögerte ein bisschen und beobachtete Nicolaj, der seinen Computer anschaltete und sehr energisch aussah. »Ich habe heute gekündigt.«

Er schaute sie schnell an, und zuerst hatte sie den Eindruck, dass er es für etwas übereilt hielt, doch dann lächelte er.

»Prima, Anne. Dann sind wir ein Team, und jetzt muss verdammt noch mal etwas getan werden!«

Sie nickte und war mit ihm einer Meinung. Aber wo sollte sie anfangen? Sie lauschte Nicolajs klappernder Tastatur und beneidete ihn, dass er so viele Worte fabrizierte. Die Stille ihrer eigenen war ein Beweis für Leerlauf. Nicht gerade der richtige Zeitpunkt, wenn sie jetzt wieder davon leben wollte. Das Handy klingelte und hüpfte auf dem Tisch, das war ihre Rettung, bevor Nicolaj mehr sagen konnte. Zu ihrer Überraschung war es Inge Thomsen, die zurückrief. Sie wollte gerne mit Anne sprechen und sie vereinbarten, sich in der Anwaltskanzlei beim Europaplatz zu treffen. Sie hatte die nächste Stunde frei.

Trotzdem musste Anne zehn Minuten in einem kleineren Vorzimmer warten zusammen mit einer Sekretärin, die sich übertrieben eifrig auf einen Computer konzentrierte, sobald Anne sich vorgestellt hatte, als ob sie befürchtete, wenn sie etwas sagte, würde es auf der Titelseite der nächsten Morgenzeitung landen. Würde es vielleicht auch.

Inge Thomsen öffnete die Tür und rief sie herein, als ob sie im Wartezimmer eine Arztpraxis säße. Sie war Ende dreißig, gut angezogen und sah genauso aus, wie Anne es erwartet hatte: eine Anwältin, zu der man Vertrauen haben sollte. Sie lächelte, wobei sich ein kleines Fältchen auf der Nase bildete, entschuldigte die Verspätung und ließ sie ein ihr Büro, das drei Mal so groß war wie das der Sekretärin. Es roch nach Kaffee und teurem Parfüm. Die Möbel waren modern. Sowohl der Schreibtisch als auch die Regalwand waren aus blankpolierter heller Buche. Das Regal war mit einheitlich roten Ordnern und zahlreichen Gesetzeswerken und Kommentaren gefüllt. In der Ecke des Schreibtisches stand ein Computer mit Flachbildschirm, die vier benutzten Plastikbecher auf dem Konferenztisch daneben bezeugten, dass Inge Thomsen wirklich in einer Besprechung gewesen war. Esben würde eines Tages Anwalt sein, der Gedanke ließ Anne lächeln, als sie ihn sich in dieser Umgebung vorzustellen versuchte. Der frühere Autonome mit Tattoos und Piercings. Andererseits musste sie erkennen, dass er sowohl seinen Stil als auch sein Aussehen bedeutend geändert hatte, seit sie ihn zuletzt gesehen hatte. Inge Thomsen sagte leise etwas zu der Sekretärin im Vorzimmer und ließ die Tür offenstehen. Kurz darauf kam die Sekretärin herein und nahm die Becher und Thermoskannen vom Konferenztisch mit. Die hohen Absätze der Anwältin klackten auf dem lackierten Parkettboden, als sie nach nebenan ging und sich an ihren Schreibtisch setzte. Sie machte eine Geste zu einem Sessel mit Lederbezug und bat Anne, sich ebenfalls zu setzen. Sie überlegte, was sie fragen sollte, um die richtigen Informationen zu bekommen. Wie gut kannte Inge Thomsen ihre Klientin?

»Ich bin froh, dass Sie Sara Duponts Fall wieder in die Medien bringen wollen. Die Presse verliert normalerweise das Interesse, sobald ein Urteil gefallen ist. Keiner hat dieses hier hinterfragt. Kaffee?«

»Nein, danke«, Anne schüttelte den Kopf. »Was glauben Sie, sollte man hinterfragen?«

»Die Art, wie der Prozess verlief. Das ging viel zu schnell. Ich weiß, dass es Druck gab, weil es um den Tod eines Babys ging und alle Gemüter erhitzt waren. Die Mutter des Kindes anzuklagen war am leichtesten, sodass der Fall aus der Welt geschafft werden konnte, und dass sie aus dem Gleichgewicht war, machte das Ganze viel leichter für sie.«

»Die Beweise waren doch auch recht eindeutig, soweit ich informiert bin.«

»So eindeutig nun auch nicht. Jedenfalls wurden sie nicht überprüft, da ja eine sehr wichtige Person fehlte. Die Zeugin. Die Sara auf frischer Tat ertappt hat.«

»Die Babysitterin! Wo steckt sie?«

Inge Thomsen gestikulierte, sodass ein Armband klimperte.

»Es wundert mich auch, dass niemand dieses Mädchen finden konnte. Es gibt zu viele ungeklärte Details. Sara war nicht besonders mitteilsam in dem Zustand, in dem sie nach dem Selbstmordversuch war, gedopt von starken Medikamenten, sodass ich nie erfahren habe, was sie so aus der Spur gebracht hat. Sie war Kinderpflegerin, also glaube ich nicht daran, dass es die Angst war, dem Muttersein nicht gerecht zu werden.«

Anne schüttelte automatisch den Kopf, das fand sie auch sehr unwahrscheinlich.

»Eine postnatale Depression könnte es sein, natürlich, aber trotzdem. Normalerweise kann die Frau sich dann nicht an ihrem Kind freuen und nachdem, was ich erfahren habe, war Sara beinahe krankhaft von ihrem Sohn besessen«, fuhr Inge fort und schaute Anne prüfend an, als würde sie abschätzen, ob sie dieser vertraulichen Mitteilungen wert war.

»Sie hat Ihnen gegenüber wohl nicht erwähnt, dass ihre Identität gestohlen wurde?«

Wenn Inge Thomsen etwas darüber gehört hatte, verbarg sie es jedenfalls sehr gut. Sie öffnete den Mund leicht in offensichtlicher Verblüffung.

»Nein, überhaupt nicht. Darüber hat sie nie gesprochen. Auch Kasper nicht … Kasper Dupont«, berichtigte sie sich schnell. »Hat sie das nicht der Polizei gemeldet?«

»Ich glaube, sie hat es aufgegeben, da sie bei einer Anzeige, die sie vorher erstattet hatte, nichts unternommen haben. Eine Frau, die sich als Oberärztin ausgegeben und behauptet hatte, von der Intensivstation des Krankenhauses anzurufen, erzählte ihr, dass ihre Mutter nach einem Verkehrsunfall eingewiesen worden und es sehr ernst sei. Das, muss man sagen, war ein besonders fieser Scherz. Die Polizei hat nichts gemacht. Das Ganze fing an, soweit ich mich durchgegoogelt habe, als Sara auf Facebook nach einem Mädchen gesucht hat, ein Mädchen, das sie und ihr Mann bei einem Winterurlaub in Venedig getroffen hatten. Das Mädchen sollte hier aus Aarhus stammen und ihre Freundin ist im Kanal vor dem Hotel, in dem sie wohnten, ertrunken. Das hat Sara auf ihrem Facebook-Profil gepostet.«

»Hat Sara sie gefunden?«

»Anscheinend nicht. Ich habe mit Saras Freundinnen gesprochen, die auch nicht besonders viel wissen, aber ich bin dem Faden auf Facebook gefolgt und es sieht nicht so aus, als ob sich jemand gemeldet hätte, aber …« Anne schwieg und wusste plötzlich nicht, wieviel sie der Anwältin verraten sollte. Ihr ging auf, dass sie mehr als Inge Thomsen redete, und eigentlich sollte die doch reden.

»Aber …?«, sagte Inge auffordernd und wartete mit erhobenen Augenbrauen, die ein starker Kontrast zu ihren blonden Haaren waren, auf eine Fortsetzung.

»Aber … vielleicht hat diese Freundin Sara gefunden?«

Die Anwältin lehnte sich in dem Ledersessel zurück und legte die Hände vor ihren bordeauxroten Lippen aneinander. Es sah aus, als ob sie betete. Die gepflegten, lackierten Nägel hatten die gleiche rote Farbe wie die Lippen.

»Denken Sie an etwas Bestimmtes?«, fragte sie und klopfte mit den Fingerspitzen nachdenklich in einem rhythmischen Takt gegen die Lippen.

Anne beschloss alles, was sie an Verdacht hatte, auf den Tisch zu legen. »Ja, vielleicht ist die Babysitterin diese Freundin, die sie gesucht hat, und vielleicht hat sie Sara aus ganz anderen Gründen aufgesucht, als auf ihren Sohn aufzupassen. Sie könnte doch eigene Pläne gehabt haben?«

»Welche?«

»Genau das versuche ich gerade herauszufinden. Wissen Sie etwas von einer Anzeige gegen Sara?«

Der rhythmische Takt stoppte jäh. Inge Thomsen faltete die Hände im Schoß. »Ja, aber an der war nichts dran. Es war ein weiteres Mittel, um Sara schuldig erscheinen zu lassen.«

»Worauf zielte sie ab?«

»Es war eine sehr unheimliche Behauptung, aber es gab keine Beweise, daher konnte man sie im Prozess nicht verwenden.«

»Was war es?«, beharrte Anne.

»Das ist nicht von Bedeutung, Anne. Ihre Theorie ist interessanter. Warum sollte die Babysitterin diese Freundin sein, die Sara auf Facebook gesucht hat? Glauben Sie, dass es mit diesem Todesfall durch Ertrinken in Italien zu tun haben könnte? Hat Sara vielleicht etwas gesehen, was sie nicht hätte sehen sollen?«

Anne konnte nur die Schultern zucken und sich darüber ärgern, dass sie es nicht näher untersucht hatte. Sie saß einer Frau gegenüber, deren Job ebenfalls war, alle Details eines Kriminalfalls gründlich zu prüfen, bloß tat sie es, um freizusprechen, nicht um zu verurteilen, aber Anne spürte, dass Inge Thomsen alles dafür opferte. In diesem Punkt waren sie sich ähnlich, und das motivierte sie.

»Wie hieß die Babysitterin?«, fragte Anne und wusste, sie würde sich an den Namen erinnern, ohne ihn aufzuschreiben.

»Christina Toft Hansen. Aber seit der Hochzeit vor drei Monaten hat sie niemand gesehen. Glauben Sie wirklich, dass sie diejenige war, die Sara gesucht hat?«

Anne nickte und wurde sich ihrer Intuition immer sicherer.

»Wenn Sie damit Recht haben, dann müssen wir sie unbedingt finden. Sie ist eine mehr als wichtige Zeugin, die sich durch ihr Verschwinden selbst verdächtigt macht.« Inge Thomsen schaute schnell auf ihre Uhr, als ob sie bald eine andere Verabredung hätte, aber Anne hatte auch keine Lust, länger sitzen zu bleiben, es gab plötzlich etwas, womit sie nicht warten konnte.

40

Kasper Dupont hatte in der Ausnüchterungszelle seinen Rausch ausgeschlafen, aber das hatte ihn nicht kooperationsbereiter gemacht. Im Gegenteil. Roland bereute es während der Befragung mehrfach, am vorigen Abend nicht versucht zu haben, mehr aus ihm herauszukriegen, aber tief im Inneren wusste er genau, dass es zwecklos gewesen wäre. Kasper erinnerte sich an nichts, was er gesagt hatte, und dass etwas mit einem ertrunkenen Mädchen und einer Maske gewesen war, über die er etwas zu erzählen versucht hatte, bestritt er kopfschüttelnd. Da war nichts zu machen, und Roland musste ihn gehen lassen.

Nun saß Roland in seinem Büro und versuchte, das Ganze gut zu durchdenken, aber eine andere Überlegung drängte sich die ganze Zeit auf. Anne hatte sich ein bisschen zu sehr für die entflohene Gefangene interessiert. Woher hatte sie die Information über die gestohlene Identität? War sie wieder aktiv? Er nahm die Akte mit Sara Duponts Fall und blätterte in den Unterlagen. Vielleicht war es wahr, dass Anne als alte Journalistin es einfach nicht lassen konnte und deswegen mitverfolgte, was in ihrer Stadt passierte. Wie würde er selbst werden, wenn er mal aufhörte? Würde er es dann lassen können, sich einzumischen? Er hatte auch nicht gesehen, was sich die Klatschblätter ausgedacht hatten, an Unwahrheiten auftischten, um Sensation zu schaffen, vielleicht hatte sie es da gelesen. Er saß mit zwei Bildern der Obduktion da – eins in jeder Hand. Hatte sie die letzten paar Tage viele Male zuvor gesehen und wusste, dass genau diese vor Gericht als die stärksten Beweise für Saras Verbrechen vorgelegt worden waren. Es war auf die Spuren um den Hals des kleinen Jungen scharf gestellt worden. Es war sehr deutlich, dass es Spuren von Fingern waren, die ihn zugedrückt hatten. Viel zu fest im Verhältnis dazu, wie viel es brauchte, eine so kleine Luftröhre zu zerquetschen, sonst hätte es auch keinen Abdruck des Ringes gegeben. Das nächste Bild war eine Nahaufnahme von Sara Duponts Ehering. Roland legte die Fotos nebeneinander auf den Tisch und versuchte nachzuvollziehen, was alle anderen so deutlich hatten sehen können, nämlich, dass es gar nicht nötig war, die junge Frau, die Zeugin der Tat, zu finden, weil der Abdruck, den man in der dünnen Haut am Hals des Jungen sah, ganz sicher von Saras Ring stammte. Er musste zugeben, dass er auch nicht so sehr im Zweifel war. Die Diamanten und das Herz waren wie ein Relief auf den Ring gesetzt, sonst wäre ein so deutlicher Abdruck überhaupt nicht möglich. Gleichzeitig hatte man auf dem toten Kind im Gitterbett Apfelblüten gefunden. Sara hatte an ihrem Hochzeitstag Apfelblüten als Schmuck in den Haaren gehabt, aber das bewies ja nichts anderes, als dass sie nach ihrem Sohn gesehen, nicht zwangsläufig, dass sie ihn erwürgt hatte. Aber es war schwer zu widerlegen, dass Sara Dupont die Täterin war. Deswegen hatte die sonst so eifrige Inge Thomsen wohl auch aufgegeben, obwohl er während ihres kurzen Treffens nicht den Eindruck gehabt hatte, dass sie es wirklich hinter sich gelassen hatte. Was erwartete sie? Von ihm? Er stand auf und ging in den Konferenzraum, da ihm eine Bewertung der Ermittlungen und Verhöre der letzten Tage notwendig erschien. Er hatte die Mitarbeiter zu einem kurzen Briefing einberufen.

Roland wartete geduldig, bis sich alle gesetzt hatten. Auf dem Tisch standen Limonade, Mineralwasser und saubere Gläser, die das Licht, das durch das Fenster schien, reflektierten. Er nahm eines und öffnete eine Cola, dann fiel ihm das Kaugummi ein, das ein ebenso natürlicher Teil in seinem Mund geworden war wie seine Zunge. Er schluckte es und schenkte sich ins Glas ein, dann deutete er mit der Flasche auf Kim Ansager, der sich am dichtesten zu ihm gesetzt hatte.

»Hat euer Ausflug nach Randers etwas ergeben, das wir gebrauchen können?« Sein Blick glitt ganz mechanisch weiter zu Dan Vangs leerem Stuhl, und er spürte die Sorge. Nicht nur darüber, wie Dan alle Klippen überwand, sondern auch, was dieser Vorfall für die Abteilung bedeuten würde.

»Vielleicht haben wir was.« Kim nickte Niels zu, der mit ihm in Randers gewesen war. Niels bestätigte, indem er den Kopf schüttelte, was sowohl Ja als auch Nein bedeuten konnte, und zog ein Mineralwasser und ein Glas zu sich.

»Ein paar Zeugen haben unabhängig voneinander gesagt, dass sie den silbernen Chevrolet auf dem Rastplatz bei der E45 gesehen haben und dass zwei Personen aus dem Auto gestiegen sind. Wir haben mit den Zeugen gesprochen, die aufgrund der Dunkelheit keine genaue Personenbeschreibung geben können, aber sie sind sich einig, dass es aussah, als wäre die eine Person schwach gewesen und hätte gestützt werden müssen.«

»Wo sind sie hingegangen? Wurden sie abgeholt? Sind sie in einem anderen Auto weggefahren?«

Niels schüttelte den Kopf. »Das haben sie leider nicht gesehen, da sie – wie einer von ihnen sagte – ja nicht schnüffeln wollten.«

»Wenn die Leute doch um Himmelswillen etwas mehr schnüffeln würden«, murmelte Roland und ertränkte seinen Ärger in einem großen Schluck Cola. Die Kohlensäure schäumte hoch und füllte seine Mundhöhle, sodass er husten musste.

»Sie könnten überall sein. Aber wieso sind sie ausgerechnet nach Randers gefahren?«, fragte Mikkel.

Isabella saß eifrig mit einer Mappe da und glich einer Schülerin, die nicht erwarten konnte, aufgerufen zu werden. Roland zeigte auch nur auf sie, da er für einen Moment die Stimme verloren hatte. Sie legte ein Foto auf den Tisch, sodass alle es sehen konnten. Sie deutete auf das Mädchen in dem gelben Kleid, das Bild, das Kasper Dupont von der Babysitterin gemacht hatte.

»Das hier sollte Christina Toft Hansen sein, Sara und Kasper Duponts Babysitterin. Ihre Mutter bestreitet, wie wir bereits wissen, dass das ihre Tochter ist …«

»Schaut euch mal dieses Tattoo auf ihrer Schulter an. Könnte sie etwas mit der Rockerszene zu tun haben und deswegen nach Randers gefahren sein?«, unterbrach Kim eifrig.

»Wer sagt, dass sie diejenige ist, die Sara Dupont zur Flucht verholfen hat? Und es haben ja nicht nur Rockerbräute Tattoos«, gab Mikkel an Isabellas Stelle zurück.

»Lasst mich doch mal ausreden!«, fauchte Isabella wütend.

»Ruhig!«, bat Roland heiser, als seine Stimme zurückbekommen hatte.

Sie schaute ihn an, als ob sie nur zu ihm spräche.

»Ich habe fast einen ganzen Tag dafür gebraucht herauszufinden, wo das Mädchen Au-pair in Venedig ist, das war nicht so leicht und passierte ganz zufällig, dass ich es herausgefunden habe. Tatsächlich war es ein Zeitungsartikel, der mich auf die Spur gebracht hat.« Sie kramte wieder in der Mappe und reichte Roland eine Kopie des Artikels. Er stammte aus einer italienischen Zeitung. Er übersetzte die Überschrift. »Touristin tot in Kanal gefunden, nur fünfzig Meter vom Markusplatz.«

»Der ist aus der Zeitung La Nuova Venezia vom 16. Februar letzten Jahres. Am letzten Tag des Karnevals …«

Roland hörte nur halb zu, er hatte fast den ganzen Artikel überflogen. Die italienische Polizei vermutete, dass es sich um ein skandinavisches Mädchen handeln könnte, aber sie hatte keinen Ausweis bei sich, daher war es nur eine Vermutung. Wie die italienische Polizei zu dieser Vermutung gelangt war, ging aus dem Artikel nicht hervor. Sie sahen es als einen Mordfall. Die Leiche lag im Kühlraum, bis sie identifiziert war. Nun sah

Roland Isabella an und forderte sie mit einem kleinen Nicken auf, fortzufahren.

»Das Mädchen, das in Venedig ermordet wurde, direkt vor Sara und Kasper Duponts Hotel, wurde nie identifiziert, ihr Gesicht war … zerquetscht …«

»Die italienische Polizei meint, ein Ruder einer Gondel sei die Mordwaffe«, ergänzte Roland und nickte zu dem italienischen Artikel, den Mikkel an sich genommen hatte, obwohl er kein Wort Italienisch konnte. »Sämtliche Gondolieri wurden verhört, aber ohne Ergebnis. Zu diesem Zeitpunkt waren viele Touristen in der Stadt, sodass der Mörder wer auch immer sein kann. Der Fall ist noch nicht aufgeklärt.«

Isabella nicke, sie lernte Italienisch an der Abendschule und hatte den Artikel mithilfe eines italienisch-dänischen Wörterbuchs sicher leicht übersetzen können. Sie kramte wieder in der Mappe und legte ein weiteres Foto auf den Tisch neben das der Babysitterin. Sie deutete darauf.

»Die Polizei konnte die Leiche nicht anhand von DNA identifizieren, da wir ihre DNA nicht in unserer Datenbank hier in Dänemark haben, und aus gutem Grund konnte kein Bild zur Identifikation vorgezeigt werden. Aber ich habe Christinas Mutter um ein Foto ihrer Tochter gebeten und es an das dänische Konsulat in Venedig gemailt; das gab einen Treffer. Sie bestätigen, dass es Christina Toft Hansen ist, die Au-pair in der Stadt ist. Ich habe das Konsulat gebeten, die Familie zu kontaktieren, bei der sie arbeitet.«

Isabella machte eine Pause, damit alle das verdauen konnten. Roland starrte sie mit einer Mischung aus Wut und Bewunderung an. Er hatte sehr wohl bemerkt, dass sie seit dem Besuch in dem Blumenladen viel konzentrierter gearbeitet hatte, aber das hier war ein bisschen zu viel Alleingang und er musste sie später zurechtweisen, aus dem gleichen Grund, gestand er sich ein, wie Vizepolizeidirektor Kurt Olsen oft ihm gegenüber.

»Ich habe heute Vormittag eine Antwort bekommen. Christina war nur für kurze Zeit bei der Familie, dann ist sie verschwunden.«

»Warum hat diese Familie ihr Au-pair-Mädchen nicht als vermisst gemeldet? Besonders, wenn in ihrer Stadt ein Mord geschehen war?«, fragte Niels verwundert. Roland wartete auch gespannt auf Isabellas Antwort. Wie gründlich war sie gewesen?

»Es war nicht das erste Mal, dass ein Au-pair bei ihnen einfach verduftet war, eine Menge junger Mädchen bereuen es, den Job angenommen zu haben, und reisen einfach nach Hause. Auch ihre Sachen waren verschwunden, daher sind sie davon ausgegangen, dass sie zurück nach Dänemark gegangen war. Ganz zufrieden mit den Gegebenheiten war sie sicher nicht. Sie haben einfach eine neue bekommen. Dieses Mal eine Italienerin.«

»Ich hoffe, die italienische Polizei guckt sich diese Familie mal ein bisschen genauer an, das klingt in meinen Ohren sehr verdächtig«, sagte Kim und schaute Roland an, als ob er als Italiener das entscheiden könnte. Ganz langsam begann ihm zu dämmern, was Isabella herausgefunden hatte. Er starrte auf das Foto dieses blonden jungen Mädchens und erwiderte danach Isabellas Blick, was nicht so schwer war. Sie konzentrierte sich nach wie vor nur auf ihn.

»Willst du damit etwa sagen, dass *sie* Christina Toft Hansen ist und das Mädchen sein kann, das in Venedig getötet wurde?«

Isabella nickte.

Roland zeigte auf das Foto der Babysitterin und fuhr fort: »... was diese hier vorgibt zu sein?«

Isabella nickte wieder.

»Und wer zur Hölle ist dann sie?«

Isabella gestikulierte. »Das ist die große Frage. Wer ist die, die sich als Christina ausgibt?«

Roland konnte nicht den Blick von diesen beiden Mädchen auf den Bildern nehmen. Wenn die Blonde wirklich das junge Mädchen war, das in Venedig ermordet worden war, dann war sicher allein ihr Aussehen der Grund dafür, dass die Italiener sie für nordisch hielten.

»Wir müssen Gewissheit darüber haben, dass das wirklich sie ist. Können wir die DNA des Mädchens beschaffen? Vielleicht hat ihre Mutter einen Kamm oder eine Bürste oder so was aufgehoben?«

Isabella nickte eifrig. »Das untersuche ich. Ich habe übrigens auch mit Christinas Vater geredet. Ihre Mutter hat Recht, es sieht nicht so aus, als würde ihm das Geringste fehlen, er war im Garten zusammen mit seiner neuen Frau und hat problemlos mit der Schaufel gearbeitet. Er hatte nicht mehr über seine Tochter zu sagen als ihre Mutter.«

Schon wieder Gartenarbeit. Roland seufzte. Isabella war zu weit gegangen, sie sollte nicht allein zu solch wichtigen Befragungen losziehen, so lange sie so neu und unerfahren war. Aber war es nicht abwegig, sie so einzuschätzen, nach dem, was sie gerade vorgelegt hatte? Bessere Nachforschungen hatte er lange nicht gesehen.

»Gut, Isabella. Ich kontaktiere die italienische Polizei. Kim, versuche du, etwas über diese Tätowierung herauszufinden. Wo sie gemacht wurde. Ist das ein Symbol? Wir haben viel zu tun, Freunde.«

Alle erhoben sich vom Tisch. Mikkel nahm seine Colaflasche mit und warf Isabella einen düsteren Blick zu.

Sie stand ebenfalls auf und legte die Fotos zurück in die Mappe. Sie war gerade am Gehen, als Roland sie entschlossen stoppte.

»Du bleibst noch hier, Isabella!«

Sie setzte sich wieder und schaute ihn mit erwartungsvoller Miene an; sie wartete auf ihr wohlverdientes Lob. Er schluckte einmal. Es war ihm immer schwergefallen, jemanden zu tadeln, wenn er nicht wirklich wütend war.

»Hast du etwas über diese Anzeige herausgefunden?«, fragte er, um das Unvermeidliche aufzuschieben.

»Ja, das hätte ich wegen all dem hier beinahe vergessen … die Anzeige ist im Juni gekommen. Ein paar Beamte sind sofort ausgerückt. Das war wirklich widerwärtig und gemein …«

Sie kramte wieder in ihrer Mappe und holte einen Ausdruck heraus, den sie vor Roland legte.

41
Juni, drei Monate zuvor

Sara ließ das Handy unten auf dem Küchentisch klingeln, sie hatte vergessen, es mitzunehmen. William lag auf dem Wickeltisch, sie hatte ihm gerade die Windel angezogen. Es waren nur noch drei Tage bis zur Hochzeit und es gab sicher bloß irgendetwas, was Kasper oder ihre Mutter sie fragen wollte. Alles drehte sich um die Hochzeit.

»Die können noch mal anrufen, stimmt's? Die können einfach noch mal anrufen, ne«, plauderte sie mit William. Er warf ihr sein schiefes Lächeln zu, das sie so liebte, und seine dunkelblauen Augen funkelten vor Eifer darüber, mit ihr zu kommunizieren. Sie war sich sicher, dass er ein richtiger kleiner aufgeweckter Wirbelwind werden würde, den sie bestimmt schwer im Zaum halten könnten, wenn er erst einmal zu laufen anfing. Sie drehte ihn auf den Bauch und lobte ihn eifrig, als er sich auf die Unterarme stützte und den Kopf hob, wobei er vor Anstrengung zitterte.

»Tüchtig, Schätzchen, und es dauert nicht lange, bis du auch laufen kannst, stimmt's?«, lachte sie und küsste ihn auf die seidenweichen Haare dicht bei der Fontanelle, die rhythmisch im Takt mit seinem Herzschlag pochte. Sie übte mit ihm ein bisschen, um seine Arme und seinen Nacken zu stärken. Er konnte sich selbst im Badezimmerspiegel sehen und war davon sehr fasziniert. Ohne ihn loszulassen machte sie das Fenster auf. Die Meteorologen hatten gehalten, was sie versprochen hatten, Sonne und Wärme, glücklicherweise hatten sie auch für den Pfingstsamstag trockenes Wetter und Sonnenschein vorhergesagt. Die Blumen waren an den Spalieren befestigt und nie hatten sie einen so hübschen Garten gehabt. Sie fasste es gar nicht, dass der große Tag schon so nah war. Wenn sie bloß nicht die ganze Zeit so verflucht müde, ängstlich und deprimiert wäre. Sie müsste froh sein. Glücklich. Überglücklich.

Unter leisen Protesten ließ sich William die Treppe hinuntertragen und sich auf die Spieldecke im Wohnzimmer legen, er fand seinen Teddy und den Schnuller. Er jammerte ein bisschen weiter, wurde aber still, als sie eine Spieldose mit *Mary had a little lamb* aufzog. Sie setzte sich neben ihn und summte mit. Sie zuckte zusammen, als ein Schlüssel ins Schloss gesteckt wurde und die Tür im Eingangsbereich aufging. Sie schaute auf die Uhr. Kasper würde erst in ein paar Stunden nach Hause kommen.

»Hi!«, rief Christina von draußen. Sara seufzte laut. Sie hatte völlig vergessen, dass sie kommen und William im Kinderwagen spazieren fahren wollte, damit sie selbst währenddessen ein wenig Ruhe bekäme. Noch einer von Kaspers Befehlen.

»Hi, Christina.« Sie stand auf und hob William hoch. Er sollte seine Sommermütze anhaben.

»Hattest du es vergessen?«

»Nein, wieso. Warum glaubst du das?«, log Sara.

»Ach, du siehst nur so aus.« Christina kitzelte William unterm Kinn, während Sara ihm die Mütze aufzog. Er schaute sie verdutzt an. Das war das Alter, wo er anfing zu fremdeln, wenn ein anderer ihn nahm. Es quälte Sara, dass er in Benediktes Armen unzufrieden war. Ihre Mutter machte ihr natürlich Vorwürfe und sagte, das sei nur so, weil Sara ihn immer mit sich herumschleppte und sonst niemand an ihn heranließ. Das stimmte ja nicht. Christina kam fast jeden Tag.

William kniff die Augen zusammen, als sie hinaus in die grelle Sonne gingen. Christina setzte ihre Sonnenbrille auf. Sara konnte nicht die Augen von ihrem Tattoo auf ihrer nackten Schulter abwenden, es war direkt vor ihren Augen, als sie William in den Kinderwagen legte. In dem starken Licht war es sichtbarer.

»Was stellt das dar?«, fragte sie und lächelte, um nicht verurteilend zu wirken.

»Was?«

»Das Tattoo.«

Christina schaute auf ihre Schulter und schüttelte den Kopf. »Das ist kein Tattoo«, entgegnet sie, die Stimme nahm einen anderen Ton an. Jetzt konnte Sara auch sehen, dass es kein Tattoo war, sondern eher eine Narbe, die von einer Verbrennung herrührte. Christinas verschlossenem Gesicht war deutlich anzusehen, dass sie nicht darüber reden wollte, und Sara schwieg. Das junge Mädchen strahlte irgendetwas aus, was Sara ein seltsames Gefühl von Minderwertigkeit gab. Es war nicht nur ihre Jugend und ihr hübsches, exotisches Aussehen, da war auch etwas anderes; etwas, das sie nicht in Worte fassen konnte. Sie richtete Williams Mütze, die ihm schief über das eine Auge heruntergerutscht war. Er schaute zu ihr hoch und wirkte da unten in dem großen Kinderwagen so klein und verletzlich. Sie kämpfte gegen die Versuchung, ihn wieder hochzunehmen und ihn beschützend an sich zu drücken.

»Hast du deine Tabletten genommen?«, fragte Christina, während Sara die Decke um William wickelte und er ihr noch mal ein lustiges Lächeln schenkte. Vielleicht war es das; Christina war selbstsicher und ausgeglichen; sie brauchte keine Tabletten, um nicht zusammenzubrechen. Christina war die, die sie selbst einmal vor nicht allzu langer Zeit gewesen war. Sie richtete sich auf und versuchte der Babysitterin in die Augen zu sehen, aber sie sah nur sich selbst in den dunklen Gläsern der Sonnenbrille.

»Nein, noch nicht ... ich nehme sie gleich.« Die Stimme klang unwillkürlich entschuldigend und untertänig, obwohl sie am liebsten antworten wollte, dass sie ja wohl selbst bestimmen könne, ob und wann sie diese Tabletten nahm.

»Okay. Dann geh schnell ins Bett und schlafe, während wir weg sind.« Christina schob den Kinderwagen auf den Kiesweg in Richtung Straße, dann drehte sie sich um. »Du könntest dich heute bei dem guten Wetter ja auch im Pavillon ausruhen.« Sie lächelte, die weißen Zähne leuchteten in dem dunklen Gesicht auf. Sara lächelte angestrengt zurück und winkte, blieb aber in der Einfahrt stehen, bis sie sie nicht länger sehen konnte, und musste dem Drang widerstehen, ihnen hinterherzulaufen und sie zu stoppen. William gehörte zu ihr, die Sehnsucht schmerzte und wo er gewesen war, klaffte ein Loch. Sie riss sich zusammen und ging durch den Garten zurück ins Haus. Vielleicht war das keine dumme Idee, sich im Pavillon auszuruhen. Er war für die Feier geliehen, aber er war so schön, dass sie hoffte, sie könnten sich leisten, ihn zu kaufen. Es war ein achteckiger Holzpavillon von circa zehn Quadratmetern mit Bauernhausfenstern rundherum und einer Doppeltür. Sie hatten ihn in Weiß gewählt, damit er zu den Spalieren und natürlich zu einer Hochzeit passte. Sie bewunderte ihn vom Küchenfenster aus, während sie eine Tablette herunterspülte. Heute würde sie keine zwei nehmen. Das Wetter war so herrlich und es wäre wirklich eine Schande, oben im Schlafzimmer im Bett zu liegen wie sonst. Sie nahm ein Glas Wasser mit raus.

In dem Pavillon duftete es nach frischem Feuerholz. Die Tür lehnte sie an, damit es nicht zu warm wurde. Als der Pavillon gestern Abend aufgestellt worden war, hatte Kasper zwei Gartenstühle hineingestellt, sodass sie ihn einweihen, zusammensitzen und ein Glas Wein genießen konnten. William hatte in seinem Kinderwagen gelegen und mit den nackten Beinchen in den warmen Sommerabend gestrampelt, und zum ersten Mal seit langer Zeit hatte sie sich völlig geborgen gefühlt und einen Abend ohne Angst genossen. So sollte ihr Leben von jetzt an sein, beschloss sie. Sie lehnte sich auf dem Stuhl zurück und es dauerte nicht lange, bis sie spürte, dass die Tablette zu wirken begann. Sie schloss die Augen, wurde aber von Geräuschen abgelenkt, die aus einem großen Pappkarton kamen, der auf dem Boden stand. Verwundert stand sie auf und ging zu dem Karton. Es klang, als ob irgendetwas Lebendiges eingeschlossen wäre und herauszukommen versuchte. Die Neugier zwang sie, den Karton zu öffnen. Sie schrie laut auf und schloss die Augen fest, als etwas flatterndes Weißes mit unerwarteter Kraft aus der Kiste herausschoss und in dem kleinen Pavillon mit den Schwingen schlug. Federn und Flügel trafen sie im Gesicht und Klauen kratzten sie am Hals und den Armen. Die Schläge, wenn die Vögel gegen die Scheibe flogen, um rauszukommen, hallten in ihrem Kopf. Sie schnappte nach Luft und wusste, dass sie hier rausmusste, sonst würde sie sterben. Mit einem Arm schützte sie ihr Gesicht, tastete sich zur Tür und stieß sie auf. Die Vögel rauschten hinaus ins Freie und zogen sie beinahe mit sich. Sie fiel und landete hart auf dem Bauch im Gras. Ein Vogel war nicht rausgekommen und kämpfte drinnen gegen die Scheibe. Die Augen waren wild vor Panik, seine Krallen kratzten gegen das Glas und der Schnabel schlug dagegen. Starr vor Schreck sah sie ihn an und versuchte aufzustehen, um zu entkommen, dann fand er doch aus der Tür und sie schaffte es gerade noch, sich zu ducken, ehe er ihr ins Gesicht flog. Sie sah den Schwarm über den Baumwipfeln verschwinden. Außer Atem kam sie auf die Beine, die wie Pudding waren, und taumelte ins Haus, machte die Tür zu und schloss ab, als ob die Vögel eine geschlossene Tür öffnen könnten. Nach Luft schnappend trank sie Wasser direkt aus dem kalten Hahn und versuchte sich zu beruhigen. Was machten diese Vögel da? Tauben. Weiße Tauben. Es war etwas Symbolisches an ihnen, wusste sie, aber sie schaffte es nicht, den Gedanken zu Ende zu denken, weil ihr Handy seine Melodie auf dem Küchentisch spielte. Sie musste mit jemandem sprechen und hoffte, dass es Kasper war. Kasper würde nie Vögel in ihrem Pavillon unterbringen. Sie griff nach dem Handy, bevor es zu klingeln aufhörte, und schaffte es gerade noch, einen Blick aufs Display zu werfen. Freja. Es war Freja. Die Einzige, die wegen der Hochzeitseinladung nicht zurückgerufen hatte.

»Freja?! Hi! Ich …«

»Du bist ja total krank! Ich habe dich bei der Polizei angezeigt!« Frejas Stimme war nicht weniger hasserfüllt, seit sie vor sehr langer Zeit zuletzt mit ihr gesprochen hatte.

»Was meinst du, Freja?« Sie zitterte so sehr, dass sie kaum das Telefon halten konnte, und hörte selbst, dass auch ihre Stimme zitterte.

»Ach, nein. Du bist nicht bei Facebook, sagst du. Aber jetzt bist du zu weit gegangen! Du bist doch krank!«

Es begann unter der Haut zu prickeln, vielleicht lag das an den Tabletten. »Nein, das stimmt. Ich bin nie auf FB, ich …«

»Das glaub' ich dir nicht. Versuch halt dich einzuloggen und deine Pinnwand anzugucken.« Frejas Stimme bebte vor Abscheu. Sara taumelte wie eine Betrunkene zum Sofa und holten den Laptop darunter hervor. Sie setzte sich. Es dauerte ein wenig, bis sie online war und sich einloggen konnte. Währenddessen klopfte ihr Herz so heftig, dass es in der Brust wehtat. Freja sagte nichts, aber sie konnte ihr aufgebrachtes Atmen an ihrem Ohr hören.

»Bist du jetzt drin? Dann guck selbst! Guck dir das Video an, das du auf deine Pinnwand gestellt hast!«

Sara hasste es, ihr Facebook-Profil zu sehen, das völlig von der Steuerung eines Fremden übernommen worden war. Sie hatte es lange nicht gesehen und erkannte es gar nicht wieder. Zögernd klickte sie auf den weißen Pfeil mitten im Bild und der Film startete. Es war ein YouTube-Clip. Erst konnte sie nicht richtig sehen, was es darstellte, die Kamera schwenkte wackelnd über einige Fliesen und ein Handtuch und danach den Rand einer hellblauen Babybadewanne. Allmählich dämmerte es ihr, dass das die Fliesen in ihrem Bad oben, Williams Badewanne und sein Handtuch mit gelben Entchen waren. Die Kameralinse glitt weiter über den Rand der Badewanne und da lag er. William. Sein Blick war steif und die Brauen zusammengezogen in Verwunderung wie immer, wenn er das Wasser um sich spürte. Aber es war keiner da, der seinen Nacken stützte, er lag allein auf dem Boden seiner Wanne. Das Wasser stieg still und ruhig um ihn, und sie konnte sich denken, dass der Duschschlauch darin liegen musste, auch wenn er nicht im Bild war. Das Wasser stieg und stieg, ohne dass sie es stoppen konnte, und der einzige panische Gedanke, den sie hatte, war: Stell das Wasser ab, stell das Wasser ab! Unruhig rutschte sie auf dem Sofa herum, wollte es sich nicht ansehen und konnte es doch nicht lassen. Jetzt reichte das Wasser bis an seine Wangen und sie konnte sehen, dass er gleich weinen würde. Wann war das gefilmt worden und von wem? Von ihr selbst? Sie fing unkontrolliert zu weinen an. Sie hörte Freja etwas sagen, aber die Worte drangen nicht zu ihr durch. Wenn William mit den Armen schlug, bekam er das Wasser in die Augen und den Mund. Kurz darauf bedeckte es sein Gesicht ganz – dann hörte der Film auf. Saras Augen waren voller Tränen und der Text unter dem Video war verschwommen, sie deutete es als: *Ertrinkt William?*

»Hallo! Sara?« Sie bemerkte plötzlich, dass Frejas Stimme nicht mehr hasserfüllt war, sondern besorgt klang.

»Freja«, schluchzte sie. »Du musst doch wissen, dass ich nie auf die Idee käme, William so zu filmen. Du hast ihn gar nicht gesehen, er ist …«

»Wer dann, Sara? Lærke sagt, dass du nicht von deinem Sohn weichst. Wer dann?«, wiederholte Frejas misstrauische Stimme.

»Ich … ich weiß es nicht!« Sie kämpfte damit, ihre Stimme unter Kontrolle zu bekommen.

»Wenn es darum geht, Aufmerksamkeit zu bekommen, ist es dir gelungen, schau nur, wie viele sehen wollten, ob William ertrinkt! Nach so was sind die Leute verrückt. Es kann sein, dass dein Film auf die Hitliste kommt, ist es das, was du willst?«

»Freja … ich war das nicht … ich könnte nie …«

»Wer geht dann so mit deinem Sohn um, wenn du es nicht bist? Wurdest du untersucht?«, fuhr Freja fort. Jetzt klang sie wieder besorgt.

»Was meinst du?«

»Ein Psychiater. Einer, der dir helfen kann.«

»Ich bin nicht krank, Freja. Frag Lærke …«

Freja seufzte, und es klang, als ob sie ein wenig nachgäbe.

»Ja, ich habe mit Lærke gesprochen, ich weiß, dass sie dir glaubt. Sie sagt, dir wurde deine Identität gestohlen, aber die Polizei muss diese Person doch verflixt noch mal finden können … falls das stimmt. Das hier ist ja wirklich ernst!«

»Ich habe auch gehofft, dass sie das vor Samstag tun würden, damit ich mich entspannen kann. Ich fühle mich permanent überwacht und bedroht.« Sie versuchte erfolglos, die Tränen zurückzuhalten. »Willst du nicht kommen, Freja? Es ist nicht dasselbe, wenn du nicht bei meiner Hochzeit bist. Du *musst* mir glauben«, wimmerte sie.

Freja sagte lange nichts. »Okay, Sara. Ich werde wohl kommen, aber du musst mir versprechen, in Behandlung zu gehen. Du klingst wirklich krank.«

Sara schaffte es nicht zu antworten, Freja hatte aufgelegt. Das Adrenalin in ihrem Körper kämpfte gegen die Wirkung der Tabletten, sie musste sich vom Sofa hoch kämpfen, als sie ein Auto in der Einfahrt hörte. Kasper! Gott sei Dank!

Zwei Beamte standen vor der Tür und baten darum, hereinkommen zu dürfen. Sie blinzelte gegen das Licht.

»Was ist los? Ist etwas passiert? William? Kasper?« Sie stützte sich am Türrahmen ab.

»Ist William Ihr Kind?«

»Ja, es ist doch wohl nicht …« Sie entdeckte Christina, die mit William im Kinderwagen auf den Kiesweg bog und starr stehen blieb, als sie die beiden Beamten sah. »Da kommt mein Sohn!« Sara wankte zum Kinderwagen und nahm William hoch, er brabbelte und verwischte Sabber auf ihrer Wange, als sie ihn an sich drückte. Die beiden Beamten sahen sich vielsagend an.

»Wir haben einige Anzeigen wegen eines Videos im Internet bekommen, wo Ihr Kind Lebensgefahr ausgesetzt wird«, sagte der eine Beamte und lächelte William zu.

Frejas Anzeige! Deswegen war die Polizei gekommen. Sie glaubten, sie wäre es. Plötzlich fing sie wieder an zu weinen. »Ich … ich weiß nicht, wer diesen Film gemacht hat … ich …«

Sie wurde von Kaspers Auto unterbrochen, das plötzlich in die Einfahrt einbog und hinter dem Polizeiauto parkte. Er stieg zügig aus und kam ihr entgegen. Die Beine konnten sie beinahe nicht mehr tragen. Als sie Kaspers Arme um sich spürte, heulte sie richtig los. Er umarmte sie beide, küsste William auf den Kopf und ließ sie mit ihm auf der Gartenbank sitzen, während er mit den Beamten sprach. Sie gingen mit ihm ins Haus. Der eine warf ihr einen langen Blick zu. Sie sah sich nach Christina um, aber sie war nicht da. Unheimliche Gedanken und Bilder wirbelten wie Dias auf der Innenseite ihrer Lider herum, als sie die Augen schloss. Weiße Taubenflügel flatterten, Williams kleines ängstliches Gesicht verschwand unter dem Wasser, der Kranz und die Todesanzeige, die Figur *nichts sagen*, der tote Vogel, die Maske und der Schmuck mit den rot-weißen Schnüren. Das Ganze drehte sich, als ob sie zu viel getrunken hätte. Wer hatte dieses Video mit William aufgenommen? Jemand, der Zugang zu ihrem Haus hatte. Er hätte ertrinken können, vielleicht einen mentalen Schaden von so einem Erlebnis erlitten haben, das ihn sein ganzes Leben verfolgen würde. Was war danach passiert? Wer hatte ihn aus dem Wasser genommen und ihn getröstet? Sie drückte ihn so fest, dass er anfing zu wimmern. Der Schrecken durchrieselte sie und wurde von Frejas Worten verstärkt, die sich wie ein Echo in ihrem Kopf wiederholten: *Wer geht so mit deinem Sohn um, wenn du es nicht bist?* Ihr kam ein schrecklicher Verdacht. Es gab nur eine Person, auf die das zutraf.

***

42

Nicolaj hatte noch ein Bier aufgemacht, als Anne zurückkam. Während sie die Jacke auszog, dachte sie, dass sie darüber ein kleines Gespräch mit ihm führen sollte, aber plötzlich bekam sie selbst Lust auf eins und ging zum Kühlschrank. Nicolaj hatte ihn mit neuen Dosen aufgefüllt. Also das ging einfach nicht. Aber sie sagte nichts, als Nicolaj die Tastatur losließ und mit ihr anstieß.

»Na, was hat die Anwältin gesagt?«

»Sie hat ausgeschlossen, dass Sara Dupont eine postnatale Depression hatte und angedeutet, dass sie von ihrem Sohn nahezu besessen war. Warum sollte sie ihn dann töten?«

»Fängst du jetzt auch an zu glauben, dass sie unschuldig ist?«

»Ich weiß es nicht, aber ich habe das Gefühl, irgendetwas stimmt nicht mit dieser Babysitterin.« Anne schüttelte die Maus, als ob die Worte auf diese Weise von selbst auf dem Bildschirm erscheinen würden. »Die Freundin dieses toten Mädchens, die Sara auf Facebook gesucht hat, vielleicht hat sie Sara gefunden. Vielleicht ist *sie* die Babysitterin.«

Nicolaj schüttelte lächelnd den Kopf.

»Das, findest du, klingt unwahrscheinlich?«

»Sehr! Wieso sollte sie Sara denn aufsuchen?«

»Überleg mal, was wir haben: Eine venezianische Maske, die ganz sicher von Saras und Kaspers Reise nach Venedig vor einem Jahr stammt, wo ein junges Mädchen vor ihrem Hotel ertrunken ist. Wenn Sara die Freundin sucht, indem sie die Maske auf Facebook stellt, muss sie fast eine Verbindung zu diesem toten Mädchen haben. Woher hat Sara die? Dann haben wir ein merkwürdiges Schmuckstück, dessen Besitzer Sara ebenfalls sucht. Da muss es einen Zusammenhang geben.« Sie drehte sich um und schaltete den Drucker an. In einer Mappe auf ihrem Schreibtisch fand sie die Bilder, die sie von Saras Profil bei Facebook heruntergeladen hatte und druckte sie aus.

»An welchen Zusammenhang denkst du?«

»Ich meine den Zusammenhang zwischen der Ertrunkenen und all dem anderen, was passiert ist. Überleg mal, wenn das jetzt kein Unfall war, sondern ein Mord, dann hat Sara verraten – vielleicht dem Mörder gegenüber –, dass sie etwas weiß oder gesehen hat. Das Schmuckstück hat vielleicht auch eine Verbindung dazu. Vielleicht kann es den Mörder enthüllen.« Sie zeigte Nicolaj das Bild der kleinen Silberuhr mit den rot-weißen Schnüren mit Quasten. »Weißt du, was das hier für ein Schmuck ist?«

»Nein!« Er schüttelte den Kopf. »Aber du weißt doch auch nicht mal, woher dieser Schmuck kommt. Das kann einer sein, den Sara bloß auf der Straße gefunden hat.«

»Wenn ich doch verdammt noch mal mit Kasper Dupont reden könnte. Er muss irgendetwas wissen. Ich habe auch herausgefunden, dass Freja Sara wegen irgendetwas angezeigt hat.«

»Wenn du nicht gekündigt hättest, hättest du ihm ein bisschen Hausputz anbieten können«, lächelte Nicolaj spöttisch. Sie schnitt ihm eine Grimasse. Putzen war das Letzte, was sie wollte, um ihn zum Reden zu bringen.

»Weswegen wurde sie angezeigt? Misshandlung ihres Kindes?«

»Ich weiß es nicht, das will mir irgendwie keiner sagen. Inge Thomsen meinte, das sei jedenfalls für den Prozess nicht von Bedeutung. Wir sind uns einig, dass wir dieses Mädchen finden müssen. Christina heißt sie. Ich glaube, sie ist die Freundin des toten Mädchens im Kanal. Ich kann es spüren. Sara hat sie nicht gefunden, sie hat Sara gefunden. Sie hat Saras Identität gestohlen.«

Nicolaj schnippte mit den Fingern. »Aber warum? Sollte sie dann ihre Freundin im Kanal ertränkt haben? Wenn du Recht hast, ist das sicher eine phantastische Story!«

Anne kam sich blöd vor, vom Lob ihres ehemaligen Praktikanten so aufgekratzt zu sein. »Ja. Warum, kann ich auch noch nicht ganz sagen. Ich muss wohl herausfinden, wer die Ertrunkene in Venedig ist.«

Nicolaj nickte.

»Ich versuch's beim Außenministerium. Der Diensthabende beim Bürgerservice muss das zurückverfolgen können.«

Nicolaj nickte wieder und ging ans Telefon, als es klingelte. Anne hörte nicht hin, sie hatte selbst gerade gewählt, kurz darauf Kontakt zum Ministerium und stellte sich vor. Die Ablehnung lag sofort in der Stimme der Frau, als sie das Wort Journalistin hörte, trotzdem stellte sie sie zum Bürgerservice durch, aber Anne bekam nicht mehr raus, als dass der Diensthabende an das dänische Konsulat in Venedig verwies, das dann wiederum an das Ministerium weiterleitete. »Verdammt!«, rief sie grimmig und warf das Telefon auf den Tisch. Sie entdeckte, dass Nicolaj gegangen war, ohne dass sie es gehört hatte. »Verdammt!«, sagte sie noch mal. Nach einer Denkpause, in der sie ein Bier trank und den Rücken streckte, setzte sie sich wieder an ihren Computer und ging auf Google. Wenn ein dänisches Mädchen letztes Jahr in Venedig ertrunken war, mussten die Zeitungen darüber berichtet haben. Zuerst untersuchte sie, wann der Karneval in Venedig stattgefunden hatte und fand heraus, dass er vom sechsten bis sechzehnten Februar ging, aber wann waren Sara und Kasper da gewesen und wann war das Unglück passiert? Keine Zeitung hatte irgendetwas darüber erwähnt. Zuletzt gab sie auf und spürte die Enttäuschung und den Missmut. Der Herbstregen prasselte gegen die Scheibe und verstärkte das Gefühl. »Sara, wo zum Teufel steckst du?«, sagte sie in die Luft. Die Ausdrucke lagen auf dem Tisch und schienen sie fast zu verhöhnen. Sie fing an, im Internet zu surfen, versuchte verschiedene Worte, die ihr einfielen, landete plötzlich auf der Homepage der Ostjütländischen Polizei und stieß unter *Vermisste Personen* auf das Foto einer jungen Frau in einem gelben Kleid. Sie wurde in Verbindung mit der Gefangenenflucht aus der Gerichtspsychiatrie in Risskov gesucht. Die Babysitterin, dachte Anne sofort. Ausnahmsweise war Roland Benito ihr einen Schritt voraus. Er wusste, wer sie war. Der Mut kehrte zurück zusammen mit dem Gefühl, wieder mit dem Kriminalkommissar zu konkurrieren. Gott, wie hatte sie das vermisst. So sah sie also aus, Christina. Eine kleine dunkle Schönheit, die bestimmt nicht dänisch aussah. War die eine Mörderin? War das ihr Schmuck? Sie setzte den Drucker wieder in Gang und fühlte, dass das Ganze eine neue Wendung genommen hatte. Jetzt hatte sie einen Namen und ein Foto und damit nicht genug, Christina hatte ein Tattoo auf der einen Schulter. Anne kannte einen Tätowierer in Kopenhagen, den, der ihr mal den kleinen Fisch auf den Arm gestochen hatte. Ganz sicher kein anerkannter Tätowierer, der in einem finsteren Keller in der Istedstraße hauste, aber diese Art wusste in der Regel auch mehr darüber, was zurzeit an merkwürdigen Symbolen in der Unterwelt Mode war.

43

Isabella hatte Rolands Anschiss mit gerunzelter Stirn und einem kleinen nachsichtigen Lächeln aufgenommen, von dem sie sicher nicht glaubte, dass er es bemerkt hatte. Er hatte den Eindruck gewonnen, dass sie Grenzen ausprobierte, testete, wie weit sie mit ihm gehen konnte. Aber hier setzte er die Grenze; wenn sie so jung und unerfahren war, war es lebensgefährlich, auf eigene Faust zu arbeiten. Es gab keinen Platz für weitere Skandale. Leander hatte ihm leise anvertraut, dass Dan Vang über längere Zeit sexuell missbraucht und misshandelt worden war, wahrscheinlich von seinem Bruder. Wieso hatte Roland die Signale nicht erkannt? Waren Dans bittende Augen ihm gegenüber in Wirklichkeit ein Ruf nach Hilfe gewesen statt nach Lob und Anerkennung? Dan würde für den Mord ins Gefängnis kommen. Ob die Jury anerkannte, dass die Rede von Notwehr war, würde nur die Zeit zeigen; es hing vom Anwalt ab. Dans Heldentat, die Hafids Leben gerettet hatte, war der Auslöser für die Prügelei mit seinem Bruder gewesen, hatte Dan notgedrungen bestätigt. Ein weiterer Mord mit einem Kampfhund als Sünder. Indirekt ganz sicher. Soweit Roland in der Kantine gehört hatte, war der Hundebesitzer nicht weit vom Fløjstrupper Wald ausfindig gemacht worden. Ein Nachbar hatte auf die Suche in der Zeitung mit dem Bild des toten Hundes reagiert. Die Beamten hatten einen Wurf Welpen gefunden, die sofort von einem nicht besonders willigen Tierarzt eingeschläfert wurden, aber den anderen erwachsenen Hund konnten sie nicht anrühren, er war angeschafft worden, bevor das Hundegesetz in Kraft getreten war. Ein Beamter hatte bemerkt, dass er sehr mitgenommen aussah und den Verdacht geäußert, dass er vielleicht für Hundekämpfe benutzt wurde. Wenn das das Schicksal der armen Tiere war, könnte es die Aggressivität des entlaufenen Hundes erklären. Dass Hundekämpfe stattfanden, daran hatte Roland überhaupt keinen Zweifel, in einigen ethnischen Gruppen gehörte es mit zur Kultur, aber es war der Polizei nie gelungen, sie auf frischer Tat zu ertappen. Das war auch nicht gerade die Art Unterhaltung, die groß aufgezogen wurde.

Nach einer frischen Tasse Kaffee, einem Kaugummi und einer Denkpause rief er Inge Thomsen an; er schuldete es ihr zu erzählen, was er über die Babysitterin herausgefunden hatte. Verkehrslärm und das Geräusch ihrer Absätze übertönten fast die Worte. Sie war nicht in ihrem Büro.

»Hallo, Benito. Ich bin auf dem Weg ins Krankenhaus, um mit meinem Mandanten zu sprechen …« Sie machte eine Pause, um Luft zu holen. »… Dan Vang«, fügte sie dann hinzu.

»Du hast den Fall übernommen?« Sie war eine gute Strafverteidigerin und die Hoffnung, dass Dan eine mildere Strafe bekäme, war gerade gewachsen.

»Natürlich, er ist doch einer der deinen. Was hast *du* denn für mich?« Sie ließ es wie einen Tauschhandel klingen und Roland rutschte ein bisschen unruhig auf dem Stuhl herum. Er hörte, dass Inge an eine Stelle ohne Verkehrslärm gekommen war und das Geräusch ihrer Absätze ließ darauf schließen, dass sie in einem Gebäude war und Treppen hocheilte. Sie war in der Uniklinik in Skejby.

»Wir sind dicht dran, die Babysitterin zu finden«, sagte er und dachte gleichzeitig, ob das nun eine Übertreibung war. Vielleicht waren sie bloß auf einer falschen Fährte. »Sie heißt nicht Christina. Christina ist höchstwahrscheinlich letztes Jahr in Venedig umgekommen. Wir arbeiten daran, einen DNA-Test zu bekommen, um das schnellstmöglich abzuklären.«

Inge Thomsen stand jetzt still, vielleicht vor der Tür zu Dan Vangs Krankenzimmer. Er erkannte das Geräusch eines Getränkewagens, der klirrend vorbeifuhr, den hatte er viele Male gehört, als er an Irenes Krankenhausbett gesessen hatte.

»Wenn die Babysitterin tot ist, wer ist dann … die Babysitterin?«

»Das versuchen wir herauszufinden.«

»Die Presse ist auch an dem Fall dran, weißt du das? Eine Journalistin hatte die Idee, dass die Babysitterin das Mädchen in

Venedig getötet und danach Sara aufgesucht hat, vielleicht weil die irgendetwas über den Mord weiß.«

»Das klingt ein bisschen unwahrscheinlich, findest du nicht?«

»Tja, wer weiß? Die Journalistin wirkt sehr überzeugend. Ich hatte heute Vormittag Besuch von ihr.«

»Wie heißt sie?« Roland wusste es bereits, bevor Inge antwortete.

»Anne Larsen. Kennst du sie?«

»Ja, und *ob*«, entfuhr es Roland und er wusste nicht recht, ob es gut oder schlecht war, dass sie sich jetzt einmischte. Bei einer so schwachen Grundlage wollte er nur ungern die Meldung in der Presse haben, dass die Babysitterin etwas mit einem Mord in Italien vor über einem Jahr zu tun haben könnte. Es reichte schon, dass das Foto von ihr auf die Homepage der Polizei gestellt worden war, aber Kurt Olsen hatte behauptet, es sei wichtig, dass eine Suchmeldung genau da erscheinen müsse, als Roland protestiert hatte. Wenn sie immer noch hier im Land war, könnte die Erwähnung sie weit weg jagen, und wenn sie diejenige war, die Sara Dupont zur Flucht verholfen hatte, könnte sie ebenfalls verschwinden. Ob das wohl bereits geschehen war?

»Sie wirkt wie jemand mit Power, eine, die weiß, womit sie es zu tun hat. Sehr eifrig und beharrlich«, fuhr Inge fort und hatte Rolands Sarkasmus überhaupt nicht gehört.

»Hmm.«

»Ich gehe jetzt zu Dan Vang rein. Hältst du mich auf dem Laufenden, Benito?«

»Natürlich, Inge.« Er unterbrach die Verbindung und starrte einen Augenblick in die Luft. Anne Larsen *war* also zurück. Oder war der Besuch bei Sara Duponts Verteidigerin auch bloß Interesse und Neugier, was in dieser Stadt passierte? Er bezweifelte es sehr, und das bedeutete, dass sie ihm ins Gesicht gelogen hatte – schon wieder. Jetzt war er sogar so nett gewesen durchzudrücken, dass eine Überwachung ihrer Wohnung veranlasst wurde. Trotz der Proteste des Vizepolizeidirektors gegen den Vorschlag war es Roland gelungen, ihn davon zu überzeugen, dass Anne in Lebensgefahr sein könnte. Es waren nur kleine Fische, die die Datenbank anhand der Fingerabdrücke aus ihrer Wohnung ausgespuckt hatte. Die Eindringlinge waren noch nicht gefunden, aber die Drogenabteilung arbeitete rund um die Uhr daran und sie wussten, in welchen Milieus sie suchen mussten. Daher war es nur eine Frage der Zeit, es sei denn, sie hatten das Land bereits wieder verlassen. Er stand auf und ging zu Kim Ansager, der mit der Brille dicht am Computerbildschirm saß und die Bilder der Tattoos studierte.

»Was gefunden?«

»Nichts. Es ist auch schwer auf diesen Bildern zu sehen, was diese Tätowierung darstellt.« Kim schaute auf und trank aus einer Flasche Leitungswasser, die er immer auf dem Tisch stehen hatte.

»Lass es liegen. Tattoos sind bei den Jugendlichen ein Modephänomen geworden und es steckt sicher keine tiefere Bedeutung dahinter. Viele Sportler und Musiker sind ja damit übersät.«

»Ich kann Niels noch mal mit in die Umgebung der Gerichtspsychiatrie nehmen und ihnen das Bild zeigen. Vielleicht kann sich dann jemand an sie erinnern, wenn sie das sehen.«

»Wir waren schon so viele Male dort, Kim. Und wir dürfen nicht vergessen, dass sie vielleicht eine blonde Perücke getragen hat. Falls sie diejenige war, die das künstliche Haar im Auto hinterlassen hat. Hast du etwas auf Facebook gefunden?«

»Es war nicht schwer, in Saras Profil zu kommen und da steht eine Menge, aber man kann ja nicht wissen, ob das sie oder diese andere war, die das geschrieben hat. Nicht alles davon ist salonfähig, wenn das also Saras Ansichten sind, war sie wirklich eine richtige Bitch, die es sich mit allen verscherzt hat.«

»Hast du einen Videoclip gefunden? Auf YouTube?«

»Nee. Wovon handelt der?«

»Sara versucht ihr Kind zu ertränken.«

»Was?« Kim verschluckte sich fast an seinem Wasser.

»Es soll im Juni auf Saras Facebook-Pinnwand gestellt worden sein. Zwei Beamte aus Möllers Abteilung haben die Familie besucht, um die Verhältnisse zu überprüfen, als die Anzeige kam, haben aber alles einigermaßen normal gefunden. Der Film war wieder entfernt worden, sodass es eine Behauptung ohne Beweise war und blieb. Ist es wirklich so leicht, so etwas aus dem Internet zu entfernen? Ich habe sonst gehört, dass …«

»Auf YouTube lässt sich das leicht machen«, unterbrach Kim ihn. »Aber nur von demjenigen, der es hochgeladen hat, also muss Sara selbst es wieder entfernt haben. Das passiert im Videoadministrator, wenn du eingeloggt bist. Da kannst du einfach das Video auswählen und auf *Löschen* klicken.«

»Okay. Verdammt. Etwas über Venedig?«

»Massig. Sara hat tagtäglich neue Fotos von ihren Ausflügen hochgeladen und die Reiseerlebnisse beschrieben. Sie hat auch das Unglück im Kanal erwähnt, aber nur in Verbindung damit, dass sie eine Freundin der Toten sucht.«

»Eine Freundin? Hat die sich gemeldet?«

»Anscheinend nicht. Einmal im Juni letztes Jahr hat Sara auch den Besitzer eines Schmuckstücks gesucht. Eine sonderbare Uhr mit Schnüren anstelle einer Kette. Deren Besitzer scheint sich ebenfalls nicht gemeldet zu haben. Es sei denn, es ist auf andere Weise passiert, einen Anruf oder eine private Mail vielleicht. Aber auf diesem Profil steht so viel, dass es schwer ist zu wissen, was wichtig und was bloß das übliche Geschwafel ist. Trotz allem schreiben sie einigermaßen Dänisch. Du solltest mal die Facebook-Unterhaltungen der Jugendlichen sehen. Meine Tochter, du weißt schon. Man könnte glauben, dass sie bewusst in Codes reden, damit wir Erwachsenen nicht verstehen können, worüber sie sprechen.«

Roland nickte bloß. Das taten sie sicher auch.

»Weißt du zum Beispiel, was LMAO, BTW und AFK heißt?«

Roland schüttelte den Kopf.

»Laughing my ass of. By the way. Away from Keybord«, grinste Kim und klang stolz darüber, dass er gelernt hatte mit den Jungen zu kommunizieren. Kein Wunder, dass sie nicht buchstabieren können, dachte Roland und nickte wieder.

»Aber gelegentlich mache ich mir ein bisschen Sorgen um Trille. Sie ist ja eines der … ähm, großen Mädchen, wie du weißt, und wurde in den unteren Klassen ziemlich gemobbt. Der Selbstwert ist nicht gerade hoch. Wir mussten sie ja letzten Sommer zum Psychologen schicken, aber es geht ihr zum Glück besser. Aber sie hat nicht besonders viele Freunde. Schon gar nicht auf Facebook. Die sammeln da ja Freunde und die Anzahl geht aus dem Profil hervor. Trille hat nicht so viele wie die anderen in ihrer Klasse. Die haben viel, viel mehr und sie kann auf ihren Fotos sehen, dass sie Spaß und ein tolles Leben haben. Sie findet, sie hat nicht so ein Leben und ich merke, dass es ihr zu schaffen macht. Die Psychologen haben ja angefangen, von Facebook-Depression als einem neuen psychischen Leiden zu sprechen.«

Kim schluckte sichtbar.

»In den USA hat ein Mädchen, das erst 15 war, aufgrund von Cyber-Mobbing Selbstmord begangen. Glaubst du, ich muss mir Sorgen machen?« Er schaute zu seinem Chef hoch und schob nervös die Brille mit dem Zeigefinger an ihren Platz.

Roland kratze sich den Nacken, verlegen über Kims plötzliche Offenheit.

»Das ist für mich schwer zu beantworten, Kim. Aber ob Trille auch so empfindlich ist, wenn es darauf ankommt?«

Kim zuckte mit den Schultern und starrte wieder auf den Bildschirm.

»Versuch, ob du im Netz etwas mehr über Sara Dupont herausfinden kannst. Sind Isabella und Mikkel noch nicht zurück?« Er drehte sich zu ihren leeren Stühlen.

»Nein, es ist wohl nicht so leicht jemanden zu finden, an dem man einen DNA-Test machen kann, wenn es so lange her ist, dass das Mädchen von zu Hause weggegangen ist.«

»Schick sie zu mir, wenn sie kommen.« Er ging wieder in sein Büro und setzte sich, fühlte, dass die Zeit stagnierte und der Fall ebenso. Facebook-Depression, dachte er und schüttelte den Kopf. Dann erhob er sich plötzlich entschlossen und nahm seine Jacke.

Kasper Dupont öffnete vorsichtig die Tür, die nach Rolands letztem Besuch repariert worden war. Er sah besser aus als letztes Mal, abgesehen von roten Rändern um die Augen, als ob er geweint hätte. Die Gardinen waren vorgezogen und der Fernseher lief. Kasper sah sich eine Video-Aufnahme von William an. Er setzte sich wieder und schaute weiter, als wäre er immer noch allein. Roland blieb stehen. Warum quälte Kasper sich selbst auf diese Weise? Einen Jungen zu verlieren wie den auf dem 42-Zoll-Bildschirm, der in seinem Gitterbett lag und an dem Auge seines Teddys zupfte, würde jeden in den Wahnsinn treiben. Nun tauchte auch Sara auf, der Ton war aus, sodass er nicht hören konnte, was sie sagte, aber sie lächelte. Die roten Haare fielen ihr übers Gesicht, als sie sich über das Bett beugte und ihren Sohn küsste. Kasper wischte sich die Augen mit dem Handrücken trocken.

»Was zum Teufel ist da passiert? Sie hat ihn doch geliebt?«, sagte er tränenerstickt und Roland ging auf, warum Kasper sich diesen Film anschaute. Er versuchte für das, was passiert war, eine Erklärung zu finden. Roland setzte sich neben ihn und guckte mit.

»Wir haben etwas über Ihre Babysitterin herausgefunden. Sie war nicht die, die sie vorgab zu sein«, sagte er, als er einen passenden Zeitpunkt fand, um Kasper in seinen Erinnerungen zu unterbrechen.

Die Worte nahmen seine Aufmerksamkeit gefangen. Langsam wandte er den Blick vom Flachbildschirm ab und schaute Roland an.

»Wir wissen noch nicht, wer sie ist, aber wir sind dabei, es herauszufinden. Unser Verdacht ist, dass sie vielleicht etwas mit dem Mädchen zu tun hat, das in dem Kanal vor Ihrem Hotel in Venedig gestorben ist.« Etwas in ihm verkrampfte sich, als er seine eigenen Worte hörte. Nicht *sie* hatten diesen Verdacht, sondern Anne Larsen. »Es wird Zeit, dass Sie uns erzählen, was Sie wissen. Gestern Abend waren Sie dabei, mir etwas über die Maske dort drüben im Regal zu erzählen. Woher kommt sie?«

Kasper kratzte sich am Hals. Sein Blick klebte wieder am Bildschirm, als würde ihn die statische Elektrizität anziehen. »Sara hat sie an einem Abend in der Bar in Venedig bekommen. Sie selbst ist der Meinung, dass das Mädchen, das gestorben ist, sie ihr geschenkt hat.«

»Kannte Sara sie?«

»Nein. Aber sie ist an dem Morgen zum Kanal gegangen, als die Polizei in ihren Booten kam. Sie sagte, sie habe sie gesehen ...«

Das war kein schöner Anblick gewesen, wenn das Gesicht des Mädchens bis zur Unkenntlichkeit zerquetscht war.

»War sie nicht geschockt?«

»Doch. Doch, natürlich. Aber was hätten wir tun können, wir sollten am selben Morgen nach Hause und wir kannten die beiden ja nicht.«

»Die beiden?«

»Ja, sie waren zusammen unterwegs. Zwei Freundinnen, nehme ich an. Däninnen. Sie haben am letzten Abend in der Bar unseres Hotels gesessen und getrunken. Gut und reichlich. Wir meinten, die eine sei in den Kanal gefallen und ertrunken.«

»Die italienische Polizei ist der Meinung, dass sie ermordet wurde.« Roland nahm ein Foto von Christina Toft Hansen aus der Tasche und zeigte es Kasper. »Erkennen Sie sie wieder?«

»Nein, ich habe sie noch nie gesehen. Wer ist sie?«

»Das ist die richtige Christina Toft Hansen, als die sich die Babysitterin ausgab. Kann sie diejenige gewesen sein, die Sara ihre Maske gegeben hat?«

»Das weiß ich nicht. Es ist lange her und ich habe nicht richtig auf ihr Gesicht geachtet, als sie die Maske abgenommen hat. Ist sie diejenige, die ... gestorben ist?«

»Davon gehen wir aus, aber es fehlt noch DNA, um es zu bestätigen.« Roland schaute die Maske an. Wenn sie Christina gehört hatte, konnten die Techniker vielleicht etwas darauf finden. »Ich muss mir die Maske mal ausleihen«, sagte er bestimmt, sodass es nicht zur Debatte stand.

Kasper nickte bloß und wollte aufstehen. um sie zu holen, aber Roland hielt ihn zurück und ging selbst zum Regal. Er nahm einen Latexhandschuh aus der Tasche und zog ihn an, dann legte er die Maske in eine Tüte, die er ebenfalls dabeihatte.

»Hat Sara die Maske aufgehabt?«, fragte er über die Schulter.

Kasper dachte nach, die roten Ränder um seine Augen wurden deutlicher, und das Kinn bebte leicht, dann nickte er.

Sowohl Saras als auch Kaspers DNA und Fingerabdrücke waren ganz sicher auf der Maske, aber die Techniker mussten es versuchen. Er setzte sich wieder.

»Können Sie das andere Mädchen beschreiben?«

»Nein, sie hatte auch eine Maske auf. Es war doch Karneval.« Kasper war wieder in den Anblick seines Sohnes auf dem Bildschirm vertieft. Sara badete ihn und es zuckte ein bisschen in seinem kleinen Körper, als sie mit leichter Hand Wasser auf seinen Bauch schöpfte. Sie wandte sich an die Kamera und lachte. Roland fiel die Beschreibung des Videos ein, das Sara auf ihrer Facebook-Pinnwand gehabt hatte, und die Nackenhärchen stellten sich auf. Hatte Sara selbst es aufgenommen und wieder gelöscht?

»Eine Freundin hat Sara wegen eines hochgeladenen Videos von William im Internet angezeigt. Sie war kurz davor, ihn zu ertränken. Was war da los?«

Endlich schaute Kasper ihn an, die Augen waren nur schmale Schlitze und die Muskeln in seiner Kieferpartie angespannt.

»Das war eine falsche Anklage. Es gab keinen Film. Freja hat eine besondere Form von sehr bizarrem Humor.«

»Sie haben den Film also nicht gesehen?«

»Nein, es gab doch keinen, oder?!«

»Und da sind Sie sich ganz sicher?«

Kasper schaute weg und nickte, aber das wirkte nicht überzeugend, Tränen füllten seine Augen.

»Gibt es sonst etwas, das Sie erzählen wollen?«

Er kratzte sich am Arm. »An dem Abend wurde Saras Tasche in der Bar gestohlen. Ihr Pass war darin.«

Roland nickte. »Ja, das wissen wir schon.«

»Sie ist zurückgekommen. Irgendjemand hat sie zurückgeschickt, aber nur die Tasche, nicht den Inhalt.« Kasper sagte das, als ob er sich erst jetzt darüber wunderte.

»Wann ist sie zurückgekommen?«

»Das ist lange her. Wohl ein halbes Jahr nachdem wir heimgekommen sind. Sara hat es mir nicht sofort erzählt, deshalb weiß ich es nicht ganz genau.«

»Und das haben Sie natürlich der Polizei mitgeteilt, damit die nicht weiter danach sucht?« Roland hörte selbst, wie bescheuert das klang.

»Danach gesucht?! Einen Scheiß haben die gemacht. Weder die italienische noch die dänische Polizei«, antwortete Kasper ohne Kraft in der Stimme, als ob im Grunde alles gleichgültig wäre.

»Wir hätten vielleicht Fingerabdrücke oder DNA darauf finden können«, verteidigte Roland sich, obwohl er genau wusste, dass das bei einem gewöhnlichen Taschendiebstahl nicht untersucht worden wäre. Aber wie die Sache sich entwickelt hatte, da … »Darf ich auch die Tasche mitnehmen?«

»Sara hat sie weggeworfen. Sie war nass gewesen und ruiniert.« Er starrte nach wie vor auf den Bildschirm mit Clips aus dem Leben, wie es einmal war.

Roland stand auf und nahm die Tüte mit der Maske mit. Er wartete darauf, dass Kasper noch etwas sagen würde, aber der schaute ihn nicht einmal an.

»Wenn Sie nichts mehr zu sagen haben, will ich nicht länger stören.« Er ging in Richtung Tür, da Kasper stumm blieb. Die Filme mit William liefen weiter, William permanent im Fokus der Kamera. So war es oft mit dem ersten Kind. Er drehte sich um.

»Wissen Sie auch nichts über das Schmuckstück, das Sara gefunden hatte?«

»Ein Schmuckstück? Was für ein Schmuck?«

»Eine kleine Uhr mit rot-weißen Schnüren.«

»Nein, davon habe ich nichts gehört.«

»Okay.« Roland blieb stehen und sah Kasper an, dessen Gesicht vom Licht des Fernsehers erhellt wurde. Wollte etwas sagen, um zu helfen, wusste aber nicht was. »Sie haben wohl noch meine Visitenkarte, wenn Ihnen also etwas über die Babysitterin einfällt? Sie kann vielleicht auch in den Identitätsdiebstahl verwickelt sein«, sagte er und wurde von Kaspers Reaktion überrascht.

»Welcher Identitätsdiebstahl?«

»Saras Identität wurde im Internet gestohlen. Hat sie das wirklich gar nicht erwähnt?« Das Letzte kam so verkehrt heraus, dass er selbst hören konnte, wie es Kasper verletzen musste.

»Nein, das wusste ich nicht, sie ...« Die Stimme erstarb.

»Sie sind nicht bei Facebook, oder?«

»Ist es da passiert? Ich habe sie gewarnt. Sie war völlig besessen von diesem ... Scheiß ...« Kasper machte Anstalten aufzustehen.

»Bleiben Sie ruhig sitzen, ich finde selbst hinaus. Ich lasse Ihnen eine neue Visitenkarte hier, falls Sie die andere verlegt haben«, sagte er, bevor er sich umdrehte und ging.

44
Die Hochzeit. Juni, drei Monate zuvor

Die Sonne schillerte in den Gläsern und warf goldene Schatten vom Champagner nach unten auf die weiße Tischdecke. Eine schwache Brise glitt ab und zu durch den Garten und ließ die cremeweißen großblumigen Clematis in den Spalieren im Takt der Musik tanzen. Der leichte Wind verhinderte, dass es zu heiß wurde. Genauso einen Tag hatte sie sich für ihre Hochzeit gewünscht. Auch die Zeremonie in der Kirche war denkwürdig gewesen. Kasper hatte Tränen in den Augen gehabt, als sie in diesem hübschen Kleid gemeinsam mit ihrem Vater zum Altar geschritten war. Jetzt waren sie gerade vom Fotografen gekommen und konnten im Garten zusammen mit den Gästen entspannen, bevor das Hochzeitsessen serviert wurde. Kasper hatte eine kurze

Begrüßungsansprache gehalten und alle dazu gebracht, vom Tisch aufzustehen und zuzuhören. Nun hoben sie die Gläser und stießen an, die Stille wurde von Gelächter und Stimmen abgelöst. Einige gingen im Garten herum und unterhielten sich, andere bewunderten den Blumenschmuck. Sara schielte zum Himmel und hoffte, dass das Wetter halten würde. Sie trank wieder aus dem Champagnerglas und verschüttete ein bisschen, als Kasper sie plötzlich fasste und mit in den Pavillon zog. Sie lachte, als er sie auf den Hals küsste und spürte, dass sie vor dem Essen keinen Champagner mehr trinken sollte. Sie war seit dem Erlebnis mit den Vögeln nicht mehr im Pavillon gewesen und glaubte, sie noch immer zu riechen.

»Meine geliebte Frau Dupont. Wir waren heute nicht einen einzigen Augenblick allein«, sagte Kasper und hielt sie mit gestreckten Armen von sich weg, während er sie musterte. »Du bist so hübsch!«

Kasper sollte wohl auch nichts mehr trinken, ihre Wangen wurden noch heißer, sie war es nicht gewohnt, von Kasper Komplimente zu hören. War er doch romantischer, als sie den Eindruck gehabt hatte? Er zupfte Reis aus ihren Haaren. Die Gäste hatte ein ganzes Reisfeld auf sie geworfen, als sie aus der Kirche gekommen waren. Sara hatte einige davon ins Auge und in den Ausschnitt bekommen, aber der Brauch gehörte halt dazu. Sie fing einen Laut auf und warf einen schnellen Blick hoch zum Fenster von Williams Zimmer. Es stand offen.

»Ich glaube, er weint wieder. Er kann bei dem Lärm nicht schlafen«, sagte sie und machte sich geschickt aus Kaspers Armen frei. Er hielt sie fest zurück.

»Sowohl deine als auch meine Mutter gucken nach ihm, also entspann dich jetzt, Sara.« Die Stimme hatte einen ärgerlichen Ton, als hätte sie irgendetwas ruiniert, worauf er sich gefreut hatte.

»Hast du nicht gesehen, wie viel Champagner deine Mutter herunterkippt? Von meiner ganz zu schweigen. Sie hören ihn im Babyfon vielleicht nicht.«

»Du hättest Christina nicht bitten sollen, wegzubleiben. Sie fehlt heute.«

»Ich weiß, dass wir uns da nicht einig sind, aber du kennst sie nicht.«

»Du etwa?«

»Sie war das, Kasper. Ich bin mir ganz sicher. Wer sonst?«

»Sara, ich habe dir erklärt, dass die Tauben eine Überraschung für die Gäste heute waren, deshalb waren sie hier.«

»Wieso? Du weißt doch, dass ich an Ornithophobie leide!«

»Ja, das weiß ich natürlich, Schatz, und wie ich auch gesagt habe, hätten die Vögel über dem Garten losgelassen werden sollen, während die Gäste darauf warten, dass wir vom Fotografen kommen. Du wärst gar nicht hier gewesen. Weiße Tauben sind ein Symbol für Liebe. Und Frieden.«

Sara wusste, was er mit dem letzten Wort meinte, es wurde mit Nachdruck gesagt. Sie hatten es diskutiert, seit sie Christina gebeten hatte zu verschwinden. Sie hätte dafür sorgen sollen, dass die Tauben zum richtigen Zeitpunkt freigelassen wurden, sagte Kasper. Als sie fragte, ob die armen Tiere dann drei Tage lang eingeschlossen in diesem Pappkarton hätten stehen sollen, hatte er erwidert, dass er auch nicht verstünde, warum sie so früh gekommen wären, die Absprache war heute gewesen, kurz danach hätten sie freigelassen werden sollen. Sara war sich sicher, dass das auch Christina gewesen war, die das arrangiert hatte. Als Kasper den Film auf YouTube sehen wollte, zusammen mit den beiden Beamten, war der Clip verschwunden, als hätte er nie existiert. Die Beamten waren wieder gegangen, als sie sich vergewissert hatten, dass William okay war. Beinahe entschuldigten sie sich noch. Christina war die Treppe aus dem ersten Stock heruntergekommen, als sie gegangen waren. Sie hatte wirklich aufrichtig bestürzt darüber gewirkt, für all das angeklagt zu werden, was Sara ihr plötzlich an den Kopf geworfen hatte, aber sie konnte bloß eine gute Schauspielerin sein, und sie sollte nicht ihren Hochzeitstag ruinieren.

William weinte nicht mehr und sie sah ihre Mutter die Gardinen in seinem Zimmer ein bisschen dichter zuziehen. Trotzdem wollte sie da hochlaufen, sie hatte ihn nur in den Armen gehabt, als sie ihn gestillt hatte, direkt bevor sie zur Kirche gefahren waren.

»Es ist auch nicht nur das, Kasper. Es ist …«

Einer der Gäste klopfte an die Scheibe des Pavillons und winkte.

»Komm jetzt, die vermissen uns sicher da draußen.«

Kasper nahm wieder ihren Arm. Sara leerte das Champagnerglas mit einem letzten Blick zum Fenster, bevor er sie nach draußen zog. Sie beschloss, wieder fröhlich zu sein. Zurück zu dem Rausch zu finden. Dem Glücksrausch. Wenn sie daran dachte, was Christina getan hatte, würde sie ihren großen Tag trotzdem ruinieren, obwohl sie nicht hier war. Sara hatte ihr damit gedroht, sie anzuzeigen, wenn sie sich noch mal blicken ließe. Freja kam ihr mit einem Champagnerglas in jeder Hand entgegengeeilt und knickte mit den hohen Schuhen auf dem Rasen ein paar Mal um. Das eine Glas reichte sie Sara.

»Ach, da versteckt ihr euch. Prost! Und noch mal Glückwunsch.« Sie schaute in den blauen Himmel und hob das Glas dorthin. »Du hast ein Glück! Was für ein Tag, was für ein Mann und was für einen goldigen Sohn du hast.« Freja hatte bei der Wärme auch schon einen leichten Schwips von dem Champagner, aber Sara wollte ihr nicht abschlagen, mit ihr anzustoßen. Sie war froh, dass sie gekommen war.

»Ja, ich habe Glück, nicht?«, antwortete sie und fühlte es auch. Zu viel Glück.

Freja beugte sich vertraulich zu ihr, sodass sie ihren Minz-Atem und das Dior-Parfüm riechen konnte. »Entschuldigung für das, was ich gesagt habe. Und für das mit der Polizei. Nimmst du meine Entschuldigung an?«

»Natürlich. Dann weiß du auch, dass ich nicht diejenige war, die all diese furchtbaren Dinge über dich und Sune geschrieben hat.«

»Ich muss dir wohl glauben. Lærke glaubt dir und es sieht aus, als ob Kasper das auch tut. Dann muss ich das wohl auch lieber.«

Sie lächelte und prostete ihr erneut zu. »Jetzt, da ich dich und William zusammen gesehen habe, kann ich völlig nachvollziehen, dass du ihn nicht in Lebensgefahr bringen würdest. So ein Süßer!«

Sara wollte nicht sagen, dass Kasper nichts davon wusste, dass ihre Identität gestohlen wurde. Er wusste nur das mit dem Video, hatte aber nicht ausgesehen, als glaubte er ihr. Verwirrt war sie in Zweifel geraten, ob sie es sich nur eingebildet hatte; die Tabletten und der Vorfall mit den Vögeln hatten sie vielleicht umnebelt, aber jetzt stand Freja da, entschuldigte sich und bestätigte, dass dieses Video echt war. Sie war nicht diejenige, die krank war. Sie hatte ihre Tabletten heute nicht genommen. Christina war nicht hier, um sie daran zu erinnern, und sie wollte diesen wunderbaren Tag mit all ihren Sinnen genießen und nicht in diesem apathischen und abwesenden Zustand, in den sie sie versetzten.

Plötzlich umarmte Lærke sie von hinten und flüsterte ihr ins Ohr: »Du bist heute so hübsch, Sara. Sie strahlt, oder?«, sagte sie an Freja gewandt, die nickte. Sara umarmte sie beide und versichert ihnen, dass das wohl sei, weil sie wirklich glücklich war; gleichzeitig dachte sie daran, wie sehr sie sie vermisst hatte und dass sie über diesen phantastischen Tag schreiben und für ihre Freunde bei Facebook Fotos hochladen könnte, sodass sie alle sehen konnten, dass sie ein perfektes Leben hatte. Gleichzeitig hatte sie ein komisches Gefühl, sodass sich die Nackenhärchen aufstellten, und, ohne zu wissen, warum, schaute sie wieder zum Giebelfenster von Williams Zimmer hoch. Dort oben war eine Bewegung; etwas, das sich vom Fenster zwischen den Gardinen zurückzog, als sie hochsah. Einen Augenblick lang blieb ihr das Herz stehen. Sowohl ihre Mutter als auch ihre Schwiegermutter gingen im Garten herum, redeten und lachten mit einem Glas in der Hand, es konnte keiner von ihnen sein. Sara reichte Lærke schnell ohne Erklärung ihr Glas und rannte ins Haus. Irgendetwas verstärkte diese Angst, die sie begleitet hatte, seit William geboren war; es würde ihm etwas passieren; sie würde ihn nicht beschützen können. Wer war jetzt bei ihm oben? Einer der Gäste?

Sie musste alle Lagen des langen, elfenbeinfarbenen Kleides aus dicker Seide und Tüll hochraffen, als sie die Stufen zum ersten Stock hinaufging. Die hochhackigen Schuhe hatte sie am Fuße der Treppe stehen lassen. Sie lauschte ihrem eigenen hyperventilierenden Atem, fühlte sich schwindelig und dachte darüber nach, ob es an zu viel Champagner, Sauerstoffmangel oder beginnendem Wahnsinn lag. Es dauerte eine Ewigkeit, bis sie das Kinderzimmer erreichte. So kam es ihr jedenfalls vor. Die Sommerbrise ließ den Vorhang leicht flattern und trug die Musik und das Gelächter der Gäste aus dem Garten zu ihr nach oben. Die Giraffe, der Elefant und der Affe in dem Mobile über dem Gitterbett hüpften auf und ab und sahen ganz lebendig aus. Es war ein Taufgeschenk. Als Kind hatte sie ein ähnliches gehabt. Die Figuren lächelten ihr entgegen und wirkten viel zu fröhlich im Verhältnis zu den Gedanken, die in ihrem Kopf dröhnten. Der Rausch und die Freude waren jäh verschwunden, als wäre ihr Tag nie davon erfüllt gewesen. Der größte Tag im Leben einer Frau. Es war wie ein Kurzschluss im Gehirn, eine Überhitzung, zu viel unverdientes Glück, das zusammenbrach, wie wenn man zu viel Strom auf einmal verbraucht und die Sicherung rausfliegt. Der vertraute, süßliche Duft von Babylotion wurde ihr sanft von der Brise vom Fenster entgegengetragen. Sie inhalierte ihn begierig, als sie in der Tür innehielt, und fühlte sich einen Augenblick lang beruhigt. Es war niemand in dem Zimmer. Endlich erreichte sie das Gitterbett. Jede Bewegung fühlte sich wie in Zeitlupe an. Die Aufhängung des Mobiles verhedderte sich in ihrer eleganten Frisur, als sie sich über den Jungen beugte. Eine der vielen duftenden Apfelblüten, die ihr ihre Freundinnen ins Haar gesteckt hatten, segelte langsam nach unten wie ein kleiner weißer Schmetterling und landete auf seinem Rücken. Er lag auf dem Bauch. Ganz still. Ihr Herz raste und ließ den Schmuck in ihrem tiefen Dekolletee im Takt wippen. Sie stand lange da, schaute auf ihn hinunter und konnte nicht erkennen, ob er atmete. Die Decke mit den kleinen, hellblauen Autos hatte er weggestrampelt, und der Windelpo ragte über den molligen Oberschenkeln in die Luft.

Die eine gehäkelte Babysocke war heruntergerutscht und ihr Blick blieb an dem perfekten Füßchen mit fünf wohlgeformten kleinen Zehen hängen. Apathisch näherten sich ihre Hände dem Bett und ihre Finger griffen nach ihm, als ob sie ihn hochheben wollte, aber Angst hätte, was sie zu sehen bekommen würde; dann ließ das Geräusch des angespannten Atems eines anderen, der sich mit ihrem eigenen vermischte, sie mitten in der Bewegung innehalten. Langsam drehte sie sich um und erstarrte; sie konnte nicht einmal schreien.

Sie stand im Hängeboden vor der Tür zum Kinderzimmer. Das tote Mädchen aus dem Kanal. Es hatte die Maske auf, die sonst im Regal unten im Wohnzimmer lag, und die blonden Haare fielen ihm über die Schultern.

»Erinnerst du dich nicht an mich, Sara?«, fragte sie, und ihre Stimme hatte etwas Vertrautes an sich, aber der Schreck erstickte alle Vernunft in Saras Gehirn, sodass sie es nicht schaffte, sie zu analysieren. Sie brachte keinen Laut über die Lippen und ein schrecklicher Gedanke streifte sie; das Gesicht des Mädchens war zerschmettert worden, zu einer blutigen Fleischmasse zerdrückt. Wie sah sie unter der Maske aus? Wenn sie sie bloß nicht abnahm. Dann kehrten die Vernunft und die Logik zurück; das konnte unmöglich das tote Mädchen sein.

»Wer bist du? Was willst du?« Ihre Stimme war nur ein heiseres Flüstern.

Das Mädchen kam durch die Tür und machte sie zu. Es lehnte sich dagegen und Sara hatte das Gefühl, das Ganze schon einmal erlebt zu haben.

»Was hast du gesagt?«, fragte die Blondine und blieb an die Tür gelehnt stehen, wie um zu verhindern, dass sie abhaute. Ihre Augen schimmerten in den Augenhöhlen der Maske, wie es auch Kaspers getan hatten an dem Abend im Hotel, als sie sich geliebt hatten.

»Was hast du mit ihm gemacht?«

»Was hast du gesagt?«, wiederholte das Mädchen. Die Stimme bekam einen seltsam hallenden Klang hinter der Maske. Unten im Garten wurde die Musik lauter gemacht und einer der Gäste lachte laut.

»Was meinst du?«

»Über mich?«

»Über dich? Ich weiß doch nicht mal, wer du bist.«

Sara konnte sehen, dass sie die Blondine zu verärgern begann. Unruhig bewegte sie sich und schielte zu dem offenen Fenster.

»Was hast du gesehen?« Die Stimme wurde drängender.

»Wann? Ich weiß wirklich nicht, was du meinst.«

»An dem Morgen! Was hast du gesehen?«, wiederholte sie mit einem Ton in der Stimme, als wäre Sara schwer von Begriff.

»Nichts«, antwortete Sara verständnislos.

»Doch, du hast mich gesehen. Du hast mich auf Facebook gesucht, weil du mich gesehen hattest. Oder vielleicht weil du wusstest, dass wir deine Tasche genommen hatten. Hast du überhaupt nicht gesehen, dass wir das getan haben?«

»Wir?«

»Meine Güte, du hast es nicht mal gemerkt.« Jetzt lachte das Mädchen höhnisch, als hätte sie gegen sie gewonnen, und das wohlbekannte Gefühl von Minderwertigkeit stellte sich wieder ein. Besorgt schaute sie zu William herunter. Schlief er bloß fest? Er war so still, aber das Mädchen mit der Maske forderte wieder ihre Aufmerksamkeit.

»Damals, als du von Christina die Maske bekommen hast, habe ich deine Tasche genommen. Ihr habt es nicht mal gemerkt. Keiner von euch. Aber warum hast du mich gesucht? Und das Schmuckstück?«

Langsam dämmerte es Sara, dass das Mädchen über Venedig vor einem Jahr sprach. Sie hatte die Tasche gestohlen und Christina erwähnt.

»Christina? Du kennst Christina?«

»Christina ist tot!«, war die Antwort, so kalt, das Sara erschauderte.

»Tot, ja aber …«

»Du hättest dein Maul halten sollen, Sara.«

»Ich … ich habe überhaupt nichts gesagt.«

»Du hast alles über euren Ausflug ausführlich auf Facebook geschildert, über die Maske, über den Schmuck und über mich. Du hast etwas gesehen. Du hast mir gedroht, damit zur Polizei zu gehen.«

Sara schüttelte den Kopf, ihr fehlten die Worte.

»Gib mir den Schmuck. Ich will meinen Schmuck haben.«

»Den Schmuck? *Deinen* Schmuck?«

William regte sich endlich mit einem kleinen verschlafenen Grunzen. Sara seufzte erleichtert. Sie beugte sich runter, um ihn hochzuheben, dann spürte sie, wie etwas Kaltes und Hartes gegen ihren Hinterkopf gedrückt wurde.

»Bleib, wo du bist!«

»Ja, aber William …«

»Der Kleine schläft bald wieder. Lass ihn liegen und gib mir jetzt diesen Schmuck, sonst blase ich dir den Schädel weg.«

Sara spürte, wie das Harte und Kalte fester an ihren Schädel gepresst wurde, sodass es weh tat, und das kleine Klicken klang lauter, als sie es aus Filmen kannte, wenn eine Waffe entsichert wurde.

***

45

»Sie waren zu zweit!«, sagte Roland zu Isabella und Mikkel, die beide sofort in sein Büro gekommen waren, als er aus True zurück war.

»Wer war zu zweit?«, fragte Mikkel, der mit einem Zahnstocher zwischen den Schneidezähnen pulte. Sie hatten sicher zusammen gefrühstückt, bevor sie zurück zum Präsidium gekommen waren, dachte Roland. Er selbst hatte noch keine Zeit zum Essen gehabt.

Er nahm die Fallakte aus der Schublade und legte die Fotos der blonden Christina und der dunkelhaarigen Babysitterin nebeneinander. »Kasper Dupont sagt, sie waren an dem Abend zu zweit in der Bar im Hotel in Venedig. Die Ermordete, die, wie wir annehmen, Christina ist, und ein anderes dänisches Mädchen. Er kann keine Personenbeschreibung liefern, da sie wegen des Karnevals beide verkleidet waren, aber die Blonde, Christina, hat Sara aus irgendeinem Grund ihre Maske gegeben, bevor sie ziemlich betrunken die Bar verließen.«

»Und dann wird sie am nächsten Morgen tot im Kanal gefunden. Glaubst du, das andere Mädchen in der Bar war die Babysitterin?«, fragte Isabella.

»Vielleicht. Sie hat Christinas Identität gestohlen, also, falls es Christina ist, die tot im Kanal gefunden wurde. Habt ihr etwas mit ihrer DNA gefunden?«

»Ich weiß es nicht. Die Mutter hatte die alte Zahnbürste ihrer Tochter im Bad liegen, aber ob es da nach so langer Zeit etwas zu holen gibt, wird sich zeigen«, antwortete Mikkel.

Roland berichtete ihnen, dass er die Maske von Kasper Dupont bekommen und sie in der Technischen Abteilung abgeliefert habe, damit sie untersuchen könnten, ob es DNA-Spuren gäbe. Fingerabdrücke könnten sie auch gebrauchen.

»Wir gehen also davon aus, dass die beiden Mädchen, die Sara und Kasper in der Bar in Venedig getroffen haben, Christina und die Babysitterin sind?«, fragte Mikkel, der mit den Zähnen noch nicht fertig war.

»Wir gehen von gar nichts aus. Wir müssen es herausfinden.«

»Ist Kim dahintergekommen, woher die Tätowierung stammen kann?«, fragte Isabella.

»Noch nicht. Es ist schwer, das Motiv auf dem Bild zu sehen, und vielleicht ist es auch nicht von Bedeutung. Kim ist dabei, Sara Duponts Facebook-Profil noch mal durchzugehen.«

»Was machen wir denn jetzt?«

»Warten. Wir müssen erst wissen, ob die Ermordete Christina Toft Hansen ist. Ich habe mit der Polizei in Venedig gesprochen, sie warten gespannt auf die Antwort, sodass sie vielleicht endlich die Leiche freigeben können.«

»Verständlicherweise«, nickte Mikkel.

»Seid ihr bei Facebook?«, fragte Roland aus reiner Neugier.

»Klar!«, antworteten sie einstimmig, als ob das eine unheimlich dumme Frage wäre. Roland überlegte, ob er auch ein Profil haben sollte, damit er ein bisschen mitverfolgen könnte, was seine Mitarbeiter in diesem anderen Universum so taten. Sie konnten *ihm* doch wohl nicht verweigern, ihr Freund zu werden? Die Presse hatte von Polizisten berichtet, die sich in den öffentlichen Medien unpassend geäußert hatten, was natürlich entdeckt worden war, aber wenn er nachdachte, wusste er nicht recht, was er mit so einem Profil sollte, wenn er es vorzog, sein Privatleben für sich zu behalten.

»Kim zufolge war Saras Profil öffentlich, sodass es für wen auch immer einfach gewesen ist reinzukommen und ihre Informationen zu stehlen«, fuhr Roland fort.

»Ja, man muss daran denken, seine Privatsphäre-Einstellungen zu überprüfen, aber wie ist der Dieb an Saras persönliche Identifikationsnummer gekommen? Die hat sie doch hoffentlich nicht auch gepostet?«, fragte Mikkel und warf den Zahnstocher in Rolands Papierkorb.

»Für einen versierten Hacker ist es nicht schwer, eine Personennummer im Netz herauszufinden. Das Finanzamt, das Einwohnermeldeamt, Ärzte und andere öffentliche Instanzen verlangen, dass man seine Personennummer eingibt, um Zugang zu seinen Daten zu erhalten«, belehrte Isabella.

»Aber vielleicht hat der Dieb Zugang zu allen Daten von Sara aus ihrem Pass, der war doch in der gestohlenen Tasche«, unterbrach Roland. »Kasper Dupont hat erzählt, dass die Tasche ungefähr ein halbes Jahr, nachdem sie in Venedig gestohlen wurde, wieder zurückgekommen ist, aber ohne Inhalt. Saras Pass und Portemonnaie mit Kreditkarten fehlte. Warum die Tasche retour schicken von Venedig?«

»Das war nicht die italienische Polizei?«, fragte Mikkel.

»Kaum, nicht auf die Weise.«

»Wurde sie von Venedig aus geschickt?«

»Das weiß ich natürlich nicht.«

»Ob das der Anfang der Schikane war? Sara sollte wissen, dass der Dieb die Kontrolle hatte und ihre Adresse kannte, ein bisschen wie dieses *Ich weiß, wo du wohnst!* Angst ist ein effektives Machtmittel«, schlug Isabella vor.

»Mit all den Informationen, die der Dieb hatte, war es nicht schwer, Saras Identität zu übernehmen«, schlussfolgerte Mikkel.

»Die Tasche wurde an dem Abend, bevor das Mädchen im Kanal direkt vor dem Hotel gefunden wurde, gestohlen, sagte Kasper, aber das kann ja natürlich auch Zufall sein.«

Sie wurden in ihren Überlegungen unterbrochen, als Kim an die Tür klopfte und den Kopf hereinsteckte. »Ich denke, ihr solltet euch das neue lokale Nachrichtenportal anschauen, das heute im Internet aufgetaucht ist: www.nachrichten-online.dk«, sagte er und sein Blick deutete darauf hin, dass es nichts Nettes war, was sie zu sehen bekommen würden. Roland drehte den Stuhl zu seinem Computer herum und gab die Adresse in den Browser ein. Er fluchte danach verbissen. Isabella und Mikkel beugten sich vor, damit sie mitgucken konnten.

»Wer zum Teufel hat diese Informationen ausfindig gemacht?«, sagte Mikkel entrüstet.

Roland hatte einen Verdacht, schon bevor er die Namen der beiden Journalisten las, die für das Portal verantwortlich waren. *Die Freelance Journalisten. c/o Anne Larsen und Nicolaj Bang.*

»Ja, das Foto haben sie eindeutig von unserer Homepage«, antwortete er sarkastisch. Er hatte doch zu Kurt Olsen gesagt, dass es keine gute Idee sei, das zu veröffentlichen. Schweigend lasen alle drei die Nachrichten. Die Überschrift lautete: *Ostjütländische Polizei sucht diese Frau in Verbindung mit der Gefangenenflucht aus der Gerichtspsychiatrie in Risskov.*

»Woher in aller Welt weiß die Journalistin, dass die Babysitterin Rumänin ist?« Mikkel schüttelte verständnislos den Kopf, während er den Artikel las.

»Es ist irgendetwas mit einem Schmuckstück, kannst du doch sehen. Was ist das für ein Schmuck?« Isabella schaute Roland an.

»Und woher stammt der? Wie kommen die an so etwas?«, schnaubte Mikkel.

»Du hast wohl nicht darauf geachtet, wer dieses Portal erstellt hat?«, sagte Roland und schielte zu Mikkel, während er auf den Namen auf dem Schirm deutete.

»Ach nee, verdammt noch mal! Nicht *die*!« Mikkels Stimme war fast weinerlich. »Aber wieder, woher hat sie das? Saras Facebook-Profil?«

»Keine Ahnung, aber das hier ist ja echt beschissen! Jetzt steht es wohl auch in allen gedruckten Zeitungen.«

Kim stand immer noch in der Tür, er nickte. »Ich habe drei gefunden, die den Artikel auf der Titelseite gebracht haben.«

»Aber trotzdem gibt es etwas, das sie nicht ganz richtig verstanden hat. Der Schmuck, der offenbar aus Rumänien ist, muss doch nicht der Babysitterin gehören, und sie nennt sie Christina Toft Hansen, so heißt sie ja nicht.«

»Wir wissen noch nichts, Isabella. So lange wir nicht bestätigt bekommen haben, wer die beiden Mädchen sind, können wir nicht mit irgendetwas in einer Pressemitteilung kommen.« Roland hoffte, dass die Babysitterin die Nachrichten im Netz nicht verfolgte, sonst könnte sie bald über alle Berge sein.

46

Als sie das Nachrichtenportal aktualisierte, war Anne ziemlich angefressen, dass sie nicht auf diese Idee gekommen war. Nicolaj war gestern Abend zur Tür hereingestürzt, die Genialität in den Augen funkelnd, und hatte den Plan vorgelegt. Das Portal wirkte wie ein Art ›Webshop‹ für die Printmedien, von hier konnten sie Artikel kaufen, die sie in ihre Zeitungen aufnehmen wollten; www.nachrichten-online.dk brachte sie nach Absprache zur gleichen Zeit, sobald die gedruckten erhältlich waren. Nicht früher. Der Fall Sara Dupont war so heiß, dass er leicht zu verkaufen war, und die kleinen armen Lokalzeitungen konnten die Journalisten einsparen. Zeitungshäuser ohne Journalisten – sie hätte nie geglaubt, dass es dazu kommen würde. Aber dass das Papier mit der Zeit von den digitalen Medien ersetzt wurde, war beinahe unumgänglich.

Nicolaj war damit beschäftigt zu telefonieren; vielleicht gab es neue Bestellungen für Artikel. Seine fröhliche, sommersprossige Visage deutete darauf hin.

Es war eine gute Wahl gewesen, wieder auf die Presse statt das Putzen zu setzen. Jetzt mussten sie neue Wege aus der Krise suchen. Oft war es so etwas, das ein Umdenken in Gang setzte. Es war schön gewesen, heute Nacht einfach weiterschlafen zu können, obwohl sie natürlich auch ohne Wecker zu der Zeit aufgewacht war, zu der sie es mittlerweile gewohnt war.

Automatisch griff sie nach ihrem Handy, als es neben ihr bimmelte. Eine Bewegung, die zur Routine geworden war, sie dachte nicht länger darüber nach; es klingelte jetzt oft. Sie war kurz davor, Nicolaj zu bitten, sich zu mäßigen, als sie die nasale Stimme des Tätowierers in schleppendem Nørrebro-Dialekt mit schwedischem Akzent hörte, aber dann steckte sie sich stattdessen einen Finger ins andere Ohr.

»Hey, Tattoo-Mic!« So hatten sie ihn immer genannt. Er war halb Schwede, hieß Arne Tomas Micaelsen und nannte sein Studio Tattoo-Atomic, eine Kurzform seiner Namen, aber Anne war sich sicher, dass es nirgendwo registriert war. Einer seiner Freunde hatte in einem anderen Tattooladen gearbeitet, der Totenköpfe und andere ausgefallene Kunst auf die steroid-aufgepumpten Muskeln von Hells-Angels-Mitgliedern machte; vielleicht war ein Kunde nicht ganz mit dem Ergebnis zufrieden gewesen, jedenfalls wurde der Tätowierer auf offener Straße erstochen. Auf seinen Laden war auch mehrere Male geschossen wurden, aber glücklicherweise hatten alle überlebt. Anne war froh, von Nørrebro weggekommen zu sein. Tattoo-Mic antwortete wie immer kurz und bündig.

»Das Zeichen, von dem du mir ein Bild gemalt hast, ist gar kein Tattoo, deshalb …«

Anne schluckte die Enttäuschung herunter. »Dann hast du also nichts herausgefunden?«

»Das hab ich so ja nich' gesagt, ne? Ich hab' mich ein bisschen umgehört. Es gibt einen, der das Zeichen schon mal auf dem Arm von jemandem gesehen hat. Das ist ein Brandmal. Von einer Zigarette, meinte er.«

Die Enttäuschung sank noch tiefer. »Ja, das konnte in Discos doch passieren, bevor das Rauchergesetz eingeführt wurde«, seufzte sie missmutig.

»So ist es aber nicht passiert. Der junge Kerl, der es trägt, hat eine tragische Geschichte hinter sich. Das war ein Kinderheim, dass seine Kids auf diese Weise markiert hat.«

»Indem sie ihnen den Arm verbrannt haben? Mit Zigarettenglut?«

»Jep. Aber nicht alle Kinder; nur die, die benutzt wurden.«

»Benutzt? Wofür?«

»Mensch Anne, denk doch mal nach. Aber du kannst selbst mit dem Kerl reden.« Tattoo-Mic gab ihr eine Telefonnummer und sagte, sie hätte vielleicht Glück, ihn jetzt zu erreichen, bevor er so zugedröhnt war, dass sie sicher nicht mit ihm würde sprechen können.

Nicolaj war mit seinem Gespräch fertig geworden und schaute sie fragend an, aber sie ignorierte ihn und beeilte sich, die Nummer anzurufen, die sie bekommen hatte. Das Telefon klingelte viele Male, bevor eine träge und freudlose Stimme bloß sagte: »Ja?«

»Adrian? Hi! Ich heiße Anne Larsen und bin Journalistin. Einer deiner Freunde hat mir deine Telefonnummer gegeben, weil ich unbedingt mit dir reden wollte.«

»Wer?«

»Du kennst doch Tattoo-Mic?«

Am anderen Ende der Leitung war es lange still.

»Nein … aber ich hab von ihm gehört. Was willst du?«

Es wurde ein sehr viel längeres Gespräch, als Anne gedacht hatte. Nicht, weil der junge Mann einfach drauflos plapperte, sondern weil sie ihm jedes Wort aus der Nase ziehen musste. Je mehr sie erfuhr, desto schlechter ging es ihr. Zum Schluss hatte er sich damit entschuldigt, dass er seinen Schuss brauche, so wie andere erwähnten, dass sie jetzt frühstücken würden. Anne wurde wieder an die Tabletten in der Tasche erinnert. Die Hintermänner dachten nur ans Geld, Menschen wie er hier, die abhängig wurden und deren Leben von dem Dreck, den ihre Dealer auf der Straße verkauften, zerstört wurde, waren ihnen scheißegal. Mann, dass Adomas auch darin involviert war. Dieses Schwein! Sie kannte ihn ja überhaupt nicht.

»Wer war das? Du siehst total erschüttert aus«, kommentierte Nicolaj, der immer noch dasaß und sie betrachtete. »War es etwas wegen der Polizeianzeige?«

»Nein, darüber habe ich nichts finden können, ich habe auf der Homepage im Polizeibericht gesucht, aber da ich keine Ahnung habe, wann das passiert ist, ist es hoffnungslos.«

Sie zündete eine Zigarette an und schaute mit Abscheu die Glut an, aber sie brauchte unbedingt etwas, um sich zu stärken. *Das* war ihre Abhängigkeit und die Zigarette kam in der Regel vor dem Frühstück.

»Das war dieser Tätowierer, den ich kenne. Er wusste nichts über eine solche Tätowierung, es hat sich herausgestellt, dass es stattdessen ein Brandmal ist.«

»Scheiße!«

Anne pustete Rauch aus dem einen Mundwinkel und brachte gleichzeitig ein schiefes Lächeln hervor. »Nicht ganz. Er hatte herausbekommen, dass ein junger Kerl ein ähnliches Zeichen auf dem Arm hat. Dahinter steckt eine Geschichte. Eine schreckliche. Mit dem habe ich gerade telefoniert.«

»Welche Geschichte?« Nicolaj hatte sich ebenfalls eine Zigarette angezündet. Der Beweis, dass sie sich gegenseitig herunterzogen. Schlechte Gewohnheiten waren ansteckend.

»Adrian ist heute drogenabhängig. Er wurde aus einem Kinderheim von einer dänischen Familie adoptiert, als er zehn war. Das Zeichen ist ein Brandmal von einer Zigarette. Ausgewählte Kinder haben verschiedene Markierungen bekommen nach Geschlecht und …« Sie geriet ins Stocken und trank einen Schluck Kaffee vor dem nächsten heftigen Zug an der Zigarette.

»Und?«

Anne schaute Nicolaj an und spürte die Tränen in den Augen brennen. »Die Kinder mit dem Zeichen werden für sexuelle Dienstleistungen ausgeliehen und hinterher wieder abgeliefert. Das Kinderheim hat viel Geld damit verdient. Die Kinder haben unter furchtbaren Bedingungen gelebt, und niemand hat sie vermisst. Die Strafe für Ungehorsam war, dass die Heimleiterin ein Gefäß mit kaltem Wasser gefüllt und den Kopf des Kindes untergetaucht hat, bis es kurz vor dem Ertrinken war. Adrian ist nach Dänemark gekommen, weil einige dänische freiwillige Helfer das Kinderheim besucht hatten und ein Paar aus Kopenhagen beschloss, ihn zu adoptieren.«

»Du hast nicht gesagt, wo sich das Kinderheim befindet. Wohl nicht hier in Dänemark?«

»Nein, Adrian ist Rumäne.«

Nicolaj seufzte. »Ich habe von den Verhältnissen in einigen rumänischen Kinderheimen gehört. Ich hoffe, es gehört zu denen, die geschlossen wurden.« Er klopfte die Asche von seiner Zigarette. »Soll das heißen, dass die Babysitterin auch Rumänin ist?«

»Ich weiß es nicht. Vielleicht. Sie sieht ja nicht dänisch aus. Christina ist zwar kein ausgeprägt rumänischer Name, aber sie kann ja auch wie Adrian von einer dänischen Familie adoptiert worden sein und einen neuen Namen bekommen haben.«

Nicolaj sah sich die Ausdrucke der Fotos von Saras Facebook-Profil an, die auf Annes Tisch herumflogen. Er deutete auf das Foto der Uhr. »Hast du herausgefunden, woher die kommt? Kann das so schwer sein? Die ist sehr speziell. Hast du das nicht gegoogelt?«

Anne legte die Zigarette in den Aschenbecher und ärgerte sich erneut darüber, dass Nicolaj derjenige mit den guten Ideen war. Sie gab ›Schmuck rot-weiße Schnüre‹ ins Google-Suchfeld ein und wählte im oberen Menü die Bildersuche. Alle möglichen Bilder, die von rot-weißen Schnüren und einer Menge anderem handelten, was nichts mit den Suchbegriffen zu tun hatte, kam zum Vorschein, aber nichts, das auch nur ansatzweise so aussah. Sie versuchte Schmuck durch Uhr zu ersetzen und da, als Nummer drei ganz oben, ließ ein Bild ihr Herz stillstehen; es war eine rot-weiße Kordel mit Quasten genau wie auf dem Foto, das Sara bei Facebook hochgeladen hatte. Als sie auf das Bild klickte, kam sie auf eine Homepage über den März, der mit einem Mărţişor gefeiert wurde; einem Schmuckstück mit rot-weißen Schnüren. Die Seite war über Rumänien. Aber woher hatte Sara es und was bedeutete es, dass sie nach dem Besitzer gesucht hatte?

»Volltreffer, es kommt auch aus Rumänien«, rief sie aus, als sie mit Lesen fertig war. Nicolaj kam gerade aus der Küche zurück mit einem Bier in der Hand.

»Vielleicht hast du Recht, dass es einen Zusammenhang gibt. Der Schmuck muss der Babysitterin gehören. Du kannst wohl das Nachrichtenportal wieder aktualisieren.«

Anne freute sich, als sie das tat. Jetzt war sie Benito wieder einen Schritt voraus.

47
Der Hochzeitstag. Juni, drei Monate zuvor

Das, was vor ihren halbgeöffneten Augen flimmerte, war das Aufblitzen des Sonnenlichts zwischen den Schatten der Blätter, wenn eine leichte Brise durch sie wehte. Ab und zu erahnte sie etwas von dem blauen Sommerhimmel über sich, bevor die Blätter ihn wieder überschatteten. Einige ihrer Haare erhoben sich wie eine rostfarbene Wolke im Wind und legten sich über ihr Gesicht, aber das fühlte sich unwirklich an. Der Kopf glitt auf die Seite; die Nackenmuskeln konnten ihn nicht länger halten. Sie roch das Gras und die Erde und spürte es an ihrer Wange. Der Wind hatte auch ihren Schleier erfasst. Es war ihr Hochzeitstag. Wo war Kasper? Was war passiert? Langsam kamen die Erinnerungen in kurzen Blitzen, wie das Sonnenlicht, das über ihr tanzte. William! Sie wollte aufstehen. Das Gehirn wollte, der Körper konnte nicht. Er war schwer, als ob alles Leben aus ihm gewichen wäre. Nur die Augen bewegten sich und untersuchten die Umgebung, ohne dass sie den Kopf bewegte. Eine offene Wunde am Handgelenk leuchtete rot auf der weißen Haut. Das Blut tropfte langsam auf das Gras. Die Dunkelheit kam zurück, sie ließ sich für einen kurzen Augenblick dankbar davon verschlingen. Die Musik hatte plötzlich aufgehört und alle anderen Geräusche wurden deutlicher. Mit aller Willenskraft hob sie die schweren Lider und drehte den Blick in Richtung einer Bewegung neben sich. Sie schaute direkt in eine dreckige Vogelkralle, die ins Gras sank und danach hoch in eine schwarz-weißen Brust aus schimmernden feinen Daunen. Sofort erkannte sie die Elster wieder, obwohl sie sie nie zuvor so dicht und aus diesem Winkel gesehen hatte. Ihr Schnabel berührte fast ihren Hals, als sie ein Reiskorn aus ihren Haaren pickte. Der Instinkt schrie, dass sie wegmusste. Der Geruch des Vogels schnürte ihr den Hals zusammen und sie hielt den Atem an, dann flog er plötzlich erschrocken auf, und ein Flügel traf ihre Wange mit einem leichten Schlag. Sara schnappte nach Luft. Sie hörte Stimmen sich nähern und eine Frau, die schrie. Ihre Lippen formten ein Wort, William; es sollte herausgeschrien werden, aber aus ihrer Kehle kam kein Laut. Dann hörte sie die Sirenen eines Krankenwagens und übergab sich wieder willig der Dunkelheit.

Bevor sie wieder die Augen zu öffnen versuchte, war ihr klar, dass sie nicht mehr im Gras im Garten lag, sondern in einem Bett.

Einem Krankenhausbett. Sie vermochte es nicht, die Lider ganz zu heben, und sah den weißen Raum verschwommen durch schmale Schlitze. Die Stimmen um sie herum murmelten, aber langsam erkannte sie die Schatten neben dem Bett als ihre Mutter, ihren Vater und Kasper wieder. Ihre Gesichter waren wie versteinert. Sie unterhielten sich gedämpft und sie fing einzelne Worte auf, obwohl sie sich noch umnebelter und apathischer fühlte als vorher im Gras. Der Geschmack im Mund war metallisch von den Medikamenten, von denen sie sich schwach erinnerte, dass sie ihr eingezwungen wurden, als sie anfing, ihnen von dem toten Mädchen mit der Maske und William zu erzählen. Danach hatten sie ihr eine Spritze in den Arm gegeben.

»Sie ist wach! Bist du wach, Schätzchen? Kannst du mich hören?«

Ein deutlicher Umriss von Benediktes Gesicht kam ganz nah, aber Sara konnte weder antworten noch nicken.

»Sie antwortet nicht!«, sagte ihre Mutter verzweifelt zu einer Krankenschwester, deren Gesicht jetzt ebenfalls in ihr Blickfeld rückte.

»Die Medikamente machen sie träge. Wir müssen sie ihr geben, bis sie sich völlig beruhigt«, antwortete sie.

Beruhigt, echote das Wort in Saras Kopf. Sie konnte sich kaum bewegen.

»Wie konnte sie das an ihrer Hochzeit tun? Wie konnte sie? Wie bringen wir ihr bei, dass ...« Benediktes Stimme brach und erstarb. Sara sah, dass sie Kaspers Hand drückte und dass sein Blick starr war; er war auf sie im Bett gerichtet, aber es war, als ob er dennoch nichts sähe. Sie versuchte wieder, ihm von dem Mädchen mit der Maske und von William zu erzählen. Hatten sie ihn geweckt? Aber die Worte wurden nicht gesagt, es gab keine Kraft, sie herauszubekommen. Ihr rechtes Handgelenk war weiß bandagiert, aber sie erinnerte sich nicht, wie sie sich verletzt hatte. Sie versuchte wieder zu sprechen, und dieses Mal verstand Kasper sie.

»Sie versucht, uns etwas zu sagen!«

Benediktes Gesicht kam wieder nah. Ihr Atem stank nach Kaffee und Zigaretten.

»Was ist los, Schatz? Kannst du mich hören? Was willst du sagen?«

Sara streckte träge die Hand nach Kasper aus und schloss die Augen, bis sie spürte, dass er sie in die Arme nahm. Wie damals in Venedig, als sie von ihm getrennt worden war; er hatte sie gefunden und in Sicherheit gebracht. Er setzte sich auf die Bettkante. Der tote Ausdruck in seinen Augen verschwand, aber der Schmerz, der darin lag, machte ihr Angst.

»William … William, er …«, stammelte sie.

»Weißt du es, Sara? Sie wissen es«, unterbrach Kasper und warf Benedikte einen schnellen Blick zu, die da stand und hinter ihm krampfhaft ihre Hände knetete.

Kaspers Augen waren blank vor Tränen. »Es war plötzlicher Kindstod, Schatz, William …«

»Kindstod?! Nein! … nein, er … sie … das tote Mädchen mit der Maske …! Das war sie …!« Sie versuchte ins Sitzen zu kommen und die Panik gab ihr Kraft zu treten und zu schreien, als sie sie ergriffen, um sie ruhig zu stellen. Kasper schaute die Krankenschwester bittend an, die fast unbemerkt zurück nickte. Sara sah wieder die Spritze in ihrer Hand.

»Nein, hör mir zu, Kasper … sie … sie ist es, die …«

Der Schmerz, als die Nadel in die Ader glitt, während sie dagegen ankämpfte, stoppte die Worte, dann breitete sich wieder eine Lähmung wie eine warme Welle im Körper aus, und sie landete in einem weichen Nichts voller Dunkelheit.

***

48

Roland hatte gerade nach Telefonaten mit der technischen Abteilung und dem örtlichen Polizeirevier in Venedig aufgelegt, als seine Mitarbeiter in sein ohnehin schon enges Büro strömten.

Sie setzten sich und Kim holte, da alle anderen Plätze besetzt waren, seinen eigenen Stuhl aus dem Vorzimmer und stellte ihn in Rolands Nähe. Er roch sofort, dass Kim Knoblauch zum Frühstück gegessen hatte.

Roland hatte sie gebeten, zu kommen und alles stehen und liegen zu lassen; es gab neue wichtige Aufgaben, die Vorrang hatten. Die letzten Informationen hatten ihn nur in seiner Erkenntnis bestärkt, dass sie jedes Mal, wenn sie einen Schritt vorwärts machten, einen zurückgeworfen wurden.

»Auf der Zahnbürste war keine DNA zu finden«, fing er an und schaute bedauernd zu Isabella und Mikkel, die sich nebeneinander an den Rand des Konferenztisches gesetzt hatten, »aber auf der Maske wurden mehrere Fingerabdrücke gefunden, die zu isolieren Schmidt gelungen ist. Die meisten sind Saras und ein paar stammen von Kasper, einige sind unbrauchbar, aber er hat so viel von einem fremden Fingerabdruck gefunden, dass es verwendbar ist. Er wurde nach Venedig geschickt und die Polizei hat bestätigt, dass sie zu Christina Toft Hansen passen.«

»Yes!«, erklang es von den Mitarbeitern, gedämpft, als ob sie sich dennoch nicht trauten, ihre volle Begeisterung durchschlagen zu lassen.

»Ja, damit sind wir einen Schritt weitergekommen, aber ich habe von meinem Kollegen in Venedig eine Information erhalten, die uns noch eine ganze Menge mehr Arbeit bescheren wird.« Er ließ die Worte wirken, ehe er fortfuhr. »Christina Toft Hansen ist der italienischen Polizei bekannt. Ihre Ermittlungen bis jetzt zielten darauf ab herauszufinden, mit wem sie zusammengearbeitet hat. Sie wird des besonders schweren Betrugs hochgradig verdächtigt.«

»Warum haben sie uns das nicht etwas früher erzählt?«

Roland zog die Schultern bis zu den Ohren hoch und schüttelte den Kopf, während er mit den Armen gestikulierte. Eine bekannte italienische Geste. Berlusconi hatte sie viel gebraucht.

»Die Nationalität war schwer festzustellen. Sie hatten sie anhand von Fingerabdrücken über Interpol gesucht, aber da sie sich vorher nicht strafbar gemacht hatte und wir ja nicht von allen Bürgern Fingerabdrücke in der Kartei haben, gab es natürlich kein Ergebnis. In ihrer Wohnung in Venedig haben sie einen Haufen falscher Ausweise mit ihrem Namen, Pässe, Kreditkarten und so weiter aus mehreren verschiedenen Ländern gefunden.«

»Soll das heißen, dass wir eigentlich nicht wissen, ob Christina Toft Hansen die Ermordete *ist*?« Isabellas Schultern sanken ein bisschen, als Roland zur Antwort nickte.

»Sie hat gestohlene Identitäten auf dem Schwarzmarkt für nur fünfhundert dänische Kronen verkauft.«

»Oh Mann, sind wir nicht mehr wert?«, unterbrach Mikkel verärgert.

»Und sie war dabei nicht allein?«, fragte Niels, der nachdenklich an dem beginnenden Vollbart zupfte, den er sich wohl zulegen wollte.

Roland lächelte plötzlich. »Hier kommt die gute Nachricht. Letztes Jahr hat die italienische Polizei beobachtet, dass sie mit einem anderen Mädchen zusammengearbeitet hat, um unwissende Touristen ihrer Identität zu berauben, Taschen- und Handtaschendiebstähle, abluchsen von Visa-Karten-Pins und so etwas. Sie haben ein Überwachungsbild von einem Geldautomaten in Venedig geschickt, wo beide Mädchen drauf sind. Könnt ihr sehen, wem sie ähnelt?«

Roland reichte Kim, der am nächsten saß, ein Stück Papier mit dem Bild, das er ausgedruckt hatte.

»Das könnte sie sein«, kommentierte er und reichte das Bild an Isabella weiter.

Sie nickte. »Das *ist* sie!«, stellte sie fest und gab es Mikkel.

»Die Babysitterin?!«, fragte er, bevor er drauf schaute, und nickte dann. »Ganz sicher, ja. Aber wenn sie nun so dicht dran waren, sie in Italien zu schnappen, was ist dann schiefgegangen?«

»Es war unmöglich, sie auf frischer Tat zu ertappen. Wie hier ist es auch in Italien nicht möglich, Leute ohne Beweise zu verhaften. Auch die Babysitterin, lasst sie uns einfach so nennen, bediente sich vieler verschiedener Identitäten. Abgesehen von Christinas Fingerabdrücken haben die Techniker einen anderen unbekannten auf der Maske gefunden, er ist ganz deutlich, als ob er später sozusagen oben auf die anderen gesetzt wurde, aber über sie haben weder die noch wir etwas. Ich wette, es sind die der Babysitterin. Aber beide Mädchen sind im Laufe des Frühjahrs verschwunden, daher wurde der Fall eingestellt.«

»Sie sind nach Dänemark gekommen?« Niels sah aus, als ob er überhaupt nichts kapiert hätte.

»Sicher nur die eine der beiden. Die Babysitterin. Die andere, von der wir immer noch annehmen dürfen, dass sie Christina Toft Hansen heißt, nachdem wir das Foto von ihrer Mutter bekommen haben, wurde getötet und im Kanal zurückgelassen.«

»Könnte Anne Larsen Recht damit haben, dass die Babysitterin Rumänin ist? Bringt uns das weiter?«, fragte Mikkel.

»Wir müssen die Möglichkeit untersuchen. Kasper sagte, sie sei adoptiert. Mikkel, versuch' bei der Adoptionsstelle herauszufinden, was sie über adoptierte Kinder aus Rumänien ungefähr aus den Achtzigern und Neunzigern haben.«

Mikkel nickte.

»Wurden übrigens Annes Drogenfreunde gefunden?«, wollte Isabella wissen, die nicht wirkte, als ob ihr die Journalistin auch nur die Spur leid täte.

»Das waren nur ein paar armselige Dealer, die sich Zugang zu ihrer Wohnung verschafft hatten, um nach der Drogentasche zu suchen, aber wenn sie demnächst verhaftet werden, werden sie wohl reden …«

Kim unterbrach ihn. »Ich glaube ja, dass sie, wenn sie das Internet nutzen, wieder verschwunden sind. Anne hat das Ganze in dieser neuen Onlinezeitung veröffentlicht, jedoch ohne ihren eigenen Namen zu erwähnen. Sie hat bloß darauf aufmerksam gemacht, dass die Tasche, die in der Wohnung *eines Journalisten* gefunden wurde«, Kim machte mit den Fingern Anführungszeichen in die Luft, »bei der Polizei zu näheren Nachforschungen abgegeben wurde. Die Botschaft ist ja klar. Das soll sie wohl außer Landes schicken.«

Verdammt, dachte Roland. Jetzt musste sie allein klarkommen, wie sie es immer getan hatte, und wie sie es offenbar am liebsten wollte. Dagegen war ihr Cousin wohl wert, näher von der Drogenabteilung angesehen zu werden.

»Unsere wichtigste Aufgabe ist also nun, die Babysitterin zu finden, wer immer sie auch ist, und wo sie sich auch befindet«, fuhr er fort und lenkte die Aufmerksamkeit wieder auf die Sache zurück.

Seine Mitarbeiter stellten die Stühle an ihren Platz und verließen still und ruhig sein Büro. Roland rief Inge Thomsen an, die ausnahmsweise mal vor ihrer Sekretärin ans Telefon ging. Schnell setzte er sie über die neuen Erkenntnisse ins Bild, aber ihre Antwort verunsicherte ihn, bis er einsah, dass sie ihnen eine Menge Arbeit ersparen konnte.

»Ja, Anne hat mir von der Identität des Mädchens berichtet, sie hat herausgefunden, aus welchem Kinderheim das Mädchen kam.«

»Kinderheim?« Roland rieb sich abwesend den Nacken.

»Ja, es lag in der Umgebung von Tirgu Murges in Rumänien. Heute ist es aufgrund der schlechten Bedingungen, unter denen die Kinder lebten, geschlossen. Die meisten Kinder wurden glücklicherweise in den Westen adoptiert. Als 1989 Ceauşescus Diktatur fiel und es für viele Kinder aus diesen rumänischen Kinderheimen eine andere Zeit begann, kam einiges ans Licht. Verletzung der Fürsorgepflicht von unglaublichen Dimensionen. Babys haben den ganzen Tag in ihrem Gitterbett verbracht, ohne irgendeine Form von sozialem Kontakt, außer wenn ihnen einmal am Tag die Windel gewechselt wurde. Klar, dass derart vernachlässigte Kinder sowohl mental als auch physisch Schaden nehmen.«

»Habt ihr auch herausgefunden, wer sie adoptiert hat?«

»Ich bin dabei, Material aus dem geschlossenen Kinderheim zu beschaffen, aber das ist nicht leicht. Der Papierkram war anscheinend auch nicht unter Kontrolle und nun ist es ja lange her, daher …«

»Also hast du auch noch keinen Namen von ihr?«

»Leider nein, aber Anne arbeitet auch daran, Informationen zu finden. Sie ist tüchtig, daher bin ich mir sicher, dass sie irgendetwas Brauchbares findet«, antwortete Inge optimistisch.

Sicher, und das lädt sie bei ihrer Onlinezeitung hoch, bevor wir anderen irgendetwas hören, dachte Roland verbittert und konnte den Enthusiasmus der Anwältin nicht teilen.

49
Juli, zwei Monate zuvor

Die Lampen an der Decke sahen aus wie Vollmonde, die an einem dunstigen Himmel standen. Die Stimmen hallten im Raum, und obwohl Sara heute einigermaßen klar im Kopf war, verstand sie nicht alles. Sie fühlte, sie war anwesend, aber dennoch nicht mit allen Sinnen, als ob es sich in einer anderen Zeit an einem ganz anderen Ort abspielte.

Keinem Gesetz ist es so gut zu folgen wie der Wahrheit stand auf einem blauen eingemauerten Schild mit Goldbuchstaben an der Wand hinter den ernsten Gesichtern vor ihr. Dahinter saß unter anderem Kasper, das wusste sie, denn sie hatte ihn flüchtig gesehen, als sie von Inge Thomsen in den Gerichtssaal geführt worden war, die ihre Strafverteidigerin war und alles zu tun versprach, damit Sara nicht verurteilt würde. Sara überließ es ihr passiv, vermochte es nicht länger, sich selbst zu verteidigen. Kasper hatte nicht einmal den Kopf gehoben und sie angesehen. Im Krankenhaus hatte sie verzweifelt versucht, ihre Unschuld darzulegen, als sie schockiert erfahren hatte, wessen sie sie verdächtigten. Sie versuchte Kasper und allen anderen zu erklären, dass es das tote Mädchen im Kanal gewesen war, die William etwas zuleide getan hatte, die Blondine, aber je mehr sie sagte, desto mehr Medikamente verabreichten sie ihr und desto apathischer wurde sie. Kasper entfernte sich immer mehr von ihr. War er an dem Komplott beteiligt? Warum wollte er ihr nicht glauben? Wenn sie sich doch bloß erinnern könnte, was passiert war. Sie hatte William lange nicht gesehen, weigerte sich jedoch zu glauben, dass er tot war. Ihr kleiner perfekter Sohn konnte nicht tot sein. Das war unmöglich. Sie sah immer noch sein lustiges schiefes Lächeln vor sich und vermisste ihn, brauchte ihn, so sehr, dass es ihr bis auf die Knochen weh tat. Sie konnte es nicht erwarten, ihn wieder an sich zu drücken und ihn zu stillen, der allerheiligste Augenblick, wo das Band zwischen ihnen so stark war, dass nichts es brechen konnte. Ihre Brüste waren groß und spannten. Eine Krankenschwester im Krankenhaus hatte ihr Stilleinlagen besorgt, damit die Bluse nicht ständig mit ekligen Milchflecken übersät war. Aber niemand wollte ihr William zurückgeben.

Sara verstand, dass sie trotz Inge Thomsens beharrlicher Versuche sie zu verteidigen schuldig gesprochen worden war. Die Beweise waren zu stark, da war nichts zu machen, erklärte die Anwältin. Sara nickte bloß passiv und wartete nur darauf, zurück ins Krankenhaus zu kommen und ihre Medikamente zu bekommen, damit alles noch unwirklicher wurde. Sie fragte, wann sie William sehen dürfe, und sie gaben ihr eine der guten Spritzen, die sie weit weg von der Wirklichkeit brachten.

Eines Vormittags wurde sie von zwei ernst dreinschauenden Beamten abgeholt. Die Luft war warm ohne Sonne und sie roch die Kornfelder rings um das Krankenhaus, als sie zu dem Auto geführt wurde, dass sie in die forensische Psychiatrie bringen sollte.

Eine Krankenschwester, die keinen weißen Kittel trug, nahm sie in Empfang und stellte sich als Ditte Sandfeldt vor. Sie lächelte freundlich und führte sie durch einen langen Flur mit hübschen Gemälden an den Wänden durch zwei Türen, die sie aufschloss, indem sie ein kleines, blaues rundes Ding, das am Schlüsselbund hing, gegen eine Platte am Schloss hielt, die es offenbar erkannte, damit sie mit ihrem Schlüssel aufschließen konnte. Sie gingen einen langen Flur mit Linoleumboden entlang und blieben bei einer Tür stehen, an der Saras Name auf einer Tafel angegeben war. Ditte führte sie in ein weiß gestrichenes Zimmer. Es war nicht besonders groß, und das Krankenhausbett füllte den Großteil des Raumes aus. Es gab ein Waschbecken, einen Schrank und einen Schreibtisch. Die Vorhänge waren zugezogen. Ditte zog sie auf, sodass das Licht hineinströmte, und fragte, ob Sara irgendetwas fehle: Tee, Kaffee, etwas zu essen, etwas zu lesen? Endlich sprach man mit ihr wie mit einem Menschen und nicht wie mit einer unzurechnungsfähigen Geisteskranken.

Ditte war auch diejenige, die das erste Mal mit ihr auf Hofgang war. Sie gingen durch die beiden Türen, die Ditte Schleusen nannte, und durch eine Tür rechts kamen sie in den Hofgarten. Es gab eine größere Rasenfläche und ein Basketballfeld. Zwei andere Patienten waren draußen, aber sie hielten sich zusammen mit ihren Pflegern am anderen Ende des Hofes auf einer gefliesten Terrasse mit Sonnenschirmen, Plastikgartenmöbeln und einem Grill auf. Die Terrasse war durch einen hohen, soliden Zaun mit einem abgeschlossenen Tor von der übrigen Umgebung getrennt. Und rings herum standen Töpfe mit Blumen. Der Hof war von einem hohen Zaun umgeben, über den zu klettern unmöglich war, die Maschen waren so eng, dass man nicht die Finger hineinstecken konnte, um sich hochzuziehen. Man konnte auch nicht hinein- oder hinausgucken, da der Zaun auf der Außenseite von Bäumen, Pflanzen und Büschen umgeben war. Der eine der beiden anderen Insassen war ein muskulöser, glatzköpfiger Mann mit Tattoos auf beiden Armen. Er rauchte mit zusammengekniffenen Augen eine Zigarette. Sara hatte das Gefühl, dass er sie durch den Drahtzaun direkt anstarrte. Sie wollte zurück in ihr Zimmer, aber Ditte meinte, sie brauche frische Luft, und sie setzten sich in die Sonne. Sie unterhielten sich nicht lange. Bienen summten und Sara versuchte sich zu entspannen. Ihre Medikamente waren neu eingestellt worden und sie sollte sich an das veränderte Gefühl gewöhnen.

»Sind Sie Buddhistin?«, fragte Ditte plötzlich.

»Nein, wieso glauben Sie das?«

»Die Figur, die bei Ihnen steht. Das ist doch Buddha, oder nicht?«

»Ach so, ja. Ich habe mal meditiert und Yoga gemacht. Meine Freundin hat mir das beigebracht. Der Sinn ist das einzig Wahre, worauf man sich verlassen kann, sagen die Buddhisten«, erklärte sie und hörte selbst, wie verloren die Worte klangen in Anbetracht dessen, wo sie sich befand. Sie wusste nicht, warum sie die Figur mitbekommen hatte. Vielleicht hatte ihre Mutter dafür gesorgt in der Hoffnung, dass sie bald wieder anfangen würde zu meditieren. Sich wieder normal zu benehmen.

»Da ist was dran.« Ditte schlug nach einer Fliege, die sie störte.

Sara vermisste die Zeit mit Lærke, aber die hatte sie nicht besucht. Vielleicht einmal im Krankenhaus, aber sie erinnerte sich nicht deutlich. Nur ihre Mutter und ihr Vater hatten sie hier besucht, aber sie hatte keine Lust gehabt, mit ihnen zu sprechen. Auch mit Kasper nicht.

»Können Sie sich gar nicht erinnern, was passiert ist?« Ditte schaute den anderen nach, die wieder auf dem Weg zurück in die Station waren. Sara legte den Kopf in den Nacken und schloss die Augen, während sie den Kopf schüttelte. Die Sonne schien ihr warm ins Gesicht und sie erinnerte sich, dass sie im Gras lag und eine Elster Reiskörner aus ihren Haaren pickte. Was war da passiert? Ab und zu fielen ihr undeutliche Bruchstücke ein, aber wusste nicht, ob es etwas war, dass sie durcheinanderbrachte. Etwas aus einem Film, den sie gesehen hatte. Eine Waffe, die an ihren Hinterkopf gedrückt wurde. War das vielleicht echt? Konnte das in ihrem eigenen Heim und an ihrem Hochzeitstag passiert sein? William lag auf dem Bauch in seinem Gitterbett. Das war echt, daran erinnerte sie sich deutlich.

»Warum darf ich meinen Sohn nicht sehen?«, fragte sie wieder, denn die anderen Male, die sie gefragt hatte, hatte sie keine andere

Antwort bekommen, als dass William tot sei. Ditte war anders, sie würde die Wahrheit sagen. Sie reichte Sara die Hand und ergriff ihre. Drückte sie einen Augenblick lang sehr fest. Die Finger streiften die rote Narbe auf ihrem Handgelenk. Die würde Sara immer daran erinnern, dass es einen Teil ihres Lebens gab, an den sie sich nicht erinnerte.

»William ist tot, Sara.« Jetzt sagte Ditte es auch, aber sehr vorsichtig, als ob sie vor ihrer Reaktion Angst hätte.

»Nein, das glaube ich nicht. William ist nicht tot, er …«

»Sie wissen doch, warum Sie hier sind, nicht?«

»Doch, doch … aber das stimmt nicht, Ditte. Ich habe William nichts getan. Er ist nicht tot. Sie hat ihn …«

»Wer, Sara? Wer hat ihn? Jetzt sagen Sie nicht wieder das tote Mädchen im Kanal, oder?«

Sara wackelte mit den Füßen und starrte zu ihnen runter. »Nein, das kann nicht sie gewesen sein …« Sie fühlte sich klarer als sie es lange gewesen war, als ob die Tabletten, die sie zuvor bekommen hatte, ihr den gesunden Menschenverstand genommen hätten und die Sonne, der Wind und der Klang des Sommers nun einige Dinge zurechtrückten. »Vielleicht war es doch nicht die Blondine, die ist ja ertrunken.« Langsam erzählte sie Ditte die ganze Sache, die zuhörte, ohne zu unterbrechen und zweifelnde Fragen zu stellen.

»Ihnen wurde die Identität gestohlen? Warum kam das vor Gericht nicht heraus? Warum hat niemand etwas über all das Furchtbare gesagt, dem Sie ausgesetzt waren?«

»Niemand hat mir geglaubt, wenn ich das gesagt habe. Es war so furchtbar, dass jemand das einfach tun konnte, ohne dass ich es entdeckt habe. Demütigend. Es war meine eigene Schuld. Ich war zu dumm und wurde ausgetrickst. Als die Blondine mir in Venedig ihre Maske gegeben hat, hat das andere Mädchen meine Tasche mit Pass gestohlen. Sie wollte ihren Schmuck zurückhaben. Deswegen ist sie zu meiner Hochzeit gekommen, sie …« Der Nebel in ihrem Gedächtnis lichtete sich für einen Augenblick. »Sie hatte eine Pistole!«

Ditte schaute sie skeptisch an, dann stand sie auf und zog Sara mit sich hoch. »Kommen Sie, wir gehen wieder rein.«

»Nein, aber …«, protestierte Sara aus Angst, dass Ditte ihr nicht glaubte und plötzlich wieder den Augenblick zu verlieren, das Fenster mit dem kleinen Blick in ihre verlorenen Erinnerungen zu schließen.

»Ich rede mit Ihrer Anwältin, Sara. Sie war oft hier, um mit Ihnen zu sprechen, aber Sie waren dafür nicht gesund genug. Es geht Ihnen viel besser, wie ich sehe.« Sie lächelte und Sara fühlte zum ersten Mal seit sehr langer Zeit, dass ihr jemand wirklich glaubte.

»Falls ihr Christina findet, kann ich William zurückbekommen«, sagte sie und wischte sich Tränen von den Wangen.

***

50

Der Verkehr war dicht im Otterweg wie an jedem hektischen Morgen. Roland stellte die Musik im Radio lauter, als er an einer Ampel halten musste, aber die klassischen Töne beruhigten ihn nicht. Die Information, die er von Ivan Nørregaard aus der Drogenabteilung gestern spätnachmittags bekommen hatte, hatte ihn seitdem gequält. Obwohl Anne Larsen nicht gerade zu seinen Lieblingen gehörte, würde er ihr die Nachricht nur ungern überbringen, wozu er sich irgendwie verpflichtet fühlte. Gleichzeitig bestätigte es, dass sie vor einer beinahe unmöglichen Aufgabe standen, wenn es darum ging, Aarhus von Drogen frei zu halten. Jedes Mal, wenn ihnen ein Drogenhai ins Netz ging, tauchten im Kielwasser weitere auf und die großen Hintermänner kamen davon. So wie das Netzwerk der Drogenkriminellen aufgebaut war, waren sie gut eingedeckt. Es lief über eine enge internationale Zusammenarbeit, und heutzutage konnte man die meist benutzte Route von Holland nach Aarhus fahren, ohne dass die Drogenschmuggler ein einziges Mal angehalten wurden. Jetzt waren die osteuropäischen Banden auch mit im Netzwerk. Sie konnten von Küste zu Küste ins Land kommen. Wie die Tasche mit den gefährlichen Designerdrogen in Annes Wohnung gelandet war, war eines der Rätsel, das wohl nie gelöst werden würde, aber es stand viel Geld auf dem Spiel und sie bekamen immer einige dazu, jede Chance zu nutzen; besonders, wenn gleichzeitig ihr Leben bedroht wurde.

Er stieg aus dem Auto und nahm den Aufzug nach oben mit dem ewig schlechten Gewissen; er sollte die Treppe nehmen. Die täglichen Spaziergänge mit Angolo waren bald seine einzige Bewegung und er wollte ungern wie die alten wabbelig fetten Südstaaten-Sheriffs enden, die man in amerikanischen Filmen sah.

Im Konferenzraum empfing ihn der Duft von Kaffee und frischgebackenen Puddingteilchen und alle waren erschienen. Mit Ausnahme von Dan Vang, aber daran würde er sich gewöhnen müssen. Jetzt musste er nicht länger auf ihn warten. Auch das ging ihm nah. Hätte er verhindern können, dass es passierte? Kurt Olsen hatte ihn mit ernster Miene informiert, dass die Wahrscheinlichkeit, dass Dan Vang entlassen wurde, sehr hoch war. Er hatte seine Waffe ungesetzlich mit nach Hause genommen und einen Menschen damit getötet. Das erinnerte Roland wieder daran, wozu er einmal selbst imstande gewesen war, als er die Pistole gegen die Schläfe von Irenes Gewalttäter gedrückt hatte. Der Gedanke ließ ihn Mikkel Jensen einen dankbaren Blick zuwerfen, den er dahingehend missdeutete, dass *er* mit dem Bericht anfangen sollte.

»Die Adoptionsstelle konnte leider nicht mit einer Liste adoptierter Kinder in diesem Zeitraum dienen, aber sie haben an einige Organisationen verwiesen. Ich habe mit ihnen gesprochen, jedoch ohne Ergebnis, wurde dann aber an die höchste Beschwerdeinstanz verwiesen, damals das Zivilrechtsdirektorat, das, wie sich herausstellte, über Informationen verfügt. Selbstverständlich weiß ja niemand, ob auch illegale Adoptionen stattgefunden haben. Sie haben einige Kinder ausfindig gemacht, die über die damalige

Organisation, Terres des Hommes, aus dem betreffenden Kinderheim adoptiert wurden. Sieben der Kinder sind hierher nach Ostjütland gekommen, fünf davon waren Jungen, daher können wir von denen absehen. Aber es gibt eine Familie, die mir ins Auge fällt. Sie haben ein fünfjähriges Mädchen adoptiert.« Mikkel unterstrich irgendeine Notiz auf seinem Block.

»Und warum ist diese Familie so interessant?«, fragte Roland.

»Weil sie in Randers wohnt.« Mikkel schaute in die Runde, wie um zu beurteilen, ob sie genauso scharfsinnig waren wie er. »Falls sie diejenige *ist*, die Sara zur Flucht verholfen hat, sie heißt übrigens in den Adoptionsunterlagen Aurelia Ionesco, dann ist Randers die Stadt, in der sie aufgewachsen ist und sie kennt vielleicht einen Ort, wo sie sich verstecken können«, vertiefte er. »Deswegen haben wir das Auto beim Rastplatz in Randers gefunden«, fügte er ein wenig beirrt hinzu, als sie die Bedeutung immer noch nicht zu erfassen schienen.

»Aber es deutet doch einiges darauf hin, dass sie sich in Italien aufgehalten hat, also wie groß ist dann eigentlich ihre Bindung an Randers?«, fragte Isabella und brachte einen anderen Ausdruck in Mikkels Gesicht hervor.

»Deine Theorie ist gut, Mikkel«, unterbrach Roland. »Wir fangen bei dieser Familie an. Gibt's was Neues auf Saras Facebook-Profil, Kim?«

»Das war seit mehreren Monaten nicht aktiv, und es ist wie gesagt schwer auszumachen, was wichtig ist. Ich habe jedoch die Erwähnung der Maske und des Schmuckstücks gefunden, als ich ein gutes Stück in den Einträgen zurückgegangen bin. Die Hassgruppen sind immer noch aktiv. Sie entwickeln eine Eigendynamik. Jetzt wird nicht mehr so viel Hass gegen Sara geschürt, sondern mehr so ganz allgemein gegen Eltern, die ihre Kinder misshandeln.«

»Also nichts, was wir gebrauchen können?«

»Ich glaube nicht. Es werden keine Namen erwähnt.«

»Okay.« Roland nahm sich ein Puddingteilchen auf seine Serviette. Er hatte lange genug dagegen angekämpft, aber dann beschlossen, nachzugeben und zur Kompensation künftig die Treppe zu nehmen. »Du fährst mit mir nach Randers, Mikkel. Isabella und Niels, versucht, ob ihr mehr über das Tun und Treiben der beiden Mädchen in Venedig herausfinden könnt. Der, mit dem ihr dort reden sollt, spricht ganz ausgezeichnet Englisch. Kim, du machst mit dem Internet weiter. Sprich mit Herman von der IT-Ermittlung.«

Pflegeeltern hatten nach den vielen Skandalen, die über unheimliche Verwahrlosung und groben sexuellen Missbrauch von Pflegekindern aufgetaucht waren, einen sehr schlechten Ruf. Roland dachte daran, was ihnen begegnen würde, wenn sie bei der Familie ankamen, die das kleine rumänische Mädchen adoptiert hatte. Vielleicht gehörten Adoptiveltern zu einer anderen Kategorie als Pflegeeltern, oder war die anscheinend kriminelle Laufbahn der Adoptivtochter ein Ergebnis ihres Versagens? Vielleicht hatte sie die Veranlagung aus Rumänien mitgebracht. Wie ein Gen. Eine Identität von Geburt an. Mikkel war während der Fahrt ebenfalls schweigsam.

Das Haus war ein ganz gewöhnliches Reihenhaus aus den Siebzigern mit gelben Mauersteinen und frischgebeizten Holzbalken am Giebel. Ein paar Kinder spielten draußen im Garten, sie hielten nicht einmal inne, um zu dem Auto zu schauen, als Roland in die Einfahrt bog und parkte.

»Jytte Fischer?«, fragte er die Frau, die die Tür öffnete. Sie nickte und schaute auf den Ausweis, den er ihr reichte. »Mikkel Jensen«, stellte er den Beamten hinter sich vor, als die Frau ihn prüfend ansah. »Dürfen wir einen Moment reinkommen?«

»Worum geht es? Es passt gerade nicht so gut …«

Anfang oder Mitte fünfzig, meinte Roland, müsste sie sein, obwohl es schwer war, das Alter von Frauen, die ihre Haare färbten, zu schätzen. Er hörte Stimmen aus dem Haus.

»Haben Sie vielleicht Gäste?«

»Naja, nicht direkt, aber … nein, kommen Sie einfach rein.«

Auch hier duftete es nach Kaffee. Er ging vor Mikkel hinein und stoppte so abrupt, dass dieser Roland in die Fersen trat, als er sah, wer dort auf dem Sofa saß und Kaffee trank. Erling Fischer saß gegenüber. »Was machst du hier?«, rief Mikkel aus, als auch er sie entdeckte.

»Anne?«, war das Einzige, was Roland sagen konnte, aber er brauchte auch nicht zu wissen, was sie hier machte. Inge Thomsen hatte ja ihre Absichten enthüllt, aber wie hatte Anne bereits die Informationen bekommen, die zu beschaffen Mikkel den Großteil des Tages gebraucht hatte? Sicher über Kanäle, die die Polizei nicht benutzen konnte.

»Setzen Sie sich ruhig. Möchten Sie einen Kaffee?« Jytte war schon auf dem Weg zum Schrank, um weitere Tassen zu holen.

Roland nickte und setzte sich neben Anne. Auf dem Tisch stand auch Kuchen.

»Zwei Dumme ... drei Dumme, ein Gedanke«, korrigierte Anne sich keck. Es sah nicht aus, als ob sie im Sinn hätte zu gehen, bloß weil sie aufgetaucht waren, und er schaffte es nicht, sie darum zu bitten. Und was könnten die Eltern der Polizei erzählen, was sie nicht auch ohnehin all den Journalisten erzählten, die nun kommen und an ihrer Tür klingeln würden? Ihnen vielleicht obendrein Geld für ein Interview bieten würden. Also falls Aurelia Ionesco das Mädchen war, von dem sie glaubten, dass sie es war.

»Sie wollen vielleicht auch nach unserer Tochter fragen?«, erkundigte sich Erling trocken. »Wie ich gerade der Journalistin hier erzählt habe, haben wir sie seit vielen Jahren nicht mehr gesehen.«

Seine Frau setzte sich neben ihn. »Warum will die Polizei Aurelia finden? Hat sie etwas angestellt? Es ist doch wohl nichts passiert?« Jyttes Augen ruhten auf Rolands Gesicht und bettelten darum, ihr die Antwort zu geben, die sie sich wünschte, und das konnte er vielleicht auch.

»Das wissen wir nicht. Wir müssen zuerst ihre Identität feststellen. Ihr Name ist also Aurelia Ionesco?«

»Ja, das stand in ihren Papieren, die wir im Kinderheim bekommen haben. Der Name Aurelia bedeutet die Goldene.«

»Sie haben sie aus Rumänien adoptiert?«

Jytte nickte und reichte ihm die Thermoskanne. »Das war 1994.« Sie schaute flüchtig zu ihrem Mann. »Er ... wir können selbst keine Kinder bekommen.«

»Wer sind dann die beiden draußen?«, wollte Mikkel wissen und schaute durchs Fenster in den Garten, wo immer noch das ansteckende Lachen der Kinder zu hören war.

»Die beiden sind auch adoptiert. Aber hier aus Dänemark. Das andere haben wir uns nicht noch einmal getraut«, antwortete Erling und faltete ordentlich seine Kaffeeserviette zusammen, als ob er versuchte, das Muster auf allen Kanten passend zu machen.

»Wieso nicht?«, fragte Anne.

Roland vermutete, dass sie noch nicht lange hier gewesen war, bevor sie gekommen waren. Er bemerkte ein Foto, das neben zwei anderen Kinderbildern und einem Kunstteller mit fast heruntergebrannten weißen Kerzen auf einem Regal stand. Es war die Babysitterin in einer jüngeren Ausgabe, daran hatte er keinerlei Zweifel. Mikkel folgte seinem auffordernden Blick und nickte diskret zurück.

»Man kann unmöglich wissen, welchen Hintergrund diese Kinder haben. Es ist ja nicht allein die Erziehung, die die Identität aufbaut, sondern auch das Erbgut, das eine Rolle spielt«, sagte er mit einem traurigen Blick auf die Serviette.

»Hatte Aurelia Probleme?«, übernahm Roland, bevor Anne dazu kam weitere Fragen zu stellen.

»Wir haben sie bekommen, als sie fünf war, aber natürlich war sie bereits von den schrecklichen Verhältnissen geprägt, unter denen sie aufgewachsen ist.«

»Und das wussten Sie nicht?«

Jytte schaute Mikkel an, der fragte. »Doch, wir hatten davon gehört, wir dachten jedoch, unsere Liebe und Fürsorge könnte ihr im Leben weiterhelfen, aber ...« Sie schwieg.

»Was war Aurelia ausgesetzt, wissen Sie das?«, wollte Anne wissen. Roland warf ihr einen schnellen Seitenblick zu. Es wunderte ihn, dass sie so viel echtes Mitgefühl in die Stimme legten konnte, mehr als selbst Isabella aufbrachte.

»Sie ist als Baby ins Kinderheim gekommen. Da hat sie die meiste Zeit in einem Gitterbett verbracht, wie eine Art Gefängnis kann man wohl sagen. Sie war sicher auch eines der Kinder, die benutzt wurden für ... Dienstleistungen. Das zeigt das Brandmal auf ihrem Arm ...«

»Dienstleistungen?«, wiederholte Roland und hoffte, dass das nicht das bedeutete, was er glaubte, aber ein Blick von Anne zeigte, dass es das tat. Sie wusste natürlich Bescheid.

»Auf diese Weise hat das Kinderheim Geld verdient«, erklärte Erling mit vor Ekel zitternder Stimme.

»Es hat nicht lange gedauert, bis wir gemerkt haben, dass mit Aurelia etwas ganz und gar nicht stimmte, aber wir sind davon ausgegangen, dass es nur Anpassungsprobleme wären. Es war ja eine riesige Umstellung für sie, nach Dänemark zu kommen. Sie hat sehr lange gebraucht, um Dänisch zu lernen, und es war schwer für sie, ein enges Verhältnis zu uns aufzubauen, obwohl wir alles für sie getan haben. Sie hat so viel Fürsorge erfordert, dass ich meine Arbeit in der Bank auf eine Halbtagsstelle reduzieren musste.« Jyttes Ausdruck zeigte deutlich, dass es eine hässliche Erinnerung war.

»Haben Sie überhaupt keine Hilfe von irgendjemandem bekommen?«, fragte Anne, während sie auf einem Keks kaute, ohne jedoch uninteressiert zu wirken.

»Doch, das haben wir. Aber es war beinahe unmöglich, mit dem Angebot des öffentlichen Hilfesystems zurechtzukommen. Einige versuchten ja zu helfen, aber sie wussten trotzdem nicht recht, was sie tun sollten. Was macht man mit einem Kind, das in der Schule nicht mitkommt und zu seinen Klassenkameraden – und den Eltern – auf Abstand geht? Besonders zu Erling. Er durfte sie kaum berühren. Das waren wohl die Erfahrungen mit diesen Männern, die sie …« Jytte schluckte die Worte, und Erling übernahm.

»Aurelia ist in eine Förderklasse gekommen, soviel versuchten sie doch zu helfen, aber sie wollte nicht in die Schule und wir haben oft erlebt, dass sie getürmt ist und sich versteckt hat, aber wir haben sie glücklicherweise immer wiedergefunden.«

»Warum haben Sie sich für ein rumänisches Kind entschieden?«

»Um ein Kind zu bekommen, das dänisch aussah. In den Neunzigern war es etwas anderes zu adoptieren, da gingen die unglücklichen Kinder fast bloß an den Höchstbietenden. Wir hatten sie in einer sogenannten Übergangsphase drei Monate – testweise sozusagen. So läuft eine Adoption heutzutage überhaupt nicht mehr ab. Aber in dieser kurzen Zeit konnten wir nichts anderes feststellen als das, was man von einem kleinen Kind in einem neuen, fremden Land erwarten kann.«

Roland trank aus seiner Tasse und beobachtete die beiden Eltern. Sie hatten zweifelsohne getan, was sie konnten und in einem furchtbaren Dilemma gesteckt. Ein Kind konnte man nicht einfach zurückgeben oder aussetzen wie ein unerwünschtes Katzenjunges, wenn man die Wahl bereut. Aber vielleicht war das genau Aurelias Schicksal.

»Ihre leiblichen Eltern, was wissen Sie über die?«, fragte er.

»Nichts. Wir wissen nur, dass sie sie als Baby im Kinderheim abgeliefert haben, sie konnten sich aufgrund von Armut und Krankheit nicht um sie kümmern …«

»An Liebe fehlte es ihr sicher nicht«, unterbrach Jytte, als ob sie Aurelias Eltern verteidigen wollte.

»Als Aurelia fünfzehn war, haben wir uns entschieden, ihr zu erzählen, dass wir nicht ihre leiblichen Eltern sind. Sie konnte ja selbst auch spüren, dass etwas nicht stimmte, aber da verloren wir sie gänzlich. Mehrmals mussten wir nach ihr suchen, und als sie achtzehn wurde, entschied sie sich, von zu Hause auszuziehen, wir konnten nichts dagegen tun.« Erling fuhr sich mit der Hand durch das spärliche ergraute Haar. »Wir haben seitdem nichts mehr von ihr gehört und das ist jetzt fünf Jahre her.«

»Ich glaube, dass sie irgendwann nach Rumänien gereist ist, um ihre Eltern zu finden, aber ich weiß nicht, ob es ihr gelungen ist«, sagte Jytte und stand auf. Sie ging ans Fenster und schaute nach draußen zu den beiden Kindern, die immer wilder lärmten. Ein kleines Lächeln brach spontan auf ihren farblosen Lippen hervor. Dieses Mal hatten sie keinen Fehler gemacht.

»Vielleicht hat sie sie mit Hilfe dieses merkwürdigen Schmuckstücks gefunden«, sagte Erling zu dem Rücken seiner Frau. Sie drehte sich um und das Lächeln verschwand wieder.

»Ja, das kann natürlich sein. Sie ist immer damit herumgelaufen. Sie ist am fünften März geboren, und in diesem Monat wird in Rumänien ein bestimmtes Fest gefeiert, es wird gefeiert, indem man jemandem, den man mag, ein Schmuckstück gibt … ein … ein …«, fing sie an und kramte in ihrem Gedächtnis nach dem Wort.

»Ein Mărţişor«, half Anne und nickte.

Roland wurde klar, dass es das Schmuckstück war, das sie in ihrer verdammten Onlinezeitung erwähnt hatte. Vielleicht war sie nun auf dem Sprung, um alles, worüber sie hier gesprochen hatten, an die Öffentlichkeit zu tragen; er musste sie davon abhalten.

Jytte nickte dankbar. »Genau, so heißt das. Aurelia hatte das sicher von ihren Eltern bekommen. Es war eine kleine Uhr.«

Roland zweifelte nicht länger daran, dass sie die Babysitterin identifiziert hatten. Aurelia Ionesco. Jetzt ging es darum, sie so schnell wie möglich zu finden und zu hoffen, dass sie mit Sara Dupont zusammen war.

»Wenn Aurelia verschwunden ist, haben Sie sie dann an einer bestimmten Stelle wiedergefunden? Einem Ort, den sie mochte?«, fragte er und leerte schnell seine Tasse. Anne war bereits aufgestanden und dabei, den Rucksack aufzusetzen. Sie hatte es offenbar eilig.

Jytte schaute lange Erling an, dann nickten sie beide.

51
September, eine Woche zuvor

»Es ist bloß eine winzig kleine Tablette, die Sie heute Abend bekommen«, sagte Ditte, als sie mit Saras Medikamenten kam. »Es geht jetzt doch nur bergauf.« Sie setzte sich auf die Bettkante. »Wir haben darüber gesprochen, dass Sie vorher vielleicht einige völlig verkehrte Tabletten bekommen haben. Wer hatte die verschrieben?«

Sara schluckte die Tablette und trank ein bisschen Wasser. »Das war wohl unser Arzt. Kasper hat sich darum gekümmert. Aber das waren ja nur eine Art Glückspillen. So mild, dass ich sie nehmen konnte, obwohl ich gestillt habe.«

»Können Sie sich erinnern, wie sie hießen? Haben Sie noch welche davon?«

Sara schüttelte den Kopf. Wenn sie noch welche hatte, dann waren sie zu Hause, und sie wollte nicht mit Kasper sprechen. Oder vielmehr, *er* wollte nicht mit ihr sprechen.

Ditte nahm das Tablett mit dem leeren Teller. Es war sieben Uhr abends und Sara war schon längst fertig mit essen.

»Sie sollten jetzt noch nicht ins Bett gehen, Sara. Sie bekommen heute Abend Besuch«, sagte Ditte und wandte sich in der Tür um.

»Ist es Inge? Meine Anwältin? Gibt's was Neues?«

»Leider nicht. Ich habe nur mit ihrer Sekretärin telefoniert, sie hat mir versichert, dass Inge Thomsen mit Nachdruck dabei ist, nach dieser Babysitterin zu suchen.«

»Dann sehe ich William bald!«

Ditte hatte einen bekümmerten Ausdruck in den Augen, als sie sie anschaute. »Erst kommt Ihr Mann und besucht Sie, später dann eine Ihrer Freundinnen.«

»Lærke? Es ist Lærke, stimmt's?«

»Ich erinnere mich nicht an den Namen, ich war nicht diejenige, die mit ihr gesprochen hat. Kann gut sein, dass es Lærke ist. Sie kommen doch mit Besuch heute Abend zurecht, nicht, Sara?«

Sie nickte, ohne sich sicher zu fühlen. Ditte schloss lächelnd die Tür und Sara konnte einige Spatzen draußen vor dem Fenster piepen hören. Kasper und Lærke würden sie besuchen. Sie wusste nicht, ob sie sich freute. Warum hatten sie sie nicht vorher besucht? Was war mit Kasper los, da er nicht glaubte, dass William lebte? Konnte er das nicht auch spüren? Er sollte nach ihrem Sohn suchen, statt sie weiterhin für etwas zu verurteilen, das sie nicht getan hatte. Abwesend rieb sie ihren nackten Ringfinger. Den Ring durfte sie auch nicht zurückhaben. Bedeutete das, dass Kasper die Scheidung wollte? Kam er vielleicht deswegen, um ihr das zu erzählen? Plötzlich wünschte sie, sie hätte mehr Tabletten. Wünschte, die Spritze zu kriegen, die sie im Krankenhaus bekommen hatte, damit die Wirklichkeit im samtweichen Nichts verschwand.

Kasper wollte die Scheidung. Er blieb nicht lange. Sara wollte nicht mit ihm sprechen. Sie sah nur Verachtung in seinen Augen. Ditte kam mit ein paar stärkeren Tabletten, um die sie gebeten hatte, sobald er gegangen war.

»Ist das jetzt eine gute Idee, Sara? Sie bekommen ja noch einen Gast«, sagte Ditte warnend, gab ihr die Tabletten aber dennoch. Sara war dabei, sich völlig zu verlieren und schluckte sie mit einer Energie, als könnten sie ihr Leben retten.

»Soll ich diesen Besuch absagen?«, fragte Ditte und strich Sara die Haare, die an den tränennassen Wangen klebten, aus dem Gesicht.

Sara schüttelte den Kopf. Sie brauchte es jetzt wirklich, mit Lærke zu reden. Sie hatte ihr immer helfen können, wenn ihre Welt zusammenbrach. Langsam begannen die Tabletten zu wirken. Dann ging die Tür auf. Sara drehte den Kopf und starrte das Mädchen an, das die Tür schnell hinter sich schloss und sich dagegen lehnte. Sara hatte diese Bewegung so viele Male gesehen, dass sie sich darüber wunderte, warum sie nicht am Hochzeitstag in Williams Zimmer darauf geachtet hatte.

»Christina?!«, stammelte sie.

»Wie oft soll ich dir noch sagen, dass Christina tot ist. Sie ist in dem Kanal in Venedig gestorben. Sie war eine Betrügerin, eine Schlampe, die mich verarschen wollte und mich angezeigt hat, um selbst den ganze Gewinn einzusacken. Du hast doch selbst gesehen, was passiert ist, oder? Sonst würdest du mich doch nicht weiterhin jagen.«

Dieses Mal hatte sie die Maske nicht auf, nur die Perücke. Sie zog sie so schnell herunter, dass Sara es kaum wahrnahm. Sie fuhr sich durch die dunklen Haare, die plattgedrückt worden waren.

Sara brachte kein Wort heraus. Der Mund war trocken und die Zunge klebte am Gaumen.

»Dass du die ganze Zeit geglaubt hast, dass ich Christina heiße ist nur, weil du so dumm bist, dass du dir gar nichts zusammenreimen kannst, Sara. Ich heiße Aurelia. Also richtig, denn ich habe tausend Namen und entscheide selbst, wer ich gerade sein will. Weißt du, wofür ich deine Identität verkauft habe?« Sie schüttelte den Kopf und lächelte spöttisch. »Nein, das willst du nicht wissen«, entschied sie und machte einen Schritt auf Sara zu.

Sie zog sich auf dem Bett zurück, bis die Wand ihren Rücken traf.

»Was … willst du?«

»Nee, du! Was willst *du*? Warum suchst du weiterhin nach mir? Wenn du mich bloß in Frieden lassen würdest! Aber du willst mir die Schuld für diesen Mord geben, stimmt's?«

»Mord! Hast … hast du jemanden ermordet?«

Aurelia schüttelte mit verdrehten Augen den Kopf. »Du *bist* also dumm. Oder tust du bloß so? Ich hab dich am Hotelfenster gesehen. Du hast mich angeschaut, ich weiß, dass du's gesehen hast. Jetzt hast du deine Anwältin auf mich angesetzt, um nach mir zu suchen. Du willst mich einsperren lassen, stimmt's?« Die Stimme war ungewöhnlich hart, aber dennoch so gedämpft, dass niemand draußen auf dem Gang sie würde hören können.

»Die Maske … die Blondine … *Du* hast sie getötet!«

»Bravo! *Sie* hieß Christina.«

»Du hast also ihre Identität gestohlen?«

»Sie war doch tot, also wozu sollte sie sie noch brauchen?«

»Wo ist William? Wo … wo versteckst du ihn?«

»William?« Ein schiefes Lächeln huschte über Aurelias Gesicht. »William … dem geht's gut.« Sie zögerte einen Moment. »Willst du ihn sehen?«

Sara nickte und ihr Herz pumpte wie verrückt und nicht nur aus Furcht. Sie würde William zurückbekommen. Wenn Kasper sah, dass sie die Wahrheit gesagt hatte, würde er bei ihr bleiben. Er würde sie nicht einfach bloß allein zurücklassen.

Aurelia lächelte immer noch, als sie die Perücke wieder aufsetzte.

»Dann komm!«

»Wohin?«

»Nein, bleib hier, ich hole dich gleich.«

»Nein, ich kann hier nicht weg, weil …«

»Ich nehme dich mit zu William. Willst du das?«

Sara nickte sofort. Aurelia schaute sich schnell um, dann nahm sie die Buddha-Figur vom Tisch und legte sie in ihre Tasche. Sie öffnete die Tür, ging hinaus auf den Flur und rief nach der Krankenschwester, erklärte, dass sie gerne rausgelassen werden würde. Sara hörte ihre Stimme nur schwach. Eine Weile verging. Unruhig saß sie auf dem Bett und starrte auf die geschlossene Tür, dann öffnete Aurelia diese plötzlich wieder. Die Panik stand in ihren Augen, sie hatte Blut an den Händen, in der einen Hand hielt sie gepresst einige Schlüssel.

»Komm jetzt, zur Hölle, beeil dich«, zischte sie.

Zögernd folgte Sara ihr. Ditte lag in der Schleuse. Überall war Blut. Sara musste sich übergeben und starrte auf Dittes leblosen Körper, während Aurelia die Türen in der Schleuse mit Dittes Schlüsseln öffnete, dann zog sie Sara mit sich den menschenleeren Flur hinunter. Sie sah ihren Buddha blutig mitten auf dem Boden liegen. Sie rannten, bis sie den Parkplatz erreichten. Es war dunkel. Sara wurde an dem einen Arm mit über den Parkplatz gezerrt.

Sie entdeckte das Auto ihrer Mutter und schnappte nach Luft, konnte nichts sagen. Hatte Benedikte geholfen? Saß sie im Auto mit William auf dem Schoß? Hätte sie die Luft dafür gehabt, hätte sie nach ihnen gerufen, aber Aurelia zog sie brutal mit sich, öffnete die Autotür und schubste sie auf den Beifahrersitz. Im Auto war niemand.

»Wo sind sie?«, stammelte sie atemlos.

»Wer?«

»William … und meine Mutter.«

»Nicht hier. Ich fahre dich zu ihnen.«

»Zu ihnen? Wohin?«

»Jetzt halt einfach die Fresse, ja!« Aurelia setzte sich ans Steuer und startete das Auto, bevor Sara sich anschnallen konnte. Die Scheinwerfer waren nicht angeschaltet und beinahe rammten sie ein Taxi, als Aurelia in viel zu hohem Tempo auf die Straße bog. Sara wollte fragen, woher Aurelia das Auto ihrer Mutter hatte, was sie ihr und William getan hatte, wohin sie fuhren, ob es William gut ging und eine Menge anderes, aber sie traute sich nicht, etwas zu sagen, und spürte auch, dass die Tabletten angefangen hatten zu wirken, aber sie kämpfte gegen die Trägheit. Jetzt würde sie bald William sehen, das war es wert, sich aufrecht zu halten. Sie schielte zu der Babysitterin und erkannte sie mit der blonden Perücke gar nicht wieder. Krampfhaft umklammerte Aurelia das Lenkrad. Der Schweiß rann ihr über die Stirn.

»Im Handschuhfach ist Kleenex, Mama hat immer …«

»Halt's Maul!«

Sara schwieg. Auf der Autobahn war wenig Verkehr, die roten Rücklichter vor ihnen verschwammen in der Dunkelheit. Sie wusste, dass sie reden musste, um klar im Kopf zu bleiben.

»Warum hast du ihn genommen, Chri… Aurelia?«

Aurelia unternahm ein weiteres gewagtes Überholmanöver, sodass Sara sich wieder an den Gurt klammern musste.

»Du hast ihn den ganzen Tag bloß in diesem Gitterbett liegen lassen. Weißt du, wie das ist?!«

Sara schüttelte den Kopf.

»Das stimmt nicht, er war nicht nur im Bett«, erwiderte sie vage, spürte aber auch, dass die Erkenntnis, dass das Mädchen vielleicht ein bisschen Recht hatte, schmerzte. Sie traute sich ja nicht, ihn draußen im Kinderwagen liegen zu lassen, so lange jemand damit drohte, ihn ihr wegzunehmen. Sie betrachtete wieder Aurelias Profil in der Dunkelheit. War sie es? Hatte *sie* ihre Identität im Internet übernommen?

»Das warst alles du, oder? Die Tasche, die Figur von *nichts sagen*, der Vogel …« Die Stimme wurde belegt, als sie fortfuhr, »der Sargstrauß und das Video, wo William kurz vor dem Ertrinken ist, du könntest …« Die Stimme verschwand und sie verspürte einen unbändigen Drang, Aurelias ranken, schlanken Hals zu packen und zuzudrücken, als sie ihr Lächeln im Licht des Armaturenbretts sah, aber sie antwortete nicht.

»Aber wieso? Ich habe an diesem Morgen in Venedig nichts gesehen, wenn du das glaubst. Das … das schwöre ich!«

»Ich hab dich gesehen. Du hast runter auf den Kanal geschaut.«

»Ja, aber erst als die Polizei kam, nach denen habe ich geguckt um herauszufinden, was passiert war. Ich war bloß neugierig.«

»Nein, das stimmt nicht, du hast vorher runtergeschaut. Jemand hat mich von dem Fenster in diesem Hotelzimmer aus gesehen. Später habe ich herausgefunden, dass ihr dort gewohnt habt. Wenn du es nicht warst, dann …«

Dann war es Kasper, dachte Sara weiter und wunderte sich darüber, dass sie ihn nicht gehört hatte, falls er aufgestanden war und warum er das nicht gesagt hatte. Also falls er etwas gesehen hatte.

»Aber wenn es Kasper war …«, fuhr Aurelia fort, als ob sie ihre Gedanken las, wie sie auch ihre privaten Mails gelesen hatte, »dann wird er mich nicht anzeigen. Er ist verrückt nach mir. Dein Mann kann jungen, hübschen Mädchen nicht widerstehen, oder? Er tut alles, um uns ficken zu dürfen, dieses Schwein, nicht? Gut, dass ihr kein Mädchen bekommen habt. Oder konnte man

William vielleicht auch benutzen? Doch, ich habe diesen kleinen Jungen vor einem furchtbaren Leben bewahrt, daran gibt es keinen Zweifel.«

Sara schluckte einen hässlichen und bitteren Gallegeschmack, der im Hals brannte. So war Kasper nicht! Das war das Abscheulichste, was sie je gehört hatte. Wie konnte sie auf einen so widerlichen Gedanken kommen?

»Du bist doch krank!«, stöhnte sie.

»Wer ist denn gerade eingewiesen, hä?!«

Sara schwieg ein bisschen und starrte auf die roten Rücklichter vor ihnen. »Ich verstehe nicht, was du mit mir vorhast. Mich auch töten?«

Aurelia riss hitzig die Perücke herunter und schmiss sie auf den Rücksitz, kurz darauf folgte die Jacke, aus der sie sich schälte, während sie mit der einen Hand das Lenkrad fest- und den Verkehr im Auge behielt. Vielleicht würden sie noch lange fahren. Sara schwitzte auch, sodass ihr Rücken klatschnass war trotz der Tatsache, dass sie keinen Mantel trug. Sie sah, dass die Schmuckuhr um Aurelias Hals hing.

»Du *hast* deinen Schmuck bekommen!«

»Mehr als das. Du hast ein paar schöne Schmuckstücke, Sara, auch wenn sie nichts wert sind.«

»Warum war dieses Schmuckstück so wichtig, dass du dich an meinem Hochzeitstag ins Haus gewagt hast, obwohl ich dich gebeten hatte wegzubleiben? Du hast danach gesucht, oder? Hätte es dich verraten können oder bedeutet es dir wirklich etwas?« Während Sara sprach, fing sie allmählich an, das Ganze wieder vor sich zu sehen, wie es sich an ihrem Hochzeitstag in Williams Zimmer abgespielt hatte, während die anderen unten im Garten gefeiert hatten. Mit der Pistole fest gegen ihren Nacken gepresst waren sie ins Schlafzimmer neben Williams gegangen und sie hatte Aurelia ihr ganzes Schmuckkästchen gegeben, da sie nicht nach unten in die Küche gehen konnte, um den Schlüssel aus der Kaffeedose zu holen. Danach erinnerte sie sich nicht deutlich. Sah sie die Sonne scheinen? Hatte sie den Wind gespürt? Das Einzige, woran sie sich erinnerte, war ein heftiger Schmerz, der sie lähmte und bewusstlos machte. Es war Aurelia gewesen, die sich hinter der Maske versteckt hatte. Sie antwortete nicht. Ihr Gesicht war verbissen.

»Warum bist du heute Abend hergekommen?«

Weiter Schweigen.

»Warum bist du gekommen?«, wiederholte Sara hartnäckig.

»Du willst William wohl gerne zurückhaben, nicht?«

»Ja, aber wieso darf ich ihn sehen? Warum erst jetzt?«

»Ich dachte, eingeschlossen in die Klapsmühle wärst aus dem Weg geräumt. Ja, du hast es ja tatsächlich ganz allein geschafft, aber dann hörte ich, dass deine Anwältin immer noch nach mir sucht. Du bist die Einzige, die gegen mich aussagen kann, also wollte ich mal sehen, wie schlimm es dir geht. Aber du bist ja dabei, gesund zu werden, Sara. Dir haben wohl bloß deine Tabletten gefehlt.«

»Warst das auch du? Hast du mir die falschen Medikamente gegeben?«

»Du hast sie doch selbst genommen, oder?«

»Du hast etwas anderes in die Packung getan, ich habe gar keine milden Glückspillen bekommen. Deswegen war ich so …«

»Du bist ja in Wirklichkeit gar nicht so dumm, Sara.«

»Ich habe gestillt, William, er …«

»Ja, noch eine Sache, der du deinen Sohn ausgesetzt hast. Vielleicht hätte er Schaden genommen, wenn er älter geworden wäre, daher …«

»Hätte? Wäre? Wieso sprichst du so von ihm? Du passt doch auf ihn auf, oder?« Ihre Stimme ging ins Falsett über und sie fühlte sich gelähmt und verraten, als sie in Aurelias Profil wieder nur ein abgestumpftes Lächeln sah. Sara hatte keine Ahnung, wo sie waren, kein Gefühl dafür, ob sie nach Süden oder Norden fuhren und ob sie eine halbe oder eine volle Stunde gefahren waren. Wie kam sie aus dieser Situation heraus? Sie hatte kein Handy, und wie bekam sie William mit nach Hause, wenn sie keine Ahnung hatte, wo er war?

Lange war es still im Auto. Sara döste und war kurz davor der Wirklichkeit zu entgleiten, als Aurelia das Auto stoppte. Sie hielten auf einem Rastplatz, aber Sara kannte ihn nicht. Sie guckte nach Schildern, aber es war zu dunkel, um irgendetwas zu erkennen. Aurelia stieg aus, ging um das Auto herum und öffnete die Tür auf Saras Seite. Sie zerrte sie fest an dem einen Arm heraus, sodass sie ihn fast auskugelte. Jetzt fror sie und fing an zu zittern.

»Wo sind wir?« Sie taumelte benommen. Aurelia nahm sie wieder am Arm, sagte aber immer noch nichts.

Sara lauschte und versuchte herauszufinden, wo sie war, aber sie hörte nur ihre Schritte auf dem Asphalt und ab und zu Autos, immer weiter entfernt. Plötzlich liefen sie durch nasses Gras und danach auf etwas, das an einen schmalen Waldpfad erinnerte. Zwischen den Baumstämmen war es pechschwarz, keine Geräusche außer dem Rascheln der Blätter in den Baumwipfeln. Sie war kurz davor, vor Erschöpfung umzufallen, aber Aurelia hievte sie hoch und zwang sie zum Weiterlaufen. Jetzt ging es über einen unebenen Feldweg und endlich blieb Aurelia stehen. Sara konnte sich im Dunkeln nicht orientieren, konnte aber undeutlich den Umriss eines verwahrlosten Hauses ausmachen. Es brannte kein Licht in den Fenstern, eines davon war zerschlagen. Die Tür knarrte, als Aurelia sie öffnete und etwas in einer Sprache rief, die Sara nicht kannte.

»Du bleibst hier!«, sagte sie und stieß sie gegen eine kalte, raue Mauer, bevor sie ins Haus ging. Sara sank in die Hocke, den Rücken gegen die Mauer, sonst würde sie umfallen, wenn Aurelia sie losließ. Die Kälte und die Feuchtigkeit drangen durch ihre Kleidung. Sie sah nur Dunkelheit und hörte ein Kind weinen, das Geräusch kam deutlich durch das zerbrochene Fenster zu ihr herüber, aber es war nicht William; es war ein größeres Kind. Aber vielleicht war William da drinnen. Sie schaffte es gerade aufzustehen, dann war Aurelia zurück.

»Nein, du sollst nicht mit rein. Du sollst woanders hin«, sagte sie. Die Stimme hatte einen anderen Ton bekommen, als ob sie mit einem Ding und nicht einem Menschen sprach. Sara wollte etwas sagen, geriet aber ins Stocken, als sie den Apparat in Aurelias Hand sah, den sie, wie sie sich jetzt erinnerte, auch an ihrem Hochzeitstag gesehen hatte. Aurelia rammte ihn ihr fest in die Seite und ein Schmerz wie ein gewaltiger Stoß raubte ihr sofort das Bewusstsein.

***

52

Anne telefonierte, während sie zu ihrem Auto hastete. Roland verabschiedete sich an der Tür von Jytte und Erling Fischer, bedankte sich für die Informationen und stürzte dann Anne hinterher. Das, worüber sie gerade gesprochen hatten, durfte um Gottes willen fürs Erste nicht gleich in irgendeiner verdammten Onlinezeitung erscheinen. Vielleicht war es schon zu spät, wenn es Nicolaj Bang war, mit dem sie sprach. Er erreichte ihr Auto, als sie gerade den Schlüssel in die Zündung steckte. Energisch klopfte er ans Seitenfenster und bedeutete ihr, es herunterzudrehen. Sie tat es mit einer mürrischen Miene.

»Ich darf genauso hier sein wie ihr. Ich mache auch nur meine Arbeit«, sagte sie kampfbereit.

»Natürlich, Anne. Aber das hier soll jetzt noch nicht an die Öffentlichkeit, ja?«

Sie lächelte und wollte das Fenster wieder hochkurbeln. Er sah deutlich, dass sie nicht mit ihm einer Meinung war.

»Anne! Ich mein's ernst!«, sagte er resolut. »Es kann die Ermittlungen gefährden, wenn Aurelia weiß, dass wir ihr auf der Spur sind.«

»Wir haben beide unseren Broterwerb, Benito. Das weißt du doch.«

Ihr provozierendes Lächeln machte ihm Lust, sie aus dem Auto zu zerren und kräftig durchzuschütteln. Mikkel wartete in dem dunkelblauen Ford. Roland spürte seine Augen auf seinem Rücken und beherrschte sich.

»Anne, ich mein's ernst«, wiederholte er, dieses Mal bittend.

»Ich hab's eilig, Benito. Du doch sicher auch?« Sie lächelte und drehte den Schlüssel, der Motor im Lada schnurrte gleichmäßig.

»Vielleicht solltest du lieber deinen Drogenfall in der Onlinezeitung aktualisieren«, sagte er laut, gerade als das Fenster hochglitt, und das Auto losfuhr. Anne bremste sofort wieder, fuhr ein Stück zurück und ließ das Fenster erneut herunter. Sie steckte den Kopf durch.

»Gibt's was Neues? Habt ihr sie gefunden? Und Adomas?« Ihre Augen leuchteten neugierig mit einer plötzlichen Freude, die Roland einen Augenblick zögern ließ.

»Die Drogenabteilung hat nur die drei Dealer erwischt, die in deine Wohnung eingebrochen sind, aber …«

»Aber?«

»In Litauen ist ein Unglück passiert. Das Haus deines Cousins ist abgebrannt.«

»Abgebrannt! Adomas … ist er …?«

»Niemand hat überlebt. Es tut mir leid, Anne.«

Und er meinte das wirklich so. Es stach ihm tief in der Brust, als er die Verwandlung in ihrem Gesicht sah. Die Augen, die vorher von lebhaftem Trotz gefunkelt hatten, waren blank und voller Entsetzen. Er konnte es nicht ertragen, wandte ihr den Rücken zu, ging und setzte sich in den Ford neben Mikkel. Er knallte die Tür zu und steckte den Schlüssel in die Zündung. Annes Auto stand noch da. Er konnte sehen, dass sie beide Arme über das Lenkrad gelegt hatte und das Gesicht darin verbarg.

»Was hast du zu ihr gesagt?«, fragte Mikkel und starrte auf den gelben Lada.

»Die Wahrheit.«

Plötzlich richtete Anne sich auf und kurz danach verschwand das Auto mit hohem Tempo.

»Aber zum Teufel nicht *das*?«

»Sie musste es doch erfahren.«

»Klar, aber doch nicht *so*!«

»Ich musste sie aufhalten, Mikkel! Jetzt hat sie was anderes zum Nachdenken, oder?« Erregt legte er den Gang ein und fuhr vom Bordsteinrand.

»Roland, was zur Hölle hast du ...«

»Ich habe ihr das Schlimmste erspart, nur gesagt, dass das Haus ihres Cousins abgebrannt ist. Und wo ist Bitteschön ihr Mitgefühl, wenn sie das Leben der Leute öffentlich zur Schau stellt? Denkt sie denn vielleicht darüber nach, ob es ein passender Zeitpunkt ist? Nein, oder?«

»Nein, aber ... glaubst du jetzt wirklich, sie fährt heim und aktualisiert die Onlinezeitung nicht? Anne hat einen Willen wie Unkraut, das sich durch harten Beton kämpft«.

»Genau!«, antwortete Roland säuerlich, als ob das eine Billigung seines Tuns wäre. Aber er wusste, dass er übereilt gehandelt hatte. Mikkel hatte bald so viel Unachtsames an ihm gesehen, dass die Frage war, wann selbst seine Grenze erreicht war.

»Lass uns dieses verfluchte Haus finden.«

»Das ist fünf Jahre her. Es steht unmöglich jetzt noch leer. Randers war die erste Gemeinde, die anfing, etwas gegen verlassene und baufällige Häuser zu tun, um den Verfall zu vermeiden, die so genannten *Schandflecke,* und das ist ein Jahr her.« Mikkels Stimme klang immer noch unversöhnlich.

Roland musste nachgeben, als sie die Adresse im Randgebiet von Randers erreichten, die Erling Fischer ihnen gegeben hatte. Aurelia war damals dorthin geradelt. Er versuchte, sie mit der Lage des Rastplatzes, wo das Fluchtauto gefunden worden war, in Einklang zu bringen, aber es wirkte nicht logisch, genau dort zu parken, wenn sie sich hier versteckten. Glücklicherweise war kein gelber Lada bei der Wohnung geparkt, die ganz deutlich eine riesige Renovierung hinter sich hatte. Ein jüngeres Paar und drei Kinder gingen in den Garten, pflückten Äpfel von einem alten, krummen Baum, unterbrachen aber die Arbeit, als sie das Auto entdeckten. Es war eine Sackgasse; es landeten sicher nicht viele andere Besucher hier, außer solchen, die sich verfahren hatten. Roland stieg aus und sprach kurz mit ihnen. Mikkel blieb so lange im Auto sitzen.

»Zweifelsohne hat Aurelia sich damals hier aufgehalten. Das Paar meint, dass hier illegale Einwanderer gehaust haben, bevor es renoviert wurde«, sagte Roland und setzte sich ans Steuer.

»Aber wir wissen ja nicht, ob Aurelia weiterhin bei denen gewohnt hat, so wie sie es getan hat, als sie damals von zu Hause geflüchtet ist. Sie war ja ein Teenager.«

»Sie wurden ihre Familie, Mikkel, davon bin ich überzeugt. Sie fühlte sich in einem fremden Land allein und verlassen und fand mit ihren Landsleuten zusammen. Das ist eine natürliche menschliche Reaktion, deswegen haben wir so viele Ghettos. Wir halten uns an die, mit denen wir etwas gemeinsam haben.«

»Okay, aber wie finden wir die dann? Sie können zurück nach Rumänien gegangen sein und Aurelia und Sara haben vielleicht auch diesen Weg genommen.«

Roland hoffte das nicht. Eine entflohene Gefangene der forensischen Psychiatrie war nun seit über einer Woche verschwunden. Die Politiker hatten darüber zu debattieren begonnen, sodass es in ganz Christiansborg Echo gab.

»Die Gemeinde muss eine Liste mit leeren Gebäuden haben, sollte man annehmen?«, meinte Mikkel.

Roland nickte und rief im Polizeipräsidium an, blaffte Isabella einen schnellen Befehl zu und schaute danach Mikkel an. »Kennst du ein Lokal in Randers, wo wir ein bisschen was Gutes zu essen bekommen können, während wir warten?«

Roland beschloss ein weiteres Mal, künftig die Treppe zu nehmen, als er das hausgemachte Roastbeef-Sandwich entgegennahm, das ihm über die Theke gereicht wurde. Es war wohl nicht die gemütlichste Stelle für ein Mittagessen, aber sie waren gerade vorbeigefahren, es sollte schnell gehen und außerdem gab es hier einen wohlbekannten Geruch nach Hafen, von dem Duft gerösteter Zwiebeln und gegrillter Würstchen ganz zu schweigen. Es dauerte nicht lange, bis das Handy in seiner Tasche klingelte. Isabella hatte nicht sonderlich viel über leerstehende Häuser in Randers in Erfahrung bringen können. Sie gab ihm die Adressen, die sie beisammen hatte.

»Sie haben nicht zufällig einen Stadtplan?«, fragte er den Mann auf der anderen Seite der Theke. Der nickte und reichte ihm schweigend ein örtliches Telefonbuch, auf dessen ersten Seiten sich ein Stadtplan befand. Roland ließ den Finger über die Seite nach unten gleiten und deutete auf die Adressen, während Mikkel kaute und ihm über die Schulter sah.

»Wir müssen davon ausgehen, dass es in der Nähe des Rastplatzes ist, wenn sie zu Fuß sind.«

»Falls sie nicht abgeholt wurden.«

»Hmm.«

»Suchen Sie nach etwas Bestimmtem?«, fragte der Mann, der Experte für Sandwichs war und den sicher alle in der Stadt kannten.

»Kennen Sie irgendwelche Rumänen hier in der Gegend?«, fragte Mikkel und nahm gierig einen Schluck von seiner Cola.

»Tja, da war etwas mit einigen in einer Maschinenfabrik, die nicht unter dänischem Tarifvertrag gearbeitet haben. Die *Dänisch Metall* hat sich eingemischt, aber ich meine, das ist in Ordnung gegangen …«

»Wir meinen, die Betreffenden halten sich hier illegal auf«, sagte Roland und sah Skepsis in den Augen des Sandwichmannes aufflackern. Roland zeigte ihm seinen Dienstausweis und der Mann beeilte sich zu nicken.

»Ja, das stimmt. Es gibt ein Grüppchen, das manchmal auf dem Bürgersteig bettelt oder Trickdiebstähle begeht. Die haben auch ein paar Kinder dabei, das zieht ja in der Regel.«

»Wissen Sie, wo sie sich aufhalten?«

»Hier und da, was die halt finden können. Ich habe gehört, dass sich einige von denen in einem verlassenen Bauernhof in der Nähe der Autobahnbrücke hinter Henriettelund aufhalten, aber ich weiß nicht, ob das stimmt.« Er legte ein saftiges Beefsteak auf ein Sandwichbrot und gab großzügig Röstzwiebeln und Ketchup darüber; ein Kunde, der wartend in der Ecke stand, das Geld bereit, hatte es bestellt.

Roland nickte Mikkel zu. Das könnte stimmen. Er wischte sich den Mund und die Finger an einer Papierserviette ab und warf sie in den Papierkorb, der mit dem roten Wikinger von Gøl mit seinem Wappenschild verziert war.

»Wir fahren jetzt, Mikkel. Nimm dein Sandwich mit!«

53

Nicolaj war glücklicherweise nicht zurückgekommen. Annes Computer erwachte träge, als sie das Touchpad berührte. Einen Augenblick lang starrte sie bloß wie versteinert auf den Bildschirm. Adomas. Verstört wischte sie das Nasse von ihren Wangen. Vielleicht irrte Roland sich. Wenn ihre Mutter das wüsste, hätte sie angerufen. Oder? Sollte sie sie anrufen? Dann schüttelte sie bei dem Gedanken den Kopf. Sie sollte nicht darin verwickelt werden. Mal angenommen, das stimmte nicht. Adomas war nicht in Litauen angekommen, nur sein Haus war abgebrannt. War das Feuer gelegt worden? Eine Bombe vielleicht? Hatten sie ihn trotzdem gekriegt, weil sie ihn daran gehindert hatte, diese verdammte Tasche abzuliefern? Nicht der Tatsache ins Auge gesehen hatte, wie ernst das hier war. Das war kein Spaß, wie Roland gesagt hatte. Und was bedeuteten in Wirklichkeit irgendwelche gleichgültigen Junkies, die sie nicht einmal kannte? Sie bekamen ihre Drogen ja doch irgendwie, und wenn es sie das Leben kostete. Was es oft tat. Was zur Hölle war mit ihr los gewesen?! Erregt stand sie auf und versetzte ihrem Stuhl einen heftigen Tritt, sodass er auf seinen Rollen in Nicolajs Tisch donnerte und ein Bierglas herunterfiel. Die Scherben flogen über den Boden. Der Knall erschreckte sie und holte sie abrupt in die Gegenwart zurück. »Reiß dich zusammen, Anne!«, murmelte sie, während sie sich die Ohren zuhielt und hin und her lief. Glasscherben knirschten unter den Turnschuhen. Sie ging in die Hocke und sammelte die Scherben auf. Wusste nicht, wo Nicolaj einen Besen aufbewahrte. Wenn er überhaupt einen besaß. Ein Glassplitter steckte in ihrem Finger. Sie starrte auf das Blut, das schnell heraussickerte, und steckte den Finger in den Mund. Der Geschmack verursachte ihr Übelkeit. Nicolaj hatte sicher auch kein Pflaster, aber die Küchenrolle stand auf dem Tisch. Sie wickelte etwas davon ein paar Mal um ihren Finger und holte ihren Stuhl zurück.

The Baltic Times war die einzige litauische Zeitung, die sie lesen konnte, da sie auf Englisch war. Sie scrollte auf der Seite nach unten und fand den Artikel. Sie meinten, es sei eine Liquidierung. Vermutlich seien Drogen involviert, sonst stand da nicht viel. Die Journalisten hatten ja auch nicht die Freiheit, sich zu äußern wie hierzulande. Der Blutgeschmack in ihrem Mund war widerwärtig. Sie lief zur Toilette und erbrach sich in den Ausguss.

»Was ist los?« Nicolaj stand plötzlich wie ein Gespenst in der Türöffnung, dabei, den Mantel und den Schal auszuziehen. Sie hatte ihn überhaupt nicht kommen hören. »Du bist doch wohl nicht krank?«

Sie schüttelte den Kopf und wischte sich den Mund mit Toilettenpapier ab. Trank Wasser aus dem Hahn.

»Schwanger vielleicht?«

»Halt jetzt die Klappe, Nicolaj.« Die roten Augen und das nasse Gesicht konnten dem Erbrechen geschuldet sein, daher musste sie ihm nichts sagen. Schaffte es nicht, darüber zu reden. »Mir ist einfach schlecht geworden, das hat nichts zu bedeuten.«

»Okay.« Nicolaj setzte sich an seinen Computer, immer noch einen besorgten Blick auf ihr Gesicht geheftet. »Du bist dir sicher, dass nichts los ist?«

Sie nickte.

»Waren diese Pflegeeltern denn so schlimm?«

Anne setzte sich auf ihren Stuhl. »Die Adoptiveltern. Sie haben sie tatsächlich adoptiert.«

»Was hast du herausgefunden?«

»Ihren Namen. Wie sie richtig heißt. Aurelia. Sie heißt Aurelia Ionesco.«

»Das liebe Kind hat viele Namen.«

»Die hier auf jeden Fall.«

»Hast du herausgefunden, wo sie steckt?«

»In irgendeinem verlassenen Gebäude in Randers, aber …«

»Aber du bist nicht dorthin gefahren, wo du schon mal in Randers warst?« Das wurde mit einem anklagenden Blick gesagt.

»Ich hatte plötzlich an anderes zu denken, okay, Nicolaj?«

»Was könnte wichtiger sein? Hat dich die Mafia vielleicht gefunden?«

»Hör' auf jetzt!« Die Tränen begannen wieder zu laufen. Schnell riss sie ein Stück Küchenrolle ab und putzte die Nase.

»Da ist doch was, Anne. Was ist es?«

»Nichts, ich will nicht darüber reden, Nicolaj. Übrigens glaube ich gar nicht, dass Aurelia sich dort aufhält, wo ihre Adoptiveltern meinen, dass sie sein könnte. Dahin ist sie geflüchtet, wenn sie von zu Hause weggelaufen ist. Das Haus ist nicht mehr verfallen. Ich bin schnell vorbeigefahren und es ist toll renoviert. Damals haben einige Rumänen dort illegal gewohnt.«

»Wo ist sie dann?«

»Das versuche ich ja herauszufinden!« Sie loggte sich als Admin in die Onlinezeitung ein. »Jetzt will ich erst das hier aktualisieren und sie mit dem richtigen Namen suchen, vielleicht ergibt das was. Jemand muss sie doch verdammt noch mal kennen in Randers.«

»Und dann?«

»Dann werde ich herausfinden, wo sich die Rumänen aufhalten. Also falls sie dort ist und hoffentlich zusammen mit Sara.«

»Sonst?«, forderte Nicolaj sie weiter heraus.

»Sonst … sonst sieht es echt hoffnungslos aus. Alles sieht hoffnungslos aus.«

54
September, gleicher Tag

Der Kleber des Gaffa-Tapes hatte angefangen, Hautreizungen auf Knöcheln, Handgelenken und im Gesicht zu verursachen. Es juckte und brannte, aber sie konnte nichts dagegen tun. Auch um ihren Bauch, die Arme und den Holzpfosten, an den sie gelehnt war, war Tape gewickelt. Die Hände befanden sich dahinter, sodass sie sich nicht besonders viel bewegen konnte. Der Nacken war steif und schmerzte vom Sitzen und Schlafen in vornübergebeugter Stellung. Es war jetzt dunkler als vorher. Keine Fenster. Wenn es Tag war, fiel ein schwacher Sonnenstreifen durchs Dach. Er bewegte sich im Takt mit dem Tagesrhythmus, und hätte sie von Anfang an daran gedacht zu zählen, hätte sie gewusst, wie viele Tage vergangen waren. Eine alte Wolldecke, die nach nassem Hund stank, war über sie geworfen worden, aber sie verhinderte, dass sie sich zu Tode fror, wenn die tiefe Dunkelheit einsetzte und sie die Nachtgeräusche draußen hörte. Aber heute gab es keinen Sonnenstreifen. Der Regen trommelte aufs Dach. Es schien aus Blech zu sein. Er platschte irgendwo in der Nähe an einer Stelle herunter, die sie nicht sehen konnte. Der Umgebung nach zu urteilen war es ein alter, verfallener Hühnerstall. Kleine weiße Federn hatten im Sand zwischen altem Korn und eingetrockneten Hühnerexkrementen aufgeleuchtet, wenn sich der Lichtstrahl darüber bewegt hatte, aber es muss lange hergewesen sein, dass Geflügel darin war, denn es hatte sich keine Panik über Federvieh in ihr gerührt. William hatte sie nicht gesehen. Aurelia hatte gelogen, das konnte sie spüren. Die Hoffnung war dabei, von Gewissheit abgelöst zu werden. Sie würde William nie mehr wiedersehen. Der Zorn hatte ihren Körper geweckt, als ihr diese Tatsache klar wurde, und ihr Adrenalin gegeben für den Versuch, sich aus dem einschnürenden Klebeband zu befreien, aber die Kräfte hatten nicht ausgereicht, und dann kam die Mutlosigkeit. Der Hunger war ein nagendes Loch tief im Magen, ihr Mund war trocken und sie empfand den

Geschmack fauler Eier. Aurelia war lange ferngeblieben. Vielleicht kam sie nie zurück. Hatte sie sie einfach hier zurückgelassen? Schließlich kam sie mit ein bisschen trockenem Brot und Wasser, hatte auf keine der vielen Fragen geantwortet, die Sara ihr an den Kopf geworfen hatte, sobald sie ihr das Tape vom Mund entfernt hatte. Aurelia hatte sie ermahnt, die Klappe zu halten und mit dem Elektroschocker gedroht, während sie darauf wartete, dass sie aß und trank, damit sie neues Tape um ihre Arme wickeln und ihr den Mund mit einem anderen verschließen konnte.

Jetzt ging die Tür hinter ihr auf. Sie trat um sich und versuchte, sich so laut sie konnte bemerkbar zu machen, falls es nun eine Person war, die nicht wusste, dass sie da war und sie nicht sehen konnte. Eine, die helfen würde. Feuchte Luft strömte herein. Aurelias Haare und Kleidung waren nass. Sie stellte Wasser und Brot neben Sara und zog ohne Mitgefühl das Tape von ihrem Mund. Mit einem Messer schnitt sie das Tape auf, sodass die Arme frei waren, danach band sie ihre Handgelenke zusammen. Saras Gegenwehr war vergeblich, sie war viel zu schwach.

»Wo ist William?« Ihre Stimme war so heiser, dass sie selbst die Worte nicht verstand. Sie hustete und wiederholte sie.

»William geht's gut. Er ist an einem besseren Ort.« Aurelia ging neben ihr in die Hocke. »Du riechst wie Scheiße.«

Die Demütigung, die immer kam, wenn Aurelia in der Nähe war, war dieses Mal fast unerträglich. Sie erstickte sie mehr als der Gestank, der lange ihre einzige Gesellschaft gewesen war.

»Warum tust … tust du das hier?«

»Iss! Das ist das Letzte, was du kriegst.«

»Was meinst du?« Sara hustete wieder. Die Hände gehorchten nicht richtig, als sie das Wasserglas an den Mund führte. Das Tape, das die Handgelenke zusammenzwang, verhinderte, dass sie es gut greifen konnte.

»Die Polizei schnüffelt herum und eine bescheuerte Journalistin hat auf einem Onlineportal nach mir gesucht. Du glaubst wohl, du bist jetzt am Gewinnen, stimmt's?«

Sara schüttelte weinerlich den Kopf. Aurelia machte eine Bewegung, als wolle sie sie schlagen, stand aber stattdessen auf und schaute auf sie herab. Sie lächelte, und das machte Sara mehr Angst, als wenn sie sie geschlagen hätte.

»Jetzt iss!«

Sara schüttelte den Kopf und sah stur zu Aurelia hoch, die Lippen fest zusammengekniffen. Sie merkte selbst, wie beschissen sie aussehen musste.

»Ich muss verschwinden, dann musst du sehen, wie du allein klarkommst. Iss!«

»Kannst du nicht Kasper anrufen?« Saras Stimme klang jetzt flehender als jemals zuvor.

»Kasper will dich nicht sehen. Er hasst dich. Du hast seinen Sohn erwürgt.«

»Erwürgt … war es das … was du getan hast … du …« Sara schnappte nach Luft und versuchte, ihre Hände frei zu winden. Ein hoffnungsloses Unterfangen, wie ihr schnell klar wurde.

»William hat jetzt Frieden. Niemand tut ihm länger weh. Bald bist du dran, dann seit ihr wieder zusammen, also falls du an so was glaubst.«

»Was … was meinst du?«

Aurelia warf einen Blick zur Tür, als ob sie jemanden erwartete. Oder fürchtete vielleicht.

»Das wirst du bald herausfinden.«

Obwohl Sara ihren Kopf wegzudrehen versuchte, gelang es Aurelia, ein neues Stück Tape über ihren Mund zu kleben. Sie schnitt ihre Hände los und band sie wieder hinter den Balken. Dieses Mal fester als vorher.

Die Holztür fiel hart hinter ihr zu. Der Regen trommelte heftig auf das Blechdach und Sara hörte nicht, ob ein Schlüssel in dem Vorhängeschloss herumgedreht wurde. Sie schloss die Augen, lehnte den Kopf zurück gegen den Balken und atmete mühsam und keuchend durch die Nase. Fühlte sich dehydriert. Die Tränen wollten auch nicht kommen und es brannte in den Augen. Ihr

Kopf fiel vornüber. Die Stimmen klangen erst, als ob sie von weit weg kämen, dann näherten sie sich und waren nun so dicht dran, dass sie die Worte erkennen konnte. Es regnete nicht mehr, das Licht zeigte, dass es Spätnachmittag war.

»Ich glaube, wir sollten mit dem Haus anfangen«, sagte eine tiefe Männerstimme und eine mit mehr Diskant antwortete, dass das sicher eine gute Idee sei.

»Dieser Schuppen hier fällt ja fast von allein um, wenn die Abrissmaschine mit dem Gebäude anfängt.« Er lachte, als ob er sich auf den Anblick freute.

Sara räusperte sich laut, hustete, brummte und trat auf den Boden, um sich bemerkbar zu machen.

»Es ist jetzt echt schade, so schlecht ist das Haus da auch nicht, das könnte man wohl renovieren«, fuhr die tiefe Stimme fort. Die andere entgegnete, dass es sicher billiger sei, abzureißen und neu zu bauen. Der Geruch von Zigarettenrauch drang zwischen den Ritzen in den Brettern durch. Die Stimmen entfernten sich. Sara versuchte, noch lautere Geräusche von sich zu geben und riss und zerrte an dem Klebeband, aber jetzt wurde alles von dem brüllenden Laut eines kräftigen Motors übertönt, es klang, als wäre er schon sehr dicht bei ihr und käme rasch näher. Die Abrissmaschine, hatte er gesagt.

***

55

Ein Polizeipräsidium war und blieb ein Polizeipräsidium. Die gleichen Geräusche, die gleichen Gerüche. Auch äußerlich ähnelten die Gebäude einander, beide waren viereckig und aus rotem Backstein. Jedoch war das Präsidium in Randers mit einer neueren Rotunde zwischen den beiden Gebäuden ausgestattet, in die durch ein großes Glasdach natürliches Licht fiel – und der Kaffee war besser.

Roland schaute seinen Kollegen an. »Wenn ich das richtig verstehe, gibt es auch bei euch keine Unterlagen und Pläne über leere Gebäude?«

»Genau, jedenfalls keinen vollständigen. Manche verlassen einfach ihre marode Bleibe, ohne sich die Mühe zu machen, es der Gemeinde zu melden. Das Haus fällt zu einer Ruine zusammen, ohne dass es jemand weiß. Liegt es irgendwo abseits, nimmt vielleicht niemand besonders Notiz davon. Und du bist dir sicher, dass sich diese entflohene Gefangene hier aufhält?«

Roland sah schnell zu Mikkel, der ihnen gegenüber auf dem Stuhl mit einer Kaffeetasse in den Händen mehr lag als saß. In Randers benutzten sie keine Plastikbecher.

»Leider nein. Es ist nur ein Schuss ins Blaue, aber ich spüre, dass das unsere heißeste Spur ist. Unsere Ermittlung hat gezeigt, dass Sara Dupont von ihrer ehemaligen Babysitterin, die wir als Aurelia Ionesco identifiziert haben, zur Flucht verholfen wurde. Rumänin. Als Fünfjährige von einer Familie hier in Randers adoptiert. Sie wird auch in Verbindung mit einem Mord gesucht, für den die Entflohene eine Strafe verbüßt, außerdem wegen eines Mordes in Venedig, wie wir vermuten, und international wegen Diebstahl und Betrug. Wir wissen, dass die beiden in einem gestohlenen Auto hier in Randers angekommen sind, und ich glaube, dass sie sich jetzt bei einigen Rumänen verstecken, zu denen Aurelia Verbindung hat.«

Die Enttäuschung darüber, das zweite mögliche Haus nur von erschrockenen Ratten bewohnt zu finden, hatte sich noch nicht gelegt. Dass vor Kurzem noch jemand dort gewohnt hatte, war deutlich an dem Müll und ein paar alten, abgenutzten Matratzen zu sehen. Das Haus sollte bald abgerissen werden und hatte es auch nicht besser verdient.

Rasmussen nickte. »Das Problem ist, wie ihr ja wisst, dass die Einwanderung aus Rumänien in den letzten drei Jahren explosionsartig gestiegen ist. Die Statistik spricht von einer Steigerung von 289 Prozent. Einige von ihnen werden nach eigener Aussage mit Versprechungen von Jobs und Wohlstand nach Dänemark gelockt, die sich aber als Schwindel herausstellen; stattdessen handelt es sich um organisierte Kriminalität. Einige kommen als Touristen hierher, aber auf unbestimmte Zeit, während wieder andere tatsächlich Jobs bekommen, aber oft unter miserablen Bedingungen als Gärtnergehilfe, Bauarbeiter oder Putzhilfen arbeiten.«

»Ihr wisst also nichts über ihre Aufenthaltsorte?«

Mikkel schlug das eine Bein über das andere und wippte ungeduldig mit dem Fuß.

»Doch, ab und zu sind wir draußen und besuchen sie, wenn wir Anzeigen bekommen, dass sie sich illegal in einem Raum oder Gebäude aufhalten. Aber wenn wir sie nicht wegen eines Delikts festnehmen können – außer sich unrechtmäßig aufzuhalten – können wir sie nur auffordern zu verschwinden. Das tun wir auch und sie leisten dem Folge. Kurz danach sind sie aber wieder zurück.«

»Also weißt du, wo sie sich aufhalten können?«

»Ich weiß, dass es in einem Gebäude Wohnungen gibt, die illegal an sie vermietet werden. Die Miete kann bis zu 1000 Kronen pro Monat und Person betragen und muss bar bezahlt werden. Wir sind der Meinung, dass die Vermieter andere Osteuropäer sind, aber es ist uns trotz Personenbeschreibungen nicht gelungen, die Betreffenden zu finden. Die Mieter leben in der Regel davon, dass sie in der Sommerzeit als Trickdiebe arbeiten. Ihr kennt das ja wohl in Aarhus in noch ausgeprägterem Maße.«

Roland nickte. Die Strafe für Trickdiebstahl war ungefähr sechzig Tage Gefängnis und Ausweisung, aber es war leicht, wieder zurückzukehren, nachdem Rumänien in die EU aufgenommen worden war, und viele der Verhafteten waren trotz mehrerer Ausweisungen Wiederholungstäter.

»Wenn du eine Adresse hast, werden wir ihnen mal einen Besuch abstatten.«

Rasmussen schrieb eine Adresse auf ein gelbes Post-It und reichte es Roland.

»Es macht doch wohl nichts, wenn ich nicht mitkomme? Ich bezweifle, dass sie zurückgekommen sind. Ihr solltet auch nicht damit rechnen, dass sie über ihre Landsleute aussagen, falls sie überhaupt wissen, wo die sich versteckt halten.«

Roland machte sich auch keine Hoffnungen.

Es regnete, als sie aus dem Haupteingang des Polizeipräsidiums Randers gingen und zum Auto liefen. Roland setzte sich hinein und schloss die Tür so schnell, dass er seinen Mantel einklemmte. Eine niedergeschlagene Stimmung überkam ihn, die von dem dunklen Herbsthimmel gut unterstützt wurde. Die Rumänen konnten vor langer Zeit außer Landes gereist sein und all ihre Arbeit wäre vergebens.

Mikkel wischte sich mit flacher Hand das Wasser von seinem kurzgeschorenen Schädel.

»Glaubst du, das hier bringt uns irgendetwas, Roland?«, fragte er und blinzelte in den Regen, der über die Windschutzscheibe strömte.

Roland schaltete die Scheibenwischer an. »Wir fahren nicht aus Randers weg, ohne diese Möglichkeit auch überprüft zu haben.«

Das Gebäude war ein Neubau mit Büroräumen, die noch nicht vermietet waren. Vielleicht ein weiteres fehlgeschlagenes Bauvorhaben, gestartet, als alles noch gut lief und die Wirtschaft den Banken zufolge blühte, und für das es nun keinen Bedarf mehr gab. Jedenfalls nicht für Firmen. Sie bauten nicht auf, sie rissen ab. Oder verzogen sich ins Ausland.

Bei den Räumen, die Rasmussen erwähnt hatte, war Lärm durch die Tür zu hören. Roland klopfte an. Es wurde still dort drinnen, aber keiner machte auf.

»It's the police! Open the door!«, rief er.

Nach zwei weiteren harten Schlägen gegen die Tür ging sie vorsichtig einen Spaltbreit auf und ein kleines Mädchen von vielleicht sieben Jahren erschien. Sie sah sie mit großen, schwarzen Augen an, umkränzt von ebenso schwarzen, langen Wimpern. Roland schob sanft die Tür auf und lächelte das Mädchen an, das widerwillig zurückwich. Zwei andere Kinder und drei Frauen hatten sich in eine Ecke zurückgezogen und beschützten einander, als erwarteten sie mit Maschinenpistolen bewaffnete Polizisten, die sofort feuern würden. In der Wohnung wohnte eine ganze Reihe von Leuten, das war ganz sicher. Überall lagen Tüten und Kleidung verstreut, die einfach irgendwo hingeschmissen worden waren. Benutzte Teller standen in Ermangelung von Möbeln auf dem Boden. Keiner reagierte, als Roland fragte, ob sie Englisch sprächen. Er schaute zu einer jüngeren Frau, an die sich das Mädchen drückte, das die Tür geöffnet hatte, während sie mit diesen großen, schwarzen Augen zu ihm aufsah. Hübsche Kinder, dachte er.

»I will give you some money for information«, sagte er mit einem Lächeln. Die Frau schaute die anderen an. Ihre Haut war dunkel mit einem rostfarbenen Schimmer. Sie schaute ihn wieder an. Die Augen waren wie die eines gejagten Tieres und zeigten nur Misstrauen.

»How many?«

Roland zog einen 500-Kronen-Schein aus der Tasche. Sie griff danach.

»Only if you tell me something.«

Mikkel wollte etwas sagen, schwieg aber.

Roland war bewusst, dass er die Regeln überschritt, stellte aber unbeirrt seine Fragen und musste sie ein bisschen umformulieren, bis sein Gegenüber sie verstand. Zum Schluss reichte er ihr den Geldschein, tätschelte dem kleinen Mädchen den Kopf und ging aus der Wohnung mit Mikkel dicht auf den Fersen. Er sagte nichts, und sein Schweigen war Roland nicht unrecht. Erst als sie im Auto saßen, atmete Mikkel tief ein und schaute ihn an, als ob er ein hoffnungsloser Fall wäre. Es regnete nicht mehr und hinter den Neubauten klarte es auf.

»Vielleicht hat sie gelogen. Was tun die nicht für Geld? Leben hier, um es sich zu ergaunern und dann auch noch zusammen mit kleinen Kindern! So ein Lebensstil wird vererbt.«

»Wir finden bald heraus, ob es wahr ist, nicht?«

»Aber hier waren wir doch gerade. Es war leer«, beharrte Mikkel. Roland drehte eine sanfte Kurve und fuhr zurück nach Henriettelund.

»Sie können uns gehört und sich versteckt haben. Es war ein größeres Grundstück und wir haben nur im Wohnhaus nachgeschaut. Aurelia und Sara wissen, dass sie gesucht werden. Vielleicht haben sie sich draußen versteckt.«

»Ich habe rausgeguckt. Überall. Da war echt niemand, Roland.«

»Wir gucken noch einmal.«

Der Feldweg war schlammig und es spritzte bis zum Seitenfenster hoch, an dem Mikkel saß. Er sah aus, als würde er es als Beleidigung auffassen.

»Verdammt!«, rief Roland aus und bremste heftig vor dem Haus. Der Hof war voller Schutt und eine Abrissmaschine von Volvo mit Raupenketten bereitete sich brüllend auf einen Sprung vor, um mit ihrer Schnauze eine weitere Portion des maroden Mauerwerks herauszureißen. Der Projektleiter mit einem gelben Helm betrachtete die Arbeit. Roland öffnete die Autotür. »Ist das Haus geräumt?«, rief er laut, um den Krach zu übertönen.

»Natürlich! Sonst ist es sicher zu spät!«, rief der Projektleiter zurück mit einem Augenzwinkern, das zeigen sollte, dass man Humor hat. Schwarzen Humor.

»Was haben Sie gefunden?« Roland stieg aus dem Auto und zeigte seine Dienstmarke. Der Projektleiter beugte sich vor, um die Marke besser zu sehen und bei dem Lärm der Maschine besser hören zu können.

»Es war sehr lange unbewohnt. Nur einige Obdachlose hatten es wohl benutzt, wie es aussah, aber wir haben die Sachen entfernt«, antwortete er und schaute wieder dem Wüten der Abrissmaschine zu.

»Wir hätten sehr gerne die Habseligkeiten, die Sie im Gebäude gefunden haben.«

»Das geht leider nicht. Sie wurden sofort zur Mülldeponie gefahren.« Der Projektleiter nahm den Blick nicht von der arbeitenden Maschine. »Schade«, seufzte er und schaute mit Bedauern auf die Mauer, die mit einem Knall zusammenstürzte. »Das lag echt ganz gut hier.«

Roland sah sich um. Es stimmte, es war eine schöne, ländliche Umgebung und der Abstand zum Rastplatz war zu Fuß nicht unüberwindbar, wenn man gut in Form war. Er wunderte sich jedoch darüber, warum sie das Auto dort zurückgelassen hatten. Dummheit oder eine ausgeklügelte Handlung? Dort war es für späteren Gebrauch besser geparkt, ohne das Versteck zu verraten. Oder vielleicht *sollte* es gefunden werden, damit sie es los waren. Diese rumänische Frau wusste, dass sie sich hier in diesem leeren Haus aufgehalten hatten. Sie hatte von Aurelia Ionesco gehört, die ihnen ab und zu mit ein bisschen Geld aushalf.

»War das in dem Haus vielleicht wichtiges Beweismaterial?« Jetzt schaute der Mann mit dem gelben Helm Roland an.

»Sicher nicht«, antwortete er. Vielleicht hätten sie Beweise dafür gefunden, dass sich Sara und Aurelia dort aufgehalten hatten, aber er bezweifelte es dennoch.

»Hier ist sicher nichts mehr zu holen«, meinte Mikkel und wich zurück, als neues Mauerwerk umfiel und Bruchstücke durch die Luft flogen. Roland schaute fasziniert zu. Totale Zerstörung hatte offenbar etwas an sich, das die Menschen reizte. Genau deswegen guckte man sich so etwas wohl im Fernsehen an, wenn irgendwo ein Wolkenkratzer oder ein Silo abgerissen wurde. Kleine Kinder bauten ihre Klötze zu einem hohen Turm und warfen ihn wieder um. Zerstörung für Wiederaufbau. Das lag dem Menschen wohl. Plötzlich dachte er an Irene.

»Was ist das da unten zwischen den Bäumen?«, unterbrach Mikkels Stimme seine Gedanken. Jetzt, da die Wohnung nur noch Schutt war, konnte man in den Garten dahinter sehen.

»Ach, ist das doch noch nicht von allein umgefallen«, grinste der Projektleiter und machte ein ›Daumen hoch Zeichen‹ zu dem Mann in der Abrissmaschine. »Das ist, soviel ich weiß, ein alter Hühnerstall, ziemlich verfallen. Der stürzt von allein ein, wenn sich die Maschine nähert.«

»Ein Haufen Rumänen kann sich nicht in diesem Schuppen da verstecken«, sagte Mikkel über Rolands Schulter. Er schüttelte den Kopf und kniff die Augen zusammen in der Abendsonne, die plötzlich hervorbrach und einen fast göttlichen Schimmer auf die Zerstörung warf.

56

Sara spürte die Erde unter sich erzittern, oder vielleicht war es bloß der Lärm, der dieses Gefühl hervorrief. Schlammiges Wasser, vermischt mit alten Kornähren und aufgelöstem Hühnermist war nach den heftigen Regengüssen durch den Stall gelaufen und hatte ihre Hose durchweicht. Das trommelnde Geräusch auf dem Dach hatte aufgehört und das Licht, das durch den Spalt drang, wurde stärker. Die Sonne. Sie versuchte, trotz Klebeband lautere Geräusche hervorzubringen, aber die Erschöpfung hatte auch ihre Stimmbänder getroffen. Sie konnte ihre Rufe nicht einmal selbst hören. Wie damals, als sie im Gras im Garten lag, spürte sie, dass sie hilflos war. Die Sonnenstrahlen kamen dieses Mal nicht durch sanft schwankendes Laub, sondern ein schwankendes Dach, das bald über ihr einstürzen würde. Bei jedem Dröhnen in der Erde lösten sich mehr Bretter. Sie schloss die Augen und versuchte die Geräusche auszublenden. Kasper lächelte sie an, strich ihr die Haare aus der Stirn und küsste sie. Die Lippen waren warm und weich. Sie streckte sich nach William aus und nahm seine kleine geballte, spucknasse Hand, sah sein schiefes Lächeln, das die Mutterliebe steigerte. Glaubte sie daran, dass man wieder mit denen vereint war, die man verloren hatte, wenn man selbst starb? Der Gedanke war schön. Also *falls* William tot war. Hatte Aurelia sie auch darin belogen? Mit den Kräften, die sie noch übrighatte, rutschte sie an dem Pfosten, an den sie gebunden war, vor und zurück. Stellte die Füße auf den Boden und stemmte sich mit dem Rücken so fest sie konnte dagegen; machte weiter, bis der Rücken wehtat, aber er bewegte sich nicht vom Fleck. Dann kam der Gedanke, dass es vielleicht ein Stützpfeiler war. Wenn sie ihn umwerfen würde, würde das ganze Dach auf sie herunterstürzen und was sollte das bringen? Vielleicht einen schnelleren Tod. Der Lärm draußen hatte aufgehört. Hatten sie sie doch gehört? Alles um sich hatte sie getreten, um auf ihre Existenz aufmerksam zu machen, es gab nichts mehr, das sie mit den Füßen erreichen konnte. Sie kämpfte damit, durch die Nase zu atmen, es fühlte sich an, als ob sie völlig mit Dreck verstopft wäre. Plötzlich brüllte die Maschine wieder, sie kam jetzt näher, die Erde bebte heftiger. Sie zappelte wie ein Fisch im Netz, gab auf und schloss die Augen. Jetzt komme ich, kleiner William. Mama ist bald da.

***

57

Roland saß zusammen mit Kurt Olsen in dessen Büro, als Isabella eifrig klopfte, hereinkam, ohne auf Antwort zu warten, und ihnen die Nachricht überbrachte.

»Sie haben sie vor Kurzem am Aarhuser Flughafen geschnappt. Wir *haben* sie!« Siegreich gestikulierte sie mit geballter Faust, als hätte sie gerade in einem wichtigen Länderspiel ein Tor gemacht. Genau wie die Niederlage eine Tatsache war, kam die Rettung, wie es sich auch in einem Fußballspiel entwickeln konnte, aber in Rolands Alltag war das nichts, was er erwartete.

»Sara Dupont?«

»Nein, die Rumänin. Die Fahndung hat funktioniert. Sie war zwar verkleidet, aber die blonde Perücke kannten wir ja, das wusste sie bloß nicht.«

Roland konnte nicht umhin, von Isabellas Eifer angesteckt zu werden. Er war erleichtert und auch wieder nicht. Sara Dupont war noch immer verschwunden. Aber er freute sich darüber, den Befehl des Vizepolizeidirektors, dafür zu sorgen, dass die Perücke auf der Homepage der Polizei erwähnt wurde, ignoriert zu haben. Kurt Olsen war selbst nicht der große Internetnutzer und hatte daher Rolands Versäumnis nicht entdeckt, aber Roland sah an dem Blick, den er ihm nun zuwarf, dass es ihm bei Isabellas Versprecher klar geworden war. Aber wenn es nicht öffentlich gemacht worden war, dass die Gesuchte möglicherweise eine blonde Perücke trug, wusste Anne Larsen es auch nicht, ergo war es nicht bei der Onlinezeitung bekanntgegeben worden. Wäre es Aurelia geglückt, ins Ausland zu flüchten, hätten sie ein großes Problem gehabt. Offenbar war sie Meisterin darin, schnell die Identität zu wechseln.

»Bringen sie sie her?«

Isabella schaute auf die Uhr an Kurt Olsens Wand und auf die an ihrem Arm wie um zu synchronisieren. »Die sind sicher in einer Stunde hier.«

»War Sara Dupont nicht bei ihr?«, fragte Kurt Olsen.

Isabella schüttelte den Kopf.

»Verdammt«, murmelte er. »Sie hat ihr offenbar bloß auf freien Fuß verholfen. Die anderen Rumänen, was ist mit denen?«

»Auch nicht. Sie war allein.«

»Was zum Teufel ist mit Sara passiert?«, fragte er Roland, als ob der das wissen müsste. Das Handy rührte sich wieder in seiner Hosentasche, es war das dritte Mal während der Besprechung mit dem Vizepolizeidirektor, aber Roland hatte nur die Vibrationen spüren können. Es war auf lautlos gestellt. Das tat er immer während der Besprechungen, im Gegensatz zu vielen seiner Kollegen. Er musste nicht wie ein Mann wirken, der für jeden und zu jeder Zeit erreichbar war.

»Wir müssen hören, was Aurelia zu dieser Sache zu sagen hat. Das müssen die beiden gewesen sein, die auf dem Rastplatz in Randers gesehen wurden.«

»Okay«, Kurt holte seine Stanwell-Pfeife heraus. »Du machst das Verhör zusammen mit Mikkel, oder?«

Roland stand auf und bestätigte mit einem deutlichen Nicken.

Draußen auf dem Flur holte er das Handy aus der Tasche. Das Display zeigte *Unbekannte Nummer* an, daher war es glücklicherweise nicht Irene, die versucht hatte ihn zu kontaktieren, aber es summte wieder, als er damit in seiner Hand dastand. Er drückte auf annehmen und hielt es ans Ohr, während er zu seinem Büro ging.

»Roland, ich muss mit dir reden!«

Es war nur der Tonfall ihrer Stimme, der ihn nicht sofort auflegen ließ.

»Du weißt, dass du unsere Verdächtige beinahe außer Landes gejagt hättest, oder, Anne!«, war die einzige Antwort, die ihm gerade einfiel.

»Darum geht's nicht. Hast du Zeit?«

»Absolut nicht. Du musst warten, bis wir eine Pressekonferenz abhalten, das wird heute im Laufe des Tages sein.«

»Darum geht's nicht, das sagte ich doch. Es geht um Adomas. Meinen Cousin. Ich muss wissen, was da passiert ist.«

Das Gewissen versetzte ihm einen harten Schlag ins Zwerchfell. Wie hatte er so unbarmherzig sein können, ihr zu erzählen, dass ihr Cousin getötet worden war? Und was hatte das gebracht? Die Onlinezeitung war trotzdem aktualisiert worden, wie Mikkel es vorausgesehen hatte. Zäh wie Unkraut.

»Sprich mit der Drogenabteilung, Anne, die wissen mehr darüber als ich«, wich er aus, obwohl er ein Briefing bekommen hatte. »Wo bist du?«

»Ich stehe unten am Haupteingang.«

Roland seufzte laut, öffnete die Tür zu seinem Büro und schaute auf die Uhr.

»Dann komm rauf. Aber ich habe nur wenig Zeit.« Er schuldete ihr das, redete er sich ein, und dann gab es auch noch etwas anderes, was er ihr sagen wollte.

Anne sah völlig fertig aus. Er war sicher nicht der Einzige mit einem schlechten Gewissen. Fühlte sie sich für den Tod ihres Cousins verantwortlich oder einfach generell für alles, was sie in ihrer Jagd nach Dreck und Skandalen über die Jahre hinweg anderen Menschen angetan hatte?

Er erzählte ihr immer noch nicht alles, was er über das, was in Litauen geschehen war, wusste. Er erzählte nicht, dass die verkohlte Leiche ihres Cousins mit einem Nackenschuss in dem brennenden Gebäude gefunden worden war. Ganz sicher eine Liquidierung. Von zwei Kindern und einer Frau, die, wie man vermutete, seine Ehefrau und Kinder waren, kannte man die Todesursache nicht, sie waren nicht erschossen worden. Vielleicht waren sie bei dem Brand umgekommen. Erst die betäubende Rauchvergiftung, dann von den Flammen verzehrt. Stattdessen erzählte er das, was die meisten Angehörigen hören wollten; dass es schnell gegangen war, dass sie nichts gespürt hatten. Er sagte, dass die Verhaftung der Mörder Sache der litauischen Polizei sei, sodass er nicht einschreiten konnte. Er erzählte ihr auch nicht, dass ihr Cousin und seine Familie an und für sich Glück gehabt hatten angesichts der Methoden, die die osteuropäische Mafia oft anwendete, um zu liquidieren, bloß um Schrecken zu verbreiten.

»Kanntest du sie gut?«, fragte er anschließend, als aus Annes roten Augen keine einzige Träne kam.

»Nein … nicht besonders. Sie haben ja in Litauen gewohnt … aber dann … dann war Adomas ja im Winter hier …«

»Halt dich weit weg davon! Versprich es mir, Anne! Lass es bleiben, mehr darin zu graben und auf deiner neuen Onlinezeitung darüber zu schreiben.«

»Du findest also, man sollte das einfach vergessen? Totschweigen! Etwas, worüber man nicht spricht? Hört man deswegen nicht viel darüber, was in diesen Milieus vor sich geht? Wir kriegen also bloß einen Maulkorb verpasst?«

Annes hitziger Trotz war immer noch da und konnte so leicht wie nichts entfacht werden. Sie würde schon zurechtkommen. Roland lächelte versöhnlich.

»Nein, das ist nur zu deiner eigenen Sicherheit, Anne. Hast du daran gedacht umzuziehen?«

»Umziehen! Nein, wieso in aller Welt …« Sie hielt inne, als ihr aufging, was er meinte.

»Vielleicht wäre das eine gute Idee. Und überlass der Polizei die Drogenfälle. Die Abteilung ist darauf spezialisiert.«

Anne wollte eine spöttische Bemerkung machen, konnte er sehen, aber dann schüttelte sie bloß entmutigt den Kopf. »Du meinst also auch, ich soll die Identität wechseln?«

»Lass uns hoffen, dass du für sie nicht länger von Interesse bist.«

Anne nickte und saß eine Weile schweigend da, wo sie den Fußboden studierte. Es sah aus, als müsste sie ihre Gedanken ordnen. Plötzlich schaute sie ihn wieder an. »Habt ihr die Rumänen gefunden?«

»Hast du?«

»Ich gebe zu, dass du mich mit der Sache aus Litauen getroffen hast. Ich habe nicht gesucht.«

»Entschuldigung, Anne.«

Sie nickte und rang sich ein Lächeln ab, das aber nicht bedeuten sollte, dass sie ihm vergab.

»Wie gesagt ist später die Pressekonferenz, aber ich muss jetzt gehen. Wenn du mehr über die Drogensache wissen willst, kannst du mit Ivan Nørregaard im Drogendezernat reden.«

Anne stand auf. Sie wirkte kleiner als sonst.

»Hast du mit Inge Thomsen gesprochen?«, fragte sie.

»Ich hatte keine Zeit sie zu kontaktieren, aber …« Vielleicht war die Idee, die ihm kam, dumm. Das war sie, das wusste er, aber Anne Larsen kam an Stellen, an die sie nicht kamen, und es war ja schon vorgekommen, dass sie in einer Ermittlung von Nutzen gewesen war.

»Wenn du sie siehst, kannst du ihr sagen, dass wir Sara Duponts Babysitterin verhaftet haben, Sara aber noch nicht gefunden wurde.« Er berichtete, wo der letzte Aufenthaltsort der Rumänen gewesen war. Das durfte sie veröffentlichen, nun, wo Aurelia verhaftet war, vielleicht konnte die Öffentlichkeit sogar helfen.

»Aber jetzt habe ich mich um ein Verhör zu kümmern«, schloss er und begleitete Anne zur Tür.

So sah sie also in Wirklichkeit aus. Die Babysitterin mit den vielen Identitäten. Von Interpol gesucht wegen Betrugs. Jetzt in Rolands Gewahrsam für ein Verhör, das sich, wie er wusste, hinziehen konnte, wenn er es nicht richtig anging. Ein Foto friert einen Gesichtsausdruck in dem Augenblick ein, in dem die Kamera auslöst: Ein Lächeln, Ernst, Trauer, Flirt, Grausamkeit. So zeigte man anderen heutzutage seine Identität auf den sozialen Medien. Man wählt selbst, welches Signal man über sich senden will. Wahr oder falsch. Ein lebendes Gesicht verrät viel mehr. Aber Kaspers Foto hatte nicht gelogen, Aurelia war ein hübsches Mädchen mit osteuropäischen Zügen. Ihr hatten alle Möglichkeiten offengestanden. Warum hatte sie sich dann für diese entschieden?

Roland setzte sich und legte die Fallakte vor sich. Neue Informationen von der Polizei in Venedig und der technischen Abteilung machten ihn seiner Sache sicher. Sie hatten die Richtige erwischt. Jetzt ging es bloß darum, ihr Geständnis zu bekommen. Die obligatorischen Fakten über Zeitpunkt und Anwesende wurden ins Diktiergerät gesprochen, ohne dass Aurelia ihn ein einziges Mal anschaute. Auch Mikkel nicht, der ungewöhnlich schweigsam war. Sie wiederholte jedoch ihren Namen, als Roland sie darum bat. Sprach laut und deutlich. Wüsste man es nicht besser, würde man ein normales, nettes, junges Mädchen sehen. So wie Sara und Kasper Dupont sie gesehen hatten. Die geborene Betrügerin.

»Waren Sie auf dem Weg in den Urlaub?«, fragte er einleitend.

Sie lächelte und schüttelte den Kopf, sah ihn immer noch nicht an.

»Sehen Sie mich an, Aurelia. Wohin waren Sie unterwegs?«

Sie zuckte die Schultern. Ein seltsames Schmuckstück hing um ihren Hals. Es passte nicht zu einem Mädchen ihres Alters. Ein bisschen zu altmodisch. Sicher das, dessen Besitzer Sara auf Facebook gesucht hatte. »Toller Schmuck. Ist der aus Rumänien?«

Sie berührte ihn leicht mit den Fingerspitzen, schwieg aber immer noch und betrachtete die Tischplatte, als wäre es ein Buch, das sie las.

»Woher haben Sie den?«

Aurelia zog schnell die Hand weg und faltete die Hände vor sich auf dem Tisch.

»Ein Taufgeschenk vielleicht? Haben Sie es am fünften März von ihrer Mutter und ihrem Vater bekommen als Zeichen ihrer Liebe?«

Endlich schaute sie ihn mit dunklen Augen an, die irgendetwas widerspiegelten, was er nicht deuten konnte. Vielleicht das schreckliche Leben, das sie gelebt hatte, in das sich die wenigsten hineinversetzen konnten. Die glaubten, sie könnten die Narben mit einem bisschen Liebe und Fürsorge verschwinden lassen.

»Das ist ein Mărţişor, oder? Gut, dass sie es wiedergefunden haben. War es nicht verschwunden? Wo haben sie es gefunden?«

Dass sie nun seinen Blick erwiderte, war mehr Überraschung über sein Wissen als etwas anderes, aber sie sagte immer noch nichts.

Mikkel verlor die Geduld. »Sind Sie stumm, oder was? Wo haben Sie Sara Dupont versteckt? Jetzt fangen Sie verdammt noch mal an zu reden, kapiert!« Er brüllte nicht, aber die Drohung lag deutlich und knurrend in dieser gedämpften Stimme.

Aber das war eine Sprache, die Aurelia verstand. Erheitert wandte sie den Blick Mikkel zu und ihr Lächeln war selbstsicher.

»Good cop, bad cop«. Sie sagte das singend, aufgeteilt in zwei Silben. Als ob das trivial wäre. Nichts Neues.

»Ja, ich bin der bad cop, mein Mädchen, und nun wollen wir verflucht noch mal ein paar Antworten haben. Wo ist Sara?«

»Begraben, könnte man wohl sagen.«

»Begraben?«, rief Roland aus und dachte sofort an den Schnabel der Abrissmaschine, der sich ins Mauerwerk fraß, bis es in Schutt und Asche lag. »War Sara in dem Gebäude?«

Aurelia kniff die Lippen zusammen und schaute wieder weg, als bereute sie bitter, etwas gesagt zu haben, ihre eigene Regel gebrochen zu haben und beschlösse nun, dass das die letzten Worte waren, die sie gesagt hatte.

Roland stand schnell auf und ging aus dem Verhörraum. Er erwischte Isabella und bat sie das Polizeipräsidium in Randers zu kontaktieren. Sie mussten sich das abgerissene Gebäude noch mal anschauen. Er gab ihr die Order mit einem wachsenden unbehaglichen Gefühl, einem Gefühl, das wohl die ganze Zeit über da gewesen war, nun aber bestätigt wurde. Inge Thomsen hatte Recht gehabt; Sara *war* das Opfer und jetzt war sie vielleicht geopfert worden.

Aurelia schien es zu verwirren, dass Roland plötzlich einfach gegangen war, aber nun lehnte sie sich im Stuhl zurück, als ob sie es sich gemütlich machte, und sie kriegten kein Wort mehr aus ihr heraus. Sie bat nicht einmal um einen Anwalt. Schweigen war das Einzige, wogegen sie machtlos waren. Man konnte niemanden zwingen auszusagen, das musste man bei der Verhaftung mitteilen. Außerdem war es legal, die Polizei anzulügen. Roland hatte das Gefühl, dass das Mädchen schon viele Verhöre hinter sich hatte, aber davongekommen war, indem sie ganz einfach nichts gesagt hatte. Etwas, das sie im Kinderheim gelernt hatte?

»Es ist okay, wenn Sie nichts sagen, Aurelia. Wir haben genug Beweise gegen sie. Sie haben Christina Toft Hansen im Februar letzten Jahres in Venedig ermordet. Die italienische Polizei hat Beweise. DNA und Fingerabdrücke.« Jetzt war *er* der *bad cop*. Er öffnete die Fallakte und legte einige Fotos von Christinas Leiche, die er von dem Rechtsmediziner in Venedig geschickt bekommen hatte, vor die junge Frau. Obwohl sie widerlich anzusehen waren, zeigte sie keine einzige Gefühlsregung, sie blinzelte nicht einmal, als sie sie anschaute.

»Sie haben William Dupont getötet. Saras Ring wurde untersucht. Die Techniker haben Ihre DNA innen im Ring gefunden. Sie haben ihn von Saras Finger gezogen, nachdem Sie … ja, was haben Sie gemacht? Sie mit dem Elektroschocker außer Gefecht gesetzt? Danach haben sie ihr die Pulsader aufgeschnitten. Sie haben bloß vergessen, dass Sara Rechtshänderin ist, Aurelia, und sich wohl selbst nicht ins rechte Handgelenk schneiden würde. Das Messer und den Elektroschocker haben wir in Ihrem Handgepäck gefunden. Ja, deswegen sind Sie doch im Scan am Flughafen aufgefallen. Haben Sie wirklich geglaubt, Sie könnten die Waffe in Ihrem Kulturbeutel verstecken? Dass sie vielleicht mit Nagelfeilen und einem Schminkkästchen verwechselt werden würde?«

Hier sah er ein Zucken in ihrem Gesicht. Sie hatte einen Fehler gemacht. Sie warf die dunklen Haare über die Schulter, um zu verbergen, welche Wirkung diese Worte auf sie hatten.

»Aber wie haben Sie Sara in den Garten herunterbekommen? Wenn Sie sie die Treppe hinuntergezogen hätten, hätte sie Spuren davongetragen und es wäre Blut auf der Treppe gewesen.« Roland hatte geraten und wollte Aurelia bloß dazu bringen zu gestehen, aber sie war offenbar nicht der Typ, der mit seinen Taten prahlen wollte. Sie schwieg weiterhin.

»Sie haben Sara mit dem Messer in den Garten gezwungen, stimmt's? Und sie dann dort mit dem Elektroschocker betäubt?«

Aurelia hob eine Augenbraue, als ob das Gespräch sie verunsicherte.

»Etwas, das ich nicht verstehe, Aurelia, ist, warum William sterben musste? Ein kleines, unschuldiges Baby.«

Er legte die Bilder von William vor sie und jetzt schaute sie weg. Gab es doch etwas, das sie berührte?

»Hat er angefangen zu weinen? So laut geweint, dass die Gäste ihn hätten hören können, wenn Sie ihn nicht gestoppt hätten?«

Aurelia biss sich fest auf die Unterlippe, während sie zu Boden sah.

»Außerdem haben unsere Techniker einige deutliche Fingerabdrücke auf einer Maske gefunden, die Christina Sara Dupont letztes Jahr in Venedig gegeben hatte. Jetzt, da wir sie mit Ihren abgleichen, wissen wir, dass *Sie* diese Maske besaßen. Die Platzierung der Fingerabdrücke zeigt, dass Sie sie außerdem übergestreift hatten. Darüber hinaus gibt es eine Menge Anzeigen wegen Kreditkarten- und Identitätsdiebstahls samt deren Verkauf. Sobald wir das Ganze ausgegraben haben, wird Ihr Strafregister ellenlang.«

Aurelia sah immer noch zu Boden. Sie warteten. Geduldig. Roland sammelte die Bilder ein und legte sie zurück in die Mappe. Er schaute zu Mikkel, der nickte und ihm das Diktiergerät reichte.

»Es ist 13.25 Uhr, die Vernehmung von Aurelia Ionesco wird abgebrochen. Die Verdächtige verweigert die Aussage.«

Sie verließen den Raum. Ein Beamter brachte das Mädchen zurück in ihre Zelle.

58

Der Zementstaub hatte sich längst gelegt. Anne wanderte auf dem Schutt herum und wusste nicht, wonach sie suchte. Im Brustkorb spürte sie den harten Knoten, den das nächtliche Weinen nicht aufzulösen vermocht hatte. Wenn erstmal ein Loch in den Tränenkanälen war, konnten sie offenbar nicht so einfach wieder geschlossen werden. Sie trat gegen einen alten Messingtürgriff aus den Fünfzigerjahren und schaute verloren auf die Ruinen. Hatte Adomas' Haus so ausgesehen? Nein, viel schlimmer; es war abgebrannt. Alles war verkohlt. Auch …

Sie schluchzte laut, ging in die Hocke und hob eine leere Colaflasche auf. Vielleicht hatten die Rumänen die zurückgelassen. Wo waren sie hingegangen und war Sara wirklich mitgegangen? Warum sollte sie? Welche Verbindung hatte sie zu den Rumänen? Die Babysitterin hatte sie. Aurelia Ionesco. Sie hatte Saras Identität gestohlen, wie groß war die Wahrscheinlichkeit, dass Sara freiwillig mit ihr mitgegangen war? Aber die Frage war natürlich: Wer war Sara Dupont eigentlich? Mörderin? Opfer? Sie stand auf und schaute wieder über die Landschaft. Wieder auf dem Land. Das verfolgte sie. Sie wischte sich mit dem Mantelärmel die Nase ab. Hinter dem Haus lag ein größerer Garten, einige alte Obstbäume, und es war weit bis zum nächsten Nachbarn. Inmitten des Ganzen lag ein Haufen Bretter. Vielleicht ein altes Plumpsklo oder ein Hühnerstall. Vorsichtig ging sie zu dem Berg aus kaputten alten Mauersteinen, Holzpaneelen und Glas. Versuchte die Balance zu halten. Bald würde es sicher sortiert und entfernt werden, zu den gesetzlich vorgeschriebenen Mülldeponien der Gemeinde gefahren, die Erde plattgewalzt und in Nullkommanichts ein neues Gebäude aus Beton errichtet werden.

Als Anne näher herankam, hatte sie keinen Zweifel daran, dass es mal ein Hühnerstall gewesen war. Der Maschendrahtzaun, der den Hühnerhof umgegeben hatte, war noch da, zwar umgefallen und von Raupenketten heruntergedrückt, aber da war auch noch so ein altes Holzhaus wie das, was ihre Großeltern im Garten hinter dem Haus gehabt hatten. Dort hatte sie oft die Hühner mit Körnern aus ihrem kleinen, roten Plastikeimer gefüttert. Wenn Opa ihr etwas Gutes tun wollte. Wenn er die Scham, die er vielleicht doch verspürt haben mochte, einigermaßen ausgleichen wollte. Das Holz war alt, nass und morsch. Eine dunkle Masse, die an den Auftakt für ein größeres Sankt-Hans-Feuer beim Mittsommerfest erinnerte. Aber es war etwas in der Mitte, das sich davon abhob. Etwas Kupferfarbenes. Hühner? Hatten sie es abgerissen mit Hühnern drin? Sie atmete schneller, als sie sich näherte. Das waren keine Federn roter Hühner. Das waren Haare. Vorsichtig entfernte sie die Bretter in der Nähe. Unter dem Haufen kam eine Stirn zum Vorschein. Sie war bleich und voller Blut. Hektisch entfernte sie weitere Bretter, bis das ganze Gesicht freigelegt war. Die Frau hatte silberfarbenes Gaffa-Tape über dem Mund.

»Sara? Sara!«

Sie traute sich nicht näher heran, aus Furcht, auf etwas zu treten, etwas umzuwerfen. Die Dinge noch zu verschlimmern. Schuld an einem weiteren Todesfall zu sein. Falls es nicht bereits zu spät war. Sie fing wieder an zu weinen und hasste sich selbst dafür, während sie an dem Handy herumfummelte. Die Stimme bekam sie einigermaßen unter Kontrolle, bevor sie mit der Notrufzentrale verbunden wurde.

59

Roland war in den Ärger darüber vertieft, dass für die Verbrecher alles so leicht und für die Polizei alles so schwer geworden war. Einen Elektroschocker konnte man genauso leicht wie die Zutaten für Designerdrogen im Internet kaufen. Die Kriminellen liefen bald mit den gleichen Verteidigungsmitteln wie sie herum. Pfefferspray, Elektroschocker und Waffen, darüber hinaus konnte man sich gegen Geld auch eine gut nachgemachte Polizeiuniform beschaffen. Mit einem einzigen Mausklick konnte man die Identität ändern.

»Vermisst du eine gute Nachricht?«, ertönte es von der Tür.

Er schaute auf. Isabella lächelte mit Tränen in den Augen.

»Sara wurde gefunden. Sie ist schwer verletzt, aber außer Lebensgefahr, sie wird künstlich beatmet. Und …« Isabella geriet ins Stocken und schaute bewegt nach unten auf ihre Schuhe.

»Und?«

»Das verdanken wir deiner guten Freundin Anne Larsen. Sie hat Sara in den Ruinen gefunden und sie heute Nachmittag ins Krankenhaus gebracht. Eine weitere Stunde hätte Sara nicht mehr geschafft. Sie hat noch nichts erzählen können. Aber sie war mit festem Klebeband an einen Pfosten gebunden. Ein Streifen über ihrem Mund hat sie daran gehindert, um Hilfe zu rufen.« Isabella wartete keine Antwort ab. Die Erleichterung in seinem Gesicht sagte genug aus. Sie verschwand schnell wieder.

Mit Abscheu dachte Roland an Aurelia Ionescos gefühlskaltes Gesicht, selbst, als sie Bilder ihrer Opfer gesehen hatte. Narzisstische Persönlichkeitsstörung. Würde das eine neue Volkskrankheit werden, eine neue Kultur als Folge der gesellschaftlichen Entwicklung? Wenn die junge Generation künftig nur Freundschaften durch soziale Medien im Internet knüpfte und dort ihre Identitäten schaffte, wie es ihnen beliebte, und ihren Freunden – oder Opfern – nie von Angesicht zu Angesicht gegenüberstand. Plötzlich fürchtete er die Zukunft.

60

Die Novemberkälte biss in den Wangen. Große Schneeflocken schwebten leicht wie Daunen herab. Eine landete auf seiner Schulter. Er konnte jeden einzelnen Kristall in diesem komplexen Eismuster sehen. Vor der winterlichen Gartenarbeit konnte er sich nicht drücken; wenn nicht gestreut wurde, würde der Weg zum Briefkasten an der Straße zu glatt werden. Dieses Stückchen, das der Postbote für *das* Gehalt und um seiner Gesundheit willen nicht gehen wollte, musste er selbst laufen. In der Nacht waren es fast Minus acht Grad gewesen, zeigte das Thermometer am Morgen. Im Vogelhäuschen zankten sich die Vögel und die Sonne schien durch die schwarzen, kahlen Zweige, als wollte Väterchen Frost nach der eisigen Nacht um Entschuldigung bitten. Ein schöner Samstagmorgen, der im eiskalten Wasser Ballehages angefangen hatte, damit die Blutzirkulation in Schwung kam.

Salz zu streuen war wie Hühner zu füttern. Er nahm noch eine Handvoll in den Handschuh und schmiss das Salz auf die italienischen Fliesen. Das Eis löste sich fast sofort auf. Die Töpfe waren jetzt leer und der Garten war ein langweiliger Anblick. Bis zum

Frühling, dachte er, und sehnte sich bereits danach. Nicht nach der Gartenarbeit, aber nach wärmeren und helleren Zeiten.

Hellere Zeiten wünschte er auch Sara Dupont. Inge Thomsen war in vollem Gange, den neuen Prozess vorzubereiten. Dieses Mal hatte sie alle Aspekte berücksichtigt. Saras Gedächtnis war langsam zurückgekehrt, als sie andere Medikamente bekam, sodass sie jetzt gegen Aurelia aussagen konnte. Ein Polizeiaufgebot hatte nach der Waffe gesucht, von der sie erwähnt hatte, dass Aurelia sie damit an ihrem Hochzeitstag bedroht hatte, jedoch erfolglos. Sie konnte in den Aarhuser Hafen oder in den Randers Fjord geworfen worden sein, aber die Tauchmannschaft hatte nach langer Suche aufgegeben. Inge Thomsen jedoch zweifelte überhaupt nicht daran, dass die neuen Beweise Sara nun auf freien Fuß setzen und sie reinwaschen würden. Aber wie würde sie im Internet rehabilitiert werden? Die Hassgruppen und die Facebook-Seiten würden immer bestehen und alle an das erinnern, was einmal gewesen war, auch wenn es nicht mehr war und nie hätte sein müssen.

Ein Geräusch, das sich mit immer mehr Kraft wiederholte, orteten seine kalten Ohren unter der Mütze als vom Giebel kommend. Er schaute zum Fenster hinauf. Irenes Gesicht leuchtete blass hinter der Scheibe. Sie klopfte immer wieder mit geballter Faust gegen die Scheibe und rief ihm etwas zu. Sofort spürte er, wie sich die Angst seiner bemächtigte, aber dann bemerkte er, dass Irenes Gesicht keine Panik zeigte. Im Gegenteil. Er zog die Mütze über dem einen Ohr hoch und wandte es mit einer Grimasse dem Fenster zu, die ihr signalisieren sollte, dass er nichts hören konnte. Sie öffnete das Fenster.

»Du bist Opa geworden!« Sie schrie es fast in die Frostluft hinaus. »Es sind Zwillinge!« Sie holte Luft um wieder zu rufen: »Ein kleiner Junge und ein kleines Mädchen!«

Der weiße Atemnebel stieß nun häufiger aus Rolands Mund. Er hatte die Worte gehört, musste sie aber noch einmal hören, um ganz sicher zu sein.

»Was sagst du?!«

»Du bist Opa geworden!«, rief Irene erneut. Er sah das Lächeln, das Lächeln, das er liebte, aber mittlerweile selten sah. Er bemerkte auch, dass sie gar nicht blass war, die Wangen glühten.

»Willst du mit Olivia sprechen?!«

Sie wedelte mit dem Handy aus dem Fenster.

Er stellte den Eimer ab und lief schnell die Treppe hoch. Olivia! Und wie er mit Olivia sprechen wollte. Und er war offenbar doch zu irgendetwas zu gebrauchen, dieser Schwiegersohn. Zwillinge, ach du meine Güte! Erst als er oben an der Treppe angekommen war, kam ihm der Gedanke, dass Irene das Fenster aufgemacht hatte. Sie hatte mit dem Handy durch die Öffnung gewedelt. Das konnte sie nur, wenn … er schluckte einen Kloß. Das konnte sie nur, wenn sie aus dem Rollstuhl aufgestanden war.

Danksagung der Autorin

Gestohlene Identität spielt wie meine vorherigen Krimis in der Serie um Roland Benito in Aarhus und Umgebung. Das meiste ist Fiktion, vermischt mit wahren Begebenheiten.

Identitätsdiebstahl nimmt nach Aussage von Experten als Folge zu großer und gedankenloser Offenherzigkeit in den sozialen Medien rapide zu. Die Methoden der Kriminellen werden zudem immer ausgeklügelter. In Amerika werden pro Jahr mindestens zehn Millionen Menschen ihrer Identität beraubt. Zu Tausenden passiert es Dänen jedes Jahr. Ich hoffe jedoch, dass es dabei keinem so schlecht ergeht wie Sara Dupont.

Beim Schreiben macht Recherche einen sehr großen Teil der Arbeit aus und ohne die großzügige Unterstützung, die ich bekomme, wo mich hinwende, wäre es nicht dasselbe. Wie immer habe ich deswegen zahlreichen Menschen für die Hilfe bei der Beschaffung der korrekten Informationen zu danken.

Vielen Dank an: Mette Krøyer, Stationsleiterin der Station R1 in der Risskover Gerichtspsychiatrie, für die wichtigen Informationen über den Arbeitsablauf auf der Station und den Beitrag dazu, die Flucht möglich machen zu können. Danke auch für die sehr spannende und inspirierende Führung durch die Gerichtspsychiatrie, die mir ein gutes Bild von der Umgebung und Sicherheit vermittelt und viele Anregungen gegeben hat.

Danke an Steen Roger, den Abteilungsleiter, der bei der GE Money Bank für Betrugsfälle zuständig ist, für die Informationen über den Ablauf bei einem Betrugsfall mit Identitätsdiebstahl.

Danke an die Adoptionsstellen Adoptionsnævnet und DanAdopt für Informationen über Adoptionen aus Rumänien nach Dänemark in den Neunzigern.

Tausend Dank an Per und Margit, die das Manuskript gelesen und mir nützliche und konstruktive Kritik gegeben haben.

Ein weiteres Mal ein besonders großes Dankeschön an Susanne Jespersen, die Verlagsdirektorin des DarkLights Verlages, die mir geholfen hat, als Krimiautorin Fuß zu fassen und mir immer noch mit Korrekturlesen, Redigieren und Feedback helfen will.

Nicht zuletzt danke an all meine Leser, weil Sie Roland Benito und Anne Larsen folgen und es ermöglichen, die Serie fortzusetzen. Danke für die schönen und ermutigenden E-Mails, die mir die Motivation geben, weiterzuschreiben.

Inger Gammelgaard Madsen

Band 2 der Reihe

Inger Madsen
Mord auf Antrag
Kriminalroman
Aus dem Dänischen
von Kirsten Krause
Deutsche Originalausgabe
317 Seiten
Broschur
ISBN 978-3-95510-107-7

Kommissar Roland Benito wird auf einen schwierigen Fall angesetzt: Zwei Jungen finden in einem Moor bei Mundelstrup eine Frauenleiche. Den gerichtsmedizinischen Untersuchungen zufolge liegt der Mord bereits zwanzig Jahre zurück. Während bei der Aarhuser Polizei erste Spuren nach Afrika führen, klingelt bei Anne Larsen, Journalistin der Dagens Nyheder, das Telefon. Ein anonymer Anrufer behauptet, die Identität des Opfers zu kennen. Und er prophezeit weitere Morde.

Band 3 der Reihe

Inger Madsen
Letzte Umarmung
Kriminalroman
Aus dem Dänischen
von Kirsten Krause
Deutsche Originalausgabe
333 Seiten
Broschur
ISBN 978-3-95510-118-3

Es sieht nach einem der üblichen Einbrüche in ein Landhaus aus, doch diesmal findet man einen Bewohner bestialisch erschlagen auf dem Küchenfußboden. Zur gleichen Zeit, in der Roland Benito seine Untersuchungen aufnimmt, wird die Journalistin Anne Larsen arbeitslos, da das Tageblatt in der Finanzkrise schließen muss. Als ein Obdachloser tot aufgefunden wird, beginnt sie, auf eigene Faust Nachforschungen anzustellen. Diese führen sie bis in die Wikingerzeit zurück und zu einer kleinen Schar von Anhängern des Asenglaubens.

Band 4 der Reihe

Inger Madsen
Die Beichte
Kriminalroman
Aus dem Dänischen
von Kirsten Krause
Deutsche Originalausgabe
339 Seiten
Broschur
ISBN 978-3-95510-119-0

Nach einem Partyabend mit Freunden im Nachtleben von Aarhus verschwindet ein junger Mann spurlos. Bei seinen Untersuchungen stößt Inspektor Roland Benito in der Familie des Gesuchten auf grausige Geheimnisse. Benito kommt in diesen Ermittlungen zunächst nicht voran, bis eine junge Frau unter unheimlichen Umständen in einem Kloster tot aufgefunden wird. Auch privat hat Benito mit Dämonen zu kämpfen. Seine Frau wird im Sozialamt von einem Klienten bedroht, ein Fall, in den auch die Journalistin Anne Larsen verwickelt wird.

Band 6 der Reihe

Inger Madsen
Leichen bluten nicht
Kriminalroman
Aus dem Dänischen von
Kirsten Krause
Deutsche Originalausgabe
411 Seiten
Broschur
ISBN 978-3-95510-131-2

Roland Benito wird zu einem Tatort auf den Westfriedhof gerufen. In der Nacht wurde ein Grab geöffnet und der Grabschänder liegt tot auf dem leeren Sarg. Ein weiterer Fall für Benito und sein Team, die gerade mit der Aufklärung einiger Vergewaltigungen und Morde an jungen Frauen in Aarhus befasst sind. Zu genau dieser Zeit übernimmt Andreas Spang das Bestattungsunternehmen seines Vaters. Dabei stößt er auf einige mysteriöse Zusammenhänge und versucht herauszufinden, wie sein Vater gestorben ist. Das bringt ihn in eine gefährliche Situation, in die auch Roland Benito und dessen Ehefrau Irene verwickelt werden.